Thorsten Sueße
Schöne Frau, tote Frau

Im Verlag CW Niemeyer sind bereits folgende Bücher des Autors erschienen:

Toter Lehrer, guter Lehrer
Die Tote und der Psychiater

Bibliografische Information der Deutschen Nationalbibliothek
Die Deutsche Nationalbibliothek verzeichnet diese Publikation in der Deutschen Nationalbibliografie; detaillierte bibliografische Daten sind im Internet abrufbar über http://dnb.ddb.de

www.niemeyer-buch.de

Umschlaggestaltung: Carsten Riethmüller
Der Umschlag verwendet Motiv(e) von 123rf.com
Druck und Bindung: Nørhaven, Viborg
Printed in Denmark
ISBN 978-3-8271-9467-1

Das gefährlichste Raubtier aber ist der
männliche Homo sapiens,
störanfällig und unberechenbar.

Freitag, 7. November.

Der Scheibenwischer kämpfte auf höchster Stufe gegen die Regenmassen an, die durchgängig von den starken Windböen gegen die Frontscheibe gedrückt wurden. Es war ungefähr zehn Minuten nach neun – morgens. Ganz Hannover steckte unter einer einzigen grauen Wolkendecke, aus der es wie aus Kübeln schüttete.

Der graue VW Passat fuhr trotz der schwierigen Straßenverhältnisse recht zügig auf dem zweispurigen Messeschnellweg in nordöstlicher Richtung. Kriminaloberkommissarin Andrea Renner ließ die Fahrbahn vor sich nicht aus den Augen, obwohl sie lediglich auf dem Beifahrersitz saß. Mit der rechten Hand stützte sie sich gegen die Konsole ihres Dienstfahrzeugs ab. Ihr Kollege und Vorgesetzter, Kriminalhauptkommissar Thomas Stelter, hatte es sich wie üblich nicht nehmen lassen, den Wagen zu steuern.

„Fahr schon rüber, du Idiot", raunzte Stelter, als sich ihr Fahrzeug dem schwarzen BMW annäherte, der vor ihnen etwas zögerlich auf der Überholspur fuhr. Andrea missfiel Stelters momentanes Fahrverhalten, sie verzichtete jedoch darauf, dazu einen Kommentar abzugeben.

Der BMW zog auf die rechte Spur, und Stelter trat aufs Gaspedal.

„Na also, geht doch", murmelte er und atmete hörbar die Luft ein und aus. Direkt danach fuhr der Passat durch eine große Pfütze, geriet dadurch für einen kurzen Moment ins Schlingern.

Das war Andrea zu viel, und ihr entfuhr spontan: „Eine Leiche reicht doch für heute ..."

„Ich hab das hier schon im Griff", kam postwendend Stelters polternde Antwort. „Aber nur, wenn ich bei diesem Scheißwetter nicht noch nervös gemacht werde."

Andrea konnte die Anspannung ihres Kollegen geradezu körperlich spüren. Seit einiger Zeit wirkte er dünnhäutig und leicht reizbar.

„Schon gut, schon gut", versuchte Andrea abzuwiegeln, „solche Wetterverhältnisse beim Autofahren machen mich immer unruhig."

Stelter reduzierte leicht die Geschwindigkeit und wechselte auf die rechte Fahrspur.

„Tut mir leid, wenn ich eben etwas heftig reagiert habe", schlug er einen versöhnlichen Tonfall an. „Aber im Augenblick kommt bei mir einiges zusammen. Und dann eben noch die Nachricht von dem neuen Todesopfer. Das setzt mich alles unter Dampf."

Bereits seit sechs Jahren arbeitete Andrea eng mit Stelter bei der Polizeidirektion Hannover zusammen. Andrea kannte ihn als ruhig und sachlich, zwar ein wenig zugeknöpft, aber durchweg freundlich. Seine Veränderung in den letzten Wochen war nicht zu übersehen gewesen.

Der Regen schränkte die Sicht merklich ein. Andrea nahm erleichtert zur Kenntnis, dass ihr Kollege das Tempo erneut drosselte. Es war unverkennbar, dass er den Fundort der Leiche schnell erreichen wollte. Beinahe hätte er die zweispurige Ausfahrt Richtung Medizinische Hochschule verpasst. Im letzten Moment setzte er den Blinker und riss den Wagen nach rechts. Der davon überraschte Fahrer hinter ihnen hupte zu Recht.

„Ja, ja, okay ... okay", brummelte Stelter eine Art Entschuldigung vor sich hin. Danach fuhr er deutlich langsamer, und Andrea quittierte es mit einem dankbaren Lächeln.

Sieben Minuten später erreichten die beiden Kriminalbeamten ihr Ziel. Vor ihnen tauchten parkende Einsatzfahrzeuge der Polizei, flatternde Absperrbänder und durch den Regen huschende Uniformierte auf. Ein völlig ungewohntes Szenario in dem freundlichen Wohnviertel mit den zahlreichen Einfamilienhäusern und ihren sorgsam gepflegten Gärten.

Schon beim Betreten der Wohnung wurde Andrea und Stelter klar, dass Fund- und Tatort identisch waren.

„Verdammte Scheiße", brachte Stelter es auf den Punkt, als er die junge Frau mit den aufgerissenen starren Augen halbnackt auf dem Boden liegen sah, gefesselt und geknebelt. Alle Befürchtungen hatten sich bewahrheitet. Die Frau war genauso zielgerichtet und mit derselben Tötungsart wie die anderen Frauen ermordet worden. Wie immer hatte der Mörder seine rätselhaften Visitenkarten am Tatort zurückgelassen.

Die Mitteilung von Max Quast, Mitarbeiter der Spurensicherung vom Kriminaldauerdienst, überraschte weder Andrea noch Stelter: „Wieder hat das Opfer etwas mit dem Gesundheitswesen beziehungsweise der Psychiatrie zu tun. Und wieder gibt es eine Beziehung zur Klinik Dr. Ludendorff."

„Wir haben schon so viel rumgewirbelt", schüttelte Stelter den Kopf, „aber wir haben nicht verhindern können, dass dieses abartige Schwein erneut zuschlägt. Der Druck auf uns, endlich den Kerl zu erwischen, steigt noch mal erheblich."

Wohl wahr, ging es Andrea durch den Kopf, *und die aktuelle Zusammenarbeit mit dir wird dadurch leider auch nicht einfacher.*

Das planvolle Töten der Frauen war offensichtlich das Werk eines schwer psychisch gestörten Täters. Erst vor gut einem Monat hatte er begonnen, durch sein Vorgehen das Umland von Hannover in Angst zu versetzen ...

Teil 1
Herzzehn – das rothaarige Opfer

1

Sonntag, 28. September.

Mit schnellen Schritten näherte sich Florian.

„Ich brauche dringend Ihre Unterstützung, Schwester", hauchte er, „ich halte den Druck nicht mehr aus."

Die Frau sah ihn aufmerksam an.

„Ist es wieder so schlimm wie beim letzten Mal?", fragte sie, wobei in dem etwas hart klingenden Akzent, der sie als Zuwanderin aus Osteuropa auswies, durchaus Verständnis für die Verfassung ihres Gegenübers anklang.

„Noch viel heftiger", beklagte der Mann. „Wenn Sie mir nicht augenblicklich helfen, weiß ich nicht mehr, wie ich damit umgehen soll."

Die Frau trug eine weiße Schwesternhaube mit einem kleinen roten Kreuz darauf.

„Die Behandlung geht aber nicht auf Krankenschein", erklärte sie. „Nur über Zuzahlung."

„Einverstanden", nickte er. „Wenn ich nur schnell Linderung bekomme. Preis wie immer?"

„Ja." Sie zeigte zur Tür und sagte: „Ich mache auf."

Die rothaarige Frau verschwand aus der Fahrerkabine des Wohnmobils und öffnete gleich darauf von innen die Tür an der Seite.

Florian ließ seinen Blick über die in Weiß gekleidete Frau schweifen. Sie trug wie üblich einen BH mit jeweils einem roten Kreuz über den Brustwarzen, einen Minirock, von Strapsbändern gehaltene Strümpfe und hochhackige Pumps. Neben der Eingangstür zum Wohnbereich war ein rechteckiges Schild befestigt mit der Aufschrift: „Madeleine - Fachkrankenschwester für sexuelle Zufriedenheit".

„Komm rein", gurrte sie vielversprechend. „Schwester Madeleine baut deinen Druck ab."

Er folgte ihr ins Innere des Wohnmobils und schloss hinter sich die Tür. Sofort fiel sein Blick auf das große Bett in der Mitte, das vollständig von einer dunkelroten Decke mit zwei ebenfalls roten Kissen mit kleinen Schleifen verziert wurde. An den Wänden waren rote Lichterketten befestigt, an der Decke über dem Bett hing ein großer Spiegel. Schon des Öfteren hatte er sich Schwester Madeleines „Behandlung" im Lovemobil gegönnt. Ihre Arbeitsutensilien wie Einmalhandschuhe, Klistiere, Fixiergurte oder Mundkeile waren ihm angenehm vertraut.

„Erst gutes Geld, dann gute Behandlung", verkündete Madeleine und hielt ihrem Besucher auffordernd die rechte offene Handfläche entgegen.

Der Mann kannte Madeleines Minimalpreise genau, manchmal musste er für Sonderleistungen noch einen Zuschlag zahlen. Auch heute nahm sie mit einem angedeuteten Lächeln sein Geld und ließ die Scheine in einer kleinen Schachtel auf dem Fußboden verschwinden.

„Na los, dann lass uns zur Sache kommen", säuselte Madeleine und entledigte sich dabei gekonnt ihres BHs. Als der Mann sein Hemd aufknöpfte, taxierte er Madeleine, die ihm selbstbewusst ihre straffen Brüste präsentierte.

Während sie ihn duzte - er hatte sich schon bei seinen letzten Besuchen als „Florian" vorgestellt, was sie immer wieder vergaß - blieb er beim „Sie", was für ihn zum Reiz des folgenden Spiels dazugehörte.

Es sollte Florians letzter Besuch bei Schwester Madeleine werden. Weder er noch sie ahnten, dass sie zwei

Tage später Opfer eines brutalen Verbrechens sein würde.

2

Montag, 29. September.

„Por mi vi estas la plej bela virino en la tuta mondo“, sagte ich leise und streichelte dabei liebevoll Annas rechten Handrücken. Wir saßen uns zu zweit gegenüber am Frühstückstisch in ihrer Wohnung in Hannover-Linden. Gestern, am Sonntag, hatten wir den ganzen Tag und anschließend die Nacht miteinander verbracht.

Mein Kompliment auf Esperanto, dass Anna für mich die schönste Frau auf der ganzen Welt wäre, erwiderte sie mit einem spitzbübischen Lächeln: „Vi troigas, sed pro tio mi amas vin, mia psikuleto.“ Was so viel hieß wie, dass ich zwar übertreiben, sie mich dafür aber lieben würde.

Die Plansprache Esperanto war unsere gemeinsame Leidenschaft, die wir besonders in den Momenten pflegten, wenn wir uns sehr Persönliches mitteilen wollten. Anna Sonnenberg als Englisch- und Französischlehrerin am Lindener Hermann-Hesse-Gymnasium gab regelmäßig Esperanto-Unterricht an ihrer Schule im Rahmen einer AG. Vor drei Jahren hatten Anna und ich uns kennengelernt. Durch beharrlichen Einzelunterricht bei ihr lernte ich Esperanto und Anna intensiv lieben.

„War deine Schmeichelei das Vorgeplänkel für eine Bitte, Mark?“, wechselte Anna wieder ins Deutsche und sah mich erwartungsvoll an.

Irgendwie durchschaute sie mich immer, obwohl *ich* doch der Psychiater war. Jetzt kam der unangenehme Teil des Morgens.

„Oh ja, fast hätte ich es vergessen", tat ich so, als käme ich erst jetzt wieder darauf. „Ich habe eine Einladung zu einer Vernissage heute Abend in Hannover, die ich nicht absagen kann. Moderne Malerei. Hast du Lust, mich zu begleiten?"

Schon bevor Annas Mundwinkel rasant nach unten klappten, war mir natürlich klar, dass sie auf moderne Malerei in keiner Weise abfuhr. Schon wieder ein Abend, den wir nicht gemeinsam verbrachten. Wie leider schon so oft in den letzten Monaten.

„Also für moderne Malerei versäum ich auf keinen Fall die *Lunda Rondo*", verkündete sie erwartungsgemäß und strich dabei schwungvoll ihre langen blonden Haare zurück. „Aber dir scheint moderne Malerei ja wichtiger zu sein als unser fester Termin."

Die Lunda Rondo war der Name für das Treffen der Hannoverschen Esperanto-Sprecher, welches jeden Montag in einer Kneipe in der Nordstadt stattfand.

Mein untröstlicher Gesichtsausdruck, kombiniert mit einem kurzen Schulterzucken, animierte Anna zu der Frage: „Wieso musst du eigentlich zu dieser Vernissage?! Hat dich der Regionspräsident persönlich eingeladen?"

„Nein, das nicht", ließ ich die Katze aus dem Sack. „Ich habe die Vernissage quasi selbst initiiert."

Anna holte tief Luft, ehe sie feststellte: „Und dann fällt dir erst ein paar Stunden vorher ein, mich zu fragen? Wo und mit wem ist das Ganze denn überhaupt?"

„Die Vernissage findet im Bankhaus Berlinger statt. Daniel Stelter, der ja seit einigen Monaten bei mir arbeitet, ist der Künstler. Er kann wirklich ganz fantastisch malen. Und da ich weiß, dass das Bankhaus regelmäßig Ausstellungen von Hannoveraner Künstlern in seinen Räumen veranstaltet, hab ich als guter Kunde der Bank mal den Vorschlag für eine Ausstellung mit Daniels Bildern gemacht. Und heute Abend wird die Ausstellung offiziell eröffnet."

„Daniel Stelter, der Sohn von unserem Hauptkommissar ...?", stellte Anna verwundert fest.

„Ja, in dem Jungen steckt viel mehr kreatives Potenzial, als man zunächst denkt."

Daniel Stelter war seit April Jahrespraktikant für Sozialpädagogik in einer der zwölf Beratungsstellen, die zum Sozialpsychiatrischen Dienst gehörten, der wiederum von mir als Facharzt für Psychiatrie und Psychotherapie geleitet wurde. Mit seinem Vater, Kriminalhauptkommissar Thomas Stelter, hatten Anna und ich in den letzten Jahren einige Male beruflich zu tun gehabt.

Warum hatte ich Anna nicht schon gestern oder sogar vor zwei Wochen auf die Einladung zur Vernissage angesprochen? Gute Frage. Bei meiner inneren Antwort schwankte ich zwischen *Verdrängung* und *gutgemeinter Unterlassung* (um dadurch Annas Verschnupfung auf das geringstmögliche Zeitmaß zu begrenzen).

„Nimm doch stattdessen Katharina mit", schlug sie vor, wobei ihr Gesichtsausdruck nur eingeschränkte Begeisterung signalisierte. Anna und Katharina, meine 22-jährige Tochter, lagen etwas im Clinch miteinander.

„Ja, ich könnte sie fragen", nahm ich den Ball vorsichtig auf. „Manchmal hat sie ja spontan Lust und Zeit für so was."

„Im Gegensatz zu mir. Vielleicht inspiriert die Ausstellung deine Tochter, sich auch einmal in künstlerischen Sphären auszuprobieren."

„Das ist nicht nett von dir", stellte ich fest, da mir Annas schnippischer Unterton nicht entgangen war.

Anna spielte darauf an, dass Katharina vor Kurzem ihr Studium geschmissen hatte und stattdessen in eine noch ungewisse beruflich-persönliche Findungsphase eingetreten war.

„Na ja, deine Tochter ist auch alles andere als nett zu mir", beschwerte sich Anna. „Und sie mischt sich von Monat zu Monat mehr in unsere Beziehung ein, Mark. Das gefällt mir gar nicht."

Ich konnte Anna gut verstehen. Katharina kam schlecht damit klar, dass Anna und ich ein Paar waren. Das zeigte sie Anna immer wieder.

Ich stand auf, ging zu Anna und legte ihr meine Arme um die Schultern.

„Lass uns nicht streiten. Du hast ja recht, Katharina benimmt sich dir gegenüber manchmal unmöglich." Zögerlich erwiderte Anna meinen Kuss auf ihren Mund, und ich flüsterte: „Amatinjo, vi estas parto de mi."

Sie lächelte wieder auf die Art, die ich so an ihr liebte.

„Ist es wirklich in Ordnung, wenn ich Katharina frage, ob sie heute Abend mitkommt?", versicherte ich mich zögerlich.

„Ja, ernsthaft. Sie ist deine Tochter. Solange du nicht auch noch mit deiner begüterten Ex Ulrike dorthin gehst, hab ich überhaupt nichts dagegen."

Mit „begütert" meinte Anna offenbar Ulrikes Villa und den Umstand, dass meine Ex-Frau zusätzlich von ihrem Vater letztes Jahr Anteile eines Immobilienfonds im Wert von mehreren Hunderttausend Euro übertragen bekommen hatte.

Ich setzte meinen Humphrey-Bogart-Blick auf: „Ulrike nehm ich auf keinen Fall mit, versprochen."

Die Wogen zwischen Anna und mir schienen geglättet, aber irgendwie sagte mir mein Bauchgefühl, dass der heutige Abend noch ein unangenehmes Nachspiel haben würde.

3

Sein ganzer Körper war wie elektrisiert. Er hatte sich endgültig dafür entschieden, seinen Plan umzusetzen. Zwischenzeitlich hatten ihn immer wieder starke Zweifel gepackt, aber die hatte er jetzt im Griff. Morgen würde er Madeleine töten. Die unterschwellige Angst wurde von dem erhebenden Gefühl gewaltiger Macht überdeckt.

Die Bilder ließen ihn nicht los. Er wusste genau, wann und wo er es tun würde – und auf welche Art. Madeleines Lovemobil stand an der B65, in der Einfahrt eines kleinen Waldstücks, ungefähr einen Kilometer vom Ortseingang Ilten entfernt. Einem Ort mit fünftausend Einwohnern, in dem sich die große psychiatrische Privatklinik Dr. Ludendorff befand.

Der Mann hatte zu Hause alles gründlich durchdacht und vorbereitet. Bei sämtlichen Gegenständen, die er am Tatort zurücklassen würde, hatte er dafür gesorgt, dass sich später darauf keine Fingerabdrücke von ihm finden ließen. Jetzt umkreiste er den Tisch in seinem Wohnzimmer, auf dem er alles Nötige für morgen Abend bereitgelegt hatte: die Handschuhe, die Kabelbinder, die Spielkarte, das Grablicht, die Flasche mit dem Chloroform ...

♥

Katharina Seifert hatte telefonisch zugesagt, ihren Vater Mark heute Abend zur Vernissage zu begleiten. Schon am frühen Nachmittag war die junge Frau von der Arbeit nach Hause gekommen. Nicht ungewöhnlich, denn diese Woche hatte sie Frühschicht. Seit letztem Jahr wohnte sie wieder in ihrem Elternhaus, einer Villa in Hannovers gutbürgerlichem Stadtteil Waldhausen, direkt am Stadtwald Eilenriede. Katharina lebte dort mit ihrer Mutter und ihrem Stiefvater zusammen, hatte wieder ihr früheres Zimmer im ersten Stock bezogen.

Inzwischen war es 18:30 Uhr. In einer Stunde ging die Veranstaltung los. Katharina stand fertig angezogen in ihrem Zimmer. Sie hatte sich entschieden, zur Vernissage ein Kleid anzuziehen. Das kleine Schwarze, das sie vor zwei Jahren gekauft, aber nur einmal wirklich getragen hatte. Im Alltag trug sie fast ausschließlich Jeans.

„Bist du so weit?!", rief sie ihrer Mutter zu, die sich im Nachbarzimmer umzog.

„In fünf Minuten ...", kam etwas zögerlich die Antwort.

Katharina drehte sich mehrfach vor dem Ganzkörperspiegel in ihrem Zimmer und war mit sich und dem Kleid zufrieden. Was nicht immer selbstverständlich war.

Wie schon häufig in den letzten Monaten schossen ihr wieder diese Gedanken durch den Kopf. Ihr Leben war alles andere als geradlinig verlaufen. Wahrscheinlich kein Wunder bei dem, was ihre Eltern – Ulrike und Mark – ihr vorgelebt hatten. Am Anfang waren ihre Eltern sicher das überglückliche Traumpaar gewesen: Ulrike, die promovierte Apothekerin aus wohlhabendem Haus, Mark der erfolgreiche promovierte Arzt, und Katharina, ihr hübsches und einziges Wunschkind. Und zur Krönung des Glücks bekam Ulrike von ihrem Vater noch eine kräftige Finanzspritze für die Villa in Waldhausen. Wegen ihrer Streitereien, zunehmend öfters und heftiger, trennten sich ihre Eltern und ließen sich vor sechs Jahren scheiden. Für Katharina ein Gefühls-Chaos. Sie wohnte in Waldhausen bei ihrer Mutter und besuchte regelmäßig ihren Vater. Die Jahre nach ihrer Scheidung waren weder Ulrike noch Mark richtig glücklich. Katharina meinte zu spüren, dass sich ihre Eltern immer noch liebten, auch wenn bei ihren Zusammenkünften regelmäßig wieder die Fetzen flogen.

Und plötzlich veränderte sich die Welt. Ulrike verliebte sich bis über beide Ohren in Marks ehemaligen Chef, den verwitweten Oberarzt Dr. Ronald Dannenberg. Kurze Zeit später zog Ronald in Waldhausen ein, und Ulrike und Ronald heirateten. Katharina erlebte ihre Mutter nach langer Zeit wieder glücklich und hochjauchzend. Wobei Mark mit Ulrikes neuer Partnerschaft überhaupt nicht klarkam. Er stürzte sich in einen Konkurrenzkampf mit Ronald und in die Beziehung zu einer zehn Jahre jüngeren Frau, Anna Sonnenberg. Für Katharina war das Verhältnis ihres Vaters zu der Mitte dreißigjährigen Lehrerin immer nur eine peinliche Trotzreaktion gewesen.

„Und du bist sicher, dass dein Vater wollte, dass ich mit zur Vernissage komme?“, unterbrach kurz die verunsichert klingende Nachfrage ihrer Mutter Katharinas Gedanken. Fertig angezogen war Ulrike immer noch nicht.

„Natürlich galt die Einladung auch für dich“, behauptete Katharina und gab sich wieder dem gedanklichen Schnelldurchlauf ihrer jüngeren Vergangenheit hin.

Dem Zickzackkurs ihrer Familie war Katharina natürlich treu geblieben. Als Au-pair-Mädchen in London nach dem Abitur verliebte sie sich in einen (wie sie anfangs dachte) wahnsinnig süßen Typen, der sich aber später als untreuer Mistkerl entpuppte und sie eiskalt sitzen ließ. Danach wollte es mit ernsthaften Beziehungen bei ihr nicht mehr so recht klappen. In Hannover begann sie zu studieren, flog ein Jahr später für zwei Gastsemester nach Australien. Dann traf das nächste Unglück ihre Familie. Während Katharinas Aufenthalt in Australien wurde ihre Mutter Opfer eines brutalen Verbrechens und dabei schwer traumatisiert. Das war Mitte letzten Jahres gewesen. Nach der Entlassung aus der Reha-Klinik war Ulrike zwar körperlich wiederhergestellt, aber psychisch völlig verändert, was auch für die Beziehung der Ehepartner eine schwere Belastung darstellte. Katharina kehrte vorzeitig aus Australien zurück und zog erst einmal in Waldhausen ein, weil sie keine eigene Wohnung hatte. Schnell kam sie zu der Erkenntnis, dass ihre Mutter sie dringend brauchte, und blieb bei ihr wohnen. Außerdem schienen Marks regelmäßige Besuche für die antriebsgeschwächte Ulrike kleine Lichtblicke zu sein. Beeindruckt vom Schicksal ihrer Mutter, stellte Katharina ihre bisherige Lebensplanung komplett infrage. Sie brach ihr Studium in Hannover ab, strebte stattdessen einen Helferberuf an, um Menschen wie ihrer Mutter zur Seite stehen zu können: vielleicht Allgemeinärztin, Psychiaterin oder Sozialarbeiterin? Fürs Medizinstudium müsste sie eine längere Wartezeit in Kauf nehmen. Momentan machte sie zur Orientierung ein mehrmonatiges Praktikum im Pflegedienst der psychiatrischen Klinik Dr. Ludendorff, in der auch ihr Stiefvater Oberarzt war.

„So, ich bin fertig", teilte Ulrike ihrer Tochter mit, die erfreut zur Kenntnis nahm, dass ihre Mutter in dem beigefarbenen Kostüm und mit den gut frisierten mittellangen braunen Haaren sehr vorteilhaft aussah.

„Toll, dass du mitkommst", verkündete Katharina. „Papa wird sich freuen."

4

Da ich meinen Wagen heute Nachmittag für zwei Tage in die Werkstatt gebracht hatte, fuhr ich abends von meiner Wohnung am Zoo mit der Stadtbahn in die City. Am Kröpcke, Hannovers Zentralpunkt in der Innenstadt, waren noch zahlreiche Menschen unterwegs. Viele Geschäfte hatten bis zwanzig Uhr geöffnet. Es begann dunkel zu werden. Zielstrebig ging ich am Opernhaus vorbei Richtung Bankenviertel. Vor dem Bankhaus Berlinger war ich mit Katharina verabredet, die mit dem Auto aus Waldhausen kommen wollte. Schon von Weitem konnte ich meine Tochter auf den Stufen vor dem Eingang stehen sehen. Dann fiel mir die Kinnlade runter. Katharina war nicht allein gekommen. Neben ihr stand meine Ex-Frau Ulrike. Und ich hatte Anna hoch und heilig versprochen, dass ich auf keinen Fall mit Ulrike zur Vernissage gehen würde.

Ich blieb stehen und überlegte. Wieso hatte Katharina ihre Mutter mitgebracht? Ich hatte doch am Telefon ausdrücklich davon gesprochen, dass ich nur *eine* weitere Einladung hätte - und zwar für Katharina. Wenn Anna Wind davon bekam, dass mich Ulrike auf der Ausstellung begleitet hatte, war der Ärger vorprogrammiert. Na super!

Mit gebremstem Elan näherte ich mich langsam dem Bankhaus, dessen vierstöckiges Gebäude mit einer prächtigen altehrwürdigen Fassade imponierte. Einige gut gekleidete Besucher gingen an Ulrike und Katharina vorbei und betraten die Bank.

Ich war erstaunt. Zum ersten Mal nach längerer Zeit wirkte Ulrike gelöst, gut gelaunt, lächelte mich sogar an.

Bevor ich etwas sagen konnte, eilte Katharina auf mich zu, nahm mich in den Arm und verkündete überschwänglich:

„Hallo, Papa. Tolle Idee, uns zur Vernissage mitzunehmen! Mama hat sich echt darüber gefreut."

Ich versuchte, mein Lächeln möglichst ungekünstelt wirken zu lassen. Es rührte mich, dass Ulrike sich wirklich zu freuen schien. Seit gut einem halben Jahr arbeitete sie wieder halbtags in der Forschungsabteilung eines Pharmaunternehmens, kam aber ansonsten wenig unter Leute. Katharina fühlte sich für sie verantwortlich und hatte es heute mal wieder nur gut gemeint.

Dann stand Ulrike vor mir und nahm mich ebenfalls kurz in den Arm: „Danke, Mark, dass du immer noch für mich da bist."

„Na klar, ist doch selbstverständlich", murmelte ich.

Als sich Ulrike umdrehte, wies ich meine Tochter in Zeichensprache darauf hin, dass ich für ihre Mutter gar keine Einladung hatte.

„Als guter Kunde der Bank ist es sicher kein Problem für dich, noch einen zusätzlichen Gast mitbringen zu dürfen", flüsterte mir Katharina ganz leise, aber energisch zu.

Da hatte sie natürlich recht. Die Bank würde bestimmt nicht eine zusätzliche Begleitperson von mir wieder zurückschicken.

„Aber Ronald kommt nicht auch noch?", fragte ich eher rhetorisch.

„Nein, der ist von der Klinik gleich zu einer Fortbildung in Langenhagen gefahren", meinte Katharina.

Ich gab mich geschlagen.

„Dann lasst uns mal reingehen", sagte ich mit einer auffordernden Handbewegung.

♥

Der Vorstand der Privatbank hatte eine kleine Ansprache gehalten. Der großzügige Flur im ersten Stock mit den davon abzweigenden Gängen eignete sich ausgezeichnet als Aushangfläche für die gezeigten Bilder, die von den geladenen Besuchern der Vernissage bereitwillig bestaunt wurden. Es wurden Schnittchen gereicht, außerdem konnte man sich mit Wein, Bier und Softdrinks bis zum Abwinken bedienen. Den geladenen Gästen, die anschließend in Grüppchen beim Smalltalk zusammenstanden, war auf Anhieb anzusehen, dass sie zum gehobenen Kundenkreis des Bankhauses gehörten. Einige Mitarbeiterinnen der Sozialpsychiatrischen Beratungsstelle Südstadt, in der der Künstler gerade sein Praktikumsjahr absolvierte, waren seiner direkten Einladung ebenfalls gefolgt.

Ulrike und Katharina zeigten echtes Interesse an den ausgestellten zehn Bildern, die Daniel Stelter unter der Überschrift „Alltag" zusammengefasst hatte. Wenn ich das Ganze richtig interpretierte, waren auf den Gemälden Menschen zu sehen, die mit den komplexen Belastungen unserer heutigen Welt kämpften. Für einen künftigen Sozialarbeiter wahrscheinlich genau die richtige Sichtweise.

Daniel, gleichaltrig mit Katharina, war ein interessanter junger Mann, der eine sportliche Ausstrahlung hatte und als äußeres Markenzeichen eine dunkelblonde Strubbelhaarfrisur trug, sich ansonsten sehr freundlich und zurückhaltend gab.

Heute Abend wirkte er auf mich zwischenzeitlich recht angespannt, so als müsse er eine große Enttäuschung überspielen. Ich fragte mich, ob ein Zusammenhang bestand zu meiner Beobachtung, dass weder

Daniels Vater noch dessen Lebenspartnerin erschienen waren. Schon ungewöhnlich bei einem derart wichtigen Ereignis des Sohnes.

Das Gespräch, das Daniel mit Katharina über seine Bilder führte, dauerte merklich länger als der sonst übliche Austausch zwischen Künstler und Ausstellungsbesucher.

Mit Ulrike an meiner Seite konnte ich es mir nicht verkneifen, Daniel auf die Abwesenheit des Hauptkommissars anzusprechen: „Und Ihr Vater konnte heute Abend gar nicht kommen ...?"

„Nein", war Daniels kurze Antwort. Und offenbar als Reaktion auf meinen erwartungsvollen Gesichtsausdruck fügte er nach einer kurzen Pause hinzu: „Aus wichtigen familiären Gründen."

Wobei ich den Hauch unterdrückter Gereiztheit spürte. Da Daniel keinerlei Anstalten machte, das Ganze weiter auszuführen, ließ ich es dabei bewenden. Aber als berufsneugieriger Mensch war mein Interesse geweckt. Bei den Stelters gab's irgendwelchen Ärger.

Meine Intervention, das Thema zu wechseln, hatte gleich weitere Konsequenzen für unser Familienleben. Ich erzählte, dass ich Mittwochvormittag einen mehrstündigen Termin in der Ludendorff-Klinik in Ilten hätte und überlegen würde, ob ich dafür eines der neuen Dienst-Elektroautos ausleihen sollte, da sich mein eigenes Auto in der Werkstatt befand.

Augenblicklich stürzten sich Katharina und Daniel zeitgleich auf die Lösung meines belanglosen Problems. Da mein Arbeitsplatz in der Nähe von Ulrikes Haus war, kam Katharina auf die Idee, dass Ronald mich morgens mit seinem Auto nach Ilten mitnehmen könnte. Was nur wegen Daniels Einfall sinnvoll war, dass er mich am späten Vormittag wieder mit zurücknehmen würde, weil er dann gerade mit seiner Praktikumsanleiterin ebenfalls einen dienstlichen Termin in der Klinik hatte.

Mir erschien das alles zu kompliziert, aber Katharina beharrte auf ihrer Idee und wurde dabei eifrig von Daniel unterstützt, was meine Tochter wiederum wohlwollend zur Kenntnis nahm.

„Ich kann mir nicht vorstellen, dass Ronald begeistert ist, mich einzusammeln, um mich nach Ilten zu chauffieren", versuchte ich Realität in die begeisterte Planung meiner Tochter zu bringen. Ich konnte mir lebhaft vorstellen, wie perplex Ronald auf dieses Ansinnen reagieren würde. Aber dann brach meine Abwehr zusammen, als sich Ulrike ebenfalls einschaltete und mit ungewohnter Entschlossenheit verkündete: „Das macht Ronald auf jeden Fall. Ich bitte ihn darum. Das ist doch eine ganz normale Selbstverständlichkeit. Ich finde es gut, wenn ihr beiden euch durch so eine Gemeinsamkeit wieder näher kommt."

Durch ein Nicken versuchte ich Ulrike davon abzuhalten, weitere Details meiner kleinen Rivalität mit Ronald vor Daniel auszubreiten.

Trotzdem schob sie hinterher: „Bitte, Mark, tust du mir den Gefallen und nimmst den Vorschlag an?"

Dem wollte ich natürlich nichts entgegensetzen und stimmte zu.

5

Dienstag, 30. September.

Er beobachtete Madeleine, wie sie zielsicher auf eines der Gebäude am Rande des Klinikgeländes zusteuerte. Dabei achtete er darauf, dass er sie in einem Abstand verfolgte, bei dem sie ihn nicht bemerkte. Im Gegensatz zu der offenherzigen Aufmachung im Lovemobil trug sie jetzt eine enge Jeans, Pullover und Jacke, wirkte auf ihn selbst in dieser Kleidung sehr verlockend.

Die Klinik Dr. Ludendorff befand sich mitten in Ilten, einem Ortsteil der Stadt Sehnde. Das Klinikgelände war nicht durch irgendwelche Hecken oder Zäune abgegrenzt und dadurch frei zugänglich. Seit Jahren war man der Grundeinstellung treu geblieben, auf jegliche Videoüberwachung zu verzichten, um die Privatsphäre der psychiatrischen Patienten zu respektieren. Das war ihm nur recht. Bei zahlreichen Gebäuden im Umfeld des Hauptgebäudes war äußerlich völlig unklar, ob sie der Klinik oder einer Privatfamilie gehörten.

Er genoss bewusst jede Minute, in der er realisierte, dass jetzt er der Herr über Leben und Tod dieses schönen geldgeilen Geschöpfes war. Nur er hatte es in der Hand, Madeleines Todeszeitpunkt festzulegen. Und noch bevor es Nacht wurde, war der Zeitpunkt gekommen. Es war das erste Mal, dass er einen Menschen töten würde.

Plötzlich blieb er abrupt stehen. Ein gutaussehender Mann um die fünfzig mit dunklem Haar und Hornbrille durchquerte vor ihm den Klinikpark und steuerte auf eines der Krankenhausgebäude zu. Das war Dr. Ronald Dannenberg, Oberarzt der Allgemeinpsychiatrie.

Madeleines Verfolger verzog sich sofort in den Sichtschatten eines Baumes. Er wollte auf keinen Fall von Dannenberg gesehen werden.

Nachdem der Oberarzt in dem Gebäude verschwunden war, setzte sich der Mann wieder in Bewegung. Es war Nachmittag. Die letzten Stunden von Madeleine waren angebrochen. Für den Mann war es wichtig, die rothaarige Frau noch einmal in voller Lebendigkeit gesehen zu haben, bevor er sich endgültig auf seine Art von ihr verabschiedete.

Die Stunden bis zur Dunkelheit vergingen wie im Flug. Bis zum Waldstück war es nur ein Katzensprung. In einem kleinen Rucksack hatte er alles dabei. Er musste berücksichtigen, dass die Polizei ihn später verdächtigen und ein Bewegungsprofil anhand der gespeicherten Daten seins Mobilfunkproviders über ihn erstellen würde. Sein Smartphone hatte er daher vorsorglich zu Hause gelassen. Nach der Tat würde er dafür sorgen, dass keine verdächtigen Gegenstände in seinen vier Wänden auffindbar waren. Verräterische Internetrecherchen mit dem eigenen PC hatte er konsequent vermieden.

Es war so weit. Er ging zur erleuchteten Fahrerkabine, in der sich Madeleine mit Schwesternhaube und weißem BH den vorbeifahrenden Männern präsentierte. Sobald sie die hell leuchtende Lichterkette in der Fahrerkabine ausschaltete, wurde weiteren potenziellen Kunden signalisiert, dass die Liebesdienerin besetzt und ein Versuch der Kontaktaufnahme momentan unerwünscht war. Der aktuelle Besucher stellte sein Fahrzeug in der Regel diskret im Waldstück hinter dem Lovemobil und Madeleines Pkw ab.

Sie sah ihn kommen und ließ die Seitenscheibe herunter.

„Was willst du denn hier?“, fragte sie und machte einen skeptischen Gesichtsausdruck. In ihrem Tonfall klang eine leichte Abneigung mit an. „Entweder du zahlst für die Behandlung meine Preise oder du kannst gleich wieder verschwinden!“

„Keine Angst“, beschwichtigte er sie, „du bekommst auf jeden Fall deinen Lohn.“

„Na gut, komm rein. Aber heute Abend kostet es dich einen Sonderzuschlag.“

„Kein Problem. Den sollst du haben.“

Während des Gesprächs hatte er die Hände in seinen Jackentaschen gelassen. Sie sollte nicht sehen, dass er Einmalhandschuhe trug. Jetzt musste es schnell gehen. Während sie die Lichterkette und die Beleuchtung der Fahrerkabine ausschaltete und sich von innen in den Arbeitsbereich des Lovemobils bewegte, hatte er den Korken aus der kleinen Flasche gezogen und das Tuch mit dem Chloroform durchtränkt.

Sie öffnete die Seitentür. Seine Hände hielt er wieder geschickt vor ihr versteckt. Ohne ihn groß anzusehen, forderte sie ihn durch eine kurze Kopfbewegung auf, einzutreten. Dann drehte sie ihm den Rücken zu, um zur Raummitte zu gehen. Sofort sprang er hinter Madeleine, umklammerte sie mit dem linken Arm, presste ihr mit der rechten Hand das Tuch mit dem Betäubungsmittel vor die Nase. Zu einer effektiven Gegenwehr war die völlig überraschte Madeleine nicht mehr in der Lage. Sie erschlaffte, und der Mann ließ den Körper der bewusstlosen Frau zu Boden gleiten. Der schwierigste Teil war damit erfolgreich geschafft.

Der Mann verschloss die Seitentür, stellte den Rucksack auf den Boden. Dann widmete er sich der Frau. Zuerst zerrte er mit beiden Händen Madeleine den weißen BH vom Oberkörper.

Zum letzten Mal warf er einen Blick auf ihre unversehrte Schönheit, die in diesem Moment nur ihm gehörte. Dann holte er aus seinem Rucksack zwei rote Kabelbinder. Mit einem schnürte er ihre Füße zusammen, mit dem anderen fesselte er ihr die Hände auf den Rücken. Er zog ihr ein Stück braunes Klebeband über den Mund, was er bereits als Verunzierung ihres ebenmäßigen Gesichts empfand.

Als Madeleine erwachte, weidete er sich an ihren angsterfüllten Blicken. Anfangs wand sie sich auf dem Boden und stieß unter dem Klebeband unartikulierte Laute aus. Als sie merkte, dass sie dem Mann hilflos ausgeliefert war, blieb sie fast bewegungslos, ohne einen Ton von sich zu geben, am Boden liegen.

Neben dem Bett entdeckte der Mann das Smartphone der Frau. Mit voller Wucht trampelte er immer wieder darauf herum.

„Das hast du nicht erwartet, dass ich mir die totale Kontrolle über dich hole, was?!“, begann der Mann seinen Monolog, mit dem er Madeleine seine Herrschaft über sie spüren ließ.

Am Ende seiner Rede merkte er eine angenehme Erschöpfung. Er zeigte ihr das Grablicht und die Spielkarte, benannte die Gründe, weshalb er beides mitgebracht hatte. Dann verstummte er für einen kurzen Moment. Die Frau schien von der plötzlichen Stille überrascht.

„Und jetzt werde ich dich aus dieser Situation der Angst erlösen“, verkündete er mit fast feierlicher

Stimme. Madeleine hatte die Augen weit aufgerissen. Als er einen dritten roten Kabelbinder aus dem Rucksack holte, ahnte sie sofort, was er damit vorhatte. Sie gab hektisch klingende Laute von sich, versuchte ihren Körper wegzurollen. Er stürzte auf sie zu, drückte mit seinen Knien ihren Oberkörper von der Seite fest an den Boden. Es war schwieriger als gedacht, den Kabelbinder um den Hals der Frau zu winden. Der Mann setzte seine ganze Kraft ein und schaffte es schließlich, den Verschluss des Kabelbinders festzuzurren. Wie im Rausch zog er immer fester und fester daran, bis jegliche Lebensenergie aus dem Körper der rothaarigen Frau entwichen war.

Das folgende Ritual hatte er vorher hundertmal in seinem Kopf durchgespielt. Er zündete die Grabkerze an, murmelte ein Gebet und stellte sie rechts neben dem Leichnam ab. Auf gleicher Höhe, aber auf die linke Seite, legte er die Spielkarte. Es war vollbracht.

Er öffnete die Tür und trat ins Freie. In dem kleinen Waldstück und der daran angrenzenden B65 war kein Mensch zu sehen. Die Seitentür des Wohnmobils ließ er ganz bewusst ein kleines Stück offenstehen. Dann entfernte er sich vom Tatort.

6

Leonore Voigt wohnte bereits mehrere Jahre in ihrer Mietwohnung in Ahlten, zunächst mit einem Freund, später allein. Der Ort, der zur Stadt Lehrte gehörte, war für die Anfang dreißigjährige Krankenschwester ideal. Nicht einmal vier Kilometer war er von ihrem Arbeitsplatz, der Klinik Dr. Ludendorff in Ilten, entfernt. Und auch nach Hannover waren es nur zehn Kilometer.

Draußen war es dunkel. Sie hatte Kerzen, Wein und einige Knabbereien für ihren Besucher vorbereitet. Fabian hatte schon vor einiger Zeit angerufen, dass er sich verspäten würde. Für Leonore kein Problem. Es war weniger die gemeinsame Flasche Wein, auf die sie sich freute, sondern das sich über die Nacht hinziehende Finale mit ihm.

Bei dem Gedanken an Dr. Fabian Kirchhoff durchfuhr sie ein wohliges Kribbeln. Er war vor ein paar Monaten auf Initiative des neuen Chefarztes von Hamburg nach Ilten gekommen. Hier hatte er die neu geschaffene Position des Leitenden Oberarztes erhalten.

Die Beziehung mit Dr. Ronald Dannenberg, der in der Klinik faktisch zuvor Fabians Posten ausgefüllt hatte, war von Leonore im Mai dieses Jahres beendet worden. Sie hatte Ronald ernsthaft geliebt, aber im Gegensatz zu Fabian war mit ihm alles kompliziert gewesen. Ronald nahm immer Rücksicht auf seine Frau, die versprochene Trennung von ihr wurde Monat um Monat verschoben. Die Treffen zwischen Leonore und Ronald waren ein ewiges Versteckspiel. Tatsächlich hatten sie es bis zum Schluss geschafft, ihre Liebesbeziehung vor ihrer ganzen Umwelt geheim zu halten. Aber zuletzt war Ronalds Stimmung unerträglich gewesen. Um sich nicht völlig herunterziehen zu lassen, musste Leonore einen Schlussstrich ziehen.

Ein äußeres Zeichen für diesen Schlussstrich hatte sie vergangene Woche gesetzt. Ronald hatte stets für Leonores langes blondes Haar geschwärmt. Fabian war kürzlich herausgerutscht, dass ihn rote Haare anmachen würden. Für Leonore ein willkommener Anlass, ihre Haare rot zu färben.

Es klingelte an ihrer Haustür. Das musste Fabian sein. Schwungvoll drückte sie auf den Summer und wartete, bis er im zweiten Stock vor ihrer Wohnungstür stand.

„Hallo, mein roter Engel ..."

Fabian Kirchhoff strahlte sie an, dann umarmte und küsste er sie leidenschaftlich.

Nachdem Leonore es gerade noch geschafft hatte, die Tür hinter sich zuzuziehen, zog Fabian sie bereits erneut an sich und ließ seine Hände zärtlich über ihren Körper gleiten. Sein Mund suchte sich küssend einen Weg von ihrem Hals zum linken Ohr.

„Tut mir leid, dass du warten musstest", sagte er leise und biss sanft in ihr Ohrläppchen. „aber ich musste noch was Dringendes in der Klinik erledigen."

„Ich finde, das Warten hat sich schon gelohnt, du fleißiger Arzt", murmelte Leonore, während sie spürte, wie seine Hände an ihrer Taille emsig damit beschäftigt waren, die Bluse aus ihrer Jeans zu ziehen. Die Überstunden in der Klinik hatten seine Leidenschaft in keiner Weise gedämpft.

Zwischendurch fanden Leonore und Fabian tatsächlich die Zeit, sich der Flasche Wein und den Knabbersachen zu widmen.

Eng umschlungen lagen sie auf der Couch ihres Wohnzimmers. Während Fabian mit seinen Fingerspitzen einen Spaziergang über ihren nackten Körper machte, musste Leonore unwillkürlich daran denken, dass sie hier vor einem Dreivierteljahr noch mit Ronald halbwegs glücklich gelegen hatte. Sie versuchte diese Gedanken zu verscheuchen und schaute Fabian bewusst an. Mit ihm war es anders. Er war fünfunddreißig und somit fast gleichaltrig mit ihr. Er wirkte stärker und zielstrebiger als Ronald, war ungebunden, was den entscheidenden Unterschied ausmachte. Das leicht hervorstehende Kinn verlieh seinem Gesicht, verbunden mit dem Dreitagebart, einen angenehm kraftvollen Ausdruck, passend zu seinem durchtrainierten Körper. Für Leonore die willkommenen Attribute eines Beschützers, der jetzt allerdings mit seinen zerwühlten dunkelblonden Haaren wie ein liebenswerter großer Junge wirkte.

„Ein wunderschöner Abend“, flüsterte sie und schmiegte sich an ihn.

Fabians Blick wanderte über die attraktive Frau in seinen Armen. Zufrieden betrachtete er ihr langes Haar, dem sie nur ihm zuliebe diesen warmen roten Farbton verliehen hatte.

„Ja“, stimmte er ihr lächelnd zu. „Heute war wirklich ein wunderschöner Abend.“

7

Mittwoch, 1. Oktober.

Fast jeder Morgen zwischen halb acht und halb neun lief für Gerhard Winkler annähernd gleich ab. Der 67-jährige Rentner hatte sich für seine Joggingrunde eine Strecke ausgesucht, bei der er Ilten am südlichen Ende verließ, anschließend über die Feldwege an der Westseite des Ortes in die entgegengesetzte Richtung lief, um danach durch ein kleines Waldstück im Nordwesten wieder auf die B65 zu stoßen, an der er auf dem Seitenstreifen für Radfahrer nach Ilten zurückkehrte. Zu Hause erwarteten ihn eine erfrischende Dusche und seine ebenfalls berentete, Zeitung lesende Ehefrau.

Heute war es mäßig bewölkt und trocken. Die Sonne war schon aufgegangen, bevor Gerhard Winkler zu seiner Joggingtour startete. Es war gegen 8:15 Uhr, als er auf dem Waldweg lief, auf dessen asphaltiertem Endstück immer um diese Zeit ein verlassenes Wohnmobil parkte. Winkler war natürlich klar, dass dort in den Abend- und Nachtstunden eine Prostituierte ihre Dienste anbot. Als er sich dem asphaltierten Abschnitt näherte, sah er sofort, dass heute etwas anders war. Hinter dem Wohnmobil stand ein Kleinwagen der Marke Skoda, verschlossen und leer. Auf Höhe des Wohnmobils bremste er seinen Lauf. Zum ersten Mal stand die Seitentür leicht offen. Eine Mischung aus Fürsorglichkeit und Neugierde bewog ihn dazu, stehenzubleiben. Der Blick in ein Bordell auf vier Rädern hatte seinen Reiz.

„Hallo, ist da jemand?!“, rief er vorsichtshalber, bevor er langsam die Tür vollständig öffnete.

8

Aus seinen bissigen Kommentaren schloss ich, dass Ronald Dannenberg eine Stinklaune hatte. Wir fuhren in seinem schwarzen E-Klasse-Mercedes auf dem zweispurigen Südschnellweg stadtauswärts nach Ilten im östlichen Teil der Region Hannover. An einem Treffpunkt in der Nähe meiner Dienststelle hatte er mich um 8:00 Uhr eingesammelt, um mich zur Klinik Dr. Ludendorff mitzunehmen, wozu meine Tochter und seine Frau ihn mit vereinten Kräften genötigt hatten. Katharina, die ebenfalls in der Klinik arbeitete, musste erst zu einer späteren Zeit dorthin fahren, weil sie jeden Mittwoch als Begleitperson für eine therapeutische Gruppe eingeteilt war.

„Also ich hab immer ein vernünftiges Wagenkreuz und ein Notrad im Kofferraum, falls ich mal 'nen Platten hab", dozierte Ronald, „kann ich dir wirklich für die Zukunft nur empfehlen."

Ich hatte ihm unvorsichtigerweise im Zusammenhang mit der Reparatur meines altersschwachen Autos erzählt, dass ich bereits vor Kurzem unterwegs mit einem platten Reifen liegengeblieben war und mein spärliches Werkzeug nicht zum Lösen der Radmuttern taugte.

„Du hast ja so recht", versuchte ich dieses unangenehme Thema durch meine vermeintliche Zustimmung zu beenden. Dann lenkte ich im Gegenzug unsere Unterhaltung auf einen von Ronalds wunden Punkten. Ich erkundigte mich danach, wie es mit seinem Sohn Alexander lief, der früher eine Zeitlang mit in Waldhausen gewohnt hatte, dort aber nicht gut klargekommen war.

Sofort war Ronald runter von seinem hohen Ross: „Alexander hat eine Wohnung in Braunschweig und macht eine Ausbildung zum IT-Systemelektroniker. Wir haben wenig Kontakt." Ich spürte die Traurigkeit in seiner Stimme, als er ergänzte: „Ich würde ihn gern häufiger sehen, aber ihm liegt nichts daran."

Auf einmal tat mir Ronald leid. Nicht auszudenken, wenn Katharina nichts mehr mit mir zu tun haben wollte.

Wir überquerten den Messeschnellweg, wo um diese Zeit viele Autos in beide Richtungen unterwegs waren.

Ronald widmete schweigend seine Aufmerksamkeit dem Verkehr.

„Was hast du eigentlich so Wichtiges in der Klinik zu erledigen?", fragte Ronald und warf einen kurzen Blick zu mir auf dem Beifahrersitz.

„Ich bin doch beratender Arzt der Beschwerdestelle für psychisch Kranke. In dieser Funktion spreche ich unter anderem mit Pahland und Kirchhoff und besuche noch eine von euren geschlossenen Stationen."

Mehr sagte ich Ronald dazu nicht. Ein ehemaliger Patient der Ludendorff-Klinik hatte sich bei uns beschwert, dass er von Oberarzt Dr. Kirchhoff und einem seiner Stationsärzte wiederholt massiv unter Druck gesetzt worden war, das neue Psychopharmakon Normox einzunehmen. Von einem ähnlich klingenden Vorfall, ebenfalls auf Kirchhoffs geschlossener Station, hatte ich bereits über mehrere Ecken vor vier Wochen gehört. Heute wollte ich Licht in die Sache bringen. Meiner telefonischen Bitte um ein Gespräch in der Angelegenheit hatte der neue Chefarzt Dr. Pahland freundlich zugestimmt.

„Ach, dann weiß ich schon, worum es geht", meinte Ronald und verzog sein Gesicht zu einem flüchtigen Grinsen. „Bin ich heute also nicht der Buhmann ..."

Nach der Anschlussstelle Hannover-Anderten wurde der Messeschnellweg als Bundesstraße 65 weitergeführt. Ich blickte über weite Felder zu beiden Seiten der Straße. Links tauchte der Ort Ahlten auf. Kurz dahinter auf der rechten Straßenseite kam das kleine Wäldchen, wo mir schon früher ein paar Mal dieses Wohnmobil aufgefallen war.

Ein älterer Mann mit grauem Haarkranz tauchte plötzlich neben dem Wohnmobil auf. Er trug einen blauen Trainingsanzug, rannte stolpernd zur Straße, winkte uns hektisch mit beiden Armen.

„Halt mal an!", bat ich Ronald. Der hatte schon zeitgleich abgebremst und fuhr rechts an den Straßenrand. Wir stiegen aus. Der Mann schoss auf mich zu. Sein Blick war panisch, und er stammelte laut einige unvollständige Sätze: „Mit dem Kabel ... die Frau ... liegt da ... eine Kerze. Ich ... ich ... kein Handy mit ... Polizei."

Ich packte den Mann an seinen Oberarmen und versuchte ihn zu beruhigen. Er zitterte am ganzen Körper, schaute mich mit schreckgeweiteten Augen an. Mehrfach rang er nach Luft, stieß dabei immer wieder das Wort „Polizei" hervor. Er musste etwas Schreckliches im Zusammenhang mit einer Frau gesehen haben. Möglicherweise im Wohnmobil. Ich ahnte Schlimmes. Ronald hatte den gleichen Gedanken und war sofort dorthin gelaufen. Die Seitentür zum Lovemobil stand weit offen, und er blieb kurz davor stehen.

„Oh, nein", hörte ich ihn stöhnen. Schnell überwand er seine Fassungslosigkeit und sprang in Notarztmanier ins Innere des Gefährts.

„Was ist ...?", rief ich ihm zu, während ich mich noch um den völlig konfusen älteren Herrn kümmerte.

„Nichts mehr zu machen", kam seine Antwort aus dem Wageninnern. „Die Frau ist tot, offenbar erdrosselt."

„Fass bloß nichts an, wegen der Spurensicherung ...", ließ ich den kriminalistischen Experten raushängen. „Und zertrampel nicht irgendwelche Hinweise!"

Ronald, der immer noch im Wohnmobil die Lage sondierte, antwortete genervt: „Schon gut, Dr. Watson. Aber ich hab nicht das erste Mal mit polizeilicher Ermittlungsarbeit zu tun."

Womit er natürlich recht hatte. Bei jedem Suizid in der Klinik ermittelte routinemäßig die Polizei vor Ort.

Als sich der ältere Mann, der offenbar Winkler hieß, ansatzweise beruhigt hatte, wagte ich einen Blick in das Wohnmobil. Ein furchtbares Bild, bei dem ich sofort die Assoziation Psychiatrie hatte.

Ronald verständigte mit seinem Handy die Polizei.

Zu diesem Zeitpunkt konnte ich mir nicht vorstellen, dass auch Menschen, die Ronald und ich unmittelbar persönlich kannten, in den kommenden Wochen auf die gleiche Weise den Tod finden würden.

Der leicht korpulente Mann Mitte fünfzig mit dem spärlichen grauen Haar stand schweigend inmitten des abgesperrten Bereichs um das Lovemobil und versuchte sich vom Tatort einen Gesamteindruck zu verschaffen. Bei dem Mann handelte es sich um Kriminalhauptkommissar Thomas Stelter von der Polizeidirektion Hannover, Kriminalfachinspektion 1.1 K „Straftaten gegen das Leben“. Die um fünfzehn Jahre jüngere Frau, schlank, sportlich, lange braune Haare, die mit einem der zahlreichen Kollegen von der Schutzpolizei sprach, war seine Kollegin, Kriminaloberkommissarin Andrea Renner.

Mitarbeiter des Kriminaldauerdienstes in weißen Overalls erledigten mit professioneller Routine die Spurensicherung.

Einer von ihnen, Max Quast, ein hagerer großer Mann mit dunklem Bürstenhaarschnitt, kam auf Stelter zu.

„Was wisst ihr schon über die Tote?“, wollte der Hauptkommissar von ihm wissen.

„Im Wohnmobil haben wir den Personalausweis der Frau gefunden. Sie heißt Dana Bosilek, ist siebenundzwanzig Jahre und kommt aus Bulgarien. Offensichtlich hat sie hier unter dem Namen Madeleine als Prostituierte gearbeitet.“

„Wo bleibt denn unser Rechtsmediziner?“, brummte Stelter.

Max Quast zuckte mit den Schultern: „Ist auf dem Weg.“

Stelter stapfte an Quast vorbei und betrat das Lovemobil. Die Frau lag mit entblößtem Oberkörper auf dem Boden. Die weit aufgerissenen Augen dokumentierten eindringlich das Entsetzen der Frau während ihrer letzten Lebenssekunden. Über der unteren Gesichtshälfte ein Klebestreifen, der kurze weiße Rock nach oben gerutscht. Thomas Stelter brauchte nicht viel Fantasie, um sich das grausame Geschehen vor Augen zu führen. Aber ein fertiges Bild, wie die Frau zu Lebzeiten ausgesehen hatte, brachte er noch nicht zusammen. Er verspürte eine Kälte, die sich in seinem Körper ausbreitete. Die Frau kam ihm vertraut und fremd vor. Irritiert registrierte er an sich ein leichtes Kältezittern.

Was ist denn mit mir los?, ging ihm durch den Kopf. Wobei er sofort versuchte, sich ganz auf seine Aufgabe zu konzentrieren.

Das Wohnmobil verfügte über einen Tisch mit Sitzecke und ein Mini-Bad mit Toilette.

Ein weißer BH mit roten Kreuzen lag seitlich in der Ecke. Zusammen mit der weißen Schwesternhaube, die Stelter ebenfalls auf dem Boden entdeckt hatte, passte die Kostümierung zum Schild, auf dem sich Madeleine als „Fachkrankenschwester für sexuelle Zufriedenheit“ angepriesen hatte. Ansonsten dominierte für Stelter die Farbe Rot im Raum, das betraf Haarfarbe, Läufer, Bettdecke, Lichterkette und ... die Kabelbinder. Außerdem stand links neben der Toten eine noch brennende rote Grabkerze, auf der anderen Seite lag eine Spielkarte – eine Herzzehn, also ebenfalls rot.

Max Quast meldete sich vom Eingang zu Wort: „Wie du siehst ... Die Spielkarte zeigt vorne drauf zwei gestrichelte Linien mit Fußbällen und Pfeilen, die sich wie taktische Anweisungen geschlängelt auf ein Tor zubewegen. Ich glaub, die Spielkarte gehört zu einer Sonderedition des DFB.“

Von hinten war Andrea Renners Stimme zu hören: „Wann ungefähr ist es passiert?"

„So wie ich das einschätze, gestern Abend – und sicherlich *hier*", antwortete Quast ohne groß zu überlegen. „Und die Tote trägt noch einen Slip. An den Oberschenkeln findet sich auf den ersten Blick kein Hinweis auf eine Vergewaltigung."

„Vielleicht ist der Täter also impotent oder 'ne Frau", grunzte Stelter.

„Dass der Täter eine Frau ist, halte ich angesichts dieser gespenstischen Szenerie hier für sehr unwahrscheinlich", warf Andrea ein.

„War auch nicht ganz ernst gemeint", verteidigte sich Stelter unwillig.

„In einer Handtasche, die dem Opfer gehört haben muss, haben wir ein Portemonnaie mit Geld gefunden. Zusätzlich haben wir Geld in einem kleinen Kästchen sichergestellt", ergriff Max Quast wieder das Wort. „Also bestimmt kein Raubmord."

„Die Tat sieht gut vorbereitet aus", stellte die Oberkommissarin fest. „So wie's vorläufig aussieht, behaupte ich mal, dass die Grabkerze, die Spielkarte, das Klebeband und die roten Kabelbinder gezielt vom Täter mitgebracht worden sind."

Zwei Mitarbeiter der Spurensicherung drängten sich zum wiederholten Mal an Stelter vorbei, der hier drinnen eine beklemmende Enge empfand. Der Hauptkommissar trat ins Freie.

„Habt ihr sonst noch was entdeckt?", fragte er Quast.

„Im Wohnmobil sind jede Menge Fingerabdrücke, wahrscheinlich von Kunden des Opfers. Vor der Eingangstür lag ein kleiner Korken. Der Skoda hinter dem Lovemobil gehört dem Opfer. Wir haben die Papiere und den Wagenschlüssel in ihrer Handtasche gefunden. Das zerstörte Smartphone auf dem Fußboden gehörte sicher ebenfalls der Frau."

Über eine Anrufliste des Mobilfunkproviders würden sie herausbekommen, mit wem das Opfer in letzter Zeit telefoniert hatte.

„Der Täter ist doch wahrscheinlich auch mit dem Auto gekommen", sinnierte Stelter. „Spuren ...?"

„Die Kunden parken ihr Auto sicherlich hinter dem von Madeleine. Da ist der Weg noch asphaltiert. Aber beim Wegfahren muss der Wagen gewendet werden – und zwar zum Teil auf dem angrenzenden Waldboden. Dort haben wir tatsächlich diverse Pkw-Reifenspuren gefunden. Außerdem gibt es im direkten Umfeld auch Reifenspuren von einem Motorrad und einigen Fahrrädern."

Stelter nickte: „Ja, klar. Der Täter kann auch mit Motorrad oder Fahrrad gekommen sein."

„Oder sogar zu Fuß aus Ilten oder Ahlten", ergänzte Andrea.

„Wo sind eigentlich die Zeugen, die die Tote entdeckt haben?", fragte der Hauptkommissar mit Blick auf Quast.

„Der ältere Herr, ein Jogger, der zufällig zuerst bei der Leiche war, ist damit wohl gar nicht gut klargekommen. Er ist in die Klinik Dr. Ludendorff gebracht worden, von den beiden Ärzten, die auf dem Weg zur Klinik hier auf ihn getroffen waren. Herr Dr. Dannenberg hat die Polizei verständigt. Zusammen mit Herrn Dr. Seifert hat er die Ankunft unserer Kollegen abgewartet. Nachdem wir Personalien und Aussagen aufgenommen hatten, fanden wir es angemessen, die Ärzte mit dem älteren Herrn zur Klinik fahren zu lassen."

„Ist okay", stimmte Stelter zu. „Mit Seifert und Dannenberg unterhalte ich mich später noch mal."

In diesem Moment erreichte ein weiterer Wagen den Tatort, aus dem der Rechtsmediziner aus der Medizinischen Hochschule Hannover ausstieg.

10

Rund um den Flachdach-Bungalow waren Platanen und Büsche gepflanzt worden. Das Gebäude, das die beiden geschlossenen Stationen 1 und 2 der Allgemeinpsychiatrie beherbergte, stand mitten im Park der Klinik Dr. Ludendorff in Ilten. Krankenwagen konnten den Bungalow über eine kleine Zufahrtsstraße durch den Park direkt ansteuern.

Katharina Seifert hatte ihren Wagen in der Nähe des Klinikparks abgestellt. Auf der Fahrt von Hannover hierher waren ihr an der B65, kurz vorm Ortseingang Ilten, Polizeiwagen und ein abgesperrter Bereich um das Wohnmobil am Waldrand aufgefallen. Das sah nach einem Verbrechen aus.

Katharina, momentan eingesetzt im Pflegedienst der Station 1, durchquerte den Park und betrat den Bungalow. Sie blieb im Flur stehen, von dem zu beiden Seiten zwei geschlossene Türen aus Sicherheitsglas abgingen. Die rechte Tür führte auf ihre Station 1.

Gerade wurde die linke Glastür, Eingang zur Station 2, aufgeschlossen, und eine junge Frau in einem weißen Kittel erschien, die langen schwarzen Haare zu einem Pferdeschanz zusammengebunden. Es war Emilia Duarte Garcia, eine 25-jährige Chilenin, die in Hannover Medizin studierte und hier auf Station 2 den letzten Abschnitt ihres sechsjährigen Studiums absolvierte, das sogenannte Praktische Jahr. Neben den Pflichtfächern Innere Medizin und Chirurgie musste jeder Medizinstudent während seines Praktischen Jahres noch ein Wahlfach belegen, bei dem sich Emilia für vier Monate Psychiatrie entschieden hatte. Eine Entscheidung, an der Katharinas Vater Mark Seifert nicht ganz unschuldig war. Da Emilia Esperanto sprach, war sie irgendwann auf die wöchentlichen Montagstreffen der Hannoverschen Esperantisten gestoßen, wo sie Anna und Mark kennengelernt hatte. Und durch Katharinas Vater war Emilias Interesse an der Psychiatrie geweckt worden.

Die Medizinstudentin lächelte freundlich: „Saluton, Katharina."

„Saluton, Emilia. Hast du schon irgendwas gehört, was die Polizei da am Ortseingang macht?"

Katharina war überrascht, was Emilia bereits wusste. Eine tote Frau, gefunden von einem Jogger, und Katharinas Vater und Stiefvater mittendrin im Geschehen. Außerdem erzählte Emilia, dass sich Mark in diesem Moment wegen einer Patientenbeschwerde auf Station 2 befand, wohin ihn der zuständige Oberarzt Dr. Kirchhoff begleitet hatte.

„Die Ärzte sollen also auf der 2 jemanden gezwungen haben, Normox zu schlucken ...?!", vergewisserte sich Katharina.

Emilia schüttelte den Kopf: „Das ist nur eine Behauptung, die aber nicht stimmt. Gezwungen wurde niemand."

Katharina hatte mitbekommen, dass Dr. Kirchhoff allen Patienten, die in der Ludendorff-Klinik auf Normox eingestellt wurden, eine besondere Beachtung schenkte. Die Patienten wurden von ihm gesondert untersucht, wobei ihn Emilia unterstützte.

„Was hat es eigentlich mit diesem Medikament auf sich?", wollte Katharina wissen.

„Normox ist ein neu zugelassenes Medikament gegen Psychosen. Es soll besser als die bisherigen Psychopharmaka wirken und auch Patienten helfen, bei denen die anderen Medikamente versagt haben“, erklärte die Medizinstudentin, deren nahezu perfektes Deutsch einen sympathischen Akzent aufwies. „Dr. Pahland und Dr. Kirchhoff untersuchen zusammen mit der Medizinischen Hochschule Hannover die Wirksamkeit von Normox.“

Obwohl Katharina merkte, dass Emilia etwas in Eile war, bohrte sie weiter: „Was wird denn da genau untersucht?“

Die Medizinstudentin reagierte keinesfalls genervt, sondern eher geschmeichelt, dass ihr Wissen gefragt war.

„Eine Psychose beeinträchtigt häufig die emotionale Wahrnehmung und die soziale Kompetenz des Erkrankten“, begann sie zu dozieren. „Normox soll diese Beeinträchtigungen gut bessern können. Die Psychiatrische Klinik der Medizinischen Hochschule hat ein neues Trainingsprogramm zur Steigerung von emotionaler Wahrnehmung und sozialer Kompetenz bei Psychosekranken entwickelt. In einer groß angelegten Untersuchung wird die Wirkung von Normox mit und ohne Trainingsprogramm getestet. Ich untersuche im Rahmen meiner Doktorarbeit Patienten auf ihre emotionale Wahrnehmung und soziale Kompetenz.“

Die Klinik Dr. Ludendorff als akademisches Lehrkrankenhaus war angesichts ihrer großen Anzahl von psychiatrischen Patienten für die Medizinische Hochschule ein interessanter Kooperationspartner für wissenschaftliche Untersuchungen. Emilia unterstützte während ihrer vier Monate im Praktischen Jahr die Iltener Klinik bei den Testungen, ansonsten führte sie diese speziellen Tests in der Hochschulpsychiatrie durch.

„Hättest du Lust, dass wir uns mal an einem der nächsten Abende privat treffen?", wechselte Katharina das Thema. „Vielleicht können wir mit Esperanto weitermachen ...?"

„Ja, gerne. Morgen und übermorgen muss ich mich um meine Doktorarbeit kümmern, aber vielleicht am Samstag." Emilia machte auf einmal ein gehetztes Gesicht. „Tut mir leid, ich habe einen Termin in der Zentralaufnahme."

Die Medizinstudentin verließ eilig den Bungalow, wobei sich beide Frauen gut gelaunt mit einem Gruß auf Esperanto verabschiedeten: „Ĝis revido!"

Katharina grinste. Esperanto – noch vor einem Jahr war Katharina die 1887 von einem polnischen Augenarzt erdachte Sprache ziemlich auf den Geist gegangen. Mit Esperanto verband Katharina damals in erster Linie das kindische Geturtel zwischen ihrem Vater und Anna Sonnenberg. Durch den Kontakt zu Emilia hatte Katharina zu der Plansprache eine neue Einstellung bekommen. Eigentlich war es eine ganz faszinierende Idee, durch eine einfach erlernbare neutrale Sprache zur Völkerverständigung beizutragen. Und Völkerverständigung war derzeit überhaupt Katharinas Mission. Ihre Mutter steckte momentan in einem tiefen Loch, wobei der vertraute Kontakt zu Mark dazu beitrug, dass sie langsam wieder den Weg nach oben fand. Es war wichtig, dass die Rivalität zwischen Mark und Ronald nicht Ulrikes Gesundung behinderte. Insofern fand Katharina ihre Intervention auf der Vernissage nicht schlecht, die beiden Kontrahenten wieder zusammenzubringen. Und wenn Mark Esperanto doch so sehr schätzte, konnte ihm Katharina das auch an anderer Stelle bieten. Da war er nicht auf Anna Sonnenberg angewiesen. Katharina hatte sich im

Internet an einem der Selbstlernkurse für Esperanto versucht und mehrere Übungen mit Emilia gemacht. Zum Montagstreffen der Esperantisten wollte Katharina aber nicht gehen, wegen Anna. Außerdem hatte Katharina in mühseliger Motivationsarbeit ihre Mutter dazu gebracht, ein Buch über die Geschichte von Esperanto in die Hand zu nehmen und sich über das Internet sogar einige kurze Sätze auf Esperanto anzueignen.

Katharina war gespannt, wie sich ihre Bemühungen auf die erhoffte Familienzusammenführung auswirken würden.

11

Thomas Stelter saß vor dem Bildschirm seines PCs und klickte sich durch einige Fotos, die die ermordete junge Frau zeigten. Bereits am Tatort hatte er auf dem gefundenen Personalausweis ein Foto von ihr im lebenden Zustand gesehen. Ein unangenehmer Druck in der linken Brusthälfte war kurzzeitig bei ihm spürbar gewesen. Er musste sich demnächst mal wieder durchchecken lassen.

Sein Büro, das er sich mit Andrea Renner teilte, befand sich in der vierten Etage eines weißen fünfstöckigen Gebäudes der Polizeidirektion an der Waterloostraße 9 - in der Calenberger Neustadt, nah der Innenstadt von Hannover. Zur Aufklärung des neuen Falls war eine Mordkommission gebildet worden, die den Alias-Namen des Opfers erhalten hatte. Stelter und die anderen Mitglieder der „Mordkommission Madeleine" hatten sich ihre Recherchen in routinierter Weise aufgeteilt.

Arif Kimil, sechsunddreißig, mittelgroß, dunkle Haare, Oberkommissar mit türkischen Wurzeln, förderte übers Internet interessante Informationen über Madeleines Werdegang als Prostituierte zu Tage. Er gab am PC „Schwester Madeleine" und „Hannover" in die Suchmaschine ein und wurde sofort fündig. Gleich der erste Treffer führte ihn in ein Internetforum mit Namen „Hurenführer". Auf der Startseite wurde erläutert, dass hier kostenlos Berichte „von Freiern für Freier" über deren einschlägige Erfahrungen mit Huren abgerufen werden konnten. Um selbst Berichte einstellen zu können, war lediglich eine Registrierung über die eigene E-Mail-Adresse und einen ausgedachten Decknamen notwendig. Die Systematik der zu erhaltenden Informationen war geradezu vorbildhaft. Für jedes Bundesland gab es, unterteilt nach einzelnen Städten, Erfahrungsberichte der jeweiligen Hurendienste in Bordellen, Clubs, Wohnungen, Wohnmobilen sowie auf dem Straßenstrich.

Ein Forumsmitglied mit Namen „Wild_Fury“ hatte sich schon vor drei Jahren detailliert darüber ausgelassen, welche Leistungen er in welcher Qualität zu welchem Preis von Schwester Madeleine eingekauft hatte. Damals hatte Madeleine offenbar im Sex-Club „Lovestory“ in Hannovers City gearbeitet und bereits ihre Schwestern-Nummer abgezogen. Wie auch einige andere Forumsmitglieder fand „Wild_Fury“ lobende Worte für Madeleines makellosen Körper und die tabulose Bereitschaft, jeden Wunsch ihrer Kunden gekonnt zu erfüllen. Immer wieder kritisiert wurde hingegen die hartnäckige Art, mit der Madeleine für jede kleine Extraleistung eine Zusatzzahlung einforderte. „Wild_Fury“ hatte mehrere Bilder, die wohl das Hannoversche Bordell damals von Madeleine auf seine Website gestellt hatte, heruntergeladen und in seinen Forumsbeitrag hineinkopiert. Die Bilder zeigten die rothaarige Frau, wie sie sich vollständig nackt in lasziven Posen auf einer Couch oder an einer Stange räkelte. Dabei lag auf einigen Bildern ihre Schwesternkostümierung achtlos in der Ecke. Auf eine Verpixelung ihres gleichmäßigen Gesichts mit dem ausgeprägten Lippenbogen und dem ebenmäßigen Teint hatte sie verzichtet.

Die Frau war eine echte Schönheit, wie Kimil mit stiller Bewunderung feststellte. Und jetzt war sie tot. Hatte ihr Job etwas mit dem Grund ihres dramatischen

Ablebens zu tun? Kimil arbeitete sich weiter durch die Berichte ihrer ehemaligen Kunden. Jemand schrieb, dass der Sex-Club angeblich Madeleine wegen ihrer unangenehm aufgefallenen Raffgier rausgeschmissen hätte.

Danach fanden sich Einträge über ihre Arbeit als Prostituierte in einem Großbordell in Hildesheim, wo sie es anscheinend auch nicht lange ausgehalten hatte.

Kimil klickte sich in die Rubrik „Wohnmobile". Die ersten Artikel über Schwester Madeleines Wirken im Lovemobil waren ungefähr ein Jahr alt. In einen dieser Berichte hatte ein Forumsmitglied einfach „Wild_Furys" alte Bilder von Madeleine umkopiert. Wie der Oberkommissar fand, stellten die scharfen Fotos wohl eine Art Wiedergutmachung für den ansonsten ziemlich langatmig und konfus geschriebenen Artikel dar.

Die Bewertung ihrer Leistungen im Lovemobil ähnelte der aus ihrer Bordell-Zeit. Durchgängig wurden ihr überdurchschnittlich gutes Aussehen und die Reichhaltigkeit ihres Leistungskatalogs gepriesen. Beschwerden richteten sich gegen ihre - wie es an einer Stelle hieß - „unersättliche Geldgier". Offenbar hatte sie versucht, aus jedem ihrer Kunden so viel Euros wie möglich herauszupressen. Einige Stammkunden schienen sich mit diesem Gebaren abgefunden und die Preise bezahlt zu haben. Andere wiederum beschimpften in ihrem Forumsbeitrag Madeleine und verkündeten, die Dame niemals wieder aufzusuchen.

Arif Kimil kam mit diesen Informationen in Stelters Büro. Der klickte sich daraufhin ebenfalls im „Hurenführer" auf Madeleines Bilder.

Kimil war erstaunt zu sehen, wie das Gesicht seines Vorgesetzten vorübergehend die rosige Farbe verlor.

„Alles klar mit dir, Thomas?“, fragte er besorgt.

„Natürlich“, kam schnell und heftig Stelters Antwort, wobei sein Gesicht wieder zur Normalfarbe wechselte. „Auch wenn sie eine Nutte war. Der Tod dieser schönen jungen Frau geht mir irgendwie nahe.“

„In den Berichten könnte das Motiv für den Mord stecken. Vielleicht hat ein massiv verärgerter Kunde sie aus Wut getötet.“

„Schon möglich“, räumte Stelter ein, „wobei ich aus den Kommentaren zwar Ärger, aber keine richtige Wut oder sogar Hass herauslesen kann.“

„Schon richtig, wobei ... Wenn jemand extrem schlecht auf die Frau zu sprechen war und ihr dafür die Quittung geben wollte, hätte er das sicherlich nicht in aller Deutlichkeit ins Netz gestellt.“

„Na gut, wir sollten diese Spur auf jeden Fall weiter verfolgen. Dass der Täter im Kreis ihrer ehemaligen Kunden zu suchen ist, halte ich auch für eine vielversprechende Option. Wir müssen herausfinden, wer alles die Frau im Lovemobil besucht hat.“

Kimil nahm den Auftrag bereitwillig entgegen: „Ich werde versuchen, über den Betreiber des Internetforums, der die Mailadressen aller registrierten Mitglieder hat, Madeleines Kunden zu identifizieren. Dass uns die Anrufliste vom Smartphone der Frau viel weiterhelfen wird, bezweifle ich. Die Termine im Lovemobil kommen in der Regel nicht nach vorheriger telefonischer Vereinbarung zustande.“

Im Zusammenhang mit dem Internetforum gingen Stelter noch andere Gedanken durch den Kopf: „Der Umstand, dass im Internet Bilder von Madeleine und genaue Beschreibungen ihres Standorts und ihrer Verhaltensweisen quasi weltweit abrufbar sind, könnte auch einen Täter von weither angelockt haben. Der

Standort von Madeleines Lovemobil liegt in der Nähe zur Auffahrt zur A7. Und die A2 ist ebenfalls nicht weit weg. Irgendein psychopathisch veranlagter Typ könnte sie im Internet entdeckt und ihre Tötung aus der Ferne geplant haben. Ich werde mich mal erkundigen, ob es in anderen Städten oder Bundesländern in der Vergangenheit ähnliche ungeklärte Mordfälle gegeben hat. Obwohl ... in der Zeitung darüber gelesen habe ich nichts.“

Kimil verschwand wieder in seinem Büro. Stelter überlegte, sich noch heute mit der hiesigen Kriminalfachinspektion für Sexualdelikte kurzzuschließen. Eventuell hatten die Kollegen hilfreiche Informationen, ob es momentan im Zusammenhang mit dem käuflichen Sex in Lovemobilen irgendwelche auffälligen kriminellen Machenschaften gab. Wie üblich, hatte Madeleine ihr Wohnmobil sicherlich nur gemietet. Den Hauptkommissar interessierte, bei wem und zu welchen Konditionen.

♥

Andrea Renner ließ sich auf ihren Schreibtischstuhl fallen und blickte dabei Stelter an, der ihr an seinem Schreibtisch gegenübersaß. Zuvor war sie mit einigen Kollegen in der Zweizimmerwohnung der Toten gewesen. Der Wohnungsschlüssel hatte in der Handtasche am Tatort gelegen. Die Wohnung befand sich in einem als sozialer Brennpunkt verschrienen Hochhaus im Hannoverschen Stadtteil Vahrenheide-Ost.

„Madeleine ... also Dana Bosilek ... hat allein gelebt. Wir haben mit einigen der Nachbarn gesprochen. Sie war freundlich, aber meistens kurz angebunden. Freundschaften mit unmittelbaren Nachbarn sind nicht bekannt. Im Hochhaus geht's eher anonym zu. Gelegentlich soll die Bosilek mal Besuch gehabt haben, meistens von gleichaltrigen Frauen, selten von Männern. Ihr Geschäft hat sie offenbar aus ihrer Privatwohnung rausgehalten."

Immerhin hatte Dana Bosilek an ihrem Todestag um 19:45 Uhr mit dem Hausmeisterehepaar telefoniert. Um diese Zeit hatte sie also noch gelebt.

In Vahrenheide-Ost war sie seit drei Jahren gemeldet, vorher hatte sie drei Jahre in Stöcken, im Nordwesten der Landeshauptstadt, gewohnt.

„Die Wohnung ist insgesamt unauffällig", erklärte Andrea weiter. „Wir haben Briefe in kyrillischer Schrift bei ihr gefunden, die sie in einer Schublade aufbewahrt hatte. Die Briefe waren vorwiegend noch an ihre Stöckener Adresse gerichtet, die Anschrift mit lateinischen Buchstaben geschrieben. Wir gehen davon aus, dass der jeweilige Absender die Eltern der Toten in Bulgarien sind. Auf einem Regal im Wohnzimmer stand ein Foto, das sie als Kind vermutlich mit Vater und Mutter und einer ungefähr gleichaltrigen Schwester zeigt."

„Notizbuch, PC ...?", fragte Stelter.

„Ja, haben wir zur späteren Auswertung sichergestellt."

„Hat sie Angehörige in Hannover oder irgendwo anders in Deutschland?"

„Darüber wussten die Nachbarn nichts."

„Zeitgleich mit dem Umzug vor drei Jahren hat sie begonnen, als Prostituierte zu arbeiten. Aber was hat sie während der drei Jahre in Stöcken gemacht?"

„Das kann ich dir genau sagen", grinste Andrea. „Wir haben Arbeitszeugnisse von ihr gefunden. Sie hat als Krankenschwester in der Region Hannover gearbeitet. Zunächst in der Neurologie im Klinikum Nordstadt, später noch kurz in der psychiatrischen Klinik Wunstorf, beides bekanntlich kommunale Krankenhäuser."

„Ach, das is' ja 'nen Ding. Dann hatte diese Schwester-Madeleine-Masche sogar einen Bezug zu ihrem bürgerlichen beruflichen Hintergrund."

Kriminaloberkommissar Jan Schuster, einunddreißig, blond, von drahtiger Statur, betrat mit wichtiger Miene das Büro: „Ich hab alles zu den am Tatort gefundenen Gegenständen recherchiert. Bei dem Grablicht handelt es sich um ein Modell aus rotem Glas mit Schraubverschluss, Brenndauer zirka vierzehn Stunden, welches unter anderem von einer Supermarktkette bundesweit vertrieben wird. Damit lässt sich wenig anfangen. Mit dem roten Kabelbinder sieht es nicht viel besser aus. Material Polyamid 6.6 Standard. Massenware, die es in Baumärkten oder im Internet zu kaufen gibt."

„Hast du was anderes erwartet?!", kommentierte Stelter unwirsch. „War doch klar, dass uns das nicht weiterbringt."

Schuster stockte für einen Moment, dann fuhr er fort: „Die Spielkarte ... die Herzzehn ... gehört zu einem Skatspiel, das diesen Sommer anlässlich der Fußball-WM in Brasilien rausgebracht wurde. Auf den anderen Spielkarten sind zum Beispiel Jogi Löw, einzelne Spieler der Deutschen Nationalmannschaft, das WM-Stadion in Rio oder der FIFA-WM-Pokal abgebildet. Nachdem Deutschland Weltmeister wurde, hat sich das Kartenspiel überdurchschnittlich gut verkauft. Viele Käufer haben das Spiel wohl gar nicht benutzt, sondern originalverpackt als Erinnerungsstück aufbewahrt."

„Gibt's überall zu kaufen. Ich hab auch so'n Teil bei mir zu Hause rumliegen. Die Recherchezeit also super genutzt, lieber Kollege", grantelte der Hauptkommissar. „Sonst noch was?"

„Nein." Schuster verließ ohne ein weiteres Wort den Raum.

„Sehr freundlich warst du nicht", stellte Andrea fest. „Was ist eigentlich los mit dir?"

Stelter kaute wortlos auf seiner Unterlippe herum.

„Nun sag schon", setzte seine Kollegin nach.

„Ach, meine Tochter Sandra. Seit Sonntag flippt sie zu Hause echt aus. So 'ne Verhaltensweisen hat sie schon paar Mal drauf gehabt. Aber nicht so schlimm wie jetzt. Johanna und ich haben momentan große Schwierigkeiten, Sandra zu bändigen. Mehr will ich dazu nicht sagen. Aber behalt's bitte für dich."

„Kann ich dir irgendwie helfen?"

„Ja, frag einfach nicht mehr."

Donnerstag, 2. Oktober.

„Tod im Lovemobil“, lautete die Titelzeile der „Hannoverschen Nachrichten“ über dem großen Foto, welches den abgesperrten Tatort mit dem Wohnmobil an der B65 zeigte. Auf einem kleineren Bild war das Passfoto der Ermordeten mit einem schwarzen Balken über den Augen zu sehen.

Die Zeitung ging in ihrem Bericht auf den Fundort der Leiche und die Tätigkeit der Frau als Prostituierte ein. Ihr Name wurde mit Dana B. abgekürzt. Erwähnt wurden ihre Nationalität und ihr früherer Beruf als Krankenschwester. Zu den Details, was genau die Polizei im Wohnmobil vorgefunden hatte, wurden keine Angaben gemacht. Dafür folgte jedoch am Ende des Artikels ein Hinweis auf die für die Ermittlung zuständige Polizeidienststelle.

Die täglich erscheinende Boulevardzeitung „TAGESBLATT“, für ihre reißerische Aufmachung derartiger Themen bekannt, veröffentlichte in ihrer Hannover-Ausgabe die Nacktfotos der Ermordeten aus dem Internetforum, wenn auch mit Augenbalken. Der Artikel nahm direkten Bezug auf die Kommentare des „Hurenführers“ und strich Schönheit und Geldgier des Opfers heraus.

♥

An diesem Morgen kam Dr. Fabian Kirchhoff in seiner Wohnung nicht richtig in Gang. Immer wieder blickte er durch das Küchenfenster auf den Stadtwald Eilenriede, ohne jedoch irgendwelche Einzelheiten zu registrieren. Seine großzügige Dreizimmerwohnung befand sich in der zweiten Etage eines mehrstöckigen Gebäudes aus der Gründerzeit, dessen Fassade aufwendig mit Ornamenten verziert war. Derartige Gebäude waren im Hannoverschen Stadtteil List keine Seltenheit.

Fabian hatte sich wie üblich zum Frühstück die „Hannoverschen Nachrichten" von unten aus dem Briefkasten geholt. Sofort hatte er Dana oder Madeleine auf dem Titelbild erkannt. Ein Adrenalinstoß ging durch seinen Körper. So, wie auf dem Bild hatte sie ausgesehen, nur schöner, viel schöner. Mit roten Haaren, wie er es liebte. Zumindest bei den Klinikmitarbeitern hatte sich ihr Tod schon gestern herumgesprochen. Für Fabian war an dem Zeitungsartikel interessant, was die Polizei schon herausgefunden hatte.

Er ging vor dem Küchentisch hin und her, auf dem noch die Reste seines kargen Frühstücks standen, blickte nach draußen und sah sie auf einmal wieder direkt vor sich. Dana hatte ihn angemacht, ihr freches Lachen, ihr schlanker Körper, ihr aufregendes Parfüm. Ihren verlockenden Reizen hatte er nicht widerstehen können. Sie war zu ihm ins Auto gestiegen, wo sie es gleich mit ihm getrieben hatte.

Fabian versuchte sich zu konzentrieren. In der Klinik durfte er sich auf keinen Fall auffällig verhalten. Wichtig war jetzt, dass ihn keiner mit der Toten in Zusammenhang brachte.

Er räumte den Frühstückstisch ab und lenkte seine Gedanken bewusst auf Leonore Voigt. Vom Aussehen her gab es Ähnlichkeiten mit Dana, besonders nachdem Leonore ihre Haare rot gefärbt hatte. Für ihn gehörte Leonore zu dem Typ Frau, die jede Anstrengung wert war, sie zu erobern. Sie ging voll in ihrem Beruf als Krankenschwester auf, hatte ein gutes Händchen im Umgang selbst mit schwierigsten Patienten, interessierte sich für seine Forschungstätigkeit in Zusammenarbeit mit der Medizinischen Hochschule.

Heute Mittag sollten es Temperaturen um sechzehn Grad werden. Fabian zog sich seine Sommerjacke an, verließ endlich das Haus.

Seine Gedanken wanderten von Forschungstätigkeit über Hochschule zu Emilia, der gut gebauten chilenischen Medizinstudentin. Es gefiel ihm, dass sie ihn bewunderte, was er relativ schnell bemerkt hatte.

Um diese Zeit herrschte zäher Berufsverkehr auf den Straßen der List. Fabian fuhr über den Messe- und Südschnellweg nach Ilten. Als er auf der B65 das Waldstück mit dem Wohnmobil passierte, sah er die bulgarische Hure wieder vor sich. An dieser Stelle hatte es geendet.

Er erreichte das Klinikgelände. Seinen Wagen stellte er auf dem für ihn reservierten Parkplatz neben dem des Chefarztes ab, in unmittelbarer Nähe des Hauptgebäudes mit der zentralen Notfallaufnahme. Fabian war heute spät dran. Er verzichtete darauf, noch einmal sein Büro im Hauptgebäude aufzusuchen, sondern eilte durch den Klinikpark direkt zu dem Bungalow mit den geschlossenen Stationen, die beide von ihm oberärztlich geleitet wurden.

Heute Morgen hatte er eine Frühbesprechung auf Station 1, die zwanzig Betten für schwerkranke Patienten anbot. Als er die Tür aus Sicherheitsglas hinter sich ins Schloss fallen ließ, spürte er augenblicklich die knisternde Atmosphäre. Er betrat einen langen Gang, von dem zu beiden Seiten Zimmer für Patienten, Krankenpflegepersonal und Stationsärzte abgingen. Die letzte Tür am Ende des Ganges führte in den großen Aufenthalts- und Gruppentherapieraum.

Drei Patienten, zwei Männer und eine Frau, standen vor dem Stationszimmer. Die Frau, Ende zwanzig, dunkelblonde Brikettfrisur, Schlabbershirt, Jeans neumodisch zerrissen, erkannte den Oberarzt und steuerte gleich auf ihn zu.

„Herr Dr. Kirchhoff, ich hab solche Angst, dass der Frauenmörder auch auf unsere Station kommt", sagte die Frau in kindlichem Tonfall, wobei sich echte Furcht in ihrem Gesicht spiegelte. „Und dass er mich umbringt, wenn ich allein im Zimmer bin."

„Der wird wieder in Ilten zuschlagen", sagte der Mann neben ihr, und der andere Patient stimmte nickend zu.

Danas Tod schien allen auf der Station bekannt zu sein. Über Mundpropaganda oder die Tageszeitung.

„Machen Sie sich keine Sorgen, Frau Beck", versuchte Fabian die Frau zu beruhigen. „In eine geschlossene Station wie diese kann so ein Typ gar nicht rein- und rauskommen. Außerdem ist hier und auf dem Klinikgelände genug Personal, das Sie beschützt."

Fabians Behauptung, dass die Patientin in der Klinik überhaupt nichts zu befürchten hätte, war natürlich eine Verharmlosung. Trotzdem entspannten sich die Gesichtszüge der Frau, wobei die Männer weiterhin skeptisch guckten.

„Das ist gut. Wenn Sie sagen, dass mir in der Klinik nichts passiert, glaube ich Ihnen das." Dabei schaute sie den Oberarzt erleichtert an. „Dann kann ich wieder besser schlafen."

Fabian wechselte im Stationszimmer einige Sätze mit Leonore Voigt. Merle Nowak, eine Krankenschwester Anfang zwanzig, kümmerte sich um die Medikamentenausgabe für die drei Patienten, die anschließend in den Aufenthaltsraum gingen.

Fabian wollte gerade zum Zimmer der Stationsärzte gehen, als er mitbekam, wie Merle Nowak zu Leonore sagte: „Zu uns wird der Scheißkerl schon nicht kommen. Der scheint's doch auf Prostituierte abgesehen zu haben."

Leonore konnte diesen Zweckoptimismus nicht teilen: „In der Zeitung stand, dass die Ermordete früher auch Krankenschwester war. Vielleicht ist der Kerl gefährlicher für uns, als wir denken."

13

Der Leichenfund und die anschließende Befragung durch die Polizei am Fundort hatten meinen Zeitplan gestern völlig durcheinandergebracht. Der Gesprächstermin mit Chefarzt Dr. Pahland in Ilten war auf ein Minimum zusammengeschrumpft und sollte in den nächsten Tagen nachgeholt werden. Immerhin hatte ich es noch geschafft, mit Kirchhoff die Station 2 zu besuchen, wo ich eine kurze Begegnung mit Emilia hatte. Daniel Stelter und seine Praktikumsanleiterin hatten mich anschließend am späten Vormittag wieder mit nach Hannover genommen, wo ich nachmittags von Daniels Vater, Hauptkommissar Stelter, angerufen wurde, der mit mir einen Termin für kommenden Montag vereinbarte, an dem wir ausführlich über meine fachliche Einschätzung des aktuellen Mordfalls sprechen wollten.

Ich fand es völlig in Ordnung, dass sich Stelter den psychiatrischen Sachverstand bei mir und nicht bei Ronald holte. Schließlich hatte ich langjährige Erfahrung als psychiatrischer Gutachter bei Tötungsdelikten – und nicht der Mann meiner Ex-Frau.

Ab morgen – Freitag, den 3. Oktober und Tag der Deutschen Einheit – hatte ich ein langes Wochenende mit Anna eingeplant. Wenn es denn überhaupt noch zustande kam. Reserviert war ein Doppelzimmer in einem Wellness-Hotel im Harz. Gestern Abend hatte ich Anna zu Hause besucht und mich blöderweise verplappert, als ich von der Vernissage erzählte und dabei erwähnte, dass Ulrike Daniels Bilder sehr gut gefallen hätten. Anna war nur noch verstimmt und hatte keine

Lust, sich meine Erklärungsversuche anzuhören. Hatte ich ihr doch versprochen, die Vernissage auf keinen Fall mit meiner Ex-Frau zu besuchen. Und Versöhnungs-Sex war gestern mit Anna auch nicht mehr drin gewesen. Die Nacht schlief ich allein in meiner eigenen Wohnung. Dumm gelaufen!

Ich hoffte, dass der heutige Tag keine nennenswerten Komplikationen mit sich brachte. Den Vormittag verbrachte ich in meinem Büro. Die Zentrale des Sozialpsychiatrischen Dienstes war Mitte dieses Jahres in den Stadtteil Döhren im Süden Hannovers umgezogen. Auf der offiziellen Website der Stadt wurden die vielfältigen Geschäfte, der neu gestaltete Fiedelerplatz und die zahlreichen gründerzeitlichen Wohngebäude im Zentrum Döhrens hervorgehoben. Der frühere Standort meiner Dienststelle, das dringend sanierungsbedürftige Gesundheitsamt in der Innenstadt von Hannover, würde die nächsten Jahre komplett umgebaut. Die anderen Abteilungen des Gesundheitsamtes hatte man für die Umbauphase vorübergehend in der Nachbarstadt Laatzen angesiedelt.

Der Wechsel meines Standorts hatte den Nebeneffekt, dass ich dadurch Ulrike räumlich näher kam. Nur zwei Stadtbahnhaltestellen und einige Gehminuten entfernt befand sich die Villa meiner Ex-Frau in Waldhausen.

Für den frühen Nachmittag nahm ich mir vor, meine Arbeit zu unterbrechen und Ulrike zu besuchen. Das tat ich inzwischen regelmäßig. Ich fühlte mich mehr als verpflichtet, sie in ihrer angeschlagenen Verfassung zu unterstützen, um beispielsweise durch anregende Gespräche wieder etwas Leben in ihren Alltag zu bringen. Ich wollte auf jeden Fall so frühzeitig bei ihr sein, dass ich wieder weg war, bevor Ronald aus der Klinik nach Hause kam. Natürlich hatte ich mitbekommen, dass Ronald meine Besuche in Waldhausen nicht begeisterten. Und den Stress mit ihm musste ich mir nicht unbedingt antun. Du meine Güte, dachte der wirklich, ich würde wieder was mit Ulrike anfangen?! Ich hatte doch Anna, mit der ich glücklich war. Zumindest meistens ...

Es dauerte nicht lange, und ich stand vor Ulrikes Haus, das sich in unmittelbarer Nachbarschaft zu anderen prächtigen Villen befand. Auf der Straßenseite gegenüber waren keine weiteren Gebäude, sondern ausschließlich der direkt angrenzende Stadtwald. Eine exklusive Lage. Ulrikes Vorgarten sah weiterhin sehr gepflegt aus. Ich wusste, dass sich ein Gärtner darum kümmerte. Zur Villa gehörten eine Doppelgarage und ein großer Garten rund um das Haus. Dieser Ort war mit gemischten Erinnerungen verknüpft. Momentan dachte ich an die vielen aufregenden Jahre, die wir hier gemeinsam mit der kleinen Katharina verbracht hatten. Wir hatten schon eine tolle Zeit miteinander gehabt. Aber so wie damals würde es nie wieder sein. Wir hatten uns auseinandergelebt, und Ulrike war jetzt mit Ronald verheiratet. Das war für mich inzwischen okay. Was ich mir wünschte, war ein erbauliches vertrautes Miteinander von Ulrike, Katharina, Anna und mir ... und Ronald.

Vor der Eingangstür aus Massivholz schaute ich auf das Namensschild oberhalb der Klingel, auf dem nicht mehr „Seifert“, sondern „Dannenberg“ stand. Katharinas Nachname war seit der Hochzeit mit Ronald einfach unterschlagen worden. Meine Tochter hatte mir vor zwei Monaten einen Schlüssel für die Haustür gegeben – mit dem Kommentar: „Für den Notfall. Macht ja jetzt Sinn, wo du ganz in der Nähe arbeitest. Mama findet das auch gut." *Ronald bestimmt eher weniger,* hatte ich insgeheim vermutet, aber den Haustürschlüssel dennoch als Zeichen des Zusammenrückens an mich genommen. Ich trug ihn immer an meinem Schlüsselbund, hatte ihn aber nie benutzt.

Daher drückte ich auch heute den Klingelknopf und wartete, bis mir Ulrike öffnete. Sie freute sich wirklich über mein Kommen, und wir setzten uns ins Wohnzimmer, das mit einem eleganten Ecksofa aus schwarzem Leder, dazugehörigen Sesseln, einem flachen Tisch, einer schicken Regalwand aus Erle und einem riesigen Ungetüm von einer Heimkinoanlage eingerichtet war. Außerdem gab es noch einen Essbereich mit Tisch und Stühlen. Besonders gefallen hatte mir immer der gemauerte Kamin.

Wir saßen gemeinsam auf dem Ecksofa und tranken Cappuccino, den Ulrike mit Ronalds Super-Ultra-Kaffeepad-Maschine gemacht hatte. Ich fragte sie nach den Fortschritten der ambulanten Traumatherapie, die sie in der Medizinischen Hochschule machte.

„Es geht mir langsam besser. Manchmal schlafe ich nachts wieder durch", sagte sie mit einer Stimme, die weit von der Stärke vergangener Zeiten entfernt war. „Und ich hab das Gefühl, dass ich nicht mehr so schreckhaft bin, im Alltag besser zurechtkomme. Ich hab auch wieder mehr Freude am Lesen. Aber mit Ronald wie früher gemeinsam ins Theater gehen, dazu hab ich immer noch keine Lust."

Anschließend sprachen wir über den Mord an der Prostituierten und Katharinas Arbeit in der Klinik. Ich versuchte Ulrikes Sorgen zu zerstreuen, dass unsere Tochter in Ilten in ernsthafter Gefahr war, solange die Polizei den Mörder nicht gefasst hatte.

„Weiß du, ich bin froh, wenn Katharina endlich beruflich etwas findet, hinter dem sie wirklich voll und ganz steht. Ich glaube, der Einstieg in den medizinischen oder psychosozialen Bereich könnte genau das Richtige für sie sein“, gab ich meine Überzeugung zum Besten.

Und wenn nicht, könnte unsere Tochter immer noch etwas ganz anderes ausprobieren, ging mir beruhigt durch den Kopf. Zum Glück hatte sie ein finanzielles Polster, das ihr problemlos derartige Schritte erlaubte. Ihr Großvater, wohlhabender Unternehmer aus Frankfurt (natürlich mütterlicherseits!), hatte ihr im letzten Jahr Wertpapiere im Wert von zweihunderttausend Euro übertragen. Nach dem schrecklichen Überfall auf seine Tochter im letzten Jahr war ihm offenbar deutlich geworden, wie schnell das Leben vorbei sein konnte. Eine weise Erkenntnis. Katharina hatte er wohl erzählt, dass er noch erleben wolle, wie sie sich damit den Grundstock einer Zukunft aufbaut. Womit meine Tochter eine gute Partie war.

Zurzeit waren es auch weniger Katharina und ihre Finanzen, um die ich mir Gedanken machte. Es war Ulrike, deren psychischer Zustand mir immer noch nicht gefiel. Besonders, weil ich den Vergleich zu früher hatte. Mit was für einer Energie hatte sie sich manchmal mit mir gefetzt!

Plötzlich hörte ich ein unerwartetes Geräusch. Ich schaute Ulrike an, die ebenfalls irritiert wirkte. Die Haustür wurde aufgeschlossen. Wir bekamen überraschend Besuch.

14

„Du bist mit einer Verbissenheit dabei, als wenn's dich persönlich getroffen hätte", kommentierte Oberkommissarin Andrea Renner die Vorgehensweise ihres Kollegen Thomas Stelter. „Was läuft da bei dir ab?"

In ihrem grauen Dienstfahrzeug waren Stelter und Andrea auf dem Weg nach Ilten.

Anstelle einer Erklärung kam vom Hauptkommissar eine bissige Bemerkungen: „Willst du mir vorwerfen, dass ich bei meiner Arbeit Engagement zeige?!"

Andrea verzichtete auf weitere Kommentare.

Am Vormittag hatten sie von der Rechtsmedizin die offizielle Bestätigung erhalten, dass Dana Bosilek erdrosselt worden war. Der Todeszeitpunkt am 30. September lag zwischen zwanzig und zweiundzwanzig Uhr. Neu für die Ermittler war auch die Information, dass die Frau zuvor mit Chloroform vorübergehend betäubt worden war.

Stelter hatte in Erfahrung gebracht, dass Franz Hagedorn, Betreiber mehrerer Bordelle in Hannover und Umgebung, die Lovemobile im östlichen Teil der Region Hannover an Prostituierte vermietete. Der Tipp der Kollegen von der Sitte war Olaf Mantkowski, einer von Hagedorns Männern, der die Miete bei den Frauen persönlich abkassierte. Dana Bosilek hatte an ihrem Todestag um 19:58 Uhr den letzten Anruf von ihrem Smartphone getätigt. Telefoniert hatte sie achtunddreißig Sekunden mit eben diesem Olaf Mantkowski. Insofern ein Muss, dem Kassierer einen persönlichen Besuch abzustatten. Stelter hatte sich und seine Kollegin telefonisch bei Mantkowski angekündigt.

Der Mann wohnte in einem zweistöckigen Mietshaus in Ilten. Die Einrichtung der geräumigen Zweizimmerwohnung – praktisch-moderne Möbel ohne Beschränkung auf eine Stilrichtung, dazu Multimedia-Geräte vom Feinsten – passte zu dem grinsenden Typ Ende zwanzig, dessen Clark-Gable-Schnurrbart, sein Goldkettchen-Behang und die zur Schau getragenen Siegelringe wunderbar mit dem Klischee eines Rotlichtgeschöpfes harmonierten.

Die Befragung fand auf bequemen silberfarbenen Schalensesseln im Wohnzimmer statt. Mantkowski war über die näheren Todesumstände der Prostituierten gut informiert. Durch die Zeitung, wie er bekundete.

„Auch wenn ich's nicht so zeige, der Tod von Madeleine berührt mich schon", verkündete der Mann, der seine Betroffenheit tatsächlich gut verbergen konnte, wie Stelter fand.

„Glauben Sie eigentlich, dass jetzt auch andere Damen in Ihren Wohnmobilen akut gefährdet sind?", fragte der Hauptkommissar.

„Das müsste ich eher Sie fragen. Aber ich hoffe doch, diese schreckliche Tat war ein Einzelfall und Sie finden den Mörder schnell."

„Dana Bosilek hat Sie kurz vor ihrem Tod noch angerufen", kam Stelter zur Sache. „Was wollte sie denn von Ihnen?"

„Ihr Chemieklo hatte einen kleinen Defekt. Gehört zum Service unseres Hauses, dass wir uns um jegliche Probleme unserer Damen in den Wohnmobilen kümmern."

„Es ist also Ihre Aufgabe, die Nutten-Klos in einem guten Zustand zu halten", brummte der Hauptkommissar.

„Ich beauftrage für so was die entsprechenden Leute." Er zog die Mundwinkel nach oben. „Bin nicht der Typ, der sich die Finger schmutzig macht."

„Das dachte ich mir schon. Wann wollten Sie sich denn um das Klo kümmern?"

„Am nächsten Morgen wollte ich persönlich einen Blick ins Wohnmobil werfen. Hab ja 'nen Zweitschlüssel. Aber da war schon massenhaft Polizei vor Ort. Ich bin erst mal weitergefahren und hab den Chef informiert. Der meinte abwarten, bis sich die Polizei von alleine meldet."

Stelter fragte Mantkowski nach dessen Alibi zur Tatzeit.

„Ich hab einen guten Kumpel in Ahlten besucht, der das gerne bezeugen wird."

Der benannte Zeuge Ludger Stein wohnte im Nachbarort und arbeitete ebenfalls im östlichen Umland Hannovers für die Rotlichtgröße Franz Hagedorn.

Mantkowski gab an, mit der Ermordeten am vergangenen Freitag zuletzt von Angesicht zu Angesicht gesprochen zu haben. In ihrem Wohnmobil, wo er wie jeden Freitag die Miete in Empfang genommen hatte.

„Was müssen denn die Frauen bezahlen?", schaltete sich Andrea ein.

„Hundert Euro pro Tag. Also ganz zivile Preise."

„Was war Dana für'n Mensch?", fragte Stelter. „Wissen Sie von Ärger mit irgendwelchen Freiern?"

„Sie hat nie was verschenkt und ihren Körper knallhart versilbert. Dieses hartnäckige Feilschen war nicht immer jedermanns Sache. Irgend so 'nem Typ, der ihr das Geld wieder abnehmen wollte, hat sie 'ne Ladung Pfefferspray verpasst und ihm gehörig in die Eier getreten. Die wusste sich zu wehr'n."

Am Dienstagabend hat sie die tödliche Gefahr offenbar nicht rechtzeitig erkannt, dachte sich Stelter. Nennenswerte Spuren der Gegenwehr hatte die Rechtsmedizin nicht finden können.

„Für 'ne Nutte, die in 'nem Lovemobil anschafft, sah Madeleine ungewöhnlich gut aus", bekundete Mantkowski. „In den Wohnmobilen arbeiten sonst eigentlich diejenigen Frauen, deren Kunden aufs Aussehen nicht so viel Wert legen. Aber Madeleine war wohl in Clubs angeeckt und wollte daher allein arbeiten."

„Ihre Schönheit hat schon so manche Frau ins Verderben gestürzt", murmelte Stelter. „Und ihr Umfeld gleich mit."

Andrea guckte leicht entgeistert und schüttelte innerlich den Kopf. *Was sollte das denn?*

Dann fragte Stelter klar und deutlich: „Kennen Sie jemanden, der einen Grund hatte, Dana Bosilek zu ermorden?"

„Niemand Konkretes. Aber ich vermute, irgendein durchgeknallter Psychopath. Außerdem hat sie mal 'ne Andeutung gemacht, dass da ein Kerl hinter ihr her sei, der wohl nicht nur käuflichen Sex von ihr wollte."

Stelter wurde sofort aufmerksam: „Was war das für ein Kerl? Ein Freier? Was wollte der stattdessen? Und wann war das?"

„Madeleine hat diesen Kerl einmal am Rande erwähnt. Ohne weitere Erläuterung. Ich hab sie gefragt, ob sie Schutz benötigt. Da hat sie nur gelacht. Das war vor ein paar Wochen."

„Und mehr wissen Sie über den Mann nicht?"

„Nein."

Stelter schwenkte in eine andere Richtung: „Gab's auch Stress zwischen Dana und Ihnen?"

„Nie was Wesentliches. Als friedfertiger Mensch behalte ich selbst im Umgang mit schwierigen Geschäftspartnerinnen die Ruhe."

Stelter ging das harmlose Getue des Mannes auf die Nerven. Aus der Polizeiakte wusste er, dass Mantkowski auch ganz anders konnte.

„Letztes Jahr hat Ihre Friedfertigkeit offenbar ganz kurzfristig pausiert, als Sie mit dem Gesetz kollidiert sind ...?", bemerkte der Hauptkommissar mit höhnischer Schärfe.

„Für diese unschöne Szene konnte ich nichts. Schuld war eine schlimme psychische Krise", säuselte Mantkowski. „Der Anwalt meines Chefs hat mir sofort geraten, mich in stationäre psychiatrische Behandlung zu begeben. Und selbstverständlich bin ich diesem Ratschlag nachgekommen. Sie wissen doch: Ich bin nicht vorbestraft."

„Sie waren vor einem Jahr stationär in der Ludendorff-Klinik ...?"

„Stimmt. Eine ganze Woche. Danach bin ich noch in die Institutsambulanz der Klinik gegangen, zuletzt einmal im Quartal. Im November ist endgültig mein letzter Termin."

„Nehmen Sie Psychopharmaka?"

„Schon lange nicht mehr."

Andrea hakte nach, ob Dana in Hannover oder Umgebung Freunde oder Verwandte hatte.

„Hat mich nicht interessiert", winkte Mantkowski ab. „Aber gelegentlich hat sich Madeleine mit Romina, einer Hannoverschen Bordellschwalbe, getroffen."

„Wo wohnt die?"

„Keine Ahnung. Aber sie arbeitet im Club ‚Lovestory' in Hannover. Madeleine hat manchmal von ihrer gemeinsamen Zeit dort erzählt."

„Könnte es sein, dass sich Dana mit Romina über diesen ominösen Kerl ausgetauscht hat, der angeblich hinter ihr her war?“

„Will ich nicht ausschließen. So wie Madeleine über Romina gesprochen hat, könnt ich mir vorstellen, dass sie der einiges anvertraut hat.“

Stelter nahm sich vor, diese Romina demnächst zu befragen. Möglicherweise war der geheimnisvolle Fremde eine erste heiße Spur.

Obwohl Mantkowski über sein Verhältnis zu Dana Bosilek bestimmt nicht alles gesagt hatte, glaubte Stelter jetzt nicht mehr aus ihm herauszukriegen. Die beiden Polizisten verabschiedeten sich und verließen das Haus.

„Der Typ gefällt mir nicht. Mit dem bekommen wir über kurz oder lang noch gewaltigen Ärger“, prophezeite der Hauptkommissar seiner Kollegin. Die nickte zustimmend.

♥

Die Entsorgung aller Beweismittel ... gestern ... war mühsamer gewesen als gedacht.

Der Mann starrte durch das Fenster in den Himmel. Dorthin hatte Madeleine es nicht geschafft. Sie war in der Hölle, wohin er sie abrupt befördert hatte.

Die Zweifel waren wieder stärker. War er zu weit gegangen? Er hatte auf sein Inneres gehört. Der Druck, sie zu töten, war zuletzt immer mächtiger geworden. Es war einfacher als gedacht, zu töten.

Würde er es wieder tun? Die andere Frau war vom Charakter nicht so wie Madeleine, aber es gab Gemeinsamkeiten, äußerlich ...

15

Der heutige Donnerstag war für Dr. Ronald Dannenberg mit Unannehmlichkeiten und Ärger verbunden.

In der allgemeinpsychiatrischen Tagesklinik hatte sich der Zustand eines Patienten akut verschlechtert. Die chronische schizophrene Psychose des Mannes war aufgeblüht, und Ronald musste alle Register seiner Überredungskünste ziehen, um den Patienten zu motivieren, sich freiwillig zur Krisenintervention auf die geschlossene Station 1 verlegen zu lassen.

Als Nächstes jaulte ihm in der Tagesklinik Henrik Papst die Ohren voll. Der Beschäftigungs- und Arbeitstherapeut beklagte zum wiederholten Mal, dass Plastikfolien aus dem Materialraum der Beschäftigungstherapie und eine Harke für den Patientengarten spurlos verschwunden waren. Papst hatte Mitarbeiter im Verdacht und forderte von Ronald, endlich etwas dagegen zu unternehmen. Ein vor Wochen verschwundener Spaten war zumindest einige Tage später wieder von alleine aufgetaucht. Ronald hatte momentan nicht den Nerv, sich mit dem Gezeter des Beschäftigungstherapeuten auseinanderzusetzen. Er kam mit Papst nicht gut klar und war froh, dass der Mann nächsten Montag von der Tagesklinik in die Beschäftigungstherapie der geschlossenen Stationen versetzt wurde.

„Jaja, ich kümmere mich drum", wimmelte Ronald seinen Mitarbeiter ab. „Tut mir leid, ich muss jetzt weg. Hab noch einen wichtigen auswärtigen Termin."

Ronald packte seine Sachen und verließ das Haus. Das Gebäude, in dem sich die allgemeinpsychiatrische

Tagesklinik und auch die Institutsambulanz befanden, lag etwas zurückgezogen an einer schmalen Straße gegenüber vom Krankenhauspark. Bis vor einigen Monaten war hier eine sozialtherapeutische Station untergebracht. Die Tagesklinik verfügte über einen kleinen Garten mit Blumenbeeten und Rasenfläche, umrahmt von Sträuchern und Büschen, der für sportliche Gruppenaktivitäten oder gemeinsames Grillen genutzt wurde.

Sein reservierter Mitarbeiterparkplatz auf dem Tagesklinikgelände war eines der letzten Privilegien, die Ronald Dannenberg nach dem triumphalen Siegeszug seines Kollegen Kirchhoff geblieben waren. Chefarzt Pahland hatte Kirchhoff zum Leitenden Oberarzt ernannt und ihm die Leitung der geschlossenen Stationen 1 und 2 übertragen. Bisher war Ronald für Station 2 zuständig gewesen. Jetzt erstreckte sich Ronalds Zuständigkeitsbereich auf die allgemeinpsychiatrische Tagesklinik in Ilten, daneben wie früher auf die Institutsambulanz und eine offene allgemeinpsychiatrische Station im Haupthaus. Pahland hatte seine Entscheidung Ronald gegenüber vermeintlich als Wertschätzung verkauft: „Sie haben es sich wirklich verdient, von den Strapazen einer geschlossenen Akutstation entlastet zu werden, um stattdessen Ihre jahrelange Erfahrung der Tagesklinik zu widmen."

Ronald stieg in seinen schwarzen Mercedes und fuhr langsam am Haupthaus vorbei, in dem der Chefarzt und sein neuer Leitender Oberarzt residierten. Pahlands Schachzug, Ronald von Station 1 abzuziehen, hatte dieser sofort als Zurücksetzung entlarvt. Auf den geschlossenen Akutstationen wurden die Weichen gestellt für die medikamentöse Ersteinstellung. Damit hatte Pahland diese wichtige Schaltstelle in Kirchoffs Hand gegeben. Bei der Normox-Studie liefen alle Fäden bei Kirchhoff zusammen. Ronalds bisheriges Büro im Haupthaus war auf Initiative Pahlands zu einem Reservezimmer für ärztliche Kollegen im Nachtdienst umfunktioniert worden. Seitdem hatte Ronald sein Büro in der Tagesklinik.

Ein Vorteil, dass er die geschlossene Akutstation gegen die Tagesklinik eingetauscht hatte, bestand immerhin darin, dass seine Arbeitszeit planbarer wurde. Für heute hatte er sich vorgenommen, etwas früher Dienstschluss zu machen und Ulrike zu Hause mit einem netten gemeinsamen Abend zu überraschen.

In einem Blumenladen an der Iltener Hauptstraße kaufte er einen großen Strauß rote Rosen.

Zwangsläufig passierte er auf der Fahrt nach Hannover die Stelle, an der er gestern die ermordete Frau gefunden hatte. Täglich war er nach Feierabend an dem Lovemobil vorbeigefahren, ohne Dana B. eines Blickes zu würdigen. Auch wenn zurzeit mit Ulrike im Bett nichts lief, zu Prostituierten hatte es ihn noch nie gezogen. Und schon gar nicht in die schmuddeligen Hygieneverhältnisse eines Lovemobils.

Mit Ulrike hatte er letztes Jahr die revolutionäre Idee für ein Anti-Heroin-Projekt entwickelt - eine Vorgehensweise, mit der sich die Produktion morphinreichen Mohns in Afghanistan drastisch reduzieren ließ. Ihre Ideen hatte Ronald vor zwölf Monaten dem Auswärtigen Amt in Berlin vorgestellt, war dort aber auf taube Ohren gestoßen. Das Projekt sei zwar interessant, hieß es, aber aus verschiedenen Gründen nicht umsetzbar. Nicht der einzige Tiefschlag. Seine Enttäuschung, dass ihm der deutlich jüngere Pahland bei der Besetzung des Chefarztpostens in Ilten vorgezogen worden war, hatte Ronald bis heute nicht verwunden.

Es war an der Zeit, dass ihm wieder etwas gelang. Der Schlussstrich in der Beziehung zu Leonore, der er jetzt konsequent aus dem Weg ging, war ihm schwer genug gefallen.

In der Vergangenheit hatte er mehrmals die Qualitäten eines Stehaufmännchens bewiesen. Seine Alkoholabhängigkeit hatte er vollständig in den Griff bekommen. Es machte ihn zuversichtlich, dass er seit Jahren absolut trocken war. Blieb nur noch sein Hang zum Glücksspiel, das ihn in Casinos schon fünfstellige Summen gekostet hatte. Das Problem musste er überwinden, zumal Pahland davon zu wissen schien.

Ronald lenkte seine Gedanken wieder in eine freundliche Richtung. Der Abend mit Ulrike. Er erreichte ihre gemeinsame Villa in Waldhausen, stellte seinen Wagen in der Doppelgarage ab und strebte mit schnellen Schritten auf die Eingangstür zu, den Rosenstrauß in der Hand.

Schon als er die Tür aufschloss, spürte er ein leichtes Druckgefühl im Magen. Was war denn los?

„Hallo, Schatz!“, rief er laut ins Haus hinein. Ulrike war um diese Zeit immer zu Hause. Es wunderte ihn, dass er nicht sofort eine Antwort bekam.

Dann nahm er Bewegungen im Wohnzimmer wahr. Ulrike erschien im Türrahmen. Ronalds Strahlen erstarb, als er hinter ihr Mark Seifert auftauchen sah.

„Was um alles in der Welt machst du denn hier um diese Zeit?!“, entfuhr es Ronald, wobei eine gewisse Verärgerung unüberhörbar war. „Hast du beim Sozialpsychiatrischen Dienst nichts zu tun?!“

Sein Arm mit den Rosen sackte nach unten.

♥

Ich wusste schon, warum ich Ulrikes Haus verlassen wollte, bevor Ronald kam. Aber er dramatisierte die Situation erheblich.

In deiner Klinik scheinst du ja auch nichts zu tun zu haben, lag mir als Erwiderung auf der Zunge, aber ich verzichtete auf diese Retourkutsche. Ronald stand mit seinem Rosenstrauß etwas belämmert im Flur, und ich kam mir auf einmal wie ein Schuft vor. Hatte ich doch sein Engagement, Ulrike mit einer lieben Geste und einem vorgezogenen Feierabend zu überraschen, dummerweise zunichte gemacht.

„Bin nur zufällig für ein Viertelstündchen hier vorbeigekommen", versuchte ich zu beschwichtigen. „Ich will euch auf keinen Fall den Abend verderben."

Aber so wie es aussah, hatte ich genau das gerade getan.

16

Nach der Befragung von Olaf Mantkowski fuhren Thomas Stelter und Andrea Renner zur Klinik Dr. Ludendorff, wo sie sich kurzfristig bei Chefarzt Dr. Pahland angemeldet hatten. Das große Privatkrankenhaus gehörte zum SANECO-Konzern, der bundesweit Krankenhäuser aller medizinischen Fachrichtungen betrieb.

Bereits im letzten Jahr hatten sie wegen eines Mordfalls im Zusammenhang mit einer satanischen Sekte in der Iltener Klinik ermittelt. Damals waren ihre Gesprächspartner Pahlands Vorgänger und der Oberarzt Dr. Ronald Dannenberg gewesen.

„Der Mörder hat Dana Bosilek nicht vergewaltigt, dafür jedoch diesen Schnickschnack von Grablicht und Spielkarte am Tatort zurückgelassen", sagte der Hauptkommissar leise zu Andrea, als sie durch die Vorhalle des Haupthauses gingen. „Auf mich wirkt das wie die Tat eines Psychos, der möglicherweise wegen Einnahme von Psychopharmaka impotent ist."

Neben dem Chefarztsekretariat befand sich ein Büro mit einem Türschild, dessen Name Andrea vom letzten Jahr nicht kannte: „Dr. Fabian Kirchhoff – Leitender Oberarzt".

Martin Pahland hatte das geräumige Büro seines Vorgängers komplett umgestaltet. Zentraler Blickfang des Raumes war ein moderner Winkelschreibtisch mit integriertem Sideboard und Schubladencontainer, alles in schwarzem Holz. Dazu passend ein rechteckiger Konferenztisch mit sechs Stühlen, ein kleiner Schrank und mehrere Regale für Unmengen an Fachbüchern. An einer Wand hingen nebeneinander drei abstrakt-expressionistische Gemälde.

Stelter und Andrea wurden von Pahland freundlich empfangen und an den Konferenztisch gebeten. Der Chefarzt erschien Stelter relativ jung, so um die vierzig. Pahland war glattrasiert, hatte kurze blonde Haare und trug einen dunkelblauen Anzug mit Krawatte.

„Ich kann sehr gut nachvollziehen, wenn Sie als zuständige Mordkommission in alle Richtungen ermitteln", erklärte Pahland betont liebenswürdig. „Da wird eine junge Prostituierte nicht weit entfernt von einer psychiatrischen Klinik ermordet. Was liegt auf den ersten Blick näher, als einen der Patienten dieser Klinik des Mordes zu verdächtigen?"

Er machte eine Pause, und Stelter nickte zustimmend: „Genau aus diesem Grund sind wir hier."

„Aber in diesem Punkt sind Sie bei uns sicherlich auf der falschen Spur", führte der Chefarzt lächelnd aus. „Unsere Einrichtung ist ein normales Fachkrankenhaus der Regelversorgung und keine forensische Klinik für psychisch kranke Rechtsbrecher. Personen, die eine schwerwiegende Gefahr für die Bevölkerung darstellen, können wir hier gar nicht aufnehmen. Dafür haben wir weder die notwendigen Sicherheitsstandards noch die therapeutischen Konzepte. Unsere Patienten sind eher diejenigen, die auf solche schrecklichen Verbrechen überaus sensibel mit großer Angst reagieren und bei uns in der Klinik Schutz und Sicherheit suchen."

Stelter fragte Pahland, ob ihm rund um die Tatzeit am vergangenen Dienstag Auffälligkeiten zu Ohren gekommen wären: Beobachtungen oder außergewöhnliche Verhaltensweisen von Patienten, ungewöhnlich genutzte Ausgänge ...

Wobei Stelter schon vorher vermutet hatte, dass seine Fragen nicht ergiebig beantwortet würden. Mehrfach ließ Pahland zwischendurch das Stichwort „Schweigepflicht" fallen.

„Die Tatzeit fällt in die Zeitspanne, in der auf unseren Stationen die Übergabe zwischen Spät- und Nachtschicht stattfindet, also von 20:30 bis 21:00 Uhr", bekundete Pahland. „Während dieser halben Stunde bekommt das Personal wenig mit von dem, was außerhalb des Stationszimmers passiert."

„Aber das bedeutet doch, dass einige Mitarbeiter auf dem Weg zur Nachtschicht möglicherweise zwischen 20:00 bis 20:30 Uhr auf der B65 unterwegs waren. Oder die Mitarbeiter der Spätschicht gegen 21:00 Uhr auf der Fahrt nach Hause", freute sich Andrea. „Vielleicht ist ja einem von ihnen in der Nähe des Lovemobils etwas Wichtiges aufgefallen. Mich würden Ihre Dienstpläne vom 30. September interessieren, um die Mitarbeiter der Spät- und Nachtschicht gezielt dazu befragen zu können."

Pahland zuckte mit den Schultern: „Ich werde die Pflegedienstleitung bitten, Ihnen weiter behilflich zu sein."

Stelter sprach seine Vermutung an, der Täter könnte durch die Einnahme von Psychopharmaka impotent gewesen sein.

Auch darauf ging der Chefarzt freundlich ein: „Wenn Patienten aufgrund ihrer Medikation tatsächlich vorübergehend impotent sein sollten, ist in der Regel auch das sexuelle Verlangen betroffen, sodass sie als Täter überhaupt keine Lust auf Sex hätten."

„Ein impotenter Mörder würde also bei seiner Tat keine sexuelle Lust empfinden", fasste Stelter Pahlands

Erklärung für sich zusammen, „aber beispielsweise irgendwelche Aggressionen ausleben ...?"

Pahland nickte.

Andrea warf ein: „Die Psychopharmaka, die Sie verordnen, müssten doch auch bewirken, dass sich die Patienten von ihren krankhaften Vorstellungen distanzieren?! Nach meiner Auffassung sollte ein Patient, der von Ihnen kontinuierlich Medikamente erhält, eigentlich weniger gefährlich sein als einer, der nichts bekommt, oder?"

„Ganz so einfach ist das nicht", winkte der Chefarzt ab. „Es gibt Patienten, die trotz durchgängiger Medikamenteneinnahme weiterhin chronisch wahnhaft sind oder unter Halluzinationen leiden. Und manche Patienten nehmen ihre Medikamente gar nicht regelmäßig ein. Da werden Tabletten heimlich wieder ausgespuckt oder als Saft verabreichte Psychopharmaka auf der Toilette erbrochen. Oder die Medikation wird, was die Behandlung im ambulanten oder tagesklinischen Rahmen angeht, zu Hause vom Patienten stillschweigend abgesetzt."

„Es könnte also sein, dass einer ihrer stationären Patienten offiziell auf Psychopharmaka eingestellt ist, die er aber in Wirklichkeit nicht in der verordneten Dosierung einnimmt ...?"

„Das ist natürlich nicht die Regel, kommt jedoch leider vor. Nach heutiger Rechtsauffassung kann die Psychiatrie sowieso nur noch in wenigen Ausnahmefällen Patienten dazu zwingen, Medikamente einzunehmen. Selbst völlig wahnhafte Patienten haben das Recht, sich in psychiatrischen Kliniken nicht behandeln zu lassen. Wenn eine medikamentöse Behandlung bei uns auch nur den Anschein von unerlaubtem Zwang erweckt, hätten wir schnell die Beschwerdestelle, die Besuchskommission des Landtags oder die Presse am Hals. Das kann sich eine renommierte Fachklinik wie wir gar nicht erlauben."

Stelter dankte für die Auskünfte. Die Einflussnahme einer psychiatrischen Klinik auf ihre Patienten hatte er sich größer vorgestellt.

Zwischendurch tauchten die Bilder auf. Die roten Haare ... der Schrecken in ihrem Gesicht ... der Kabelbinder, mit dem er Madeleine die Luft abschnürte. Er hatte sämtliche Macht über diese Frau, die es verdient hatte, zu sterben.

In seiner Umgebung ahnte niemand, dass er es war.

Er wollte nicht, dass die andere Frau auf die gleiche Weise zu Tode kam. Sie war viel sympathischer. Doch er befürchtete, es könnte wieder passieren. Für ihn waren es die äußeren Merkmale, die sie in Gefahr brachten.

♥

Nächster Programmpunkt von Thomas Stelter und Andrea Renner war die Befragung der Krankenschwester Nele Quentin, die in einer Zweizimmerwohnung für Mitarbeiter am Rand des Klinikgeländes wohnte. Das Gespräch fand im Wohnzimmer der zierlichen brünetten Krankenschwester statt, die Stelter auf Mitte/Ende zwanzig schätzte.

Stelter wusste inzwischen, dass Dana Bosilek an ihrem Todestag gegen vierzehn Uhr Nele Quentin auf deren Handy angerufen hatte. Durch einen Anruf heute Morgen hatte Oberkommissar Schuster geklärt, in welchem Zusammenhang die Ermordete und die Iltener Krankenschwester standen. Nele Quentin arbeitete auf einer offenen allgemeinpsychiatrischen Station im Haupthaus der Klinik. Stelter hatte daraufhin diesen Besuch telefonisch vereinbart.

„Ich kenne Dana schon seit ungefähr dreieinhalb Jahren", berichtete Nele. „Wir haben mal ein halbes Jahr zusammen in der Klinik für Psychiatrie in Wunstorf gearbeitet - bis Dana dort ganz überraschend gekündigt hat. Trotzdem haben wir uns weiterhin gelegentlich privat getroffen. Vor zwei Jahren bin ich in die Ludendorff-Klinik gewechselt und wohne seitdem in Ilten. Dana hat mich öfters hier zu Hause besucht. Oder wir sind in Hannover zusammen ins ‚Café Extrablatt' gegangen."

Nele war bekannt, dass eine Schwester von Dana ebenfalls in Hannover wohnte. Kristina, verheiratet, ein Kind. Dana hätte mehrfach lachend erzählt, dass sie früher regelmäßig mit ihrer Schwester und zwei Freundinnen Karten gespielt und dabei alle übers Ohr gehauen hätte. Der Kontakt zwischen Dana und Kristina wäre zuletzt aber sehr spärlich gewesen. Nele hätte Kristina nur einmal vor langer Zeit persönlich kennengelernt.

„Wussten Sie, dass Dana die letzten drei Jahre als Prostituierte gearbeitet hat?", fragte Stelter.

Nele guckte verlegen und brauchte überdurchschnittlich lange, bevor sie zögerlich bekundete: „Sie hat mir erzählt, dass sie ihr Geld durch verschiedene Jobs verdienen würde. Im Sekretariat irgendwelcher Clubs, in Callcentern oder als Fotomodell. Ich hab das so stehen lassen, aber mir schon so meinen Teil gedacht. Ich fahr abends nur äußerst selten nach Hannover, und die Frauen in diesen Wohnmobilen gucke ich mir eigentlich nicht an ..."

„Aber ...", ermunterte der Hauptkommissar die Krankenschwester zum Weiterreden, „Sie wussten es doch nicht erst aus der Zeitung?!"

„Einmal bin ich spätabends aus Hannover gekommen und habe einen kurzen Blick in das Lovemobil geworfen. Ich war mir nicht sicher, ob diese Frau mit der albernen Schwesternhaube wirklich Dana ist. Und ich wollte es auch nicht wissen."

„Was ist am 30. September passiert?", kam Andrea zum Grund ihres Kommens.

„Nach zwei Monaten Funkstille hat sich Dana mal wieder gemeldet und ist bei mir vorbeigekommen. Aber ihre Stimmung ging gleich in den Keller, als ich sie auf Fabian ... also Herrn Dr. Kirchhoff ... ansprach."

Stelter zog die rechte Augenbraue nach oben: „Der Leitende Oberarzt dieser Klinik und die ermordete Prostituierte kannten sich?"

Nele Quentin zierte sich erneut mit einer Antwort, wobei Andrea das Gefühl hatte, dass die Krankenschwester nicht wirklich verlegen war.

„Dana hat sich total fies benommen", stieß die junge Frau hervor. „Dr. Kirchhoff und ich ... wir hatten uns immer gut verstanden. Ich hab ihn sogar zu mir zum Essen eingeladen. Vor zwei Monaten hat Dana ihn kennengelernt, als sie mich in Ilten besucht hat. Dana muss sich dann mit ihm verabredet haben. Im ‚Café Extrablatt', hinterm Hauptbahnhof Hannover, hab ich die beiden zufällig sitzen sehen. Händchenhaltend. Danach hat sich Dr. Kirchhoff mir gegenüber distanziert verhalten."

„Haben die beiden mitbekommen, dass Sie sie zusammen gesehen hatten?", interessierte sich Andrea.

„Nein. Ich bin enttäuscht weggegangen und habe nie darüber gesprochen. Erst jetzt mit Dana, als sie hier aufkreuzte."

Stelter beugte den Oberkörper nach vorne und riss das weitere Gespräch an sich: „Sie wollen sagen, Dana Bosilek hat Ihnen Dr. Kirchhoff ausgespannt ...?"

„Na, so ähnlich. Richtig zusammen waren wir ja nie. Aber vielleicht wäre was draus geworden."

„Was hat Ihnen Dana vor zwei Tagen über die Beziehung zwischen ihr und Kirchhoff erzählt?"

„Dr. Kirchhoff hätte den Kontakt zu ihr schon lange abgebrochen. Dana sagte, sie hätte ihn in der Klinik angerufen, aber er wäre äußerst abweisend gewesen."

„Hatten die beiden eine Liebesbeziehung – oder hat er sie für ihre Dienste bezahlt?"

„Weiß ich nicht. Dana war vor zwei Tagen richtig sauer. ‚Er ist ein Arsch, aber irgendwann sehen wir uns schon wieder', hat sie zu mir gesagt."

„Und sind die beiden am 30. September noch aufeinander getroffen?"

„Keine Ahnung. Dana hat gegen siebzehn Uhr meine Wohnung wieder verlassen. Kurz vor neunzehn Uhr bin ich noch einmal durch den Klinikpark gegangen. Vorm Haupthaus hab ich Dr. Kirchhoff gesehen. Ich hab mich gewundert, dass er noch so spät in der Klinik ist. Außerdem stand sein Auto gar nicht wie sonst auf dem Parkplatz. Damals hab ich mich kurz gefragt, wie er wohl nach Hause kommt."

„Und wo haben Sie sich an dem Abend zwischen zwanzig und zweiundzwanzig Uhr aufgehalten?"

„Zu Hause vor dem Fernseher."

Stelter war mit dem Ergebnis der Befragung sehr zufrieden. Verschiedene Gedanken wirbelten durch seinen Kopf. Handelte es sich bei dem ominösen Fremden, von dem Olaf Mantkowski berichtet hatte, möglicherweise um den Leitenden Oberarzt der Ludendorff-Klinik? Dr. Fabian Kirchhoff würde ihnen gleich einiges zu erklären haben.

18

Auch für Leonore Voigt brachte der Tag eine Aufregung nach der anderen. Gleich am Vormittag hatte es angefangen.

Es ging um Patrick Berger, einen leicht korpulenten Mann um die vierzig. Der Patient war auf Veranlassung von Dr. Ronald Dannenberg von der allgemeinpsychiatrischen Tagesklinik auf die geschlossene Station 1 verlegt worden, wo Leonore in der Frühschicht arbeitete.

Nachdem der Stationsarzt ihn begrüßt hatte, wollte sich Leonore um den neuen Patienten kümmern. Sie kannte den Mann von früheren Aufenthalten und wusste, dass die Ärzte bei ihm schon vor Jahren eine chronische Schizophrenie diagnostiziert hatten.

Als Leonore das Zimmer des Patienten betrat, war dieser allein im Raum, saß angespannt auf seinem Bett und fixierte mit weiten Augen die weiße Wand. Dabei strich er sich mit der Hand die dünnen braunen Haare aus dem Gesicht. Leonore ließ die Tür einen Spalt offen und blieb nach zwei Schritten im Raum stehen. Patrick Berger machte einen abgerissenen Eindruck. Er trug eine verwaschene Blue Jeans und ein eng anliegendes schwarzes Sweatshirt, unter dem sich deutlich einige Speckrollen abzeichneten. Seine grauen Turnschuhe waren an den Seiten abgestoßen.

Der Mann schien Leonore überhaupt nicht zu bemerken. Gegen die Wand gerichtet, rief er plötzlich: „Halten Sie meine Mutter da raus! Und meine Oma! Die können nichts dafür!“

Die erfahrene Krankenschwester ging davon aus, dass der Patient unter akuten Halluzinationen litt.

„Guten Tag, Herr Berger", machte Leonore den Versuch der Kontaktaufnahme. „Vermutlich kennen Sie mich noch. Mein Name ist Voigt. Vonseiten der Pflege bin ich jetzt auf Station 1 Ihre Ansprechpartnerin."

Abrupt sah der Mann zur Seite. Sein Gesicht nahm einen überraschten Ausdruck an. So, als wäre er erstaunt, die Krankenschwester in natura vor sich zu sehen.

„Frau Voigt, ich kenne Sie genau." Ein kurzes Lächeln. Dann sprang er auf und stand mit einem Mal direkt vor ihr. „Sie sind sehr schön ... wie die tote Frau."

Leonore trat einen Schritt zurück: „Wie bitte ...?"

„Sie haben auch so rotes Haar." Seine Mimik wechselte erneut. Leonore las Angst und Sorge in seinem Gesicht. „Frau Voigt, Sie können die Nächste sein. Sie sind in Gefahr."

Offenbar hatte der Frauenmord in unmittelbarer Nähe der Klinik auch das Krankheitsgeschehen von Patrick Berger beeinflusst. Wie bei einigen anderen Patienten hier auf der Station.

Der Mann rückte wieder näher an Leonore heran.

„Passen Sie auf sich auf", sagte er fast hauchend. „Ich will nicht, dass Sie die Nächste sind."

Leonore fragte betont sachlich: „Woher wissen Sie, dass ich in Gefahr bin?"

„Ich hab's gerade von Brewster. Er ist mit mir in Verbindung."

„Welcher Brewster?"

„Inspector Brewster vom DCPD", antwortete Berger, „... also vom *Dallas City Police Department.*"

Leonore bewegte sich ein Stück zurück. Ihr Blick fiel auf den Button, den sich Berger an sein Sweatshirt geheftet hatte, links über dem Herzen. Auf rotem Untergrund stand in schwarzer Schrift: „Zombie Crime“.

Auf einmal machte es bei der Krankenschwester Klick. „Zombie Crime“ war eine amerikanische Fernsehserie. Besonders beliebt bei jüngeren Männern. Ein Krankenpflegeschüler, Fan der Serie, hatte mehrfach erwähnt, dass die Hauptfigur „Inspector Brewster“ hieß. „Und auf welche Weise sind Sie mit Brewster in Verbindung?“

„Telepathie.“

Leonore fiel wieder ein, dass Brewster ein Polizist war, der einen Blitzschlag überlebt und dadurch telepathische Kräfte bekommen hatte.

„Muss ich mich vor Ihnen in Acht nehmen?“, lotete Leonore die Situation aus.

„Nein, ich will Sie nur warnen. Sie sind ernsthaft in Gefahr! Brewster sagt das. Es sind Ihre Haare, die roten Haare.“

„Haben Sie die Ermordete gekannt?“ Das war überhaupt das Thema Nummer eins bei Mitarbeitern und Patienten. Wer hatte schon die Prostituierte im Lovemobil besucht?

Bergers Mundwinkel zuckten. Leonore merkte, dass ihm die Frage unangenehm war.

„Nein, nein! Ich hab nichts mit ihr zu tun!“ Seine Stimme zitterte. „Das würde meine Mutter nicht erlauben, dass ich zu Huren gehe.“

„Schon gut, Herr Berger. Beruhigen Sie sich.“ Leonore bereute, diese aufwühlende Frage gestellt zu haben. „Sagen Sie bitte Brewster, ich pass schon auf mich auf.“

„Ich verfolge genau, was passiert“, war Bergers Antwort, deren Sinn Leonore verborgen blieb.

„Wenn Sie Ihre Medikamente einnehmen, hören in ein paar Tagen die belastenden Gedanken auf", sagte die Krankenschwester besänftigend.

„Ich möchte nicht, dass die Gedanken aufhören. Die Gedanken helfen mir."

Das sehen Sie kommende Woche bestimmt schon anders, dachte sich Leonore.

Die nächste Aufregung wartete am Nachmittag zu Hause auf die Krankenschwester.

19

Der Besuch der Polizei war für Dr. Fabian Kirchhoff unerwartet und unliebsam. Aber der Oberarzt riss sich zusammen und ließ sich seine innere Anspannung über weite Strecken nicht anmerken.

Der etwas dickliche Ältere hatte sich als Kriminalhauptkommissar Thomas Stelter vorgestellt. Seine jüngere schlanke Kollegin mit den langen braunen Haaren als Kriminaloberkommissarin Andrea Renner. Natürlich kamen sie wegen der Tötung der bulgarischen Hure.

Fabian empfing die beiden Polizisten in seinem Büro im Haupthaus der Klinik.

Nachdem sich Stelter und Renner zu Fabian an den Besprechungstisch gesetzt hatten, hielt sich der Hauptkommissar nicht lange mit Vorreden auf. Er berichtete von Nele Quentins Beobachtung, dass sich Fabian mit Dana Bosilek in Hannover getroffen hatte.

Die Sätze des Hauptkommissars trafen Fabian wie Hammerschläge. Nele Quentin war vor einigen Monaten scharf auf ihn gewesen, und Fabian hatte sie leer ausgehen lassen. Verdammt! Jetzt wollte ihm dieses unbefriedigte Miststück eins auswischen. In seinem Kopf drohte ein Chaos auszubrechen. Nur keinen Fehler machen! Sonst konnte es unangenehm für ihn werden. In welchem Umfang wusste die Polizei Bescheid? Was musste er zugeben? Welche Informationen konnte er problemlos zurückhalten?

„Das stimmt", gestand Fabian zu. „Kennengelernt haben wir uns auf dem Klinikgelände, als sich Dana gerade von ihrer Freundin Nele verabschiedet hatte.

Ich wusste nicht, dass Neles Freundin eine Prostituierte ist."

„War denn Frau Bosilek klar, mit wem sie es zu tun hatte?" Stelter neigte den Kopf zur Seite.

„Ja, Nele hat mich vorgestellt als *Leitenden Oberarzt*." *Und wollte damit wohl vor ihrer Freundin angeben, was für wichtige Bekannte sie hat,* fügte Fabian in Gedanken hinzu.

„Dabei haben Sie sich gleich miteinander verabredet?"

Fabian registrierte, dass die Oberkommissarin ihn beobachtete, während der Hauptkommissar die Fragen stellte.

„Nachdem Nele im Haus verschwunden war, hatte Dana mich noch einmal angesprochen und in ein Gespräch verwickelt. Sie machte auf mich einen sehr sympathischen Eindruck, und wir sind ins Plaudern gekommen." Fabian stockte. „Zum Schluss hat sie mir gesagt, wann und wo sie sich mittwochs so aufhält, wenn man sich mal wiedersehen möchte. Im ‚Café Extrablatt' in Hannover hinterm Hauptbahnhof. Jetzt im Nachhinein finde ich ihr Verhalten schon etwas aufdringlich."

„Haben Sie damals gleich einen festen Termin vereinbart?" Stelters Stimme klang ein wenig ungläubig.

„Nein, nicht direkt. Dana hat mir gefallen, und ich hab gesagt: ‚Na, vielleicht sehen wir uns ja nächsten Mittwoch wieder.' Und sie hat geantwortet: ‚Das würde mich sehr freuen.' Ich war ungebunden und fand es reizvoll herauszufinden, ob sie wirklich um diese Zeit in dem Café sitzt."

Fabian verzichtete darauf, weitere Details preiszugeben, die ihm bei der Schilderung der damaligen Szene durch den Kopf schossen. Dana passte haarscharf in sein Beuteschema. Mit Leonore lief zu dem Zeitpunkt noch nichts Ernstes. Die Bulgarin hatte ihm ein verführerisches Angebot gemacht, das er nicht ablehnen konnte.

„Sie sind also gezielt nach Hannover gefahren, um die Frau wiederzusehen?"

„Ich war sowieso in Hannover, hatte lange hin und her überlegt und mich schließlich entschieden, in diesem Café vorbeizuschauen. Und da saß sie tatsächlich."

„Sie waren schnell vertraut miteinander ...?!"

„Das ging von Dana aus. Ich war völlig überrascht, dass sie am Tisch gleich meine Hand genommen hat."

„Wie ging es weiter?"

„Es war ein netter Nachmittag mit ihr. Die Frau hatte Charme und auch Humor. So sagte sie mit einem Augenzwinkern, dass sie ein ehrlicher Mensch sei – nur beim Kartenspielen würde sie manchmal schummeln. Insgesamt war sie ein bisschen distanzlos."

„Hatten Sie mit Dana Bosilek Geschlechtsverkehr?" Stelter sah Fabian durchdringend an.

„Nein, natürlich nicht. Wir hatten uns nur dieses eine Mal zu zweit getroffen."

Fabian versuchte die Bilder zu unterdrücken, die vor seinem geistigen Auge auftauchten. Die heiße Nummer, nachdem sie das Café verlassen hatten. Mit der scharfen Bulgarin auf dem Rücksitz seines Wagens.

„Danach haben Sie sich nicht mehr verabredet?"

„Nein."

„Haben Sie keine Telefonnummern ausgetauscht?"

„Dana hat mir ihre Handynummer aufgeschrieben. Ich hab gesagt, ich ruf sie in den nächsten Tagen mal an."

„Und hatte sie *Ihre* Nummer?“

„Nein. Ich hatte auf einmal ein ungutes Gefühl und ihr deswegen meine Nummer nicht gegeben. Sie hat die Nummer aber auch nicht eingefordert.“

Beim Abschied war ihm die Hingabe der Frau irgendwie verdächtig vorgekommen.

„Ich vermute, dass Ihre privaten Handy- und Festnetznummern geheim sind ...“, äußerte Stelter.

„Richtig. Um mich vor unerwünschten Anrufen von Patienten zu schützen.“

„Warum haben Sie sich mit der Frau nicht mehr verabredet, wenn sie Ihnen doch so sympathisch war?“

„Einige Tage nach unserem Treffen habe ich ihre wahre Identität herausgefunden. Auf der Fahrt nach Hause.“ Bei der Erinnerung daran verspürte Fabian eine Eiseskälte. „Bis dahin hatte ich dem Gesicht der Frau in dem Wohnmobil keinerlei Beachtung geschenkt. Aber auf einmal kam es mir bekannt vor. Ich hab angehalten und der Frau ins Gesicht gesehen. Das war der totale Schock! Aber mein Bauchgefühl hatte recht behalten.“

„Wie sind Sie mit Ihrer Entdeckung umgegangen?“

„Ich hab jeglichen weiteren Kontakt vermieden. Mich nicht mehr gemeldet und gar nichts mehr. Den Kontakt zu einer Prostituierten kann ich mir in meiner Position nicht leisten.“

Die Gedanken von damals, an denen er Stelter und Renner nicht teilhaben ließ, waren Fabian wieder präsent: Kein Wunder, dass die bulgarische Hure so wild darauf war, sich mit ihm zu treffen. Und dass sie gezielt darauf hingearbeitet hatte, gleich mit ihm eine scharfe Nummer zu schieben. Die Frau wusste um seine gute berufliche Position, hatte es auf sein Geld abgesehen.

„Von Frau Quentin wissen wir, dass Dana Bosilek Sie im Krankenhaus angerufen hat. Wann war das?"

„Weiß ich nicht mehr genau. Ist aber einige Wochen her. Sie hat sich über die Zentrale mit meinem Büro verbinden lassen."

„Und?"

„Ich hab ihr ganz klar gesagt, dass sie mich in Ruhe lassen soll."

„Hat sie das akzeptiert?"

„Erfreut klang sie nicht. Aber es blieb ihr ja nichts anderes übrig."

Der Hauptkommissar beugte sich zu Fabian: „Dana Bosilek war sauer ... und bekanntermaßen geldgierig. Sie wird sich kaum mit der telefonischen Abfuhr zufriedengegeben und Sie unbehelligt gelassen haben ..."

„Doch", Fabian klang verunsichert, „... hat sie."

„Hat Dana Bosilek Sie wieder im Büro angerufen?"

„Nein."

„Oder hat sie Sie im Krankenhaus besucht?"

„Nein."

„Hat sie auf eine andere Art Kontakt zu Ihnen aufgenommen?"

„Nein."

„Kann es sein, dass Dana Bosilek versucht hat, aus der Bekanntschaft zu Ihnen auf irgendeine Weise Geld herauszuschlagen?"

„Was stellen Sie mir für absurde Fragen?!" Fabians Gesicht färbte sich dunkelrot. „Glauben Sie etwa, ich hätte etwas mit dem Mord zu tun?!"

Statt einer Antwort fragte Stelter weiter: „Ich weiß, dass die Ermordete vor nicht langer Zeit darüber gesprochen hatte, dass es aktuell Stress mit einem Mann gab. Ging es dabei vielleicht um Sie? An ihrem Todestag war Dana Bosilek ganz in Ihrer Nähe. Dabei waren

Sie Gesprächsthema in einer Unterhaltung zwischen ihr und Frau Quentin. Gegen neunzehn Uhr sind Sie noch vorm Haupthaus gesehen worden. Hat Dana Bosilek Ihnen auf dem Klinikgelände aufgelauert?"

„Um Gottes willen – nein!"

„Sind Sie sicher? Kann es nicht sein, dass die Frau Sie zum wiederholten Mal aufgesucht und unter Druck gesetzt hat?"

„Nein. Es hat keine Begegnung mehr zwischen uns gegeben!"

Fabian merkte, dass er zunehmend den Boden unter den Füßen verlor. Das Motiv, der zeitliche Zusammenhang ... er musste sofort die Kurve kriegen und wieder in ruhiges Fahrwasser kommen.

„Herr Dr. Kirchhoff, wo waren Sie zur Tatzeit, zwischen zwanzig und zweiundzwanzig Uhr?"

Er versuchte, eine innere Ruhe zu erzwingen. Bei Leonore war er an dem Abend kurz nach einundzwanzig Uhr eingetroffen. Er brauchte Zeit zur Entwicklung einer Strategie, um den Frontalangriff ein für alle Mal abzuwehren.

„Warten Sie, ich muss kurz überlegen ..."

„Tun Sie das. Die Antwort ist nicht ganz unwichtig." Der Hauptkommissar zeigte ein flüchtiges Lächeln, das bösartig wirkte.

Plötzlich kam Fabian eine Idee, die er ohne weitere Überlegungen umsetzte: „Ich habe ab 19:30 Uhr den gesamten Abend und die Nacht in Ahlten verbracht. Bei Frau Leonore Voigt, mit der ich seit anderthalb Monaten eine Beziehung habe."

„Und das ist Ihnen eben erst eingefallen?", setzte Stelter die Befragung fort.

„Dass ich den Abend bei Frau Voigt in Ahlten war, hatte ich natürlich die ganze Zeit präsent. Aber ich musste erst überlegen, ab wann genau. Schließlich hab ich vorher nicht im Entferntesten daran gedacht, dass ich ein Alibi benötigen könnte."

„War ja auch sehr überraschend für Sie", gestand Stelter zu. „Wo finden wir Frau Voigt?"

Fabian nannte ihre Adresse und ergänzte: „Sie arbeitet hier als Krankenschwester auf Station 1."

„Und wie sind Sie von der Klinik zu Frau Voigts Wohnung in Ahlten gekommen? Frau Quentin hat angegeben, dass Ihr Auto nicht wie gewohnt auf dem Parkplatz vorm Haupthaus stand."

„An dem Tag hat uns gleich morgens Herr Prof. Reich, der Leiter der MHH-Psychiatrie, besucht. Es ging um ein Abstimmungsgespräch mit Dr. Pahland und mir wegen einer gemeinsamen wissenschaftlichen Studie. Ich hab unserem Gast meinen reservierten Parkplatz überlassen und meinen Wagen in einer Nebenstraße abgestellt. Wegen dieses längeren Termins hatte sich mein ganzer Tagesablauf nach hinten verschoben, sodass ich noch bis 19:15 Uhr in der Klinik zu tun hatte. Danach bin ich mit meinem Wagen nach Ahlten gefahren."

„Dann müssten Sie an dem Lovemobil vorbeigekommen sein, als Dana Bosilek noch am Leben war. Was ist Ihnen dort aufgefallen?"

„Nichts Besonderes. Ich kann mich an Einzelheiten auch nicht erinnern, also ob sie zum Beispiel gerade Besuch von einem Kunden hatte oder nicht. Gedanklich war ich schon völlig bei Frau Voigt."

„Ich verstehe", murmelte der Hauptkommissar.

Einige Minuten später verließen Stelter und Renner Fabians Büro. Durch sein Fenster sah er die beiden gleich darauf durch den Park in Richtung Station 1 gehen. Mit Sicherheit wollten sie dort Leonore nach seinem Alibi befragen. Natürlich wussten sie nicht, dass Leonore Frühschicht hatte und inzwischen zu Hause war. Er hatte es ihnen nicht gesagt, zumal sie nicht danach gefragt hatten.

Jetzt kam der entscheidende Teil seines Befreiungsschlags. Schnell schloss er sich im ersten Stock in das leere Reservezimmer des nächtlichen Bereitschaftsdienstes ein. Er griff sich den hier stationierten Festnetzapparat und tippte Leonores private Handynummer. Nach ihrer letzten gemeinsamen Nacht hatte sie mit strahlenden Augen versprochen, alles für ihn zu tun.

Gleich würde er ihr Versprechen auf die Probe stellen.

♥

Zu Hause kam Leonore Voigt nach dem stressigen Vormittag nur langsam zur Ruhe.

Der neu aufgenommene Patient Patrick Berger hatte auf der Station an ihren Fersen geklebt und sie mit seinen wahnhaften Befürchtungen genervt. Immer wieder stellte er einen Bezug zu ihren roten Haaren her. Offensichtlich vermischte er die Inhalte der Fernsehserie „Zombie Crime" mit seiner eigenen Realität.

Um besser zu verstehen, worum es dabei ging, informierte sie sich an ihrem häuslichen PC im Internet über die Serie. „Zombie Crime" basierte auf einer Comic-Reihe mit Krimi-, Fantasy- und Horrorelementen, die im heutigen Texas in Dallas spielte. Eine Gruppe von Zombies versuchte fortlaufend, das perfekte Verbrechen zu begehen. Dazu manipulierten sie mittels Telepathie überdurchschnittlich intelligente Menschen mit Spezialkenntnissen. Ihr ebenbürtiger

Gegenspieler war Inspector Brewster, der ebenfalls über telepathische Fähigkeiten verfügte. In „Zombie Crime“ wurde auf raffinierte Weise intrigiert, betrogen und gemordet. Kein Wunder also, dass Patrick Berger als Fan dieser Serie in Krankheitsphasen absonderliche Ängste entwickelte.

Ihr Handy klingelte. Im Display erkannte sie die Klinik als Anrufer. Ihr erster Impuls, endlich von der Arbeit in Ruhe gelassen zu werden, wich dem Pflichtgefühl, in schwierigen Situationen zu helfen.

Es überraschte sie, dass Fabian Kirchhoff sich meldete. Ihr erster Gedanke war, warum er sie nicht aus seinem Büro oder von seinem Handy anrief. Dann erschrak sie. Fabian war aufgeregt und bat sie um Hilfe. Was er sagte, wühlte sie auf. Damit hatte sie nicht gerechnet.

„Du musst mir vertrauen“, bat er eindringlich.

Fabian schilderte ihr, dass die Ermordete Nele Quentins Freundin war, die er zufällig auf dem Klinikgelände kennengelernt und in Hannover wiedergetroffen hatte, ohne zu ahnen, dass sie eine Prostituierte war. Das wäre vor zwei Monaten gewesen.

„Danach habe ich mit der Frau nichts mehr zu tun gehabt. Aber Nele hat bei der Polizei den Eindruck erweckt, als hätte ich die Prostituierte gut gekannt. Ich schwöre dir, es ist nie etwas zwischen mir und dieser Frau gelaufen. Die einzige Frau, die ich um alles in der Welt liebe, bist du. Vertraust du mir, Leonore?“ Fabians Stimme klang verzweifelt, aber ehrlich.

„Natürlich vertraue ich dir“, versicherte Leonore. Fabian hatte sie noch nie belogen.

„Die Polizei ist gerade unerwartet bei mir aufgetaucht. Sollte wegen Neles verdrehter Darstellung erst einmal der Verdacht aufkommen, ich könnte etwas mit dem Mord an der Prostituierten zu tun haben, habe ich sofort einen schlechten Ruf weg! Auch wenn sich später alles als Unfug herausstellt."

Leonore konnte Fabians Ängste nur zu gut verstehen. Wenn das Gerücht an die Öffentlichkeit gelangte, der Leitende Oberarzt hätte regelmäßig Kontakte zu einer Prostituierten in einem schmuddeligen Lovemobil, bei deren Ermordung er womöglich eine ungeklärte Rolle spielte, war Fabian für die Privatklinik als Leitender Oberarzt und Aushängeschild kaum mehr tragbar.

„Mach dir keine Sorgen, wir kriegen das in den Griff", bekundete Leonore, wobei ihre Stimme zuversichtlicher klang, als ihr zumute war. Ihre Zukunft als Fabians Partnerin stand ebenfalls auf dem Spiel.

Am Todestag der Frau hatte Fabian zu allem Unglück Überstunden gemacht. Die Gründe dafür kannte Leonore. Fabian hatte ihr alles schon vorgestern erklärt. Wegen des Besuchs von Prof. Reich mussten die Oberarztvisiten auf den Nachmittag verlegt werden. Abends hatte Fabian erst Gutachten diktiert, sich später durch die seitenlangen handschriftlichen Notizen eines Stationsarztes gekämpft, um einen Termin am Folgetag mit Dr. Seifert wegen einer Patientenbeschwerde vorzubereiten. Um nicht verschwitzt bei Leonore aufzukreuzen, hatte er noch im ungenutzten Bereitschaftszimmer im Haupthaus geduscht.

„Was hat die Polizei gesagt ... wann ist die Tatzeit gewesen?", wollte Leonore wissen.

„Zwischen zwanzig und zweiundzwanzig Uhr."

Leonore erinnerte sich, dass Fabian an dem Abend kurz nach einundzwanzig Uhr bei ihr in Ahlten angekommen war. Das bedeutete, er war genau in dem

Zeitraum, in dem der Täter die Frau ermordet hatte, am Lovemobil vorbeigefahren.

„Vielleicht fällt dir etwas vom Tatort ein, das zur Identifizierung des Mörders beiträgt und dich damit entlastet ...?"

„Ich war in Gedanken bei dir. Habe tatsächlich nichts und niemanden gesehen. Ich kann nicht mal mit Sicherheit sagen, ob die Lichterkette vorne im Wohnmobil an oder aus war."

Fabian erklärte, dass es für ihn nur eine Möglichkeit gab, völlig unbeschädigt aus der Sache herauszukommen. Daher hätte er soeben der Polizei erzählt, dass er bereits um 19:30 Uhr bei Leonore in Ahlten eingetroffen wäre – damit die Polizei unter ihre Ermittlungen gegen ihn einen sofortigen Schlussstrich zog.

Leonore fuhr zusammen. Fabian wollte, dass sie die Polizei belog und ihm ein falsches Alibi verschaffte. Für einen kurzen Moment kamen Zweifel auf. Sie sollte eine Falschaussage in einem Mordfall machen? Hatte Fabian ihr wirklich in allen Punkten die Wahrheit gesagt? War er so unschuldig, wie er betonte? Nicht, dass sie die Aufklärung eines Verbrechens behinderte. Aber ihr Bauchgefühl siegte. Er war liebevoll, zuverlässig, ehrlich. Es gab überhaupt keinen Grund, ihm nicht zu trauen. In ihrem Beruf hatte sie eine gute Menschenkenntnis und mit ihren Einschätzungen selten danebengelegen. Warum sollte das bei ihr im privaten Bereich anders sein?

„Bitte, Leonore, du musst meine Angaben gegenüber der Polizei bestätigen. Sonst bin ich richtig erledigt. Und unsere gemeinsame Zukunft auch."

„Keine Angst, ich steh immer zu dir", versprach Leonore. „Wir ziehen das zusammen durch."

„Danke. Das wirst du nie bereuen."

Leonore hatte eine Entscheidung getroffen. Jetzt galt es zu überprüfen, ob Fabians Angaben gegenüber der Polizei unangreifbar waren.

„Wann hast du in Wirklichkeit die Klinik verlassen und bist zu mir gefahren?"

„So kurz vor einundzwanzig Uhr."

„Hat dich von 19:15 Uhr bis dahin irgendjemand auf dem Klinikgelände gesehen?"

„Ich glaube nicht. Ich saß in meinem Büro, habe meine Arbeit erledigt. Alles handschriftlich, nichts am PC. Im Führungstrakt war es um diese Zeit menschenleer, die Auskunft im Foyer ist nicht mehr besetzt. Dann bin ich duschen gegangen. Das war während der Übergabezeit auf den Stationen. Vor dem Ende der Übergabe hab ich das Haupthaus verlassen und bin zu meinem Auto, das diesmal weiter weg stand. Ich kann mich nicht entsinnen, dass ich dabei jemandem begegnet bin."

„Hattest du dein Handy eingeschaltet? Dein Standort könnte damit im Nachhinein geortet werden."

„Kein Problem. Das hatte ich an dem Tag sowieso zu Hause vergessen."

„Was ist mit Nele? Wird sie über dich irgendwelche Geschichten in die Welt setzen?"

„Bisher hab ich nichts davon mitbekommen, dass sie womöglich ihre verquere Wahrnehmung munter gestreut hat."

„Aber vielleicht tut sie es jetzt noch?!"

„Ich sprech mit ihr unter vier Augen und überzeuge sie, dass ihre Vermutungen völlig falsch sind."

„Gut. Dann mach das so schnell wie möglich."

Fabians Stimme klang merklich ruhiger als zu Beginn ihres Telefonats: „Keine Angst, mein Engel. Um die Sache mit Nele kümmere ich mich."

20

Die Arbeit der „Mordkommission Madeleine" lief in bewährter Manier ab. Über Facebook wurden Zeugen gesucht, die sich um die Tatzeit herum in der Nähe des Lovemobils aufgehalten hatten und womöglich sachdienliche Hinweise zur Identifizierung des Täters geben konnten. Erste Rückmeldungen aus der Bevölkerung waren bereits bei der Polizeidirektion Hannover eingegangen. Der Mord an der schönen Hure, auf den Titelseiten aller Hannoverschen Zeitungen präsent, stieß - wie zu erwarten - auf ein großes öffentliches Interesse. Oberkommissar Arif Kimil kümmerte sich in seinem Büro um die Auswertung der Hinweise. Außerdem beschäftigte er sich mit der Identifikation von Usern des „Hurenführers", die verärgerte Kommentare über ihre Begegnung mit Madeleine im Lovemobil abgegeben hatten.

Oberkommissar Jan Schuster versuchte über die Anrufliste der toten Frau herauszufinden, mit wem sie zuletzt aus welchem Grund kommuniziert hatte. Gerade hatte er wieder einen entscheidenden Treffer gelandet, über den er Thomas Stelter gleich unterrichten musste. Der Hauptkommissar hatte verlangt, über sämtliche neuen Erkenntnisse zum familiären Hintergrund des Opfers umgehend informiert zu werden. Überhaupt war es erstaunlich, mit welcher Vehemenz Stelter die Vernehmungen in Ilten an sich gerissen hatte.

Schuster rief seinen Vorgesetzten auf dessen Handy an: „Thomas ... hier ist Jan. Eben hat der Kontakt zu Kristina Neumann geklappt, mit der Dana Bosilek letzte Woche telefoniert hat. Frau Neumann hat hier angerufen, sie ist die Schwester der Toten. Hat von dem Mord in der Zeitung gelesen. Sie wohnt mit ihrem Mann und ihrem neugeborenen Kind in Hannover-Stöcken. Seit letzter Woche sind auch ihre Eltern aus Bulgarien zu Besuch. Arif und ich wollen bei der Familie in Stöcken vorbeifahren und sie befragen."

„Nein, nein!", kam die hektische Antwort des Hauptkommissars aus Schusters Telefonhörer. „Darum kümmern Andrea und ich uns. Wir sprechen gleich mit einer Krankenschwester in Ahlten und fahren von dort aus zu der Familie nach Stöcken. Ihr kümmert euch stattdessen um die Befragung von Madeleines ehemaliger Kollegin Romina, die möglicherweise etwas über einen Mann weiß, der Madeleine verfolgt haben soll."

Stelter gab kurz die Angaben, die er von Olaf Mantkowski hatte, an Schuster weiter. Zudem ging es Stelter um die Frage, ob ein Oberarzt aus Ilten mit Namen Fabian Kirchhoff die Ermordete näher gekannt hatte oder sogar – entgegen der bisherigen Darstellung des Oberarztes – der eben erwähnte Verfolger war.

Schuster nannte Stelter Adresse und Telefonnummer von Dana Bosileks Schwester. Dann beendete Stelter das Telefonat.

Schuster schüttelte den Kopf. Was war der Alte so versessen darauf, die Vernehmung von Danas Familie selbst durchzuführen? Sehr angenehm war es sicherlich nicht, mit den trauernden Angehörigen zu sprechen, die erst vor Kurzem von dem schrecklichen Mord erfahren hatten. Na, egal. Irgendwann würde Schuster schon herausbekommen, was seinen Vorgesetzten da geritten hatte.

Jetzt ging es also um die Kontaktaufnahme zu einer Frau, die als Prostituierte im „Lovestory" arbeitete, wobei Romina sicherlich nicht ihr richtiger Name war.

Schuster holte Kimil mit ins Boot, der seit gestern durch seine Internetrecherchen bestens über Madeleines Aktivitäten im Rotlichtmilieu informiert war.

Kimil wurde sofort fündig. Auf der Website des Hannoverschen Sex-Clubs „Lovestory" fand er reichhaltiges Bildmaterial der dort tätigen Damenriege. Unter den Namen, die offenbar ein internationales Flair verbreiten sollten, wie Sarafina, Naomi, Xenia oder Sharleen, war auch Romina aufgeführt. Die meisten Frauen hatten darauf verzichtet, ihr Gesicht zu verbergen oder durch Pixel unkenntlich zu machen.

Rominas Gesicht war gut zu erkennen - und nicht nur das.

Schuster griff zum Telefonhörer und wählte die Nummer des Clubs. Es meldete sich eine Frau, deren Stimme schon etwas älter, aber warm und sympathisch klang. Ohne seinen Namen zu nennen, fragte Schuster, ob Romina anwesend wäre. Ihm wurde mitgeteilt, dass Romina erst in einer Stunde käme. Danach verabschiedete er sich freundlich.

Schuster schaute Kimil auffordernd an: „Okay. Dann machen wir nachher einen kleinen Ausflug. In die *exklusive Oase der Entspannung für den anspruchsvollen Herrn.*"

21

Bis auf das Licht der roten Leuchtstoffröhre an der Frontscheibe des Wohnmobils war es vollständig dunkel. Das Gefährt stand auf einem einsamen Parkplatz am Rand des Waldes. In der Fahrerkabine zeichnete sich die Silhouette einer Frau ab.

Über die Landstraße, die an dem Wald vorbeiführte, fuhren um diese Zeit nur noch wenig Autos. Aber gerade die wenigen Fahrzeuge waren es, auf die die Frau wartete. Manchmal dauerte es über eine Stunde, bis wieder ein Auto anhielt und sich der Fahrer nach ihren Preisen erkundigte.

Die Frau nannte sich Gabriela und kam aus Rumänien. Seit anderthalb Jahren bot sie in diesem Lovemobil ihre Dienste an, hatte zuvor in zwei verschiedenen „Saunaclubs" gearbeitet.

Von der Straße näherte sich ein Lichtschein – der Scheinwerfer eines Wagens. Die Geschwindigkeit des Fahrzeugs verringerte sich. Gabriela registrierte sofort, dass ein potenzieller Kunde im Anmarsch war. Wie vermutet, fuhr der Wagen langsam auf den Parkplatz am Wohnmobil vorbei und stoppte dahinter.

Sie kannte den Wagen und den Fahrer. War verwundert, dass der Mann sie um diese Zeit aufsuchte. Er schlenderte zur Fahrerkabine.

„Warum kommst du?", fragte Gabriela. „Ist nicht Freitag."

„Ich hatte Sehnsucht nach dir, besonders nachdem Madeleine von mir gegangen ist."

Gabriela erschrak, als der Name ihrer Kollegin fiel. Von Madeleines Tod wusste sie durch die Titelseiten der Zeitungen. Auch Gabriela war sich des Risikos bewusst, dass sie jederzeit von einem Kunden in ihrem einsamen Wohnmobil überfallen werden konnte.

„Was ... Sehnsucht?", äußerte Gabriela wenig erfreut. Der Mann gefiel ihr nicht.

„Madeleine war manchmal so abweisend. Du bist mir viel sympathischer."

„Was willst du?"

„Lass mich rein. Ich will was mit dir klär'n, aber das geht nur drinnen."

„Ich warte auf Kunden."

„Was ich von dir will, ist auch geschäftlich. Also los !"

Widerwillig schaltete Gabriela das rote Licht in der Fahrerkabine aus und öffnete Olaf Mantkowski von innen die Seitentür des Wohnmobils.

Er trat ein, schloss hinter sich die Tür und baute sich direkt vor ihr auf.

„Ist wirklich furchtbar, was der armen Madeleine vorgestern passiert ist", säuselte Olaf. „Aber sie ist auch so unvernünftig gewesen."

„Verstehe nicht", entgegnete Gabriela unsicher.

„Ich möchte mich noch intensiver um dich kümmern als bisher. Damit dir nichts Schlimmes passiert. Du zahlst ab morgen zur Miete einen kleinen Aufpreis. Für meine Bemühungen. Hast du mein Angebot verstanden?"

Die Frau sagte zunächst nichts. Als Olaf mit beiden Händen ihren Kopf ergriff und ihr die Höhe seines „Aufpreises" nannte, verfinsterte sich ihr Gesichtsausdruck: „Warum Geld? Du kannst mich nicht schützen!"

Sie zog den Kopf zurück.

„Ach, du glaubst nicht, dass ich schlechte Menschen in die Flucht schlagen kann?"

Unvermittelt holte er mit der rechten Hand aus und schlug ihr ins Gesicht. Die Frau stieß einen Schrei aus. Ängstlich starrte sie Olaf Mantkowski an, dem sie hilflos ausgeliefert war.

„Mach mich nicht ärgerlich. Mein Freund Ludger und ich sind immer zur Stelle und helfen gern. Aber wenn du Zicken machst, werden wir ganz, ganz böse. Ich frage dich noch mal. Hast du mein Angebot verstanden und zahlst morgen den Aufpreis?"

Gabriela nickte stumm.

„Und du solltest es dir auch nicht anders überlegen. Wenn du mit jemandem über unser kleines Geschäft quatschst, erwische ich dich überall und bin dann nicht so zurückhaltend wie heute."

„Zurückhaltend ...?", äußerte Gabriela verständnislos.

Olaf war sich offenbar nicht sicher, ob die Rumänin ihn wirklich verstanden hatte, und redete Klartext: „Wenn du dich bei 'ner Sozialtussi oder der Polizei über mich beschwerst, schlag ich dir die Fresse ein, kapiert?!"

Die Frau zuckte zusammen. Die Drohung dieses Mannes, der Teil einer undurchschaubaren mächtigen Organisation war, machte ihr Angst. Umso mehr irritierte es sie, als er plötzlich umschaltete und sie anlächelte.

„Wir wollen doch nicht böse auseinandergehen", erklärte er. „Schon auf der Fahrt hierher hatte ich mich auf dich gefreut."

„Was willst du von mir?", fragte sie leise.

„Verkehr, ganz einvernehmlich ... und kostenlos. Damit ich viel Lust verspüre, gut auf dich aufzupassen. In Ordnung?"

Gabriela wagte nicht zu widersprechen.

22

Einige Stunden vorher verfolgte Hauptkommissar Thomas Stelter eine ganz andere Spur im Mordfall Dana Bosilek.

Zusammen mit seiner Kollegin Andrea Renner suchte er die Krankenschwester Leonore Voigt in deren Ahltener Wohnung auf. Ohne zu zögern, bestätigte die Krankenschwester das Alibi von Dr. Fabian Kirchhoff. Über die Ermordete wusste sie allerdings nichts. Ebenso wenig über eine Beziehung der Toten zu dem Oberarzt oder einer anderen Person aus der Klinik. Die Frage nach ungewöhnlichen Beobachtungen am Tattag wurde gleichfalls von ihr verneint.

„Damit ist Kirchhoff aus der Mordsache erst einmal raus", fasste Stelter auf der Weiterfahrt nach Hannover das Ergebnis der Befragung von Leonore Voigt zusammen. „Die Voigt hat auf mich einen zuverlässigen und glaubhaften Eindruck gemacht."

Andrea nahm die Feststellung schweigend zur Kenntnis.

Seit dem Anruf von Oberkommissar Schuster, der Stelter und Andrea vor dem Gespräch mit Leonore Voigt erreicht hatte, wirkte der Hauptkommissar innerlich noch angespannter als die Tage zuvor.

Um möglichst schnell von Ahlten in Hannover-Stöcken zu sein, wählte Stelter die Strecke über die A7 und die A2. Der Hauptkommissar hatte Andrea und sich bereits telefonisch bei der Schwester von Dana Bosilek angekündigt.

Kristina Neumann, sechsundzwanzig, wohnte mit ihrem Mann und ihrem vier Wochen alten Sohn im

Nordwesten Hannovers in einer Dreizimmerwohnung. Ihre Eltern waren wegen des Enkelkindes für zwei Wochen aus Sofia angereist und hielten sich ebenfalls in der Wohnung auf.

Die Befragung fand im Wohnzimmer statt, wobei sich ihr Mann um das Neugeborene kümmerte. Kristina Neumann sprach nahezu perfekt Deutsch. Die Verständigung zwischen Polizei und ihren Eltern lief über Kristina als Dolmetscherin.

Herr und Frau Bosilek, beide Ende fünfzig, erkundigten sich weinend nach den genaueren Umständen, unter denen ihre Tochter ums Leben gekommen war. Während der Übersetzung liefen Kristina Tränen über die Wangen. Stelter überließ Andrea die Beantwortung der bewegenden Fragen und registrierte schweigend die äußerlichen Ähnlichkeiten innerhalb der Familie. Dana hatte die langen Augenwimpern ihres Vaters, Kristina die Gesichtszüge ihrer Mutter.

Stelter spürte eine innere Unruhe. Er wollte endlich zur Sache kommen. Als es ihm angemessen erschien, stieg er intensiv in die Befragung der Familie ein. Der Hauptkommissar erkundigte sich sehr detailliert nach Danas Vorleben, erfuhr im Folgenden viele Neuigkeiten über den Werdegang der Ermordeten.

„Dana und ich hatten bereits in der Schule Deutschunterricht. Wir haben dann beide in Bulgarien eine Ausbildung zur Krankenschwester gemacht", erzählte Kristina. „Vor sechs Jahren sind wir nach Hannover gekommen."

Hier absolvierten sie mehrere Deutschkurse, wobei Dana noch sprachbegabter als ihre jüngere Schwester gewesen sein soll. Ihre Eltern lebten weiterhin in Sofia.

Stelter wollte alles genau wissen. Wie Kristina bekundete, arbeiteten die Schwestern im Klinikum Nordstadt, Dana in der Neurologie, Kristina in der Chirurgie. Zuerst wohnten sie in Hannover zusammen, später - nachdem Kristina ihren späteren Mann kennengelernt hatte - hatte jede Schwester ihre eigene Wohnung.

„Dana war ehrgeizig und wollte immer groß rauskommen. Sie war es gewohnt, von klein auf Papas Liebling zu sein. Die Arbeit als Krankenschwester reichte ihr nicht. Sie wollte ihre Schönheit nutzen und Fotomodell oder Schauspielerin werden", charakterisierte Kristina ihre Schwester. „Dana war in der Kartei einer Castingagentur. Aber gleich ihren ersten Termin zu einem bezahlten Fotoshooting hat sie verpennt und die Agentur hat sie nie mehr vermittelt."

Die ersten drei Jahre in Hannover lernte Dana zahlreiche Männer kennen, aber mit keinem kam eine ernsthafte Bindung zustande. „Keiner genügte ihren Ansprüchen", erklärte Kristina. „Sie wollte viel Geld verdienen, später nach Bulgarien zurückkehren und dort ein glückliches Familienleben führen."

In Deutschland hatten die Eltern ihre Töchter bisher nie besucht, stattdessen waren Dana und Kristina zweimal im Jahr nach Bulgarien gefahren.

Danas Privatleben in Hannover war anfangs erstaunlich bieder verlaufen. Sie und Kristina trafen sich regelmäßig mit zwei anderen deutschen Krankenschwestern zum Kartenspielen - meistens Doppelkopf, das die beiden Bulgarinnen erst hier in Deutschland von ihren älteren Kolleginnen gelernt hatten. Nach einem Jahr war die Frauenrunde daran zerbrochen, dass Dana beim Spielen schlecht verlieren konnte und häufig geschummelt hatte.

Und auf einmal hatte sich alles geändert. Dana kündigte überraschend ihre Arbeit im Krankenhaus und zog in einen anderen Stadtteil. Weder Kristina noch die ehemaligen Arbeitskolleginnen hatten zunächst eine Ahnung, dass Dana in einem Hannoverschen Bordell arbeitete.

„Ich bin schuld daran, dass der Kontakt zwischen Dana und meinen Eltern abgebrochen ist", sagte Kristina mit gesenktem Blick. „Meine Schwester benahm sich so anders. Ich wusste, sie verschweigt mir was. Aber ich hatte einen Verdacht. Dann hab ich zufällig mitbekommen, dass sie sich am Handy mit ‚Madeleine' gemeldet hat."

„Sie fanden dann heraus, was Ihre Schwester verschweigt?", war Stelters rhetorische Frage.

„Ja. Ich hab ‚Madeleine', ‚Hannover' und ‚Sex' im Internet eingegeben und sie auf der Seite eines Clubs mit Namen ‚Lovestory' gefunden." Kristinas Weinen verstärkte sich. „Ich fand's immer so gemein, dass sie Papas Liebling war. Da hab ich meinem Vater eine Mail geschrieben. Mit einem Link zu diesem Club ..."

Kristina hielt kurz inne, dann wurde sie noch leiser: „Er sollte sehen, was seine Lieblingstochter in Wirklichkeit macht."

Trotz ihrer geringen Deutschkenntnisse war Herrn und Frau Bosilek klar, worüber Kristina gerade mit dem Hauptkommissar sprach. Herr Bosilek stand auf und legte seiner Tochter die Hand auf die Schulter.

„Nachdem mein Vater die Fotos von Dana im Internet gesehen hatte, ist die Beziehung meiner Eltern zu Dana zerbrochen. Mein Vater war völlig enttäuscht und am Boden zerstört. Es gab Streit. Dana und meine Eltern hatten seitdem fast keinen Kontakt mehr."

„Welche Auswirkungen hatte das auf die Beziehung zwischen Ihrer Schwester und Ihnen?"

„Dana hat mir nie verziehen, dass ich sie bei unseren Eltern verraten habe. Wir haben uns nur noch ganz selten in Hannover gesehen. Und kaum miteinander telefoniert. Als mein Sohn geboren wurde, hat sie mich zuletzt besucht. Vor drei Wochen."

Dann kam Stelter auf den aktuellen Besuch der Eltern in Hannover zu sprechen. Er fragte, ob es ein Treffen der Eltern mit Dana gegeben hätte. Tatsächlich war am vergangenen Samstag ein derartiges Treffen zustande gekommen. Herr Bosilek hatte vorher von hier aus mit Dana telefoniert. Dann waren die Eltern mit dem Taxi zu Danas Wohnung nach Vahrenheide-Ost gefahren.

„Es war ein kurzer Besuch. Wir haben wieder gestritten", übersetzte Kristina wörtlich die Aussage ihres Vaters. „Ich hab gesagt: ‚Hör auf mit dieser erbärmlichen Tätigkeit. Das hast du nicht nötig.' – Und sie hat uns vorgeworfen: ‚Ihr seid schlechte Eltern, ihr habt mich fallenlassen.' Ich wollte, dass sie da wieder rauskommt, dass wir uns versöhnen. Aber es hat nicht geklappt."

„Wie endete Ihr Besuch ...?"

„Sie hat gesagt, wir sollten gehen", dolmetschte Kristina die Antwort ihres Vaters. „Und das taten wir auch."

Für einen Moment huschte Stelter der Gedanke durch den Kopf, der tief enttäuschte Vater könnte seine Tochter umgebracht haben. Routinemäßig fragte er die Familie, wo sie sich zur Tatzeit aufgehalten hatte.

„Um diese Zeit sind wir alle hier zu Hause gewesen", sagte Kristina.

Andrea nickte dem Hauptkommissar zu. Für sie war das Gespräch damit zu Ende.

Stelter ließ nicht locker: „Für mich sind in diesem Mordfall noch einige Punkte offen, die mit Ihrer Vergangenheit zu tun haben."

Die Anwesenden guckten ihn erwartungsvoll an. Der Hauptkommissar stellte Frau Bosilek Fragen zu Danas Geburt. Herrn Bosilek befragte er zu früheren Aufenthalten in der DDR. Während die Eltern mit Kristinas Hilfe antworteten, schüttelte Andrea unmerklich den Kopf.

23

Der Sex-Club „Lovestory", ein einstöckiges Gebäude mit einer auffälligen roten Markise über dem Eingang, befand sich mitten in einem Wohnviertel hinter dem Hauptbahnhof Hannover, in unmittelbarer Nähe des Bredero-Hochhauses. An den Fenstern des Etablissements informierten stilisierte Darstellungen sich räkelnder Frauen und der Hinweis auf *First Class Ladies* und *Tabledance* unmissverständlich über das Angebot, welches den anspruchsvollen Herrn in den Räumlichkeiten des Clubs erwartete. An der Vorderfront hingen mehrere rote Laternen, die aber um diese Zeit, am späten Nachmittag, noch nicht eingeschaltet waren. Dezent drang rhythmusbetonte Musik aus einem geöffneten Fenster. Um in den Club zu gelangen, mussten Besucher klingeln und darauf hoffen, dass ihr Gesicht dem Türsteher drinnen gefiel.

Die beiden Kriminaloberkommissare Arif Kimil und Jan Schuster standen im Hauseingang des Nachbargebäudes. Kimil war auf die Idee gekommen, Romina schon draußen vor dem Club abzufangen. Er hatte die Vorstellung, dass sich die Frau der Polizei gegenüber außerhalb des Clubs auskunftsfreudiger zeigen würde, als wenn sie unter kritischer Beobachtung der Bordellbetreiber stand. Rominas Aussehen war ihnen durch das Internet in allen Details bekannt. Der Club pries die Dreißigjährige als „naturgeile und einfühlsame Polin" an.

„Da kommt sie", flüsterte Kimil und verwies mit einer Kopfbewegung auf die Blondine, die ihnen – aus Richtung Hauptbahnhof kommend – auf dem Gehweg entgegenkam, gekleidet mit Jeans und grauer Herbstjacke. Die Polizeibeamten steuerten sofort auf die Frau zu. Romina hielt an und legte den Kopf zur Seite: „Ihr seid Bullen, stimmt's ...?"

„Genau", entgegnete Schuster. „Wir gehören zur ‚Mordkommission Madeleine' und hätten kurz einige Fragen an Sie."

Kimil machte den Vorschlag, das Gespräch im Wagen der Polizisten zu führen, welcher am Straßenrand um die Ecke parkte. Romina war sofort einverstanden, die Männer zu ihrem Auto zu begleiten. Der Name „Madeleine" hatte wie eine Art Türöffner gewirkt.

„Ich will unbedingt, dass ihr den Kerl findet, der Madeleine ermordet hat", bekundete sie.

Bevor die Frau in den grauen VW einstieg, ließ sie sich allerdings die Dienstausweise der Polizisten zeigen.

Kimil nahm auf dem Fahrersitz Platz, Schuster und Romina setzten sich auf die Rückbank. Wie sich am Rande herausstellte, lebte Romina, die eine polnische Mutter und einen deutschen Vater hatte, bereits seit fünfzehn Jahren in Deutschland. Hannover war seit sieben Jahren ihre Heimat.

Romina und Madeleine hatten drei Jahre zusammen im „Lovestory" gearbeitet und sich seitdem nie aus den Augen verloren. Öfters hatten sie sich im „Café Extrablatt" getroffen, das zwei Gehminuten vom „Lovestory" entfernt lag.

Auf das Thema von Schuster angesprochen, berichtete Romina, dass Madeleine tatsächlich erwähnt hatte, dass ein Mann hinter ihr her gewesen sei.

„Madeleine war eine gute Freundin, aber zu Männern konnte sie ein Biest sein. Da war so ein Typ, dem sie weisgemacht hat, dass sie ihn liebt. Sie hat ihm gesagt, dass sie Geld braucht, um sich aus dem Milieu freizukaufen. Und er hat ihr regelmäßig Geld zugesteckt."

„Hat sie Ihnen erzählt, wer der Mann war?"

„Nein. Sie hat nur gesagt: ‚Das ist ein Trottel. Der glaubt sogar, dass ich ihn später heirate.' Aber der Kerl muss fürchterliche Angst gehabt haben, dass jemand merkt, dass er Madeleine besucht. Wahrscheinlich seine Ehefrau, von der er noch nicht geschieden war. Er hat sich nie getraut, Madeleine anzurufen, obwohl sie ihm ihre Handynummer gegeben hatte."

„Und wie lange ist das her?"

„Genau weiß ich es nicht. Er muss über Monate zu ihr gekommen sein. Hat Madeleine genervt, weil er reden wollte, ohne zu bezahlen. Vor ungefähr drei Wochen hat er wohl kapiert, dass sie ihn nicht liebt."

„Und wissen Sie, wie der Mann darauf reagiert hat?"

„Nein."

Mehr konnte Romina zu dem Mann nicht sagen. Schuster wollte als Nächstes wissen, ob Madeleine in den letzten Monaten etwas über weitere außergewöhnliche Kunden oder private Beziehungen zu Männern erzählt hatte. Dabei dachte er an den von Stelter erwähnten Oberarzt aus der Ludendorff-Klinik. Romina wusste von einem Stammkunden, anscheinend Sozialarbeiter oder Beschäftigungstherapeut, der sehr darauf stand, dass Madeleine ihm Handschellen anlegte und als psychiatrischen Patienten behandelte. Zu Madeleines Kunden gehörten Durchreisende und Bewohner der umliegenden Orte, von Ärzten hatte sie nichts erzählt. Auch über irgendwelche privaten Beziehungen zu Männern hatte Madeleine aktuell kein Wort verloren.

„Wenn ihr nicht weitersagt, dass ihr es von mir habt, fällt mir noch was anderes ein ... Madeleine hatte mehrfach Ärger mit einem von Hagedorns Männern, der die Miete für die Wohnmobile abkassiert – Olaf Mantkowski."

„Inwiefern ...?"

„Madeleine sagte, der hat sie geschlagen und einmal sogar vergewaltigt."

„Hat sie ihn angezeigt?"

„Nein. Ist nicht ganz ungefährlich, den Ärger von solchen Typen auf sich zu ziehen."

Schuster traf gedanklich die Entscheidung, sich Mantkowski in Kürze erneut vorzuknöpfen.

„Ich werde übrigens nicht mehr lange im ‚Lovestory' arbeiten", teilte Romina zuletzt mit, „weil Franz Hagedorn den Club samt Personal demnächst übernimmt."

24

„Mi bezonas viajn delikatsentajn manojn kiel metiisto“, erklärte mir Anna am Telefon – zu Deutsch: „Ich benötige deine feinfühligen Hände als Handwerker.“

Es war gegen siebzehn Uhr. Ich war gerade dabei, meine Wohnung zu betreten, als mich ihr Anruf auf dem Smartphone erreichte. Anna fragte, ob ich abends bei ihr vorbeischauen könnte. Ihr Wasserhahn im Bad tropfte. Sie wusste, dass ich handwerklich geschickt war und solche kleinen Arbeiten gerne übernahm. Und sie äußerte ihre Bitte auf Esperanto. Ein gutes Zeichen der Versöhnung. Nachdem ich innerhalb der letzten vierundzwanzig Stunden durch meine Aktivitäten mit Ulrike erst Anna und dann Ronald verärgert hatte, baute mich Annas Anruf richtig auf. Die Chancen, dass unser gemeinsames Wellness-Wochenende im Harz doch noch zustande kam, waren wieder gestiegen.

Natürlich sagte ich sofort zu, in spätestens zwei Stunden bei Anna und ihrem tropfenden Wasserhahn zu sein.

Bisher war der Nachmittag wirklich etwas verfahren gewesen. Nach meinem unglücklich verlaufenden Abgang in Waldhausen war ich noch einmal in mein Büro zurückgekehrt. Dort wollte ich mit dem Schreiben eines Fachartikels beginnen, als ich von der Beschwerdestelle angerufen und nach dem Ergebnis des Gesprächs mit Dr. Pahland gefragt wurde, was aber wiederum wegen des Leichenfunds in dem Lovemobil mehr oder minder ausgefallen war. Es konnte also nur besser werden.

Ich packte mein Werkzeug ein und machte mich rechtzeitig auf den Weg zu Anna. Sie wohnte in der zweiten Etage eines vierstöckigen Mietshauses in Linden-Nord.

Ich stand vor ihrer Wohnungstür. Für einen Moment überlegte ich, ob ich klingeln sollte. Was für ein Unsinn! Wir hatten uns doch gestern nicht total verkracht! Schon seit Langem besaß ich einen Schlüssel für ihre Wohnung und ging hier ein und aus, wie es zwischen zwei Menschen in einer festen Beziehung üblich sein sollte.

Ich schloss die Tür auf und rief: „Hallo Anna! Dein Handwerker ist da!“

„Schön, dass du schnell kommst, wenn man dich braucht“, hörte ich Anna, die gleich darauf im Türrahmen des Wohnzimmers erschien. Sie trug eine weiße Bluse zur Jeans und sah darin einfach hinreißend aus. Und sie lächelte. Mein Missgeschick mit Ulrike und der Vernissage schien vergessen. Auch ihr nächster Satz klang vielversprechend: „Wenn du im Bad fertig bist, hab ich noch eine kleine Belohnung für dich.“

Ich nahm Anna in den Arm – und sie erwiderte meinen Kuss auf eine Weise, von der ich hoffte, dass sie so nicht alle Handwerker begrüßte.

Als ich ins Bad ging, um mir meine Belohnung redlich zu verdienen, fiel mein erster Blick auf den Wasserhahn. Den Defekt hatte ich mir schlimmer vorgestellt. Das Tröpfeln war minimal, kaum erkennbar. Langsam kam mir der nicht unangenehme Verdacht, dass Annas abendliches Interesse weniger der Reparatur als dem Handwerker galt. Mein kriminalistisches Gespür sollte recht behalten. Anna nahm mich nach getaner Arbeit im Bad an die Hand und manövrierte mich zartfühlend durch den Flur.

Die versprochene Belohnung war üppig und fand im Schlafzimmer statt.

„Mi amas vin", flüsterte Anna auf Esperanto und überzeugte zusätzlich noch mit ihren guten Französischkenntnissen. In Fremdsprachen war sie wirklich klasse! Im Gegenzug dankte ich ihr mit der breiten Palette meiner handwerklichen Künste. Den kurzen Signalton meines Smartphones, der gerade den Empfang einer Nachricht über WhatsApp meldete, ignorierte ich. Jetzt nicht!

Eine Stunde später überfiel Anna und mich eine wohlige Erschöpfung. Eng umschlungen lagen wir nebeneinander.

„Ich freue mich schon aufs lange Wochenende", sagte Anna ganz unvermittelt, „mit meinem emsigen Handwerker im Harz."

Das Wochenende war gerettet. „Der emsige Handwerker nimmt auch dort gerne Sonderaufträge von seiner Lieblingskundin entgegen", murmelte ich.

Erst viel später erlag ich meiner Neugier und schaute nach, wer mir auf mein neues Smartphone am Donnerstagabend eine Nachricht geschickt hatte.

Es war Katharina, die für Ulrike, Ronald und mich kochen wollte. Am 16. Oktober.

War das Datum ein Zufall? An dem Tag hatten Ulrike und ich uns vor fünfundzwanzig Jahren kennengelernt. Das wussten sicherlich weder Ronald noch Anna. Und Ulrike und ich hatten diesen Tag seit Ewigkeiten nicht gefeiert. Katharinas Einladung roch dennoch nach Komplikationen.

„Schlechte Nachrichten?", fragte Anna, die sah, dass ich an meinem Smartphone hantierte.

„Nein, nein. Alles gut", sagte ich.

Zumindest jetzt noch.

25

Sonntag, 5. Oktober.

Leonore Voigt hatte dieses Wochenende Spätschicht. Von Fabian Kirchhoff wusste sie, dass er mit Nele Quentin gesprochen hatte. Ein wichtiges Treffen! Offenbar war es ihm gelungen, Nele zu überzeugen, dass zwischen Dana und ihm nie ein tiefergehender Kontakt bestanden hatte.

Auf der geschlossenen Station 1 waren für Leonore der Freitag und der Samstag mit Patrick Berger äußerst anstrengend gewesen. Der angespannte Patient hatte an der Krankenschwester weiterhin geradezu geklebt und auf sie eingeredet.

Der Sonntag hingegen war angenehm ruhig. Patrick Berger hatte die Station um acht Uhr morgens verlassen. Seine Beurlaubung war bereits die Tage zuvor mit den Oberärzten Kirchhoff und Dannenberg vereinbart worden. Bergers Oma feierte am Sonntag in einem Hannoverschen Pflegeheim ihren dreiundneunzigsten Geburtstag. Der Patient, der eine enge Bindung zu seiner Oma hatte, war um nichts in der Welt davon abzubringen, den Tag mit ihr zusammen in dem Heim zu verbringen. Wobei ihn seine 70-jährige Mutter dorthin begleiten würde. Fabian Kirchhoff hatte große Bedenken gegen diese Beurlaubung geäußert. Aber der Patient befand sich freiwillig auf der geschlossenen Station und bot momentan keinen Hinweis auf akute Suizidalität oder Fremdgefährdung. Insofern gab es auch keine rechtliche Handhabe, ihn gegen seinen Willen auf der Station festzuhalten. Fabian hatte mit Berger abgesprochen, dass der Patient spätestens um zwanzig Uhr wieder auf Station war.

Momentan lief die Übergabe zwischen Spät- und Nachtschicht. Es war 20:50 Uhr. Berger war noch nicht zurückgekehrt. Leonore hatte bereits vor einer halben Stunde bei ihm zu Hause angerufen. Der Patient lebte gemeinsam mit seiner verwitweten Mutter in einem Haus in Ilten. Ruth Berger, die sich seit Jahren in der „Arbeitsgemeinschaft der Angehörigen psychisch Kranker" engagierte, war am Apparat gewesen und hatte Leonore mitgeteilt, dass ihr Sohn soeben das Haus verlassen und sich zu Fuß auf den Weg in die Klinik gemacht habe.

„Wenn Herr Berger bis einundzwanzig Uhr nicht auf Station ist", erklärte Leonore in der Übergaberunde, „benachrichtigen wir den Arzt vom Dienst. Der muss dann mit dem Hintergrundoberarzt entscheiden, wie weiter verfahren werden soll."

Die anderen Pflegekräfte, mit denen Leonore im Dienstzimmer saß, stimmten ihr zu.

Nach Abschluss der Übergabe war Patrick Berger immer noch nicht eingetroffen. Richard Hornbach, ein erfahrener Krankenpfleger, griff sofort zum Telefon und informierte darüber den Dienstarzt.

Leonore blieb noch einige Minuten auf Station, während die übrigen Mitglieder der Spätschicht schon das Haus verließen. Neben Richard war noch eine Krankenschwester im Nachtdienst.

„Du kannst ruhig gehen", sagte Richard zu Leonore. „Ich hab die Sache mit Berger im Griff. Da passiert nichts. Der wird schon wieder auftauchen."

„Du hast recht. Ich bin echt geschafft und geh zu Hause gleich ins Bett."

Leonore zog ihre Jacke an, nahm ihre Handtasche und verabschiedete sich.

Als sie den Bungalow verließ, herrschten draußen im Klinikpark noch relativ milde Temperaturen. Es war dunkel, aber die vereinzelten Laternen im Park spendeten ausreichend Licht, damit Leonore die Grünanlage ohne zu stolpern durchqueren konnte – Richtung Straße, wo sie ihr kleines Stadtauto, einen Smart Fortwo, abgestellt hatte.

Die anderen Pflegekräfte waren bereits verschwunden. Allein schlenderte Leonore an Büschen und Platanen vorbei. Der Klinikpark war ihr seit Jahren vertraut.

Am Rande des Parks, ihren Smart konnte sie schon von weitem erkennen, schnellte plötzlich ein Schatten hinter einem Gebüsch hervor. Leonore stoppte erschrocken. Eine große Gestalt baute sich vor ihr auf. Der Umriss eines Mannes. Die Krankenschwester wollte schreien, zwang sich aber zur Ruhe.

Wer war das? Was wollte der Kerl? Der Mann trat direkt auf sie zu.

Schweiß rann in Sekundenschnelle ihren Rücken herunter. Leonore ballte die Fäuste.

„Wie unvorsichtig von Ihnen", sagte eine leise Stimme. „Ich hab Sie gewarnt, Frau Voigt."

Auf einmal erkannte sie ihn. Ihr Herz schlug wie verrückt.

„Was machen Sie hier, Herr Berger?"

„Ich hab Sie gewarnt. Sie passen nicht richtig auf sich auf. Allein im Dunkeln kann sehr gefährlich werden."

Leonore roch den Atem des Mannes. Ein leichter Fäulnisgeruch, wie sie ihn von Magenkranken kannte. Ein Zittern ergriff ihren gesamten Körper.

„Mir wäre schon wohler, wenn Sie mir nicht im Dunkeln auflauern würden, Herr Berger."

Der Mann schüttelte den Kopf.

„Ich lauer Ihnen nicht auf. Vor mir brauchen Sie keine Angst zu haben."

„Dann lassen Sie mich zu meinem Auto gehen."

Patrick Berger machte keine Anstalten, den Weg freizugeben: „Ich mach mir nur Sorgen. Ich kenne Sie doch, Frau Voigt. Sie sind eine gute Frau."

„Ich möchte jetzt gehen!"

Als sie einen Schritt nach links machte, um seitlich an ihm vorbeizuhuschen, packte er ihren linken Arm mit der rechten Hand: „Ich hab extra hier gewartet, um Sie zu warnen."

„Lassen Sie mich sofort los."

Erleichtert nahm sie zur Kenntnis, dass er sie freigab und seinen Arm zurückzog.

„Eine gute Frau", murmelte er erneut.

„Woher wollen Sie wissen, dass ich eine gute Frau bin?", traute sie sich zu fragen.

Die Antwort überraschte sie: „Sie sind mit Dr. Dannenberg zusammen. Der ist ein guter Psychiater. Der ist nur mit guten Frauen zusammen."

„Ich bin nicht mit Herrn Dr. Dannenberg zusammen", entgegnete sie klar und deutlich.

„Doch, ich hab's gesehen."

„Was?!"

„Ich sehe alles. Sie haben sich in Ihrer Wohnung in Ahlten getroffen." Die Adresse, die er nannte, stimmte genau. „Ich hab gesehen, wie Sie sich geküsst haben. Ich lüge nicht!" Seine Stimme wurde aufgeregter. „Sie wissen doch, dass ich nicht lüge!"

„Nein, Sie lügen nicht. Aber das mit Herrn Dr. Dannenberg ist lange vorbei."

„Das glaube ich nicht!" Berger klang fast verzweifelt.

Leonore war maßlos erstaunt. Der Patient wusste, dass Ronald und sie ein Verhältnis hatten. Zumindest bis vor einigen Monaten. Das war nicht einmal Fabian bekannt.

„Herr Dr. Dannenberg ist verheiratet", warf Leonore ein.

„Ich weiß, dass seine Frau sehr krank ist. Hat er selbst gesagt. Da können Sie bei ihm bleiben."

Leonore überlegte. War Berger über ihre Beziehung zu Ronald nicht mehr auf dem neuesten Stand?

Sie versuchte das Thema zu wechseln: „Ich begleite Sie auf Station, Herr Berger. Wir haben Sie schon vermisst."

Patrick Berger blieb wie angewurzelt stehen.

„Er braucht sie", sagte er. „Er ist ein guter Oberarzt. Lassen Sie sich nicht mit anderen Männern ein. Das ist gefährlich."

Leonore war durcheinander. Wusste Berger von ihr und Fabian? Hatte Berger das verdrängt? Oder spielte er gerade auf den Leitenden Oberarzt an?

„Bitte kommen Sie mit zur Station."

„Gut, Frau Voigt", äußerte er. „Mehr kann ich heute nicht für Sie tun."

Tatsächlich setzte er sich in Bewegung. Leonore ging neben ihm. Sie wollte sicher sein, dass er auf der Station ankam.

„Wieso haben Sie gesehen, dass Herr Dr. Dannenberg bei mir zu Hause war?", fragte Leonore.

„Ich bin ihm hinterhergefahren. Von der Klinik zu Ihnen. Mit dem Auto meiner Mutter. Ich muss doch wissen, was er macht."

Leonore erinnerte sich an Ronalds Bemerkung, dass Patrick Berger an ihm hing, seitdem der Vater des Patienten vor anderthalb Jahren verstorben war. Ronald hatte Berger früher öfters als Oberarzt auf Station betreut.

Sie erreichten den Bungalow mit den geschlossenen Stationen.

„Morgen sehen wir uns wieder, Herr Berger“, verabschiedete sich Leonore. „Ich weiß, dass Sie es gut mit mir meinen. Aber um mich brauchen Sie keine Angst zu haben.“

In seinem Gesicht las sie keine Entspannung. Er guckte sie an, als wäre sie in Todesgefahr.

Montag, 6. Oktober.

Kriminalhauptkommissar Thomas Stelter nahm morgens an der Frühbesprechung der „Mordkommission Madeleine" teil, in der die Ermittlungsergebnisse vom Wochenende zusammengetragen und mit den Kollegen die weiteren Schritte verabredet wurden.

Im Besprechungsraum lagen die Montags-Ausgaben der Hannoverschen Zeitungen, die sich im inneren Lokalteil ausführlich dem Frauenmord in Ilten widmeten, wobei der Leser wenig substanziell Neues erfuhr.

Anschließend hatte Stelter einen Termin mit Dr. Mark Seifert in der Zentrale des Sozialpsychiatrischen Dienstes. Vor dem Gespräch mit ihm hatte sich der Hauptkommissar in der Polizeidirektion auf den aktuellen Ermittlungsstand gebracht.

Jetzt fuhr Stelter mit dem VW Passat über die vierspurige Hildesheimer Straße in südlicher Richtung nach Hannover-Döhren.

In dem Stadtteil wohnte der Hauptkommissar selbst seit neun Jahren mit seiner Tochter Sandra, seit vier Jahren mit seiner Lebensgefährtin Johanna. Daniel war inzwischen ausgezogen, in eine eigene Wohnung im Stadtteil Bemerode.

Gestern hatte sich Sandras Zustand merklich verbessert. Sie konnte sogar wieder zur Hochschule gehen. Die Tage davor waren ihre Stimmungsschwankungen und ihr aufgedrehtes Verhalten unerträglich gewesen. Und die arme Johanna bekam immer am meisten davon ab.

Die komplette letzte Woche war Sandra durch seine Gedanken gespukt. Und dabei brauchte eigentlich der verdammte Mordfall seine ungeteilte Aufmerksamkeit.

Nach der Vernehmung der Familie Bosilek am Donnerstag war ihm Andrea Renner auf den Pelz gerückt. Sie wollte wissen, weshalb er den Eltern der Ermordeten diese merkwürdigen Fragen zu deren Vergangenheit gestellt hatte.

„Ich spreche am Montag mit Dr. Seifert über den Fall. Mir ging's darum, ob Danas Geburt Hinweise für verdeckte Probleme der Mutter mit ihr liefert", hatte Stelter als Erklärung angeboten. „Und ob der Vater vielleicht von früher negative Erfahrungen mit Deutschland verbindet."

Andreas Reaktion war heftig ausgefallen: „Thomas, diesen Quatsch glaubst du doch nicht etwa selbst?!"

Nein, tat er nicht. Aber das hatte er Andrea nicht gesagt und schulterzuckend den Mund gehalten.

Stelter erreichte Döhren. Auf der linken Straßenseite, an der Kreuzung zur Peiner Straße, tauchte das Timon Carré auf, ein gewaltiger sechsstöckiger Bürokomplex, rot verklinkert, mit großen Fenstern, der aus der Vogelperspektive die Form des Buchstabens C aufwies. Das Gebäude verfügte über sechs Eingänge von drei verschiedenen Straßen. Die Zentrale des Sozialpsychiatrischen Dienstes war seit einigen Monaten im Timon Carré untergebracht, in der Peiner Straße 4 im vierten Obergeschoss.

Stelter fand direkt vor dem modernen Bürokomplex einen Parkplatz und betrat den mittleren Hauseingang.

Durch Daniel, der sein Jahrespraktikum für Sozialpädagogik in der Sozialpsychiatrischen Beratungsstelle Südstadt absolvierte, hatte Stelter etliche Zusatzinformationen über den Sozialpsychiatrischen Dienst erhalten.

Träger des Dienstes war die Gebietskörperschaft Region Hannover, ein Zusammenschluss von Landeshauptstadt und ehemaligem Landkreis. Neben einer Sozialpsychiatrischen Beratungsstelle für Kinder und Jugendliche gab es elf Beratungsstellen für Erwachsene, die jeweils gemeindenah ein Teilgebiet der Region versorgten. Der Sozialpsychiatrische Dienst kümmerte sich mit ungefähr achtzig Mitarbeitern ambulant um diejenigen psychisch Kranken, die nicht oder nicht ausreichend vom kassenärztlichen System erreicht wurden.

Der Fahrstuhl brachte Stelter zügig ins vierte Stockwerk. Eine freundliche Wartezone und ein herrlicher Ausblick durch die Fensterfront über die Dächer von Hannover empfingen ihn.

Zu beiden Seiten der mittleren Wartezone sah Stelter einen Gang, von dem jeweils Büroräume abgingen. Gleich auf dem Schild des ersten Büros links standen zwei vertraute Namen: „Dr. Mark Seifert - Leiter Sozialpsychiatrischer Dienst“, und darunter „Sonja Mock - Sekretariat“.

Die Tür zum Vorzimmer stand offen. Eine Frau um die vierzig saß hinter dem Schreibtisch und schaute ihn bei der Begrüßung lächelnd an.

„Schön, Sie wiederzusehen, Herr Hauptkommissar“, sagte sie. „Herr Dr. Seifert erwartet Sie schon.“

27

An diesem Montagmorgen startete ich völlig zufrieden in den Wochenanfang. Grund war das äußerst harmonische Wochenende mit Anna im Harz.

„Das Schicksal meint es gut mit Ihnen, Chef", war der Kommentar meiner Sekretärin gewesen, als ich den Grund meiner guten Laune angedeutet hatte.

„Und hoffentlich auch bald wieder mit Ihnen, Mockie", hatte ich, vielleicht ein wenig zu schwungvoll, geantwortet.

Mockies Befinden war seit dem Umzug in unsere neuen Diensträume im Timon Carré etwas durchwachsen. Wie ich herausbekommen hatte, fiel ihr die Trennung von den ehemaligen Kolleginnen aus dem Gesundheitsamt, mit denen sie fünfzehn Jahre Tür an Tür zusammengearbeitet hatte, nicht leicht. Und ihre Äußerungen hatten seit neuestem so einen esoterischen Touch. Ich wollte sie beizeiten einmal diskret darauf ansprechen.

Pünktlich um zehn Uhr erschien Hauptkommissar Stelter in meinem Büro. Wir setzten uns an meinen runden Besprechungstisch. Stelter kam erfreulich schnell zur Sache. Er hatte Bilder vom Tatort mitgebracht. Die Szenerie mit der Spielkarte, der Grabkerze, dem roten Kabelbinder und dem zertrampelten Smartphone hatte ich noch gut vor Augen. Dass Dana Bosilek mit Chloroform betäubt wurde, hörte ich zum ersten Mal.

Stelter erzählte mir stichwortartig die Biografie der ermordeten Frau, erwähnte die Charakterzüge und Gewohnheiten, die ihr von verschiedenen Seiten zugeschrieben wurden. Die Polizei hatte herausgefunden, dass Dana einem Kunden Liebe vorgespielt und diesen finanziell ausgenommen hatte.

Ich ließ die Informationen auf mich wirken. Zur Vorbereitung hatte ich bereits alle verfügbaren Zeitungsartikel gelesen und mir die erotischen Fotos von „Schwester Madeleine" im Internet angesehen.

„Wissen Sie, ob irgendwo in Deutschland eine Frau auf vergleichbare Art ermordet wurde, wo der Täter ebenfalls Grablicht und Spielkarte neben der Leiche zurückgelassen hat?", war meine Eingangsfrage, um den Rahmen für den Mord an Dana Bosilek abzustecken.

„Ich hab recherchiert, aber in Bezug auf Grablicht und Spielkarte nichts Vergleichbares gefunden." Zudem hatte Stelter Überlegungen dazu angestellt, dass der Mörder in Besitz von Chloroform war: „Aber an Chloroform heranzukommen, ist grundsätzlich kein wirklich großes Problem. Täter besorgen es sich irgendwo illegal. Und wie ich mir hab sagen lassen, lässt es sich auf einfache Weise selbst herstellen."

Mein Blick blieb an einem Foto vom Tatort hängen, auf dem die Tote in der Mitte lag, rechts das Grablicht und links die Spielkarte. Die Gegenstände waren genau auf gleicher Höhe postiert und hinterließen bei mir den Eindruck einer gewollten Symmetrie. Das könnte ein zentraler Hinweis auf die Gedankenwelt des Täters sein. Ich sah hier eine große Ambivalenz.

„Der Mann", sinnierte ich, eine Frau schloss ich als Täterin nahezu aus, „wurde bei der Tat möglicherweise von ganz unterschiedlichen Empfindungen geleitet. Das Erdrosseln mit dem Kabelbinder und das Zertrampeln ihres Smartphones sind deutliche Aggressionen, die sich gegen das Opfer richten. Aber er hat den Körper der Frau ansonsten nicht weiter beschädigt. Keine Vergewaltigung, keine Zerstückelung. Die angezündete Grabkerze wirkt fast wie die Bitte um Vergebung. Und die Abstimmung der Utensilien auf die Farbe Rot hat so etwas Pseudo-Harmonisches. Als wenn er gleichzeitig Respekt vor dem Opfer ausdrücken wollte."

„Meinen Sie, der Mörder hat auch im Alltag keinen normalen Geschlechtsverkehr mit Frauen?"

„Das muss nicht so sein. Er könnte sogar früher mit Madeleine Sex gehabt haben, es dann aber bei der Tat bewusst vermieden haben."

„Haben Sie Ideen zum Mordmotiv?"

„Da scheinen mir Hass oder Abscheu im Spiel zu sein. Der Täter hat sich Zeit gelassen. Er hätte die Frau auch einfach töten und danach sofort verschwinden können. Aber er hat sich die Mühe gemacht, sie nach der Betäubung noch zu fesseln, bevor er sie erdrosselt. Wahrscheinlich hat er auf sie eingeredet, sich Befriedigung aus ihrer Angst geholt, als sie hilflos und erniedrigt mit entblößtem Oberköper vor ihm lag. Das Opfer sollte wissen, wer sie warum ermordet. Er wollte womöglich eine alte Rechnung mit ihr begleichen."

„Der betrogene Freier, dem sie Liebe vorgeheuchelt hat ...?"

„Vielleicht."

„Oder eine Person aus ihrem privaten Bereich, die von Dana enttäuscht worden ist?"

„Schon möglich." Ich sah einige Hinweise, dass der Mörder sein Opfer gut gekannt hatte. Aber: „Es wäre auch denkbar, dass Dana Bosilek, deren Aussehen und Standort jedermann im Internet abrufen konnte, stellvertretend für eine ganz andere Frau stand. Weil die

Frau, die der Täter ablehnt, äußere Ähnlichkeit aufweist, vergleichbare Charakterzüge hat oder ebenfalls Prostituierte ist."

„Momentan gehen wir davon aus, dass der Mörder nach der Tat die Tür des Wohnmobils hat offenstehen lassen", führte Stelter aus. „Es gibt keine Hinweise, dass er überrascht wurde und fluchtartig den Tatort verlassen musste. Ansonsten hat er alles genau durchgeplant. Ich an seiner Stelle hätte zum Schluss die Tür von außen zugemacht. Wie sehen Sie das? Könnte das eine Bedeutung haben?"

Auch zu dieser Frage fiel mir spontan etwas ein: „Er hat nichts zu verbergen, die Öffentlichkeit soll schnell auf das hingewiesen werden, was er vollbracht hat."

„Eine Zeichensetzung? Eine Warnung an die Umgebung?", murmelte Stelter.

Einen zentralen Hinweis hatte ich bisher ausgeklammert, der mir aber mit am wichtigsten zu sein schien: die Spielkarte aus einer DFB-Sonderedition, die Herzzehn.

Stelter hatte zu Beginn unseres heutigen Gespräches erwähnt, dass er durch Danas Schwester darüber informiert war, dass sich die Ermordete noch nie für Fußball oder speziell die Fußball-WM interessiert hätte. Aber sie hatte regelmäßig Karten gespielt.

Vielleicht war es eine Überinterpretation von mir. Aber die Herzkarte lag auf der linken Köperseite, also der Herzseite des Opfers. Auf Höhe des anatomischen Herzens. Hatte der Täter an dieser Stelle ein entscheidendes Zeichen für sein Mordmotiv gesetzt?

„Sie haben vorhin, als es um die Gewohnheiten des Opfers ging, gesagt, Dana hätte gegenüber verschiedenen Personen damit kokettiert, dass sie beim Kartenspielen betrogen hat ...?", vergewisserte ich mich.

Stelter nickte: „Ja. Zum Beispiel eine Freundin und ein Bekannter, den Dana kurz zuvor kennengelernt hatte, wussten davon."

„Um was für ein Kartenspiel ging es dabei?"

„Wenn ich mich richtig erinnere ... Doppelkopf."

In meinem Kopf gingen mehrere Glühbirnen an.

„Sie spielen kein Doppelkopf, stimmt's?", fragte ich Stelter.

Der Hauptkommissar zuckte mit den Schultern: „So ist es."

„Aber ich hab das schon zu Schulzeiten gern gespielt", erklärte ich, wobei meine Begeisterung vielleicht ein wenig überzogen klang. „Die Herzzehn ist der höchste Trumpf beim Doppelkopf. Wenn sich da jemand selbst gute Karten zuschanzt, dann die Herzzehn ... oder ansonsten die Kreuzdame."

„Sie meinen ..."

„Wenn der Mörder wusste, dass Dana gerne beim Doppelkopf betrügt, könnte er mit der Herzzehn auf Herzhöhe symbolisch ausdrücken, dass sie ihn gefühlsmäßig betrogen hat."

Jetzt hatte ich richtig den einfallsreichen Psychoanalytiker raushängen lassen. Ich wartete auf Stelters Reaktion. Seine Zustimmung fiel etwas verhalten aus. Sein Gesichtsausdruck war so eine Mischung aus Überraschung und Skepsis.

Aber völlig hergeholt fand er es nicht, wie ich seinen folgenden Worten entnahm: „Wenn an Ihrer Interpretation etwas dran ist, wäre das ein Hinweis, dass sich Opfer und Täter schon vorher kannten ... und derart miteinander vertraut waren, dass Dana ihm gegenüber mit ihren Schummeleien beim Doppelkopf geprahlt hat."

Genauso sah ich das auch. Wenn die Herzzehn am Tatort mit Doppelkopf zu tun hatte, mussten Dana und ihr Mörder im Vorfeld persönlich miteinander zu tun gehabt haben.

„Wird der Mörder wieder zuschlagen ...?“, fragte Stelter mehr an sich selbst gewandt.

„Der Täter hat eine Schwelle übertreten ...“, griff ich den Faden auf. „In Situationen, in denen er wieder Wut auf eine Frau empfindet, zu der er andererseits einen persönlichen Bezug hat, halte ich es leider für durchaus wahrscheinlich, dass er seine Frustration wieder auf die gleiche mörderische Art ausagiert.“

„Der ist doch psychisch gestört. Sollten wir bestimmte äußere Verhaltensweisen im Blick haben?“

„Eine Störung sehe ich hier auch. Aber eine, die eventuell auf den ersten Blick überhaupt nicht zu erkennen ist. Der Täter kann nach außen völlig unauffällig wirken.“

„Ich hoffe, wir kriegen den Kerl, bevor er eine weitere Frau tötet.“

Zum Schluss unseres Gesprächs wurde es persönlich. Stelter erkundigte sich nach dem Befinden von Katharina, Anna ... und Ulrike. Ihm war bekannt, dass ich seit letztem Jahr wieder vermehrt Kontakt zu meiner Ex-Frau hatte.

Im Gegenzug nutzte ich die Gelegenheit, Stelter darauf anzusprechen, dass ich ihn vor einer Woche gar nicht auf Daniels Vernissage angetroffen hatte.

„Das war total ärgerlich“, antwortete der Hauptkommissar, „ich war verhindert ... aus dienstlichen Gründen.“

Stelters Antwort fand ich merkwürdig. Daniel hatte mir gegenüber auf der Vernissage die Abwesenheit seines Vaters mit *familiären* Gründen entschuldigt. Weiterhin war auffällig, dass der Hauptkommissar unseren Smalltalk sofort umzulenken versuchte: „Ja, die

Arbeit bei der Mordkommission kann einem schon ganz schön ins Privatleben pfuschen. Und dabei war das früher mein Traumberuf. Schon als Jugendlicher habe ich wahnsinnig gern die Pink-Panther-Filme mit Inspektor Clouseau gesehen und wollte seitdem immer zur Polizei."

Stelter verschwieg etwas aus seinem Familienleben. Aber ich akzeptierte, dass er über den Montagabend vor einer Woche nicht sprechen wollte, und fragte nicht weiter nach.

Irgendwann würde ich schon erfahren, was bei Stelters aktuell los war.

28

Die unermüdlichen Nachforschungen der „Mordkommission Madeleine“ hatten einige Ergebnisse zu Tage gefördert. Mit Hilfe der Anrufliste des Opfers war Kriminaloberkommissar Jan Schuster auf einen ihrer Stammkunden gestoßen. Er gehörte offenbar zu denjenigen, die vorher mit Madeleine telefonisch Termine vereinbart hatten. Der Mann hieß Henrik Papst, wohnte in Hannover und arbeitete als Beschäftigungstherapeut in der Allgemeinpsychiatrie der Klinik Dr. Ludendorff (Kimil hatte gewitzelt: „Ach was, der Papst geht zu 'ner Nutte“). Nach Schusters Einschätzung handelte es sich um den Typen, von dem Romina erzählt hatte, dass er auf Handschellen und Psychiatrie-Spielchen abfuhr. Für die Tatzeit hatte er ein leidliches Alibi: Seine Frau und er waren vor dem Fernseher eingeschlafen. Wenn auch jeder in einem anderen Zimmer vor einem anderen Programm.

Kriminaloberkommissar Arif Kimil hatte zwei User des „Hurenführers“ enttarnt, die sich unvorsichtigerweise mit E-Mail-Adressen angemeldet hatten, über die wiederum ihre wahre Identität herauszufinden war: „Girlfriend_6“ und „Whorehammer“, so ihre beiden Decknamen, hatten über ihre Begegnung mit Madeleine sehr hässliche Kommentare veröffentlicht, die Rückschlüsse auf eine massive Verärgerung der beiden Kunden zuließen. „Girlfriend_6“ war zum Tatzeitpunkt auf Mallorca gewesen und erst am Samstag nach Hannover zurückgekehrt. „Whorehammer“ hatte ein ebenso überzeugendes Alibi, er war zum Zeitpunkt des Mordes in einem Hannoverschen „Saunaclub“

verprügelt worden und hatte deswegen schon Strafanzeige gestellt.

Die Polizeidirektion war auch Hinweisen aus der Bevölkerung nachgegangen, denen zufolge sich im Tatzeitraum eine Limousine („dunkle Farbe, normale Größe, Hannoversches Kennzeichen"), ein Fahrradfahrer („hab ich nur von hinten geseh'n, fuhr Richtung Ilten") und ein Fußgänger („ein Mann, zwischen zwanzig und fünfzig, stand mit dem Rücken zur Straße") in der Nähe des Tatorts aufgehalten hatten.

Für die „Mordkommission Madeleine" gab es noch viel zu tun.

♥

Jan Schuster hatte sich als Nächstes Olaf Mantkowski ins Polizeipräsidium bestellt. Mantkowski konnte für die Tatzeit ein Alibi vorweisen, das sein Kumpel Ludger Stein bestätigt hatte. Aber was war die Bestätigung von Stein wert? Romina hatte behauptet, dass Mantkowski gegenüber Madeleine gewalttätig geworden wäre. Er hätte sie geschlagen und vergewaltigt. So hatte es Madeleine ihr erzählt, zumindest wenn Romina wiederum der Polizei die Wahrheit gesagt hatte. Schuster bewegte sich also bei der folgenden Vernehmung von Mantkowski auf dünnem Eis. Trotzdem eine wichtige Spur, der Schuster nachgehen wollte. Die Vorladung ins Präsidium sollte den Druck auf Mantkowski verstärken.

Die Vernehmung des Mannes fand in einem Raum statt, der lediglich mit Tisch und Stühlen sowie einem Einwegspiegel zum Nebenzimmer ausgestattet war. Schuster saß Mantkowski allein gegenüber, Arif Kimil hielt sich im Nebenzimmer auf.

„Ich bin erstaunt, dass Sie mich noch mal wegen der Mordsache sprechen wollen“, verkündete Mantkowski und grinste. „Aber wenn es der Sache dient, bin ich gern bereit, Sie zu unterstützen.“

„Sie haben Dana Bosilek regelmäßig aufgesucht. Wie war Ihr Verhältnis zu der Frau? Gab es Spannungen?“

„So was Ähnliches hat mich Ihr Kollege Stelter schon gefragt. Aber was soll's. Wir hatten eine geschäftliche Beziehung, mehr nicht. Spannungen? Kann ich nicht sagen.“

„Hat Ihnen Dana Bosilek mal Vorwürfe gemacht oder Ihnen was angedroht?“

„Wieso sollte Sie das tun?“

Angesichts des verharmlosenden Getues von Mantkowski verlor Schuster auf einmal die Geduld und polterte los: „Zum Beispiel wegen eines heftigen Streits, weil Sie sie zuvor vielleicht gerade geschlagen oder vergewaltigt hatten?!“

„He, he, was soll das denn?“ Mantkowski guckte empört, aber gleichzeitig erschrocken.

Schuster spürte, dass Romina mit ihren Behauptungen richtig lag: „Wann sind Sie über Dana Bosilek hergefallen? Und was ist genau passiert?“

„Wer behauptet denn, dass ich so was getan habe?“ Mantkowski lehnte sich zurück.

„Von wem wir das wissen, spielt momentan keine Rolle. Also, wann und wie ist es passiert?“

Mantkowski war sichtlich überrascht, fuhr sich mit der Hand übers Kinn, schien durch Schusters Fragen wirklich überrumpelt worden zu sein.

„Da scheint Ihr Informant etwas falsch verstanden zu haben“, bekundete Mantkowski langsam. „Aber ich will diese Missverständnisse sofort ausräumen, damit gar nicht erst ein falscher Verdacht an mir kleben bleibt."

„Kommen Sie zur Sache ...!"

„Madeleine war 'ne durchtriebene Nutte durch und durch. Die hat mir freiwillig Sex angeboten. Das Angebot hab ich natürlich angenommen. Hinterher meinte sie, damit ihre Monatsmiete in Naturalien schon bezahlt zu haben."

„Aber Sie waren da anderer Meinung?"

„Klar, so war das nicht abgemacht. Sie wurde frech und hat mich beschimpft, da hab ich sie ein bisschen durchgeschüttelt, um sie wieder zur Vernunft zu bringen. Das war alles. Aber geschlagen und vergewaltigt ... das stimmt nicht."

„Wann war dieser Zwischenfall?"

„Ungefähr vor vier Wochen."

„Gibt es dafür Zeugen? Sie fahren doch immer freitags zu zweit zum Abkassieren der Miete. Mit Herrn Stein."

„Der Vorfall war anlässlich einer Reparatur im Wohnmobil an einem Donnerstag. Ich hab Ludger Stein nur später davon erzählt. Damit keine Gerüchte aufkommen. Aber wie man sieht, hängen die trotzdem in der Luft."

„Und mit Dana Bosilek gab's nur dieses eine Mal wegen der Miete Probleme?"

„Ach was, die hat schon mal versucht, uns weiszumachen, dass sie die Miete bereits 'ne Woche im Voraus bezahlt hätte."

„Wenn alles so stimmt, wie Sie sagen: Fühlten Sie sich nicht von Dana Bosilek verarscht?"

„Klar fühlte ich mich verarscht."

„Und war das nicht ein guter Grund, ein Exempel zu statuieren?"

„Was?"

„Na, der Frau und allen anderen Damen in ihren Lovemobilen zu zeigen, dass sich Ungehorsam nicht auszahlt."

„Sie wollen mir 'nen Mord anhängen, Herr Kommissar. Aber das läuft nicht. Erstens hab ich ein lupenreines Alibi. Und zweitens würde ich keine Kuh schlachten, die mir jede Woche Milch gibt."

♥

Nach dem Gespräch mit Olaf Mantkowski übernahm Jan Schuster die erneute Vernehmung von Ludger Stein, den er ebenfalls ins Polizeipräsidium geladen hatte. Stein sagte auf Nachfrage aus, dass er nichts von einer Vergewaltigung von Dana Bosilek wisse. Die Frau wäre auch von niemandem geschlagen worden. Mantkowski habe lediglich vor einigen Wochen erwähnt, dass Madeleine rumgezickt hatte und ihm einvernehmlichen Sex im Nachhinein als Gegenleistung für die Wochenmiete verkaufen wollte.

So hatte sich Schuster das Ergebnis der Vernehmung von Stein auch vorgestellt.

Teil 2
Kreuzzehn – das blonde Opfer

1

Weiterhin Montag, 6. Oktober.

Olaf Mantkowski atmete tief ein und aus, als er das Hauptgebäude der Polizeidirektion Hannover verließ. Jetzt brauchte er erst einmal frische Luft. Er wusste, dass nach ihm Ludger Stein vernommen wurde. Aber auf den konnte er sich verlassen.

Mantkowski überquerte die Waterloostraße und schlenderte zu seinem Wagen, den er schräg gegenüber der Polizeidirektion abgestellt hatte. Er stieg ein und ließ die zurückliegende Befragung, die einen überraschenden Verlauf genommen hatte, Revue passieren. Mantkowski war ganz schön unter Druck geraten. Die Bullen wussten seit neuestem von der Vergewaltigung und den Schlägen, die er der widerspenstigen Hure Madeleine verpasst hatte. Aber woher? Natürlich hatte Ludger die Sache mitbekommen. Aber der würde die Klappe halten. Mantkowski hatte ihm hundertmal die Story mit dem einvernehmlichen Sex eingebläut. Da hatte jemand ganz anderes das Maul aufgerissen.

Mantkowski überlegte. Plötzlich hatte er einen Verdacht. Das Gespräch mit Stelter und Renner am vergangenen Donnerstag. Mantkowski selbst hatte die Bullen auf die Idee gebracht, Madeleines Nuttenfreundin Romina wegen dieses unbekannten Verfolgers zu befragen. Ihr könnte Madeleine die Sache mit der Vergewaltigung anvertraut haben. Und vielleicht hatte diese polnische Schlampe mehr geplaudert, als gut für sie war.

Er musste Gewissheit haben. Über die Internetverbindung seines Smartphones hatte er sofort die Telefonnummer vom „Lovestory". Der Kontakt kam postwendend zustande. Eine Frau meldete sich.

„Hallo Mona", flötete Mantkowski. „Hier ist der liebe Olaf. In ein paar Tagen sind wir doch alle eine große Familie, wenn Hagedorn den Laden übernimmt. Im Vorgriff auf unsere enge Zusammenarbeit brauch ich ein paar Infos."

„Schön, von dir zu hören, Olaf", entgegnete Mona in ebenso freundlichem Tonfall. „Ich freu mich schon drauf, wenn ein starker Mann wie du näher an mich ranrückt."

Das Kompliment schien ernst gemeint zu sein.

„Hatte Romina vor Kurzem Besuch von den Bullen?"

„Am Donnerstag hat sich jemand ohne Namensnennung nach Romina erkundigt. An der Nummer im Display hab ich sofort die Polizei erkannt. Aber aufgekreuzt sind die hier nie. Allerdings ist Romina am Donnerstagnachmittag zwanzig Minuten zu spät zum Dienst erschienen."

„Ab wann ist Romina heute da?"

„Gar nicht. Sie hat einige Tage frei. Erst Donnerstag wieder. Um siebzehn Uhr."

Mantkowski bedankte sich für Monas Informationen. Es passte alles haargenau. Die Bullen mussten Romina am vergangenen Donnerstag, noch vor ihrem Dienst im Club, ausgequetscht haben. Vermutlich hatte sich die blöde Hure sicher gefühlt und versucht, Mantkowski in die Pfanne zu hauen. Aber solche Angriffe musste er im Keim ersticken. Bedauerlicherweise konnte er die Angelegenheit erst in drei Tagen erledigen.

Wenn er mit ihr fertig war, würde sie das Maul nicht mehr aufreißen.

2

Dienstag, 7. Oktober.

Die Begegnungen mit Patrick Berger hatten Leonore Voigt geschafft. Diese Ängste des Patienten, seine durchgeknallten Befürchtungen, die sich auf ihre rot gefärbten Haare bezogen ... Berger kam einfach nicht zur Ruhe - und Leonore dadurch ebenso wenig. Für ihn war Leonore die nächste Todgeweihte, weil sie die gleiche Haarfarbe wie das Mordopfer hatte. Entweder wirkte das verordnete Antipsychotikum nicht, oder der Patient nahm das Medikament nicht zuverlässig ein. Immer wieder ließ er durchblicken, die Gedanken von „Inspector Brewster" zu hören.

Natürlich war er nicht der Einzige, der sich intensiv mit dem rothaarigen Opfer beschäftigte. In den auf Station ausliegenden Zeitungen wurden die täglichen Artikel über den Tod der schönen Prostituierten häufig als Erstes gelesen.

Die abendliche Begegnung im Klinikpark war für Leonore das i-Tüpfelchen gewesen. Sie hatte gleich für heute Vormittag einen Termin bei ihrem Friseur in Ahlten vereinbart. Die rote Haarfarbe, ein intensiver Rot-Gold-Ton, sollte weichen. Leonore war entschlossen, ihr Haar von jetzt auf gleich wieder blond zu färben. Auch wenn Fabian das Rot-Gold so an ihr liebte und der Friseur wegen der Belastung des Haares von der Prozedur abriet, sah sie momentan keinen anderen Weg. Das Endergebnis war ein mittelblonder Goldton. Damit war sie mehr als zufrieden.

Leonore hatte heute Spätschicht und musste deshalb erst mittags in der Klinik sein. Ihr Schichtdienst wechselte in der Regel zwischen früh und spät im wöchentlichen Rhythmus. Direkt vom Friseur fuhr sie über die B65 nach Ilten.

Das Gespräch mit Berger im Klinikpark hatte Leonore noch stundenlang beschäftigt. Vorher war sie völlig überzeugt gewesen, dass niemand etwas von ihrer Liebesbeziehung mit Ronald mitbekommen hatte. Aber Patrick Berger wusste davon. Und tolerierte, ja idealisierte die Beziehung geradezu, obwohl Ronald verheiratet war. Wie passte das zusammen? Einer Intuition folgend hatte Leonore sich noch am Sonntagabend erneut im Internet detailliert über „Zombie Crime" informiert. Sie stieß auf interessante Einzelheiten über die Hauptfigur Inspector Brewster, der mit einer kranken Frau verheiratet war und gleichzeitig eine Geliebte hatte. Die Geliebte schien eine Sympathieträgerin der Serie zu sein. Leonore verstand. Berger hatte die ihn beherrschende Fantasiewelt um den Zombie-Jäger Brewster auf Ronald und Leonore übertragen.

Als sich Leonore dem Waldstück näherte, war augenblicklich wieder die tote rothaarige Frau präsent. Das Wohnmobil war inzwischen von der Polizei wieder freigegeben worden. Unwillkürlich hielt Leonore an. Es gab tatsächlich ein unsichtbares Band zwischen ihr und dieser Frau, obwohl sie sich nie persönlich gekannt hatten. Aber die Frau beeinflusste ihr Leben.

Erst jetzt registrierte sie die zwei Männer neben dem Wohnmobil. Die Krankenschwester hatte mitbekommen, dass seit Tagen irgendwelche Gaffer hier aufkreuzten, die sensationsgierig das Lovemobil bestaunten und Fotos vom Tatort machten. Schon wieder solche Typen!

Die Männer starrten zu ihr herüber. Einen der beiden kannte sie. Ein einprägsamer Typ. Er war letztes Jahr auf Station in Behandlung gewesen, danach bei Ronald in der allgemeinpsychiatrischen Institutsambulanz. Er musste in Ilten oder Umgebung wohnen, zumindest hatte sie ihn mehrfach beim Einkaufen im Supermarkt getroffen. Sein Name war Mannowski oder Mantkowski.

Leonore trat aufs Gaspedal und fuhr weiter. Sie hatte den Eindruck, dass der Mann sie auch erkannt hatte.

♣

Die beiden Männer hatten von Franz Hagedorn den Auftrag erhalten, das freigegebene Lovemobil wieder in einen Zustand zu versetzen, der - wie es der Chef nannte - „eine Freigabe für den öffentlichen Verkehr erlaubte".

„Warum hat die gehalten?", fragte Ludger Stein mit Blick auf den davonfahrenden Smart.

„Die wollte auch mal sehen, wo Madeleine ihren letzten Atemzug getan hat ..."

„Und die hat uns so merkwürdig angeglotzt. Kennst du sie?"

„Oh ja."

3

Dr. Fabian Kirchhoff verließ das Chefarztbüro. Pahland und er hatten das morgige Treffen mit Dr. Mark Seifert vorbereitet. In Abstimmung mit der Geschäftsführung sollte dem Leiter des Sozialpsychiatrischen Dienstes *ganz vertraulich* das zukünftige allgemeinpsychiatrische Konzept der Ludendorff-Klinik vorgestellt werden, wobei ein Teil dieses Konzepts auch ein völlig neues Kooperationsmodell zwischen Klinik und Sozialpsychiatrischem Dienst vorsah. Daneben würde es wieder um die leidige Patientenbeschwerde gehen.

Fabian hoffte, dass seine innere Gespanntheit niemandem auffiel. Dana, Nele, Leonore, Patrick Berger, die Normox-Studie und Emilia ... Er konnte nicht abschalten. Die Polizei befragte systematisch Pflegekräfte der Spät- und Nachtschicht vom 30. September nach auffälligen Beobachtungen im Zusammenhang mit dem Mordfall. Fabian betete, dass niemand darum wusste, wann er damals das Klinikgelände verlassen hatte. Seit Tagen nahm der Druck zu.

Er ging im Hauptgebäude durch das Foyer, in dem sich verschiedene Personen aufhielten, deren Anwesenheit er vollständig ausblendete. Die Schiebetür am Ausgang öffnete sich automatisch. In Gedanken versunken machte sich Fabian auf den Weg zum Bungalow mit seinen Stationen 1 und 2.

Für Fabian ging es beruflich kontinuierlich nach oben. Dafür hatte er sich redlich bemüht und nichts dem Zufall überlassen. In der Schule und im Medizinstudium hatte er sich abgerackert, um gute Leistungen zu erbringen. Nichts war ihm in den Schoß gefallen.

Wie oft hatte er private Kontakte vernachlässigen und seinen Freundeskreis auf das Mindestmaß beschränken müssen! Schule und Studium hatte er in Hannover absolviert, die Weiterbildungszeit zum Facharzt für Psychiatrie und Psychotherapie in Hamburg, am Universitätsklinikum Eppendorf. Wieder harte Arbeit und Entbehrungen ... dasselbe Muster. Zum Lohn erwarb er sich fachlich einen guten Ruf. In Hamburg traf er Dr. Martin Pahland, der ihn später in die Region Hannover zurückholte und zu seinem Leitenden Oberarzt machte.

Bei der Normox-Studie mit der MHH hatte Pahland ihm die Federführung überlassen. Dafür war es wichtig, eine ausreichende Anzahl von Patienten zu gewinnen. Was ihm ersten Ärger mit der Beschwerdestelle eingebracht hatte.

Mit Pahland würde er in den nächsten Monaten die Allgemeinpsychiatrie komplett umstrukturieren. Geplant waren mehrere Spezialstationen, deren attraktives Therapieangebot auf den Zugewinn überregionaler Patientenströme abzielte. Dabei rechnete Fabian mit dem Widerstand von Ronald Dannenberg – der sich, wie Pahlands Vorgänger, immer dafür eingesetzt hatte, die Stationskonzepte auf einen regional umrissenen Versorgungsbedarf auszurichten.

Vor dem Eingang des Bungalows wandte sich Fabians Aufmerksamkeit schlagartig nach außen. Direkt vor ihm standen Leonore und Ronald. Wenn man vom Teufel spricht ... oder an ihn denkt.

Ihre Haare ... sie hatte ihre Farbe gewechselt, ohne es mit Fabian abzustimmen. Sie war wieder blond, wenn auch in einem anderen Ton als früher.

„... hat mir Blond bei dir immer besser gefallen", schnappte Fabian noch Ronalds letzten Halbsatz auf.

Jetzt drehten sich die beiden zu Fabian um, der Leonore erstaunt anblickte.

„Wegen Herrn Berger, den meine rote Haarfarbe völlig in den Irrsinn treibt", äußerte Leonore, ohne Fabians Frage abzuwarten. „Ich muss auf Station. Bis später."

Eine offensichtliche Vertrautheit vermieden Fabian und Leonore in der Öffentlichkeit.

Ronald begrüßte ihn, was Fabian knapp erwiderte.

Sie hätte wenigstens mit ihm sprechen können, bevor sie ihre Haarfarbe änderte. Erstmalig spürte Fabian eine leichte Verärgerung über die Krankenschwester, die nicht mehr sein roter Engel war.

4

„Na, hast du ihn am Wochenende erreicht?“, fragte Emilia Duarte Garcia. „Habt ihr ein Date vereinbart?“

Die schwarzhaarige Medizinstudentin saß allein mit Katharina Seifert im Untersuchungszimmer, in dem sich Emilia vorhin kurz mit Patrick Berger wegen der Normox-Studie unterhalten hatte.

„Nein“, antwortete Katharina enttäuscht. „Er hat keine Zeit. Da ist irgendetwas mit seiner Schwester.“

„Ich hab ihn schon paarmal hier auf den Stationen gesehen.“

„Ja, er macht ein Jahrespraktikum in einer Beratungsstelle, die ambulant für das Einzugsgebiet unserer Klinik zuständig ist. Richtig kennengelernt hab ich ihn erst auf der Vernissage.“ Katharina schwenkte den Fokus auf Emilia. „Hast du eigentlich keinen Freund?“

„Momentan nicht. Mit Lennard vom Volleyball ist es aus. Ich hab zu viel zu tun mit der Doktorarbeit“, sie zwinkerte Katharina zu, „... und damit, dir Esperanto beizubringen.“

Am Samstag hatte Emilia Katharina in Waldhausen besucht und mit ihr einige Übungen auf Esperanto gemacht.

„Wie findest du Dr. Kirchhoff?“, äußerte die Medizinstudentin ganz unvermittelt. „Meinst du, das mit Frau Voigt und ihm ist eine *ernstliche* Beziehung?“

Offenbar meinte sie *ernsthafte* Beziehung.

Katharina lachte: „Machst du dir Hoffnung? Du spinnst doch!“

„Wir haben zusammen in der Kantine gegessen und über die Studie gesprochen. Da hat er meine Hand berührt. Ganz kurz."

„Zufall!"

„Ich weiß nicht ..."

♣

„Herr Berger hat sich ja ziemlich auf dich eingeschossen, Leonore", stellte Henrik Papst, der neue Beschäftigungstherapeut für die geschlossenen allgemeinpsychiatrischen Stationen, mit seiner knarzigen Stimme fest. „Aber seitdem du wieder blond bist, scheint er merklich runterzufahren."

„Ich hoffe, dass du mit *blond* nur meine Haarfarbe meinst", lachte Leonore Voigt. „Dann hätte sich meine Verwandlung wenigstens gelohnt."

Die Krankenschwester hatte Henrik in seinem Arbeitsraum auf der Station 1 besucht. Sie kannte ihn schon seit vielen Jahren. Das herausragende Merkmal des kleinen 46-jährigen Mannes mit der Stirnglatze war seine markante Knollennase, weshalb er hinter vorgehaltener Hand auch gerne als der „kleine Hobbit" tituliert wurde.

„Herr Berger ist für mich ein Mensch mit sieben Siegeln", bekundete der Beschäftigungstherapeut. „Sein psychotisches Erleben ist auf dich ausgerichtet, obwohl wir auf der Station noch zwei andere rothaarige Patientinnen haben."

„Ja, das ist mir auch durch den Kopf gegangen."

Bei den anderen beiden rothaarigen Frauen handelte es sich um eine jüngere korpulente und eine ältere Patientin.

„Vielleicht sind seine wahnhaften Vorstellungen auf einen bestimmten Typ und ein bestimmtes Alter fixiert", war Henriks Vermutung. „Ich hab schon in der Tagesklinik versucht, einen näheren therapeutischen Kontakt zu ihm aufzubauen. Aber er ist zu mir auf Distanz gegangen."

Leonore wunderte sich. Der Beschäftigungstherapeut war ansonsten dafür bekannt, selbst mit schwerstgestörten Patienten gut klarzukommen. Nach ihrer Einschätzung war Henrik ein Mann, der seine eigenen körperlichen Schwachstellen durch großes Engagement für psychisch Kranke erfolgreich kompensierte. Die Organisation der regelmäßigen Kontakte zwischen Menschen mit seelischer Behinderung und Profifußballern von Hannover 96 in Ilten ging mit auf seine Kappe.

„Manchmal frag ich mich, vor was genau mich Herr Berger warnen will", sagte Leonore mehr zu sich selbst.

Henrik zuckte mit den Schultern: „Ich glaub, du darfst das nicht überinterpretieren. Möglicherweise drückt er mit seinen Warnungen nur allgemeine Lebensängste aus. Mach dir nicht zu viel Sorgen."

5

Ronald Dannenberg rief mich im Timon Carré an. Er erkundigte sich nach meinem Termin morgen mit Pahland und Kirchhoff, wobei ich selbst noch nicht genau wusste, welche Punkte die beiden mit mir besprechen wollten.

Ich gab mich betont freundlich. Ronald war bekannt, dass mich Stelter in die Ermittlungen der „Mordkommission Madeleine" einbezogen hatte.

„Mir ist dazu was eingefallen. Vor vier Jahren waren wir doch beide an der Zwangseinweisung eines Mannes nach Wunstorf beteiligt", bekundete Ronald. „Der Mann hatte versucht, eine bewusstlose Frau zu erdrosseln. Der war doch fanatischer Fan von Hannover 96 und hat bei jeder Niederlage ein Grablicht angezündet."

Ich erinnerte mich. Der wahnhafte Mann hatte die Frau brutal niedergeschlagen, war im Nachhinein als schuldunfähig eingestuft worden. Zur Einweisungssituation gab es im Sozialpsychiatrischen Dienst eine elektronische Patientenakte.

„Du hast recht", gestand ich zu und ärgerte mich, dass ich nicht selbst darauf gekommen war. „Aber bei dem aktuellen Fall hat der Täter die Frau mit Chloroform betäubt und die Grabkerze und die Spielkarte ganz gezielt mit zum Tatort genommen. Vor vier Jahren fanden sich solche Utensilien bei der überfallenen Frau aber nicht. Ich sehe da keine Parallelen."

Dennoch nahm ich mir insgeheim vor, die Angelegenheit sofort in unserer Patientendatei zu überprüfen.

♣

Zusammen mit dem Stationsarzt hatte sich Fabian Kirchhoff einen neu aufgenommenen Patienten angeschaut.

Danach suchte er nach einem günstigen Moment, um Leonore abzupassen. Er wollte einen privaten Termin mit ihr abmachen. Noch für heute Abend. Das Verlangen nach ihrem Körper wurde stärker.

Zuletzt hatten sie sich Samstagabend getroffen. In ihrer Wohnung in Ahlten. Er fand die Nacht unbefriedigend. Leonore hatte ihre Gedanken ganz woanders ... bei Patrick Berger und seinen Verrücktheiten ... bei den Gerüchten über die Umstrukturierung der Allgemeinpsychiatrie. Fabian hatte ihr von den geplanten Spezialstationen erzählt, um ihr zu zeigen, dass er ihr vertraute. Jetzt hoffte er, dass sie darüber den Mund hielt.

Vom Stationsflur zog er sie in das leere Behandlungszimmer. Er schloss die Tür, umfasste mit beiden Händen ihre Taille und küsste sie auf den Mund.

„Kommst du später zu mir? Nach Hannover?“, flüsterte er. „Ich brauch dich.“

„Ich hab Spätschicht ...“

„Na komm, wenn du Zeit findest, mit Ronald über deine Haarfarbe zu plaudern, wirst du auch Zeit für mich haben“, sagte Fabian auf eine scherzhafte Art, die den beleidigten Unterton nicht vollständig überspielte.

„Was soll das denn heißen?“

„Gar nichts. Komm einfach. Lass uns eine schöne Nacht verbringen.“

„Na gut“, murmelte Leonore.

Ihre halbherzige Antwort verpasste Fabians Stimmung einen Dämpfer.

6

Donnerstag, 9. Oktober.

An diesem Tag wurde es turbulent.

Gegen Mittag meldete sich erneut Ronald Dannenberg telefonisch, um sich nach meinem Gespräch mit Pahland und Kirchhoff zu erkundigen. Ich war schon erstaunt, dass die beiden mir ein Kooperationsangebot gemacht hatten, welches die allgemeinpsychiatrische Institutsambulanz mit einschloss, ohne dass Ronald darüber informiert war. Auf meine entsprechende Nachfrage hatte ich die Antwort erhalten, dass Ronald zu einem späteren Zeitpunkt mit einbezogen würde. Da ich mich grundsätzlich zur Verschwiegenheit verpflichtet hatte, waren meine Infos für Ronald am Telefon nur ganz allgemeiner Natur (na ja, vielleicht mit einigen dezenten Hinweisen versehen). Aber das reichte ihm schon.

Was meine Recherche über den Fall vor vier Jahren anging, so hatte ich herausbekommen, dass der Mann noch immer in der Wunstorfer Klinik für forensische Psychiatrie untergebracht war. Erst später sollte ich die Bedeutung des alten Falles für den aktuellen Frauenmord in Ilten erkennen.

Der nächste Anruf, den mir meine Sekretärin ins Büro durchstellte, kam von Daniel Stelter: „Es ist äußerst dringend. Es geht um meine Schwester Sandra. Sie ist völlig durchgedreht. Könnte ich heute Nachmittag noch mit ihr bei Ihnen vorbeikommen?"

„Was heißt *durchgedreht*?", wollte ich konkret wissen.

Daniels Stimme klang hektisch: „Sie ist unruhig, ihr Antrieb ist gesteigert. Dabei redet sie wie ein Wasserfall, kommt vom Hundertsten ins Tausendste ... labert teilweise ganz wirres Zeug. Außerdem kritzelt sie seitenweise Papier voll."

„Seit wann geht das?"

„Angefangen hat es am vorletzten Sonntag, einen Tag vor der Vernissage. Deshalb konnte mein Vater auch nicht kommen. Er hat mit Johanna, seiner Lebensgefährtin, zu Hause auf Sandra aufgepasst."

„Wie alt ist Ihre Schwester?"

„Zwanzig. Sie lebt noch bei meinem Vater und Johanna. Im selben Haushalt."

„Und seit vorletztem Sonntag ist Sandras Zustand unverändert?"

„Nein. Zwischenzeitlich ging's ihr wieder gut. Sie studiert in Hannover und konnte diese Woche wieder zur Hochschule gehen. Aber heute hat mich eine Kommilitonin von ihr angerufen, dass Sandra wieder abdreht."

„Ist sie zum ersten Mal in so einem Zustand?"

„Das ist die letzten Jahre schon ein paar Mal passiert. Da war sie aufgedreht und dann auf einmal wieder ganz passiv. Aber es war nie so heftig wie jetzt."

Auf einmal wusste ich, was die Familie Stelter bedrückte. Ich fand es erstaunlich, dass der Hauptkommissar nie mit mir darüber gesprochen hatte, wo ich doch vom Fach war. Auch Daniel hatte bis jetzt nie ein Wort über Sandras psychische Störung fallen lassen.

„Gab's am vorletzten Sonntag einen Auslöser für Sandras Verhalten?"

„Dazu weiß ich nichts."

Ich erkundigte mich, ob Sandra in psychiatrischer Behandlung war.

„Nein, niemals“, antwortete Daniel. „Mein Vater hat nie wahrhaben wollen, dass seine Tochter psychisch krank ist. Es war für ihn eine unerträgliche Vorstellung, dass sie in psychiatrischer Behandlung sein könnte.“

„Und wie sieht das seine Lebensgefährtin?“

„Die hat sich der Auffassung meines Vaters untergeordnet.“

Wenn alles stimmte, was Daniel sagte, geriet mein bisheriges Weltbild über Kriminalhauptkommissar Thomas Stelter gehörig ins Wanken. Wir hatten mehrfach gemeinsam an Fällen gearbeitet, bei denen die psychische Erkrankung von Opfer oder Täter eine entscheidende Rolle spielte. Und er schätzte mich als psychiatrischen Sachverständigen.

„Wäre Ihre Schwester denn überhaupt bereit, mit Ihnen zu mir zu kommen?“

„Das krieg ich schon hin.“ Seine Stimme klang zuversichtlich und erleichtert.

Wir verabredeten einen Termin für heute Nachmittag um siebzehn Uhr.

♣

Als meine Sekretärin Sonja Mock von dem bevorstehenden Gespräch mit Sandra Stelter erfuhr, kündigte sie spontan an, bis dahin im Büro zu bleiben.

„So aufgeregt wie Herr Stelter am Telefon klang, will ich Sie hier auf keinen Fall allein lassen“, erklärte Mockie in ihrer fürsorglichen Art. „Mir war schon klar, dass heute noch was Aufregendes passiert.“

Kurz nach siebzehn Uhr betrat Daniel mit seiner Schwester unsere Räumlichkeiten im Timon Carré. Ihr Erscheinen war nicht zu überhören. Mit lauter Stimme, die offenbar Sandra gehörte, wurde Mockie begrüßt und im gleichen Atemzug der Einrichtungsstil ihres Büros kritisiert.

Meine Verbindungstür zum Sekretariat war nur angelehnt, und ich eilte ins Vorzimmer. Neben Daniel sah ich eine zappelige Frau von schlanker Natur, zu deren Aufmachung mir nur *schrill* einfiel. Sie hatte mittellange blonde Haare, zumindest rechts. Auf der linken Kopfhälfte war ihr Haar hingegen kurz geschnitten und schwarz. Eine optisch geteilte Persönlichkeit. Sofort begannen bei mir sämtliche Psycho-Analysierungsprogramme zu rattern. Die beiden Piercing-Ringe, in der Ohrmuschel und der Unterlippe, hatte sie der schwarzen Seite zugeordnet. Auch ihre Kleidung sprach Bände über ihr Innenleben. Ihre Hose, mit breiten schwarz-weißen Längsstreifen, passte zum Motto ihrer Frisur und steckte in rosa Lederboots. Unter einer gelben Jacke guckte eine Bluse in Rosa hervor, die farblich beinah mit den Schuhen harmoniert hätte.

Ich ging auf die beiden Geschwister zu, um sie zu begrüßen. Trotz aller Unterschiede war die Ähnlichkeit der beiden mit ihrem Vater nicht zu übersehen.

Daniel hatte seine Arme um Sandras Schultern gelegt. Der ganze Körper der jungen Frau war in ständiger Bewegung. Sie lachte und streckte mir die rechte Hand entgegen.

„Bin ganz gespannt, Sie kennenzulernen", verkündete sie beim Händeschütteln. „Sie sind also der große Problemversteher, von dem mein Vater und Daniel so schwärmen ... der sich insbesondere jüngeren Frauen gerne zuwendet."

Da spielte Sandra wohl auf meine Beziehung zu der zehn Jahre jüngeren Anna Sonnenberg an. Hatte sie vermutlich von ihrem Vater oder ihrem Bruder aufgeschnappt.

„Fahr mal runter", zischte Daniel, der mir gleich darauf erklärte, dass sich Sandra ihre auffällige zweifarbige Frisur erst heute Vormittag zugelegt hatte. Danach war seine Schwester in die Hochschule gefahren und dort bei einigen Kommilitonen gewaltig angeeckt.

Sandras Kopf schwenkte von Mockie zu mir.

„Ihre Sekretärin guckt immer so ernst", äußerte die junge Frau völlig unbekümmert, „der muss es mal wieder einer besorgen."

Sandras Spruch trug nicht zu Mockies Erheiterung bei.

„Also Ihre Äußerung ...", setzte ich an, wobei mich Sandra gleich unterbrach.

„Tut mir leid, tut mir leid", behauptete sie mit einem Kopfnicken. „Ich bin zu direkt ... vulgär direkt, direkt vulgär."

Daniel waren die Bemerkungen seiner Schwester merklich peinlich.

„Sonst ist sie ganz anders", teilte er mit. Es klang wie der Versuch, sich bei uns für ihr Verhalten zu entschuldigen. Neben dem distanzgeminderten Paradiesvogel wirkte Daniel momentan schüchtern und bieder.

„Daran hab ich keinen Zweifel", sagte ich. Die junge Frau litt augenscheinlich an einer psychischen Störung.

Ich konnte gut nachvollziehen, dass sich Daniel wegen seiner Schwester direkt an mich gewandt hatte. Sandra wohnte im Zuständigkeitsbereich derjenigen Sozialpsychiatrischen Beratungsstelle, in der er sein Jahrespraktikum absolvierte.

„Geht's jetzt bald los oder nicht, Herr Chefpsychiater?!", bekundete Sandra ihre Ungeduld.

Mir erschien es am hilfreichsten, wenn ich mich mit ihr allein unterhielt. Ohne dass andere sie ablenkten oder peinlich berührt auf sie reagierten.

„Sie haben recht", sagte ich freundlich und machte eine einladende Geste in mein Büro. „Ich brenne darauf, mich endlich mit Ihnen zu unterhalten."

Es fiel Sandra schwer, auf dem Stuhl an meinem runden Besprechungstisch sitzen zu bleiben. Ihre gelbe Jacke hing über der Lehne eines weiteren Stuhles. Ich hatte die schallgeschützte Verbindungstür zum Vorzimmer geschlossen und mich zu der jungen Frau gesetzt.

„Die kommen alle mit mir nicht klar", eröffnete sie das Gespräch. „Mein Vater kapiert nicht, wie's mir geht. Überall werd ich angemeckert. Vielleicht haben Sie 'nen guten Rat."

Sie legte ein rotes Notizbuch, das sie bisher in der linken Hand gehalten hatte, vor sich auf den Tisch. Sofort blätterte sie darin herum. Dann holte sie sich einen Kugelschreiber von meinem Schreibtisch und trug etwas in das Buch ein.

„Kein Gedanke geht verloren, ich halt den ganzen Mist fest", verkündete sie. „Wollen Sie mal seh'n?"

Sie schob mir das Notizbuch rüber. Bereits etliche Seiten hatte sie vollgeschrieben. Für ihren Zustand in erstaunlich leserlicher Schrift, aber auf den ersten Blick inhaltlich ziemlich wirr.

Ich versuchte Struktur in das Gespräch zu bringen.

„Was haben Sie am vorletzten Sonntag gemacht, bevor Sie in diesen energiegeladenen Zustand geraten sind?"

„Ich hab die alten Bilder gefunden. Zufällig. Tage später hab ich die Zeitung gelesen."

„Was für Bilder?“

„Die Zeitung ist das Wichtigste. Der Nuttenmord im Lovemobil. An Dana Bosilek. Ausgerechnet mein Vater macht die Ermittlung. Die Wahrheit regt mich so auf.“

„Was für eine Wahrheit?“

„Die ermordete Frau, Dana Bosilek ... ist meine Schwester. Oder besser gesagt ... meine Halbschwester.“

♣

Die letzten Stunden hatte sich Olaf Mantkowski nur noch mit seinem Vorhaben beschäftigt. Seit drei Tagen stand fest, was gleich ablaufen würde. Von Franz Hagedorn war die Aktion klar und unmissverständlich abgesegnet worden: „Zeig der geschwätzigen Nutte eindeutig, wo's langgeht!“

Wobei ihm Olaf die Gründe für Rominas Aussage bei der Polizei nur in einer gefilterten Version vorgetragen hatte.

Noch ungefähr zwanzig Minuten. Seinen Wagen hatte Olaf in der Nähe des Clubs abgestellt. Auf dem Gehweg vor dem Eingang des „Lovestory“ kam ihm eine gebeugt gehende, weißhaarige Frau mit einer vollgepackten Einkaufstasche entgegen.

Was läuft die hier noch rum?, war sein erster Gedanke. *Die packt's doch nicht mehr und sollte sich lieber ins Altersheim verpissen.*

Fast wie zur Bestätigung machte die Frau in diesem Moment einen Stolperschritt, hielt zwar das Gleichgewicht, verlor jedoch die Tasche, die auf den Boden fiel. Zwei Äpfel rollten über den Gehweg, neben der Tasche lagen mehrere abgepackte Lebensmittel.

Die Frau guckte erschrocken, murmelte: „Ogottogott ..."

Olaf war klar, dass es ihr schwerfallen würde, Einkaufstasche und Lebensmittel wieder aufzuheben. Sie erwartete von dem kräftigen Mann mit der Lederjacke keine Unterstützung und beugte sich langsam herunter.

Seine Mutter war Krankenschwester im Klinikum Peine. Auf der Inneren Abteilung, wo haufenweise Alte wie diese Frau lagen.

Jetzt stand wieder so eine Alte in erbärmlichem Zustand vor ihm, völlig hilflos.

„Lassen Sie nur", sagte Olaf. „Ich mach das schon."

Rasch hatte er die Lebensmittel eingesammelt und ihr die Tasche übergeben.

„Vielen, vielen Dank", sagte die Frau und hatte dabei ganz strahlende Augen. „Solche netten jungen Menschen gibt's nicht oft."

Seine Mutter hatte sich für andere aufgeopfert.

„Haben Sie's noch weit bis nach Hause?", fragte er.

„Nein, nein. Gleich bin ich da. Ich wohn ganz in der Nähe. ... Und ganz herzlichen Dank noch mal."

„Nicht dafür."

Olaf sah der alten Frau hinterher.

Romina hatte der Polizei die Wahrheit gesagt. Und dafür wollte er sie bestrafen. Er war ein Arschloch, wenn er das tat. Wie bei Madeleine. Sein Vater war früh gestorben, aber ihn hatte Olaf bewundert. Die Worte seines Vaters erreichten ihn bis heute: „Wer Schwäche zeigt, hat schon verloren."

Die blöde Hure war selbst schuld, wenn sie gegen die ungeschriebenen Spielregeln verstieß. Ließ er Romina solche Mätzchen durchgehen, würde sie dreister und dreister. Und am Ende hätte er wirklich verloren.

Er klingelte, und der Türsteher des Clubs ließ ihn problemlos passieren. Olaf betrat einen kleinen Flur, der vor einem roten Vorhang endete. Ein Mann in einem schwarzen Anzug schlug die Enden des Vorhangs zur Seite und ging auf ihn zu.

„Hallo, Olaf", begrüßte ihn der Mann. „Sie ist noch nicht da. Wart so lang in der Bar."

„Okay, Nico. Alles wie besprochen. Sag Bescheid, wenn's so weit ist."

Olaf kannte sich aus. Er schlenderte langsam in einen größeren schummrigen Raum mit einer langgezogenen Theke und einer Bühne in der Mitte. Fetzige elektronische Musik schallte aus diversen Lautsprecherboxen. In den Sitznischen und an der Bar hockten einzelne Gäste, jeweils in weiblicher Gesellschaft, die gebannt einer jungen Tänzerin dabei zuschauten, wie sie sich geschmeidig an einer Stange zur Musik auf und ab bewegte. Um diese Zeit hielt sich der Besucherstrom in der Bar noch in Grenzen. Olaf ging aber davon aus, dass in den Zimmern der oberen Etage bereits lebhafter Feierabendverkehr eingesetzt hatte.

Er lehnte sich an den Tresen, bestellte eine Cola. Die Frauen im Raum blieben auf Abstand. Offenbar wussten sie ihn richtig zuzuordnen.

Lange brauchte er nicht zu warten. Nico tauchte auf und gab ihm ein Zeichen. Romina musste eingetroffen sein.

Olaf trank ruhig aus, warf noch einen Blick auf die Tänzerin, die ihr letztes Nichts von Kleidung abstreifte, und verließ den Barraum. Er folgte einem Gang, musste links abbiegen und steuerte auf die geschlossene Tür am Ende zu. Dahinter war die Umkleide. Ein Raum mit Garderobenschränken, Schminktisch und Spiegel, wo die Frauen ihre Arbeitskleidung anziehen und sich zurechtmachen konnten.

Ohne anzuklopfen riss Olaf die Tür auf. Romina war beim Umziehen, schnürte gerade ihre schwarze Lederkorsage zu. Völlig überrascht fiel ihr Blick zur Tür. Zunehmend zeichnete sich ein Erschrecken auf ihrem Gesicht ab.

„Hallo, Romina", säuselte Olaf.

„Was willst du? Ich hab keine Zeit, werd in der Bar erwartet."

„Du bleibst schön hier. Nur keine Eile. Ist alles zwischen deinem und meinem Boss abgestimmt. Und du wolltest ja sowieso in den nächsten Tagen gehen."

Die blonde Frau stand wie erstarrt im Raum, atmete flach, fing an zu schwitzen. Olaf genoss die Angst, die sie ausstrahlte. Er taxierte ihren Körper von oben nach unten. Zu der Lederkorsage trug sie schwarze Stiefel.

„Appetitliche Aufmachung", zischelte Olaf. „Die brauchst du aber heute nicht mehr."

„Bitte lass mich, ich versteh nicht ..."

„Du weißt ganz genau, warum ich hier bin. Dein vorlautes Gequatsche wegen Madeleine bei den Bullen."

„Wovon redest du? Ich hab nie mit der Polizei über Madeleine oder dich gesprochen!"

„Red keinen Scheiß! Hast du wirklich geglaubt, dass wir dir so was durchgehen lassen ...?!"

Olaf hatte den Eindruck, dass sich Rominas Gesichtsausdruck veränderte. Sie schien angestrengt zu überlegen, blickte dabei leicht zur Seite. Zu spät bemerkte er, was sie vorhatte. Mit einem Mal hechtete sie nach rechts zum Schminktisch, wo ihre offene Handtasche stand. Olaf starrte sie fassungslos an. Sie griff zielsicher in die Handtasche und zog eine Dose Pfefferspray heraus. Bevor sie allerdings die Spraydose in

Position bringen konnte, war er bei ihr und schlug hart zu. Der Schlag traf sie im Gesicht. Sie schrie auf, taumelte, stürzte zu Boden und ließ das Pfefferspray los. Sofort kickte er die Dose mit dem Fuß zur Seite. Romina versuchte vergeblich, sie noch mit ausgestrecktem Arm zu erreichen. Die Dose rollte unter einen der Garderobenschränke. Die Frau krümmte sich ängstlich auf dem Boden zusammen und hielt schutzsuchend ihre Hände vors Gesicht.

Olaf nahm die Handtasche und schüttelte den Inhalt auf den Schminktisch.

„Will doch mal seh'n, was für Überraschungen du sonst noch in deinem Täschchen hast."

Neben den typischen Utensilien fand er ein kleines durchsichtiges Tütchen. Der Inhalt, ein weiß-gelbliches Pulver, weckte sofort sein Interesse. So etwas hatte er schon länger nicht mehr in den Fingern gehabt.

„Alles für dich heute Abend ...?", fragte er die wehrlose Frau auf der Erde.

Romina hatte es offenbar aufgegeben, sich zu wehren oder einen Fluchtversuch zu unternehmen.

„Ja, ich brauch Speed, um richtig wach zu werden ... um die Arbeit zu überstehen."

„Das nehm ich besser an mich. Man sieht ja, wie gefährlich der Inhalt deiner Tasche sein kann."

„Ja, nimm das verdammte Zeug. Aber lass mich bitte gehen. Bitte ..."

„Wenn ich mit dir fertig bin, kannst du gehen. Dein Gesicht braucht danach etwas mehr Schminke. Und du erzählst jedem, dass du unglücklich die Treppe runtergefallen bist ... Das übliche Programm also." Er baute sich drohend vor ihr auf. „Solltest du dich hingegen über dein Missgeschick bei der Polizei ausheulen, bist du tot. Genau wie Madeleine!"

„Hast du sie umgebracht?“, fragte Romina leise.

„Nein.“

Die Frau sah ihn angsterfüllt an. Sie wusste, was sie erwartete.

♣

Sandra Stelters Mitteilung war eine echte Überraschung.

„Woher wissen Sie, dass Dana Bosilek Ihre Halbschwester ist?“, fragte ich die junge Frau, die mir in meinem Büro gegenübersaß. „Sind Sie sich da ganz sicher?“

„Hundertprozentig. Ich hab's gesehen.“

„Was haben Sie gesehen?“

Sandra blätterte wieder in ihrem Notizbuch, rieb sich anschließend mit beiden Händen über die Oberschenkel.

„Das Foto“, murmelte sie, „wo ist das Foto?“

Ruckartig sprang sie auf, wühlte in den Taschen ihrer gelben Jacke und kramte schließlich ein angeknicktes Foto hervor.

Wie ein Trumpf-As klatschte sie es vor mir auf den Tisch.

„Hier, das ist der Beweis!“, sagte sie triumphierend.

Neugierig starrte ich auf das Foto – und fuhr innerlich zusammen. Das hatte ich nicht erwartet! Sandras Behauptung war nicht aus der Luft gegriffen. Das Foto zeigte das Porträt einer jungen Frau. Rotblonde lange Haare, gleichmäßige Gesichtszüge, ein sympathisches Lächeln. Sie war im wahrsten Sinne des Wortes *bildschön*. Und sie hatte große Ähnlichkeit mit Dana Bosilek.

„Wer ist die Frau auf dem Foto?“, wollte ich wissen.

Sandra begann, sich mit tänzelnden Schritten im Halbkreis durch mein Zimmer zu bewegen. Dabei blieb ihr Blick an einem meiner gerahmten Poster hängen, einer kunstvollen Fotografie von Linda McCartney, welches die vier Beatles 1967 zeigte.

Während sie mit ausgebreiteten Armen auf der Stelle tanzte, stimmte sie leise, aber mit Inbrunst, ein Lied an:

„Half of what I say is meaningless
But I say it just to reach you, Julia
Julia, Julia ...“

Ich erkannte das Lied sofort, „Julia“ von den Beatles.

„Setzen Sie sich bitte“, äußerte ich betont ruhig. „Was hat das mit der Frau auf dem Foto zu tun?“

Sandra hörte auf zu tanzen.

„Das ist Julia“, erklärte sie mir.

„Weiß ich ... ich bin großer Beatles-Fan.“

„Nein, Sie verstehen alles falsch. Die Frau auf dem Foto ist Julia Stelter ... meine Mutter. Vor fünfundzwanzig Jahren.“

Bei mir war der Groschen gefallen.

„Das ist eins der alten Bilder, die Sie vorletzten Sonntag gefunden haben ...?“, vergewisserte ich mich.

„Ja, zu Hause. Die ganzen Erinnerungen an sie.“ Sandra trippelte auf der Stelle. „Und dann die Fotos in der Zeitung. Ich hab mir Madeleine im Internet angesehen. Erst seitdem weiß ich die Wahrheit.“

„Haben Sie mit Ihrem Vater darüber gesprochen?“

„Ja, bringt alles nichts. Der redet nur Quatsch, behauptet, dass Dana nicht meine Halbschwester ist.“

„Was sagt er?“ Ich versuchte erneut ohne Erfolg, sie zum Hinsetzen zu bewegen.

„Angeblich hat er mit Danas Eltern gesprochen. Die sind in Hannover. Haben aber immer in Bulgarien gelebt. Diese andere Frau behauptet, dass sie Danas Mutter ist."

„Die Frau sollte doch wissen, ob sie Dana zur Welt gebracht hat ..."

„Die tut nur so, wegen der Familienschande ... uneheliches Kind des Mannes und so ... die Papiere sind gefälscht, ist in Bulgarien kein Problem."

Sandra nahm endlich wieder Platz.

„Aber wie sollte Ihre Mutter eine gemeinsame Tochter mit einem Mann aus Bulgarien haben?!", sagte ich skeptisch. „Vor siebenundzwanzig oder achtundzwanzig Jahren gab's doch noch den Eisernen Vorhang."

„Julia hat in der DDR gelebt. Bis zur Wende", erklärte sie hektisch. „Goldstrand, Bulgarien ... das beliebte Reiseziel für DDR-Bürger. Meine Mutter hat dort herumgevögelt, das ist die Wahrheit. Sie ist da oft gewesen. Hat Dana in Bulgarien zur Welt gebracht ... bestimmt 'ne Hausgeburt. Aber dann wollt sie's Kind wohl nicht haben. Der Vater hat es aufgenommen, seine Ehefrau behauptet, es sei von ihr."

Sandras Geschichte klang abenteuerlich. Unwahrscheinlich, aber auch nicht unmöglich.

„Wie kommen Sie auf diese ganzen Details?"

„Meine Mutter hat mir vom Goldstrand erzählt, von den bulgarischen Männern. Ich weiß, wie sie war. Als ich Danas Bild in der Zeitung gesehen hab, konnte ich mir den Rest zusammenreimen."

„Und könnte es auch anders gewesen sein?"

„Nein, genau so ist es passiert. Dana war ein ungewolltes Kind ... ist eine Nutte geworden, an der Straße hat sie gestanden. Jeder konnte sie haben. Alle aus der Klinik sind an ihr vorbeigefahren." Sandra liefen Tränen über die Wangen. „Kannten Sie Dana? Haben Sie's auch mit ihr getrieben?"

Sie schniefte und wischte sich mit der Hand übers Gesicht.

„Ich bin Dana nie persönlich begegnet", erklärte ich.

Sandra steckte das Foto ihrer Mutter in das Notizbuch.

Mir fiel auf, dass ich wenig über die familiären Verhältnisse der Stelters wusste.

„Wo ist Ihre Mutter jetzt?", fragte ich vorsichtig.

„Sie ist tot. Seit neuneinhalb Jahren. Ein Unfall."

„Das war damals sicherlich nicht einfach ... für Sie, Daniel und Ihren Vater?"

„Es war Scheiße. Aber Papas Mutter hat sich gekümmert. Mein Bruder war mein Kindermädchen." Sie lachte unvermittelt. „Papas Liebe ging dahin ... blieben seine Arbeit und seine Filme."

Sandra sprang auf, fixierte dabei die übrigen großen Schwarz-Weiß-Bilder an meiner Wand, die Szenen aus Filmen mit Charlie Chaplin oder Laurel & Hardy zeigten.

„Sie stehen auf alte Filme", verkündete sie und begann schlagartig wieder zu singen: *„Wer hat an der Uhr gedreht, ist es wirklich schon so spät ..."*

Anscheinend war sie gedanklich in der gemeinsamen Vergangenheit mit ihrem Vater.

„Er hat immer die Pink-Panther-Filme mit uns geguckt. Die sind von Blake Edwards. Kennen Sie Blake Edwards? Von dem hat er alle Filme geliebt."

Ihr Gedankengang wirkte assoziativ gelockert.

„Sie sind zu mir gekommen, weil Sie die aktuelle Situation sehr belastet", setzte ich an. „Und Sie haben anfangs gesagt, dass Sie einen Rat möchten, wie Sie besser damit umgehen können."

„Ja, die Gedanken an früher ... und dass mich mein Vater verarscht ... dass er leugnet, was Mama früher in Bulgarien getrieben hat. Dana ist ein Teil von mir."

„Ich gehe davon aus, dass die Ereignisse der letzten Tage Sie derart seelisch belasten, dass Sie dringend psychiatrische Unterstützung benötigen."

Ich riet ihr zu einer medikamentösen Behandlung. Außerdem schlug ich vor, dass sie sich zur Krisenintervention vorübergehend stationär aufnehmen ließ, um Abstand von ihrem konfliktfördernden Umfeld zu bekommen.

Davon wollte Sandra nichts wissen.

„Eigentlich bin ich fit wie nie. Ich brauch nicht mal mehr Schlaf." Wie zum Beweis ihrer Worte tänzelte sie erneut in meinem Büro hin und her. „Papa und Johanna sollten sich behandeln lassen, die sind total fertig. Ich will keine Medikamente und keine Psychiatrie. Ich bin nicht verrückt."

Schnell wurde deutlich, dass ich mit meinen Therapieangeboten heute nicht bei ihr landen konnte. Da es keinen Anhalt für eine akute Eigen- oder Fremdgefährdung gab, lag die Entscheidung über das weitere Vorgehen bei Sandra selbst.

Ich bat schließlich Daniel mit in mein Büro. Als er erfuhr, dass seine Schwester momentan jegliche psychiatrische Hilfe von sich wies, machte er ein unzufriedenes Gesicht.

„Lass dir endlich helfen", beschwor er Sandra. „In diesem Zustand kannst du morgen nicht zur Hochschule gehen. Und mit Papa und Johanna gibt's auch wieder Streit."

Daniels Zureden bewirkte leider nur das Gegenteil. Sandra gelangte zu der festen Meinung, keine Therapie zu benötigen.

„Immerhin haben Sie verstanden, was mit Mama und Dana gelaufen ist", teilte sie mir fast erleichtert mit. „Aber jetzt möcht' ich gehen."

„Papa sagt, den Kram mit Dana bildest du dir nur ein. Das macht dich völlig kaputt. Hör auf damit!" Dann legte er fürsorglich seine Arme um ihre Schultern, was sie bereitwillig zuließ. Zu mir gewandt meinte er: „Trotzdem vielen Dank für Ihre Mühe. Ich kümmer mich um meine Schwester und sorg dafür, dass sie gut zu Hause ankommt."

7

Freitag, 10. Oktober.

Die Ereignisse überschlugen sich. Es war morgens, kurz nach halb neun. Olaf Mantkowski lief um sein Leben. Nie hätte er gedacht, dass die Sache mit Romina solche Folgen haben würde. Aber sie hatte offenbar Verbindungen zu den Hells Angels, die er nicht ahnen konnte. Jetzt wollten sie mit ihm abrechnen. Wegen Romina ... und wegen Madeleine. Sein verdammtes Smartphone lag noch in Berts Wohnung, die er fluchtartig verlassen musste. Dieser Drecksack hatte sich als falscher Freund erwiesen.

Er rannte den Gehweg entlang, zu beiden Seiten lange Reihen von Mietshäusern. Niemand, den er ansprechen konnte. Ein erster Verfolger tauchte hinter ihm auf. Die Falle drohte zuzuschnappen. Hinterm Hauptbahnhof parkte sein Wagen. Aber der Weg dorthin war ihm versperrt. In einem Hauseingang in der Seitenstraße entdeckte er zwei weitere Typen, getarnt in zivilen Klamotten, die er eindeutig den Hells Angels zuordnen konnte. Sie hielten sich noch zurück, beobachteten ihn. Einer zückte sein Handy. Er musste einen Bogen um den Standort seines Wagens schlagen. Dort schienen sie ihn zu erwarten. Das Charter der Hells Angels in Hannover war offiziell aufgelöst, trotzdem waren die Rocker weiterhin aktiv. Olaf wollte versuchen, über den Hintereingang in den Hauptbahnhof zu gelangen, in der Menschenmenge war er sicherer als hier auf der Straße.

Zunächst war gestern alles nach Plan gelaufen. Nachdem er mit Romina fertig war, hatte er einen weiteren Auftrag erledigt. Im Steintorviertel. Dann war dort Feiern angesagt, mit allem Drum und Dran, bis weit nach Mitternacht. Bert, ein Kumpel, war dazugestoßen, hatte angeboten, dass Olaf bei ihm übernachten könne. Klang alles so harmlos. Berts Wohnung lag in der Oststadt hinterm Hauptbahnhof. Bevor sie am Steintor ins Taxi gestiegen waren, hatte einer von den Hells Angels Bert angesprochen und der hatte zustimmend genickt. Als Olaf aufgewacht war, nach wenig Schlaf, hatte er mitbekommen, wie Bert gerade telefonische Instruktionen entgegennahm. Bert selbst wollte sich die Hände nicht schmutzig machen.

Die Läden auf der Lister Meile waren noch geschlossen. Olaf erreichte das Bredero-Hochhaus, überlegte, ob er die Rolltreppe nach unten Richtung Hauptbahnhof nehmen sollte. Rechtzeitig sah er den Mann am Ende der Rolltreppe, der ebenfalls dazugehörte. Olaf hetzte weiter, hatte Glück im Unglück. Auf der vierspurigen Hamburger Allee, die vor ihm lag, war gerade noch Grün für Fußgänger. Schnaufend überquerte er die Straße, sah sich um. Ein Verfolger gab Zeichen in seine Richtung. Jetzt wurde es knapp. Er lief weiter geradeaus die Lister Meile entlang, die bis zum Bahnhof führte. Über diese Straße musste er noch rüber. In einer Menschenansammlung blieb er stehen, die unverdächtig wirkte. Sein Verfolger holte auf. Er konnte nicht bis Grün abwarten, lief zwischen zwei fahrenden Autos auf die Fahrbahn. Es wurde gehupt, Passanten auf der gegenüberliegenden Straßenseite schüttelten den Kopf. Aber er schaffte es. Der Hintereingang des Hauptbahnhofs war in Sichtweite.

Einer von diesen Höllenengeln, natürlich in Zivil, erwartete ihn dort. Mann gegen Mann. Das war grundsätzlich zu schaffen. Aber Olaf merkte, wie er zunehmend kraftloser und langsamer wurde. Seitenstiche machten sich bemerkbar. Der Kerl sah kräftig aus. Olaf malte sich in seiner augenblicklichen Verfassung kaum Chancen gegen den Mann aus. Aber ihm blieb keine andere Wahl. Hinter ihm war die Anzahl der Verfolger noch größer.

So schnell er es noch vermochte, schleppte sich Olaf auf den Eingang des Bahnhofs zu. Sein Widersacher stand unmittelbar vor ihm, gab sich teilnahmslos. Da geschah etwas Unerwartetes. Ein zweiter Mann kam aus dem Bahnhof, sprach Olafs Gegenüber an. Die beiden drehten sich zueinander, sprachen offenbar Italienisch miteinander. War das eine Falle? Olaf setzte alles auf eine Karte und huschte mit letzter Kraft an den Männern vorbei.

In der modernen Einkaufspassage des Hauptbahnhofs waren Menschenmassen unterwegs. Zu beiden Seiten hatten die Geschäfte geöffnet ... Drogerien, Lebensmitteltheken, Zeitungsläden ... Olaf atmete auf. Angesichts der zahlreichen potenziellen Zeugen spürte er eine relative Sicherheit. Doch die Angst kroch schnell wieder in ihm hoch. Keiner nahm wirklich Notiz von ihm. Die Menschen hasteten an ihm vorbei zu den Bahnsteigen oder einem der beiden Ausgänge. Im anonymen Gewühl konnte ihm blitzschnell ein Angreifer unerkannt ein Messer zwischen die Rippen stoßen. Die Videoüberwachung im Bahnhof bot da wenig Schutz.

Um Kräfte zu sammeln, entschied er sich, den nächstgelegenen Presse- und Buchladen zu betreten. Vor den Regalen blätterten Kunden aller Altersstufen in Zeitungen, Illustrierten, Büchern und Comics. Hier konnte er sich ungestört aufhalten und kurz die Ereignisse analysieren.

Die Höllenengel hatten Italienisch gesprochen, was ihm bezüglich Romina endgültige Gewissheit verschaffte. Die Verkettung zwischen Romina und den Höllenengeln ergab sich aus dem Pseudonym der Nutte: Rom-Ina. Die Frau hatte eine Verbindung zu Rom, Stadt des Vatikans, und damit zu Höllenengeln, die natürlich Italienisch sprachen. Eine Achse zwischen den Hells Angels in Hannover und Rom. Olaf kannte die Gerüchte um den Geheimbund des Vatikans, der weltweit in dunkle Geschäfte verwickelt war. Rom-Ina, es war so offensichtlich und banal. Ein deutlicher Hinweis, den er zu spät erkannt hatte.

Eine Botschaft war zudem die Begegnung mit der alten Frau vor dem „Lovestory“: *Tu Gutes und lass die Finger von Romina.* Er hatte das Signal idiotischerweise ignoriert.

Plötzlich erschienen zwei Männer in Lederkleidung im Eingang des Ladens. Vermutlich Motorradfahrer. Einer von ihnen ging zum Verkaufstresen und sagte laut und deutlich: „Haben Sie den zweiten Island-Krimi von Bertelsson ... ‚*Höllenengel*‘?“

Olaf war wie elektrisiert. Das war das Stichwort. Sie hatten ihn gestellt. Es gab im Laden lediglich einen Ausgang, und der war blockiert. Blieb nur noch der offene Konflikt. Augenblicklich verspürte Olaf ein Beklemmungsgefühl in der Brust. Sein beschleunigter Herzschlag trommelte Alarm. Er spannte die Muskeln an, ballte die Fäuste und stürmte mit einem Kampfschrei auf den Höllenengel am Ausgang zu.

8

Jeden Freitag übernahm ich ab acht Uhr die psychiatrische Notfallbereitschaft für das Gebiet der Landeshauptstadt Hannover. Eine Möglichkeit, um den Bezug zur alltäglichen Praxis aufrechtzuerhalten.

Der erste telefonische Notruf erreichte mich im Timon Carré gegen 8:15 Uhr. Die Polizeiinspektion West hatte einen Wohnungslosen aufgegriffen, der anscheinend in ein Alkoholentzugsdelir zu fallen drohte. Zusammen mit Saskia Ahlborn, einer gestandenen Sozialarbeiterin Mitte fünfzig, machte ich mich auf den Weg. Für die Notfalleinsätze nutzten wir meinen reparierten VW Golf.

Der Einsatz auf der Polizeiwache im Stadtteil Limmer zog sich hin. Der Mann war aufgrund seiner lebhaften optischen Halluzinationen und der sich verschlechternden Kreislaufwerte dringend stationär behandlungsbedürftig. Während ich mich um die Formalitäten für eine Zwangseinweisung kümmerte, klingelte erneut mein Smartphone. Der nächste Notfall. Diesmal meldete sich die Bundespolizei, zuständig für die öffentliche Sicherheit am Hauptbahnhof.

„Kollegen von mir haben vor Kurzem einen 28-jährigen Mann in unsere Dienststelle am Hauptbahnhof gebracht. Da bräuchten wir Ihre psychiatrische Unterstützung", erklärte mir Oberkommissar Henke von der Bundespolizei. „Der Mann wurde von uns nach einer Rangelei in einem Bücherladen in Gewahrsam genommen. Er hat dort zwei Kunden angegriffen, die ihn überhaupt nicht kannten. Er ist völlig panisch, fühlt sich von Höllenengeln und einem Geheimbund des Vatikans verfolgt. Das ist kein Fall für die Polizei, sondern für die Psychiatrie."

„Haben Sie ihn gefragt, ob er aktuell bei einem Psychiater in ambulanter Behandlung ist?"

„Oh ja – und gleich ein Treffer. Er sagt, dass ihn die Institutsambulanz der Ludendorff-Klinik behandelt. Ein Dr. Dannenberg."

Na wunderbar, dann war der Fall die Angelegenheit von Ronald und seinen Mitarbeitern. Es gab eine Vereinbarung, dass sich die Institutsambulanzen zu den Praxisöffnungszeiten selbst um alle Notfälle bei denjenigen Patienten zu kümmern hatten, die aktuell bei ihnen in Behandlung waren. Die Institutsambulanz der Ludendorff-Klinik verfügte über mehrere Nebenstellen im Stadtgebiet Hannover, sodass von dort problemlos ein Arzt zum Hauptbahnhof fahren konnte.

Das erklärte ich dem Oberkommissar. Und dass ich mich gerade selbst in einem längeren Einsatz in Limmer befand. Insofern war ich ganz froh, für den Notfall am Hauptbahnhof nicht zuständig zu sein. Henke kündigte an, sich an die Institutsambulanz zu wenden, und verabschiedete sich.

Während Saskia und ich noch auf den Rettungswagen für den deliranten Wohnungslosen warteten, kündigte ein Signalton meines Smartphones den Empfang einer Nachricht über WhatsApp an.

Absender war Anna, die momentan in der Schule große Pause hatte: „Cxivespere mi bezonas la helpon de forta metiisto."

Das Treffen heute Abend mit ihren Freundinnen fiel offenbar aus. Stattdessen benötigte sie die Hilfe eines starken Handwerkers. Mit Vorfreude auf die zu erwartende Belohnung sagte ich postwendend zu.

Was Anna anging, hatte ich manchmal ein schlechtes Gewissen. Wir lebten immer noch in zwei getrennten Wohnungen. Annas Haus in Arnum, in das sie um keinen Preis der Welt zurückkehren würde, war inzwischen vermietet. Schon letztes Jahr wollten wir eigentlich zusammenziehen, hatten uns bereits mehrere Häuser angeguckt. Aber dann kam die Sache mit Ulrike dazwischen. Ich fühlte mich verantwortlich und besuchte meine Ex-Frau regelmäßig. Auf der anderen Seite verliefen die Hausbesichtigungen von Anna und mir ergebnislos im Sand.

Saskia und ich waren bereits wieder im Timon Carré, als mich gegen 11:15 Uhr Polizeioberkommissar Henke erneut auf dem Smartphone anrief – wegen des Mannes mit der Angst vor den Schergen des Vatikans. Henke teilte mit, dass ihm die Institutsambulanz zunächst erklärt hätte, völlig überlastet zu sein. Mit der Begründung habe man ihn auf den Sozialpsychiatrischen Dienst verwiesen.

„Ich hab mich nicht abspeisen lassen", berichtete der Oberkommissar. „Und dringend gebeten, dass ein Arzt der Ambulanz den Patienten bei uns untersucht. Schließlich erhielt ich die Zusage, dass sich jemand kümmert. Es könnte aber etwas dauern. Der Patient ist zunehmend ängstlich, seit über zwei Stunden ist ungewiss, ob oder wann ein Arzt kommt. Deshalb rufe ich an. Ob Sie vielleicht jetzt doch Zeit hätten, sich den Mann anzusehen …?"

Also schön. Ich zeigte mich als Gutmensch, der Patienten trotz fehlender Zuständigkeit nicht warten ließ. Insofern sagte ich unser Kommen zu und nahm mir gleichzeitig vor, Ronald die Angelegenheit bei nächstmöglicher Gelegenheit unter die Nase zu reiben.

Im letzten Jahr waren Saskia und ich in einen spektakulären Notfall mit einer Frau verwickelt, die sich vom Satan bedroht fühlte. Dieses Mal hatte offenbar die Gegenseite ihre Hand im Spiel.

♣

Der kräftige, jugendlich wirkende Mann mit dem gestutzten, schmalen Schnurrbärtchen hockte voller Angst auf dem Stuhl und starrte uns misstrauisch an. Neben ihm, an den Schreibtisch gelehnt, stand Oberkommissar Henke. Wir befanden uns zu viert in einem Zimmer im hinteren Bereich der Polizeiwache. Saskia und ich saßen dem Patienten gegenüber.

„Ich weiß nicht, ob ich Ihnen trauen kann", äußerte der Mann, „ob Sie wirklich Arzt und Sozialarbeiterin sind. Die Höllenengel des Geheimbunds sind überall."

Gleich zu Beginn unseres Gespräches wollte er unsere Dienstausweise sehen. Was selten ein Patient verlangte. Aber immerhin verstärkte der daraus ersichtliche Arbeitgeber, die *Region Hannover*, seine Angst nicht.

„Weshalb ist der Geheimbund hinter Ihnen her?", forschte ich erneut nach den Hintergründen seines Verfolgungswahns.

„Ich darf darüber nicht sprechen. Ist zu gefährlich."

Unser Gespräch steckte fest. Von Oberkommissar Henke war ich vorab auf den aktuellen Erkenntnisstand gebracht worden. Der Mann hieß Olaf Mantkowski, war ledig, wohnte allein in Ilten und hatte offenbar zu viel Dan Brown gelesen. Vor einem Jahr hatte er sich eine Anzeige wegen Körperverletzung eingehandelt, wohl wegen eines ähnlichen Vorfalls wie jetzt.

Im Bahnhof heute konnte Schlimmeres vermieden werden. Die angegriffenen Männer waren kampfsporterfahren und hatten Mantkowski schnell überwältigt.

„Haben Sie vor Kurzem etwas eingenommen?", fragte ich. Dabei dachte ich an Drogen. Die Polizei hatte ihn schon pusten lassen und einen minimalen Restalkoholspiegel festgestellt.

„Ich darf darüber nicht sprechen."

„Können Sie uns zumindest sagen, wer Ihnen verbietet, darüber zu sprechen?", versuchte Saskia es von hinten herum.

Mantkowski schien irritiert, zog die Mundwinkel herunter: „Sie wollen mich austricksen, was?!"

In diesem Moment öffnete nach kurzem Anklopfen eine Polizistin die Bürotür.

„Da ist noch ein Psychiater gekommen", teilte sie mit.

Alle Anwesenden guckten erstaunt zur Tür. Hinter der Polizistin tauchte ein mir wohlbekanntes Gesicht auf, gut durchblutet, angespannt und grimmig. Ein dunkelhaariger Mann mit Hornbrille – und Notfallkoffer, ähnlich dem meinen. Er rauschte in den Raum und stellte sich mit Blick auf Henke vor:

„Dr. Dannenberg, Institutsambulanz Ludendorff-Klinik. Ich komme wegen Herrn Mantkowski."

Danach gab Ronald allen Anwesenden die Hand, mir allerdings mit besonders verkniffener Miene.

„Was willst du denn hier? Das ist meine Zuständigkeit", raunte er mir leise zu, und schließlich etwas lauter: „Ich übernehme dann."

„Oh, was du nicht wissen konntest ...", antwortete ich in freundlichem Ton, „ich bin schon seit einer Viertelstunde mitten im Untersuchungsgespräch. Insofern führe ich es jetzt auch zu Ende."

Mantkowski wirkte seit Ronalds Ankunft etwas weniger verkrampft.

„Ich bin froh, dass Sie gekommen sind, Herr Dr. Dannenberg", verkündete er. „Zu Ihnen habe ich Vertrauen."

Ronald warf mir einen triumphierenden Blick zu.

„Das ist eine gute Grundlage. Ich bin sicher, ich kann Ihnen helfen", teilte Ronald dem Patienten mit. „Ich muss kurz noch mit Herrn Dr. Seifert draußen etwas klären. Danach bin ich gleich wieder bei Ihnen."

Ronald machte zu mir eine auffordernde Handbewegung Richtung Tür. Er hatte recht. Wir konnten unsere Meinungsverschiedenheit nicht vor dem Patienten austragen. Ich verließ mit ihm das Büro und machte hinter uns die Tür zu. Saskia und Henke blieben bei Mantkowski.

Für unsere „Übergabe" stellte uns die Polizistin das leere Büro nebenan zur Verfügung.

„Wieso mischst du dich schon wieder in meine Angelegenheiten ein?!", fuhr mich Ronald an. „Ich bin extra aus Ilten hierhergefahren, um mich um meinen Patienten zu kümmern."

„Ich mische mich nicht ein, sondern ich mache den Job deiner Ambulanz, weil ich die Info hatte, dass deine Ambulanz nicht ihren Verpflichtungen nachkommt. Zumindest nicht in angemessener Zeit!"

„Die Polizei hatte die klare Zusage, dass jemand von meiner Ambulanz sich hier den Patienten anschaut. Und dass es eventuell etwas dauern kann, weil wir nämlich verdammt viel zu tun haben!"

„Wobei ihr die Sache zunächst abwimmeln und dem Sozialpsychiatrischen Dienst aufdrücken wolltet!"

„Aber dann bist du doch freiwillig aufgekreuzt, um dich als der bessere und hilfsbereitere Psychiater aufspielen zu können. So ein Verhalten zeigst du ja auch an anderer Stelle ganz gern."

Meinte er damit etwa meine Besuche bei Ulrike?

Ronalds ständige Unzufriedenheit und sein Selbstmitleid gingen mir zunehmend auf die Nerven. Konnte ich etwas dafür, dass die in Berlin sein Anti-Heroin-Projekt nicht mochten und dass er letztes Jahr nicht Chefarzt geworden war?! Ich verspürte Lust, ihm unprofessionell so richtig Kontra zu geben. Aber mein Psychiater-Implantat für Einfühlungsvermögen und Toleranz funkte dazwischen und ergriff das Wort: „Jetzt fahr mal runter, Ronald. Ich wollte dem Patienten in seinem Zustand eine vermeintlich noch längere Wartezeit ersparen. Meine Aktion war überhaupt nicht gegen dich gerichtet. Und wenn du es so empfindest, tut es mir ernsthaft leid."

Ronald beruhigte sich tatsächlich: „Na gut. Bringen wir den Notfall mit Herrn Mantkowski gemeinsam zu einem guten Ende."

Er ließ sich von mir schildern, was ich bisher in Erfahrung bringen konnte. Insbesondere, welche Symptome mir aufgefallen waren.

Dafür wollte ich von Ronald etwas über Mantkowskis Krankheitsvorgeschichte und Diagnose hören.

„Ich hab dir gegenüber Schweigepflicht", teilte er nüchtern mit.

„Als ich dir gestern am Telefon einige Basisinfos über mein Gespräch mit Pahland gab, war ich auch zur Verschwiegenheit verpflichtet ..."

Ronald verdrehte die Augen: „Ich will's mal so ausdrücken. Mir ist derartiges paranoides Erleben bei ihm nicht unbekannt."

„Und was macht er beruflich?"

„Er hat mir erzählt, dass er Spielhallen im Umland von Hannover betreut."

Danach kehrten wir in das Nebenzimmer zu Mantkowski zurück.

Ronald hatte einen guten Draht zu dem Patienten, was die Situation entspannte. Er stellte mich als „guten Freund und Kollegen" vor (angesichts unserer Kontroverse eben musste ich innerlich lachen) und erreichte damit, dass sich Mantkowski mir gegenüber deutlich zugewandter zeigte.

In die Details und die Vorgeschichte seiner Ängste weihte der Patient allerdings auch Ronald nicht ein.

„Die Höllenengel wissen genau, wo ich wohne und arbeite", behauptete Mantkowski. „Dahin kann ich nicht zurück."

Als geschütztes Versteck vor seinen Verfolgern schlug ihm Ronald die Klinik Dr. Ludendorff vor – eine der geschlossenen Stationen der Allgemeinpsychiatrie.

„Letztes Jahr war ich da wirklich sicher", stimmte Mantkowski erleichtert zu. „Ich vertraue Ihnen."

Der Patient erklärte sich damit einverstanden, dass Ronald für ihn einen Krankentransportwagen bestellte und die Aufnahme in die Iltener Klinik organisierte. Durch seine Zustimmung kam Mantkowski um die sonst drohende Zwangseinweisung wegen akuter Fremdgefährdung herum.

Er schaute Ronald, Saskia, Henke und mich eindringlich an: „Sie müssen mir versprechen, dass Sie niemanden hinter meinem Rücken über die Einweisung informieren ... wirklich niemanden!"

Kaum war dieser Notfall gemanagt, klingelte wieder mein Smartphone. Die Rettungsleitstelle gab mir wegen einer eiligen psychiatrischen Angelegenheit eine Telefonnummer durch, die ich gleich darauf anrief. Es meldete sich die Hochschule Hannover. Wegen einer Studentin mit Namen Sandra Stelter.

9

Saskia Ahlborn und ich saßen mit Sandra Stelter allein in einem kleinen Besprechungsraum. Bis zu unserer Ankunft hatten ein Dozent und eine Kommilitonin auf sie achtgegeben. Wir befanden uns in der Fakultät III der Hochschule Hannover auf dem Expo-Gelände, wo Sandra Medizinisches Informationsmanagement studierte.

Der Unterschied zu gestern war enorm. Sandra trug heute ein blaues Sweatshirt zu einer braunen Jeans. An ihrer Frisur hatte sich nichts geändert. Aber ihr Verhalten war vollständig anders. Sie hockte mit leicht gebeugtem Oberkörper auf dem Stuhl, den Blick nach unten gerichtet. Ihr rotes Notizbuch hielt sie fest mit beiden Händen umklammert.

„Dana war ein ungeliebtes Kind, meine Mutter hat sie weggegeben", sagte sie leise mit trauriger Stimme. „Für mich hatte meine Mutter auch nie Zeit."

Sandras manische Verfassung war von einem Tag auf den anderen ins Depressive gekippt. Von der distanzgeminderten, flippigen Dauerrednerin war nichts mehr geblieben.

„Ich glaub, ich werd wie Dana enden ... keiner liebt mich ... ich hab keinen Freund, alle verachten mich", führte sie ihre düsteren Gedanken weiter aus. „Mein Vater und Johanna verstehen mich überhaupt nicht."

Ich sah, wie ihr Tränen die Wangen herunterliefen, ohne dass sie Anstalten machte, sie wegzuwischen.

Der zufällige Fund der alten Bilder hatte bei Sandra offenbar unangenehme Kindheitserinnerungen wachgerufen und sie innerlich aufgewühlt. Dazu kam einige Tage später die Information, eine Halbschwester zu haben, die ein tragisches Ende genommen hatte. Ihrer Aufregung folgte jetzt womöglich der Zusammenbruch.

„Es geht Ihnen richtig schlecht", äußerte ich berührt. „Beschäftigen Sie sich auch mit lebensmüden Gedanken?"

„Sie meinen, ob ich mich umbringen will ...? Ich weiß nicht, ich glaube nicht."

Es klopfte an der Tür. Daniel Stelter, bekleidet mit schwarzer Übergangsjacke und Blue Jeans, betrat forsch den Raum.

„Ich bin angerufen worden, dieselbe Kommilitonin von Sandra wie gestern", erklärte er in Kurzform sein Erscheinen.

Er ging auf seine Schwester zu. Zunächst dachte ich, er wollte sich zu ihr herunterbeugen, um sie in den Arm zu nehmen. Doch dann beließ er es dabei, ihr eine Hand auf die Schulter zu legen.

„Wie geht's dir denn?", sagte er zögerlich. Er wirkte besorgt, aber auch angestrengt und entnervt. „Du musst dir endlich helfen lassen."

Sandra erschien mir unterschwellig suizidal und klar behandlungsbedürftig. Aber die Gefährdungslage war nicht so eindeutig, dass sie eine Klinikaufnahme der Patientin gegen deren Willen gerechtfertigt hätte. Bei Sandra zu Hause war momentan sicherlich eine Behandlung nicht durchführbar.

Vorsichtig machte ich ihr erneut den Vorschlag einer stationären Aufnahme. Zu meinem Erstaunen signalisierte sie diesmal, wenn auch zögerlich, eine Bereitschaft dazu. Das für ihren Wohnort zuständige psychiatrische Krankenhaus war die Klinik Dr. Ludendorff. Ich hatte Bedenken, sie dorthin einzuweisen. Die Klinik befand sich in räumlicher Nähe zum Todesort ihrer vermeintlichen Halbschwester.

„Ich glaube, es ist besser, wenn ich versuche, für Sie ein Bett in Wunstorf, Langenhagen oder der MHH zu bekommen", gab ich die Richtung vor.

„Ich möchte nach Ilten", entgegnete Sandra. „In Daniels Klinik."

Ich nannte ihr die Gründe meiner Bedenken.

„Ich möchte aber nach Ilten", beharrte sie auf ihrer Meinung. „Da kann mich Daniel häufiger besuchen."

„Möglicherweise löst Ilten verstärkt belastende Gedanken bei Ihnen aus", konkretisierte ich meine Befürchtungen. „Besuchen kann Sie Daniel auch in den anderen Kliniken. Und außerdem macht Ihr Vater dort Zeugenbefragungen wegen des Mordfalls."

Sandra zeigte sich trotz (oder wegen?) ihrer depressiven Verfassung absolut unbeweglich und stur: „Die Ermittlungen meines Vaters stören mich nicht. Ich will nach Ilten. Oder ich gehe in gar kein Krankenhaus."

Ich war absolut hin- und hergerissen. Eine Aufnahme seiner Tochter ausgerechnet in Ilten empfand der Hauptkommissar wahrscheinlich als sehr unangenehm. Andererseits war die Klinik sehr weitläufig – und Datenschutz und Vertraulichkeit hatten einen hohen Stellenwert. Was tun? Ich könnte dafür sorgen, dass Sandra auf einer offenen Station in Ronalds oberärztlicher Zuständigkeit aufgenommen würde. Trotzdem blieb Ilten in diesem Fall eine problematische Wahl.

Ich startete einen letzten Versuch, Sandra eine andere psychiatrische Klinik schmackhaft zu machen (das wäre mir wirklich am liebsten gewesen). Aber sie ließ nicht mit sich verhandeln. Ihre Therapiemotivation drohte ganz zu platzen. Schließlich rang ich mich dazu durch, ihren hartnäckigen Wunsch umzusetzen.

„Für mich ist es okay, wenn Sandra nach Ilten geht", unterstützte Daniel mein Nachgeben. „Hauptsache, sie lässt sich therapieren."

Ich rief Ronald an, der inzwischen wieder an seinem Arbeitsplatz war, und regelte mit ihm Sandras Aufnahme in der Ludendorff-Klinik. Gleichzeitig hatte ich das dringende Bedürfnis, noch heute Hauptkommissar Stelter die Notwendigkeit der Krankenhauseinweisung seiner Tochter zu erläutern. Einer entsprechenden Schweigepflichtentbindung gegenüber ihrem Vater stimmte Sandra bereitwillig, ja fast dankbar zu.

„Ich glaube, Ihre Entscheidung, jetzt in stationäre Behandlung zu gehen, war genau richtig", gab ich Sandra bei der Verabschiedung mit auf den Weg.

Mein Bauchgefühl sagte mir leider genau das Gegenteil.

♣

Der väterliche Sturm der Entrüstung kam schneller als gedacht.

Ich saß gerade wieder an meinem Schreibtisch im Timon Carré, um Vermerke für die letzten beiden Notfalleinsätze zu diktieren, als mir meine Sekretärin am Telefon mitteilte, Sandras Vater wäre in der Leitung. Der hatte offenbar gerade zufällig Daniel auf dem Handy angerufen.

„Ich möchte Sie warnen, Chef", äußerte Sonja Mock besorgt. „Herr Stelter ist bemerkenswert aufgeregt."

Das hatte ich befürchtet. Aber ich bat Mockie trotzdem, das Gespräch gleich durchzustellen.

„Wie kommen Sie dazu, meine Tochter in die Psychiatrie einzuweisen?!", dröhnte die Stimme des

Hauptkommissars aus dem Hörer. „Sie ist launisch und schwierig, aber doch nicht eine von Ihren Verrückten!"

So etwas Ähnliches hatte Sandra gestern auch zu mir gesagt.

„Das ist sicherlich nicht einfach für Sie ...", versuchte ich es auf die ruhige und verständnisvolle Art, wurde hingegen sofort unterbrochen.

„Allerdings! Es ist ein verheerender Eingriff in meine Familie", wetterte Stelter. „Ich hätte zumindest erwartet, dass Sie mich vorher informieren. Dann hätte ich die Einweisung noch verhindert!"

Genau das war meine Befürchtung gewesen.

„Hören Sie mir bitte zu", warf ich ein. „Ihre Tochter ist nicht nur launisch, sondern psychisch krank und benötigt dringend psychiatrische Hilfe."

„Vielleicht hat sie eine vorübergehende Krise, aber sie ist nicht plemplem."

„Sandra leidet mit einiger Wahrscheinlichkeit an einer bipolaren affektiven Störung. Das ist gut behandelbar. Aber es muss auch behandelt werden."

„Das sehe ich komplett anders. Hier geht es um eine Familienangelegenheit, bei der meine Partnerin und ich Sie nicht um Ihre Hilfe gebeten haben."

„Ihre Tochter ist volljährig und hat der notwendigen Behandlung zugestimmt."

„Und völlig daneben ist ja wohl, dass Sie Sandra dann noch ausgerechnet in die Ludendorff-Klinik eingewiesen haben. Wie Ihnen nur zu gut bekannt ist, ermittle ich dort aktuell in einem Mordfall, während meine Tochter jetzt von Leuten betreut wird, die ich als Zeugen oder Verdächtige befrage. Ich werde versuchen, meine Tochter da schnellstmöglich herauszuholen."

Die Situation war für den Hauptkommissar außergewöhnlich schwierig und belastend. Derart verärgert und vorwurfsvoll hatte ich ihn noch niemals erlebt.

Bezüglich seiner Befürchtungen, dass sich Privates und Dienstliches in Ilten vermischten, stimmte ich ihm voll und ganz zu. Aber die Vermischung war auch in seiner Person begründet, was ich behutsam ansprach: „Ist die Ermittlung in diesem Mordfall für Sie überhaupt noch unbefangen möglich ... wegen der persönlichen Bezüge zum Mordopfer?"

„Welche persönlichen Bezüge?"

„Dass Dana Bosilek womöglich die Halbschwester Ihrer Kinder ist."

„Diesen Unsinn hat Ihnen also Sandra erzählt?! Und den glauben Sie?"

„Zumindest glaubt Ihre Tochter ganz fest daran. Was vermutlich einer der Auslöser ist, weswegen sich ihre psychische Störung verschlechtert hat."

„Ich hab die Geburtsurkunde der Toten gesehen. Außerdem hab ich mit ihren Eltern gesprochen. Die haben eindeutig erklärt, dass Dana ihre leibliche Tochter ist. Und das bestätigt die Urkunde."

„Kann die gefälscht sein?"

„Unsinn. Das Thema ist vom Tisch. Hab ich Sandra mehrfach gesagt."

„Und die Ähnlichkeit zu Ihrer Frau?"

Stelter stockte zum ersten Mal während unseres Telefonats.

„Zugegeben. Die Ähnlichkeit hat mich anfangs auch irritiert. Ich hab tatsächlich für einen kurzen Moment erwogen, Dana könnte eine Tochter meiner Frau sein. Aber das stimmt definitiv nicht. Die Ähnlichkeit ist rein zufällig. Ein typischer Fall für François Brunelle."

Mir war bekannt, worauf Stelter anspielte. Der kanadische Künstler François Brunelle, der selbst wie Rowan Atkinson („Mr. Bean") aussah, fotografierte seit Jahren weltweit Doppelgänger: nicht miteinander verwandte Personen, die sich dennoch unglaublich ähnlich sahen. Ein spannendes Phänomen. Das könnte die Ähnlichkeit von Julia Stelter und Dana Bosilek erklären.

Mir war danach, Stelter etwas Versöhnliches mitzuteilen: „Vielleicht kommen Ihre Partnerin und Sie wieder mehr zur Ruhe, wenn Sandra in ihrer Krise professionelle Unterstützung erhält und Sie nicht ständig auf sie aufpassen müssen ..."

„Ihre Schönrederei können Sie sich sparen, Herr Dr. Seifert." Stelter war immer noch gereizt. „Dass Sie Sandra nach Ilten eingewiesen haben, nehme ich Ihnen wirklich übel!"

Ich hoffte, dass unsere jahrelange gute Zusammenarbeit nicht einen ernsthaften Knacks bekam.

10

Die Aufnahme auf der geschlossenen Station 1 empfand Olaf Mantkowski zunächst als große Erleichterung. Vor einem Jahr war hier alles gut für ihn ausgegangen. Einige Krankenpfleger und -schwestern kannte er sogar noch.

Trotzdem hatte Olafs Wachsamkeit nicht nachgelassen. Er musste immer auf der Hut sein, nicht zufällig von Verbündeten des vatikanischen Geheimbundes entdeckt zu werden. Anhand der Kleidung ließen sich Personen oft nicht auf Anhieb zuordnen. Die Mitarbeiter auf Station trugen, im Gegensatz zu somatischen Krankenhäusern, Alltagskleidung, genau wie ihre Patienten. Lediglich für medizinische Untersuchungen zog das Personal Schutzkittel an.

Der Stationsarzt hatte ihm nach telefonischer Rücksprache mit seinem Oberarzt zwei Medikamente verordnet. Normox gegen die angstmachenden Gedanken, Levomepromazin gegen die psychomotorische Unruhe. Die Wirkung von Normox würde einige Tage auf sich warten lassen.

Olaf traf die Entscheidung, sich äußerlich dankbar und kooperativ zu zeigen. Die Stationsmitarbeiter sollten von Anfang an ihr misstrauisches Kontrollverhalten herunterfahren. Das vergrößerte seinen eigenen Spielraum. Er zweifelte daran, dass es gut war, seinen kritischen Blick auf die Umwelt durch Psychopharmaka verschleiern zu lassen. Inwieweit er die Medikamente wirklich einnahm, wollte er sich offenhalten.

Olaf war in einem Zweibettzimmer untergebracht. Sein Zimmernachbar war ein etwas ungepflegter Typ, der mit einem „Zombie-Crime"-Button herumlief. Er stellte sich als Patrick Berger vor, wohnte ebenfalls in Ilten und ging komplett in dieser Horror-Krimi-Serie auf. Ständig erzählte er irgendwelche Storys über „Brewster", mit dem er angeblich in Kontakt stand. Olaf hielt sich gegenüber Patrick bedeckt, verlor weder ein Wort über seine Adresse noch seine Tätigkeit für Franz Hagedorn. Sicher war sicher. Patrick schien allerdings vertrauensselig und harmlos zu sein.

„Kann ich mal dein Smartphone für ein wichtiges Telefonat benutzen?", fragte Olaf seinen Zimmernachbarn. „Ich hab meins irgendwo liegengelassen."

„Ja, okay. Aber du musst vorsichtig sein. Manchmal versuchen sie, dich darüber zu manipulieren."

Die beiden Männer standen nebeneinander vor dem Fenster ihres Zimmers. Olaf wurde hellhörig: „Wer manipuliert wen?"

„Einer der Zombies, der über das Smartphone Kontakt mit dir aufnehmen kann. Über Hunderte von Kilometern. Um dich darüber per Telepathie zu einem gemeinen Verbrechen zu bewegen."

„Du meinst, solche Kreaturen wie bei ‚Zombie Crime'?"

„Genau."

Olaf war unsicher, wie er Patricks Gerede einschätzen sollte. Klang nach Spinnerei! Das war eine Fernsehserie, die Olaf gut kannte. In der die Zombies zumindest nie mit Höllenengeln oder vatikanischen Geheimbünden paktiert hatten.

Bereitwillig händigte ihm Patrick das Smartphone aus. Olaf ging damit auf den Stationsflur, verdrückte sich in eine stille Ecke.

„Ich muss für ein paar Tage untertauchen, Ludger. Sag Hagedorn, ich meld mich dann wieder."

Ludger und er hatten großes Vertrauen zueinander. Ihm konnte er kurz Nachricht geben, ohne weitere Fragen beantworten zu müssen. Das heutige Abkassieren bei den Huren würde Ludger ohne Olaf erledigen.

Kaum war er wieder in seinem Zimmer, wo er Patrick sein Smartphone zurückgegeben hatte, vernahm er vom Flur das laute Schimpfen einer jungen Frau. Gleich darauf war die energische Stimme eines Pflegers zu hören, der die Frau zurechtwies.

„Das ist Blanka. Die hat dauernd Stress mit dem Personal", erklärte Patrick unaufgefordert. „Regt sich über jede Kleinigkeit auf."

„Die abgemagerte Kleine in dem superweiten Pulli mit den Schlabberärmeln?"

Patrick nickte: „Ja, darunter versteckt sie ihre Schnittwunden an den Unterarmen."

Sofort entstand bei Olaf die Idee, dass ihm die Frau noch nützlich sein könnte.

♣

Der Nachmittag versetzte Olaf Mantkowski in höchste Alarmbereitschaft.

Der zuständige Oberarzt hatte sich vorgestellt. Olaf erschrak, versuchte jedoch seine innere Gefühlsachterbahn komplett zu verbergen. Der Mann hieß Dr. Fabian Kirchhoff. Kirch-Hoff. Die Verbindung zum Vatikan und dessen Geheimbund war unübersehbar. Bei Rom-Ina hatte Olaf die bittere Wahrheit zu spät erkannt. Von jetzt an musste er jeden Schritt höllisch genau überlegen.

Der nächste Paukenschlag war das Auftauchen des Beschäftigungstherapeuten: Henrik Papst. Damit war alles klar. Der gehörte ebenso dazu. Olaf hatte verspielt, war dem vatikanischen Geheimbund in die Falle gegangen. Weder mit Kirch-Hoff noch mit Papst hatte Olaf hier letztes Jahr zu tun gehabt.

Er analysierte die Situation. Der Oberarzt war telefonisch bereits seit Stunden über Olafs Anwesenheit auf Station informiert. Aber die Höllenengel hatten ihren Gefangenen bisher unbehelligt gelassen. Das musste einen Sinn haben. Sie wollten ihn auf die Probe stellen. Jeder auf Station konnte dazugehören. Diese religiösen Fanatiker hatten absonderliche Vorstellungen von Unterwerfung, Sühne und Vergebung. Die Tatsache, dass er noch lebte, war seine Chance. Wenn er sich allen Vorgaben unterwarf oder zumindest den Anschein erweckte, galt er vermutlich als reuiger Sünder, den sie am Leben ließen.

Jetzt hieß es aufpassen. Er kannte solche Spielchen. Sie würden ihm lockende Versuchungen anbieten, vermeintliche Gelegenheiten zur Flucht, um seinen Willen zur Unterwerfung auszutesten. Wenn er darauf hereinfiel, hatte er verloren. Niemand durfte merken, wenn er bei der Medikamenteneinnahme trickste.

Die Krankenschwester mit den langen blonden Haaren kannte er. Das war Leonore Voigt. Ihm gefiel ihr Aussehen, und wie sie mit den Patienten umging. Schön, ehrlich, tatkräftig waren die Attribute, die er mit ihr verband.

Seine Blicke verfolgten Leonore, wie sie sich auf Station bewegte. Olaf hatte eine gute Beobachtungsgabe für zwischenmenschliches Verhalten. Die kleinen Gesten und Blicke, die sie mit dem Oberarzt austauschte, waren ein Schock für ihn. Da lief etwas zwischen den beiden. Das war ganz offensichtlich. Leonore ging mit Kirch-Hoff ins Bett. Die Gegenseite hatte die freundliche Krankenschwester auf ihre Seite gezogen. Auch

Papst tänzelte um sie herum, aber ihn hielt Leonore gekonnt auf Distanz.

Olaf war aufgefallen, dass Patrick Berger ebenfalls an Leonore Gefallen zeigte. Ihn könnte er über die Krankenschwester aushorchen: wie sie sich im Stationsalltag wirklich benahm, auf welche Art sie Instruktionen des Oberarztes umsetzte.

Olaf ging den Flur entlang. Aus seinem Zimmer, welches gegenüber dem Aufenthaltsraum lag, kam gerade in diesem Moment ein Mann Mitte vierzig in verschlissenen Klamotten, von fülliger Statur, mit dem gleichen „Zombie-Crime"-Button am T-Shirt wie Patrick Berger, den er anscheinend auf Station besucht hatte. Olaf kannte den Mann. Er hieß Wilfried, ein Nachbar von ihm aus dem Mietshaus gegenüber.

„Oh, guten Tag", begrüßte ihn Wilfried. „Sind Sie auch hier?"

„Wie man sieht", beantwortete Olaf knapp die dämliche Frage und ging an dem Mann vorbei. Er konnte darauf verzichten, hier als Patient von einem Nachbarn gesehen zu werden.

Olaf betrat sein Zimmer und setzte sich zu Patrick an den Tisch. Patrick hatte ihm gegenüber mehrfach erwähnt, wie sehr er Dr. Dannenberg schätzte. Olaf begann das Gespräch damit, dass er Dannenberg lobte, der ihm die jetzige Behandlung vertrauensvoll angeraten hätte. Diese Äußerung war der erwünschte Türöffner. Patrick fühlte sich sofort mit seinem Zimmernachbarn verbunden.

„Kirchhoffs Einfluss auf Leonore ist mir suspekt", sagte Olaf. „Ist dir zwischen den beiden was Besonderes aufgefallen?"

Patrick machte ein verdutztes Gesicht. Offenbar war ihm unklar, worauf Olaf mit seiner Frage hinauswollte.

„Kirchhoff gefällt mir auch nicht so“, bekundete er mit erwartungsvollem Blick. „Aber Leonore ist eine gute Frau. Die gehört zu Dr. Dannenberg.“

„Was heißt *gehört*?“

„Sie sind zusammen.“

„Woher weißt du das?“

„Ich weiß es eben.“

„Nun sag schon. Wir sind doch auf einer Wellenlänge.“

„Also ... er hat sie mehrfach spätabends zu Hause in Ahlten besucht.“

„Und ...?“

„Ich hab immer vor dem Haus gewartet.“

„Du meinst, die sind im Bett miteinander?“

„Da bin ich mir sicher. Wie Brewster und seine Freundin.“

„Warum beobachtest du Dr. Dannenberg?“

„Brewster gibt mir den Auftrag.“

„Weißt du, ob etwas Vergleichbares zwischen Leonore und Kirchhoff läuft?“

„Nein. Kirchhoff interessiert mich nicht.“

„Wir sollten im Blick behalten, dass Kirchhoff keinen negativen Einfluss auf unsere Leonore ausübt“, murmelte Olaf.

„Könnte das denn sein?“, fragte Patrick verwundert.

♣

Olaf Mantkowski setzte sich in den Aufenthaltsraum. Er verfolgte das Ziel, mehr über seine Mitpatienten in Erfahrung zu bringen, um herauszufinden, ob eventuell einer von ihnen für den Geheimbund arbeitete.

Die Ausstattung des Raumes war üblicher Standard: mehrere Tische mit Stühlen und einem Sofa, ein Flachbildfernseher inklusive DVD-Spieler, einige größere rechteckige Pflanzenkübel, Regale für Bücher, Zeitungen und Brettspiele. Sechs weitere Patienten hockten ebenfalls im Raum, von denen vier auf das laufende Fernsehprogramm starrten und zwei schweigend in sich selbst ruhten.

Gedanklich beschäftigte er sich mit Patricks äußerst spannender Information über Dannenberg und Leonore. Zusätzlich hatte die Krankenschwester eine Beziehung mit Kirchhoff laufen, da war sich Olaf sicher.

Im Aufenthaltsraum war er genau zur richtigen Zeit am richtigen Ort.

Forsch betrat eine dünne Frau in einem viel zu weiten Pulli den Raum. Das war also Blanka. Sie schaute sich um, wirkte angespannt von Kopf bis Fuß. Die anderen Anwesenden nahmen keine Notiz von ihr. Olaf schaute bewusst auf den Fernseher, behielt die Frau jedoch aus dem Augenwinkel im Blick. Sie ging zu den Pflanzenkübeln vorm Fenster, prüfte scheinbar mit den Fingern den Feuchtigkeitsgrad der Blumenerde. Dabei zog sie mit einer blitzschnellen Bewegung einen länglichen Gegenstand aus ihrem Schlabberärmel und ließ ihn in der Erde eines der Pflanzenkübel verschwinden. Sie drückte noch einmal darauf herum, wendete sich ab und näherte sich dem Sofa.

In diesem Moment erschienen Leonore Voigt und ein Krankenpfleger im Aufenthaltsraum.

„Frau Kollhorst, bitte begleiten Sie uns in Ihr Zimmer“, sagte Leonore, wobei ihre Aufforderung an Blanka gerichtet war.

„Warum, was wollen Sie von mir?“, antwortete die Angesprochene unwillig.

„Das besprechen wir lieber draußen mit Ihnen.“

„Nein, warum denn? Was wollen Sie überhaupt?“

Leonore überlegte kurz, dann entgegnete sie leise: „Wir würden gerne mit Ihnen zusammen noch einmal Ihre Taschen und Ihre Kleidung durchsehen."

Ein Mitpatient drehte sich zu Blanka um: „Geh endlich mit! Ich will hier in Ruhe den Film sehen."

Nach einem weiteren kurzen Wortgefecht verließ Blanka schließlich mit den beiden Krankenpflegekräften den Raum.

Die übrigen Patienten hatten der Auseinandersetzung keine erkennbare Beachtung geschenkt, als wären sie derartige Szenen mit Blanka schon gewohnt.

„Was hatte das denn zu bedeuten?", fragte Olaf eine Frau neben sich.

„Die vermuten, dass Blanka mal wieder Rasierklingen oder Messer auf die Station geschmuggelt hat, um sich zu schneiden", bekam er emotionslos zur Antwort.

Olaf hörte nach einiger Zeit lautstarke Wortfetzen, die vom anderen Ende der Station kamen. Blanka stritt sich mit dem Personal, kehrte allerdings zunächst nicht mehr in den Aufenthaltsraum zurück.

Vor dem Fenster stand eine gefüllte Gießkanne. Olaf schnappte sie sich als Vorwand und ging damit zu den Pflanzenkübeln. Schnell fand er das Gesuchte. Ein Klappmesser, oberflächlich untergebuddelt.

Unauffällig nahm er es an sich, wässerte danach aus Tarnungsgründen dezent die einzelnen Pflanzenkübel. Von Blanka hatte er nichts zu befürchten. Sie würde sich wegen des Verschwindens ihres Messers kaum beschweren.

Die Waffe war in seiner Situation ein absoluter Glücksgriff. Wenn es hart auf hart kam, konnte er sich wehren.

11

Sonntag, 12. Oktober.

Die Hektik der vergangenen Tage erreichte mich selbst am Wochenende.

Und dabei sah es zunächst überhaupt nicht nach Turbulenzen aus. Anna und ich nutzten das sonnige Herbstwetter für einen Ausflug in das fünfzig Kilometer entfernte Hameln. Dort besuchten wir erst die *Ratkaptista Bando*, eine befreundete Esperanto-Gruppe, anschließend gingen wir beide an Bord eines Passagierschiffes für eine zweistündige Fahrt auf der Weser.

Während wir von unserem Sitzplatz auf dem offenen Deck die abwechslungsreiche Landschaft des Weserberglands genossen, klingelte mein Smartphone. Es war Katharina. Ich nahm das Gespräch an.

„Saluton, paĉjo. ... Ĉu vi ankoraŭ ŝatas ... lorenan kiŝon?", sagte sie etwas holprig, aber korrekt auf Esperanto. Sie erkundigte sich, ob ich noch Quiche lorraine, also Lothringer Specktorte, mochte. Es ging bestimmt um die Einladung für den 16. Oktober, an dem sie für Ulrike, Ronald und mich kochen wollte.

Ich bejahte und fragte so überrascht wie begeistert, wieso sie Esperanto sprach.

„Selbstlernkurs im Internet und ein bisschen Privatunterricht bei Emilia", verkündete sie stolz. „Und vielleicht bekomme ich ja noch weitere Unterstützung von deiner Seite ...?"

„Find ich klasse, dass du dich für Esperanto interessierst", lobte ich diesen Sinneswandel meiner Tochter. „Unsere Unterstützung hast du."

Sie verabschiedete sich. Anna sah mich fassungslos an: „Was geht denn da ab?"

„Katharina lernt Esperanto."

„Toll", meinte Anna trocken.

„Sie fand die Sprache bisher total blöd, weil sie damit die Beziehung zwischen dir und mir verband. Wenn sie jetzt Esperanto akzeptiert, akzeptiert sie vielleicht auch unsere Beziehung."

Oder etwa nicht? Tendierte Katharinas Engagement in eine ganz andere Richtung?

Das vermutete auch Anna: „Ich hab nicht herausgehört, dass sie Esperanto mit *uns* üben will, sondern mit *dir*."

„Mal abwarten."

Ich nutzte mein Smartphone privat und dienstlich. Auf dem Display wurde mir der Eingang einer neuen dienstlichen E-Mail angezeigt. Sollte ich nachgucken von wem? Während einer Weserfahrt mit Anna? Am Sonntag verschickt, könnte immerhin bedeuten, dass der Absender die Nachricht vielleicht als besonders wichtig empfand.

Die Mail war von Daniel Stelter, verschickt an meine Dienstadresse von seinem privaten E-Mail-Account, unter *Betreff:* „Sandra verlegt".

„Machen wir jetzt gemeinsam eine Schifffahrt oder liest du deine Büropost?", äußerte Anna verstimmt.

„Könnte sehr wichtig sein. Es geht um die Tochter des Hauptkommissars."

Wie in der Mail vermerkt, hatte Daniel seine Nachricht von seinem Smartphone verschickt. Er teilte mir kurz mit, dass Sandra heute Vormittag wegen eines Suizidversuchs auf die geschlossene Station 2 verlegt worden war. Das klang nach einem dramatischen Verlauf der Ereignisse.

„Noch wichtiger als gedacht ...“, murmelte ich zu Anna. „Entschuldige, ich muss dringend ein Telefonat führen.“

Ich begab mich in einen Bereich im Innenraum des Schiffes, wo ich relativ ungestört telefonieren konnte. Daniels Handynummer stand in der Signatur seiner Mail.

„Nett, dass Sie anrufen“, sagte er. „Ich steh hier im Klinikpark vor den geschlossenen Stationen. Mein Vater und Johanna sprechen gerade drinnen mit dem Dienstarzt.“

„Was genau ist denn passiert?“

„Sandra muss heute auf der offenen Station stark depressiv geworden sein. Sie war schon dabei, sich in ihrem Zimmer einen Gürtel um den Hals zu legen, um sich am Heizköper zu erhängen. Eine Krankenschwester mit gutem Gespür hatte aber genau in diesem Moment nach Sandra geschaut und den Suizidversuch bereits im Ansatz verhindert.“

„Der Umsicht der Krankenschwester ist es also zu verdanken, dass Sandra noch lebt ...?!“

„Das ist richtig. Dr. Dannenberg, der sich bereits bei der Aufnahme intensiv um Sandra gekümmert hat, ist sofort in die Klinik gefahren. Nach einem Gespräch mit ihm hat sie sich freiwillig auf die geschlossene Station 2 verlegen lassen, wo sie noch intensiver überwacht werden kann.“

„Wie geht's ihr jetzt?“

„Sie ist im Nachhinein froh, dass ihr nichts passiert ist. ... Aber ich finde es unangenehm, dass sich durch ihr Verhalten Dr. Dannenberg großen Ärger mit meinem Vater eingehandelt hat.“

„Vermutlich war Ihr Vater sehr beunruhigt ...?“

„Er hat Dr. Dannenberg Vorwürfe gemacht, Sandras Verfassung falsch eingeschätzt zu haben. Die Station habe sie nicht ausreichend betreut. Überhaupt würde die Psychiatrie Sandras Stimmung herunterziehen."

„Wie hat Ihr Vater Sandras Verlegung auf die geschlossene Station verarbeitet?"

„Eigentlich war er nach dem Suizidversuch ganz froh, dass Profis auf meine Schwester aufpassen. Aber wenn schon, dann sollte Sandra in eine andere psychiatrische Klinik verlegt werden."

„Aber sie ist immer noch in der Ludendorff-Klinik?!"

„Sandra wollte unbedingt in Ilten, und dann auch auf der Station 2, bleiben. Dr. Dannenberg hat davon abgeraten, ihr Vertrauen zur Ludendorff-Klinik infrage zu stellen und sie zur Verlegung in ein anderes Krankenhaus zu drängen. Mein Vater und Johanna haben sich schließlich damit abgefunden. Wir haben sogar noch alle zusammen mit Sandra einen Spaziergang im Klinikpark gemacht."

Als derjenige, der Sandra nach Ilten eingewiesen hatte, fühlte ich mich mitverantwortlich: „Morgen Vormittag fahr ich in die Klinik und besuche Ihre Schwester."

♣

Seine Anspannung wuchs von Tag zu Tag. Olaf Mantkowski hatte Personal, Mitpatienten und Besucher gleichermaßen im Blick, achtete auf jede Verhaltensweise, auf jede Äußerung. Er traute den wenigsten über den Weg. Möglicherweise war sein ganzer Aufenthalt nur inszeniert, um ihn einer Prüfung zu unterziehen. Seine allerletzte Chance, um Buße zu tun für seine Versündigung an Madeleine und Romina.

Noch am Freitagnachmittag hatte sich Patrick Berger merkwürdig verhalten. Mitten auf dem Stationsflur war er einige Minuten völlig erstarrt stehengeblieben. Später hatte ihn eine junge chilenische Frau von der Nachbarstation untersucht, befragt und die Ergebnisse aufgeschrieben. Olaf war deutlich geworden, dass die Chilenin an Patrick die Auswirkung eines Medikaments überprüfen wollte – Normox, das gleiche Psychopharmakon, dessen Erprobung Kirchhoff auch bei Olaf angeordnet hatte. Das Zeug war offenbar nicht ohne! Beim Verlassen der Station hatte die Chilenin zu Olaf gesagt: „Zu Ihnen komme ich am Montag auch noch." Es klang wie eine Drohung.

Außerdem wusste Patrick inzwischen, dass Olaf in der Nachbarschaft von Wilfried wohnte, was dieser offenbar ausgeplaudert hatte. Olaf achtete ansonsten sehr darauf, dass weder seine Adresse noch seine Telefonnummer in irgendeinem Nachschlagewerk verzeichnet waren.

Heute, am Sonntagnachmittag, hatte Olaf in Begleitung eines Pflegers Ausgang im Klinikpark. Der nächste Schreck ließ nicht lange auf sich warten. Er entdeckte Hauptkommissar Stelter, einen von denjenigen, die wegen des Mordes an Madeleine hinter ihm her waren. Das konnte kein Zufall sein! Stelter war in Begleitung eines jungen Mannes und zweier Frauen. Eine der Frauen war mittleren Alters, ohne besondere Auffälligkeiten. Die andere Frau, sehr jung, hatte eine außergewöhnliche Frisur mit zwei unterschiedlichen Hälften, was Länge und Haarfarbe anging. Was machte Stelter hier am Wochenende? Mit Sicherheit hatten die Höllenengel dem Hauptkommissar Olafs momentanen Aufenthaltsort zugespielt. Alle vier Personen taten sehr vertraut miteinander, bemühten sich, harmlos zu wirken. Aber trotzdem konnte Olaf aus einzelnen Gesten auf eine Angespanntheit der Gruppe schließen. Die bereiteten etwas gegen ihn vor. Olaf versuchte, von der Vierergruppe möglichst nicht gesehen zu werden. Während der junge Mann im Park zurückblieb, ging Stelter mit den beiden Frauen zurück zum Bungalow mit den geschlossenen Stationen. Die blond-schwarzhaarige Frau sollte sich *undercover* als vermeintliche Patientin einschleichen, hatte dazu Instruktionen von Stelter erhalten. Olaf nahm sich vor, die junge Frau im Auge zu behalten, was ihm angesichts ihrer auffälligen Frisur nicht schwerfallen dürfte. Aus einem Grund, den er noch nicht verstand, wurde sie jetzt auf die Nachbarstation eingeschleust, wo auch die Chilenin arbeitete. Die Klammer zwischen den beiden geschlossenen Stationen war Kirchhoff, der als Drahtzieher vor Ort fungierte. Um das System der Höllenengel in der Klinik zu schwächen, war es wichtig, Kirchhoffs Achillesferse zu kennen. Wahrscheinlich war der Oberarzt verletzlich, wenn es um Leonore Voigt ging. Der Verlust dieser Frau würde Kirchhoff am meisten treffen.

12

Montag, 13. Oktober.

Katharina Seifert interessierte sich brennend für die einzelnen Krankheitsbilder der Patienten auf der geschlossenen Station 1. Diesen Vormittag nutzte sie eine freie Minute von Dr. David Rothhardt, dem jungen Stationsarzt, um ihn im Dienstzimmer nach der Diagnose der Neuaufnahme vom vergangenen Freitag zu fragen.

„Wir haben im Urin von Herrn Mantkowski Amphetamin nachgewiesen“, erklärte Rothhardt. „Das wird er vermutlich in der Nacht vor der Aufnahme konsumiert haben. In der Regel gesnieft als Pulver.“

„Amphetamin putscht doch auf und stärkt das Selbstbewusstsein. Aber Herr Mantkowski wirkte ausgesprochen misstrauisch und ängstlich ...?“, wunderte sich Katharina.

„Stimmt. In diesem Fall hat das Amphetamin eine paranoide Psychose ausgelöst. Und damit das Gegenteil von dem bewirkt, was eigentlich mit der Einnahme beabsichtigt ist. Patienten mit einer solchen psychischen Störung können einen abstrusen Verfolgungswahn entwickeln, wobei nicht selten bestimmte Personen und Orte nicht mit in das Wahnsystem eingebaut werden und damit als Rettungsanker fungieren können. In diesem Fall scheint unsere Klinik ein derartiger Rettungsanker für Herrn Mantkowski zu sein.“

„Über weite Pupillen, wie sie für Amphetamine typisch sind“, fiel Katharina ein, „stand aber im Aufnahmebefund nichts drin?!“

„Diese Wirkung war zum Zeitpunkt der Untersuchung schon wieder abgeklungen."

„Von der paranoiden Wirkung bei Amphetamin hatte ich bisher noch gar nichts gehört ...?"

„Das kommt glücklicherweise auch nicht häufig vor. Und schon gar nicht so hartnäckig. Bei Herrn Mantkowski müssen wir davon ausgehen, dass er eine Veranlagung dazu hat, paranoid-psychotisch zu reagieren. Vor einem Jahr war er bereits mit einer ähnlichen Symptomatik bei uns. Selbst der einmalige Konsum von Amphetamin kann bei ihm diese krankhafte Veranlagung über die Schwelle heben - und bewirken, dass sich die Psychose verselbstständigt."

Katharina lächelte: „Da können wir ja froh sein, dass er uns aus seinem Verfolgungswahn ausklammert und nicht als seine Feinde betrachtet."

♣

Der Druck, der auf ihm lastete, wurde für Olaf Mantkowski unerträglich. Das vorübergehende Erstarren seines Zimmernachbarn, dessen Verwandlung in einen Zombie, wiederholte sich mehrfach an diesem Vormittag. Olaf führte die Veränderung auf das Normox zurück. Das Medikament brachte Patrick Berger zur Räson. Olaf zweifelte nicht daran, dass sein Zimmernachbar das Psychopharmakon brav schluckte. Die fürchterlichen Auswirkungen waren offensichtlich.

Olaf hatte die Medikamenteneinnahme durch raffinierte Tricks meistens nur vorgetäuscht. Die Beeinflussung durch das Normox ließ Kirchhoff von einer chilenischen Schergin durchführen. Ihren Kontrollbesuch bei Olaf hatte sie für heute angekündigt. Dabei würde sie zweifelsfrei herausfinden, dass Olaf die strikten Vorgaben der Höllenengel verletzt hatte. Eine gefährliche Situation! Olaf überlegte fieberhaft, wie er damit umgehen sollte. Unwahrscheinlich, dass er die Kontrolleurin für sich gewinnen konnte. Kirchhoff schickte mit Sicherheit zu derartigen Überprüfungen nur diejenigen Handlanger, auf deren Loyalität er sich hundertprozentig verlassen konnte. Um sich für alle Gefahren zu wappnen, steckte Olaf sich das Klappmesser von Blanka in die Hosentasche.

Er befand sich allein in seinem Zimmer, als es an der Tür klopfte. Obwohl er nicht antwortete, wurde die Tür geöffnet. Es war so weit. Im Türrahmen stand die chilenische Kontrolleurin.

♣

Diesen Montag werde ich nie vergessen.

Wie angekündigt, fuhr ich am Vormittag in die Klinik Dr. Ludendorff, um Sandra Stelter zu besuchen. Ich kündigte mich beim zuständigen Oberarzt Dr. Kirchhoff an, der mich zur geschlossenen Station 2 geleitete. Auf dem Weg dorthin vereinbarte er mit mir einen Folgetermin für die Kooperationsgespräche mit Pahland – am übernächsten Freitag, sodass ich meinen Notfallbereitschaftsdienst an diesem Tag einem anderen ärztlichen Kollegen würde aufs Auge drücken müssen. Ronald Dannenberg, den ich telefonisch um ein persönliches Gespräch über Sandra Stelters Suizidversuch gebeten hatte, wartete auf uns am Eingang vor dem Bungalow.

„Dann übergeb ich unseren Gast jetzt an dich“, sagte Kirchhoff zu Ronald und verabschiedete sich von mir: „Ich hab noch auf der 1 zu tun.“

Beim Betreten der Station 2 schlug mir die typische Hektik einer geschlossenen allgemeinpsychiatrischen Station an einem Montagvormittag entgegen. Das Personal machte sich mit den außergewöhnlichen Vorfällen vom zurückliegenden Wochenende und den neu aufgenommenen Patienten vertraut.

Sandra Stelter, mit der ich mich in Ronalds Anwesenheit im Arztzimmer unterhielt, schätzte ihre Zukunft weiterhin recht pessimistisch ein. Die Gedanken der Patientin kreisten um das Schicksal ihrer vermeintlichen Halbschwester. Ich registrierte beruhigt, dass sich Sandra von erneuten Suizidabsichten glaubhaft distanzierte und sich auf der Station sicher aufgehoben fühlte. Zuletzt bedankte sie sich für meinen Besuch.

Nachdem sie gegangen war, fragte ich Ronald nach den genauen Geschehnissen im Vorfeld des Suizidversuchs, was er irgendwie in den falschen Hals kriegte.

„Dein Tonfall gefällt mir nicht", äußerte er. „Ich hab das Gefühl, dass du mir ebenfalls unterschwellig unterstellst, dass wir auf der offenen Station nicht angemessen auf ihren depressiven Zustand reagiert haben."

„Überhaupt nicht", verteidigte ich mich. „Ich wollte nur verstehen, was zu dieser dramatischen Entwicklung geführt hat."

„Dann ist's ja gut", brummte er. „Denn *du* bist es schließlich gewesen, der sie bei latenter Suizidalität unbedingt auf meiner offenen Station untergebracht haben wollte."

„Ich bin wirklich der Letzte, der dir Vorwürfe macht."

Unsere private Dissonanz machte sich auch an dieser Stelle wieder bemerkbar.

Plötzlich ertönte ein lautes wiederkehrendes Signal aus Ronalds Diensthandy. Er warf einen Blick aufs Display.

„Alarm auf Station 1!", rief er mir zu, beendete mit einem Knopfdruck das Getöse und stürzte auf den Stationsflur. Ein solcher Alarm bedeutete zumeist, dass Mitarbeiter in einer bedrohlichen Situation mit einem gewaltbereiten Patienten steckten. Dadurch wurde Personal anderer Stationen um Hilfe gerufen.

Zwei Pfleger der Station 2, wie Ronald per Handy alarmiert, rannten bereits zum Ausgang, um ihre Kollegen auf der Nachbarstation zu unterstützen.

Dort hält sich gerade Katharina auf, schoss mir durch den Kopf. *Dann ist sie automatisch mit in den Notfall involviert.*

Ich lief neben Ronald hinter den beiden Pflegern her. In derartigen Notfallsituationen war jede Hand mit psychiatrischer Erfahrung hilfreich.

Die Stationstür der 1 wurde uns geöffnet und wir stürmten in den langen Gang mit den Patientenzimmern. Schnell hatte ich die Lage erfasst. Mehrere Mitarbeiter, darunter wohl auch die Stationsärzte, standen mit dem Rücken zu uns im Flur und blickten auf einen Patienten, der sich, mindestens drei Meter entfernt von ihnen, am Ende des Ganges aufgebaut hatte. Ich erschrak. Der Mann umklammerte mit dem linken Arm von hinten eine junge Frau, der er mit seiner rechten Hand ein Messer an die Kehle hielt. Ich erkannte beide auf Anhieb. Der Patient mit dem Messer war Olaf Mantkowski, die Frau in seiner Gewalt die chilenische Medizinstudentin Emilia Duarte Garcia. Die Augen der jungen Frau waren starr vor Schreck. Ihr Leben war ernsthaft in Gefahr.

„Jetzt diktiere ich das Geschehen, Kirchhoff!", brüllte Mantkowski, wobei sich seine Stimme überschlug. „Ich lass mich von deinen Höllenengeln nicht fertigmachen!"

Einige Schwestern und Katharina waren damit beschäftigt, verängstigte Patienten vom Flur in ihre Zimmer zu bugsieren: „Bitte bleiben Sie dort, bis wir Ihnen Bescheid geben."

„Das ist mein Zimmernachbar", murmelte im Vorbeihuschen ein vierzigjähriger Mann mit einem „Zombie-Crime"-Button – Ruth Bergers Sohn Patrick. Er verschwand im Raum der Beschäftigungstherapie, wo sich bereits drei andere Patienten aufhielten. In diesem Moment trafen am Eingang zwei weitere Mitarbeiter anderer Stationen ein.

Kirchhoff stellte sich, mit einigem Abstand, vor Mantkowski.

„Legen Sie bitte das Messer weg", sagte der Leitende Oberarzt deutlich, aber ruhig.

„Nein, auf keinen Fall!", entgegnete der Patient. „Ich hab doch alles getan, was ihr wolltet. Nur das mit den Medikamenten nicht, ihr verdammten Höllenengel."

Aus Mantkowskis Stimme klang Verzweiflung. Der Mann war durch seinen Verfolgungswahn völlig in Panik geraten. Die Situation musste schnell und durch psychiatrisches Feingefühl gelöst werden.

„Kirchhoff, ich will deine chilenische Schergin gegen Leonore Voigt austauschen", forderte Mantkowski. „Und dann will ich hier raus."

„Was wollen Sie von Frau Voigt?"

„Sie ist Ihnen mehr wert ... dadurch ist sie ein wertvollerer Pfand für mein Leben."

„Ein Austausch kommt nicht infrage. Lassen Sie bitte Frau Duarte Garcia los. Danach können Sie von mir aus die Station verlassen."

„Das ist nur ein Trick. Ich gebe meinen Pfand nie her!“

Zu viel Hektik konnte Mantkowski zu einer folgenschweren Kurzschlusshandlung verleiten. Ronald und ich hatten uns daher bisher zurückgehalten und das Verhandlungsgespräch vollständig Kirchhoff überlassen.

„Ich versuche, ihn zum Einlenken zu bringen“, flüsterte mir Ronald zu. „Mir hat er immer vertraut.“

Ich nickte kurz.

Ronald schob die Mitarbeiter vor sich zur Seite.

„Hallo, Herr Mantkowski“, äußerte er in ganz normalem Tonfall. „Ich hoffe, Sie erkennen mich ...“

„Natürlich. Was wollen Sie hier, Dr. Dannenberg?“ Mantkowski klang nicht aggressiv, eher überrascht.

„Ich bin gekommen, um die gefährliche Situation zu beenden. Mir können Sie vertrauen. Ich bin kein Mitglied der Höllenengel, genauso wenig wie Dr. Seifert. Ein Jahr lang sind Sie zu mir gekommen ... es ist Ihnen nie etwas passiert. Lassen Sie Frau Duarte Garcia gehen, sie gehört ebenfalls nicht zu den Höllenengeln. Herr Mantkowski, ich würde Sie nie in eine Falle locken.“

An der Mimik des Patienten konnte ich ablesen, dass ihn Ronalds Rede beeindruckte. Mantkowskis Aufmerksamkeit richtete sich fast komplett auf ihn. Kirchhoff schien das ebenso bemerkt zu haben. Er machte drei Schritte zur Seite nach links und schob sich langsam an der Flurwand entlang in Richtung des Patienten.

Ich hatte den Impuls, Emilia einige Verhaltensanweisungen auf Esperanto zu geben, die Mantkowski sicherlich nicht verstehen würde. Aber ich verzichtete darauf. Sätze in einer ihm unbekannten Sprache konnte Mantkowski als Komplott werten, zumal Esperanto manchmal für Außenstehende wie Spanisch oder Italienisch klang.

Ich bewegte mich ebenfalls im Zeitlupentempo an der linken Wand entlang. Durch meine jahrelange Taekwondo-Erfahrung wusste ich, wie man einen Angreifer mit Messer überwältigt. Das hatte ich mit meinen Trainingspartnern immer wieder geübt. Ich musste nur nah genug heran. Sollte Mantkowski Emilia nicht freigeben, jedoch seinen Arm mit dem Messer nur kurzzeitig von ihrem Körper entfernen, würde ich vorschnellen und ihn entwaffnen.

„Ich glaube Ihnen, Dr. Dannenberg", verkündete Mantkowski, „dass Sie nicht gewusst haben, was in Kirchhoffs Machtbereich vor sich geht. Aber jetzt ist es zu spät!"

Das Messer lag immer noch an Emilias Kehle.

„Woher wollen Sie wissen, dass es sich bei einigen der Mitarbeiter um Höllenengel handelt?", erkundigte sich Ronald sachlich.

„Die Namen verraten sie: Kirchhoff, Papst ... Ich hab genau beobachtet, wer mit den beiden paktiert."

Ich war ungefähr zwei Meter von Mantkowski entfernt. An der Wand direkt vor mir stand Kirchhoff. Er schien darauf zu lauern, eingreifen zu können.

Nicht, dass wir uns gegenseitig behindern und dadurch Emilia gefährden, ging mir durch den Kopf. Ich hoffte, er würde ganz und gar Ronald und mir die Initiative überlassen. Aber sein gesamter Körper befand sich in Anspannung. Wenn das nur gut ging!

„Ich garantiere Ihnen, dass Ihr Leben hier nicht in Gefahr ist", versuchte Ronald es erneut. „Sie haben mir einmal erzählt, dass Ihre Mutter auch Krankenschwester ist. In einem Krankenhaus wird den Menschen geholfen."

„Ich soll Drogen schlucken, damit die mich zum Zombie machen."

„Die Droge, die Ihre Psyche benebelt, war schon in Ihrem Körper, bevor wir uns auf der Polizeiwache trafen."

Entweder kannte Ronald die Ergebnisse des Drogenscreenings oder es war eine Vermutung von ihm.

Ronalds Mitteilung, Mantkowski könne bereits im Vorfeld der Klinikaufnahme unter Drogen gesetzt worden sein, löste bei dem Patienten eine Irritation aus. Er schien ernsthaft darüber nachzudenken, was er in den Stunden vor der Krankenhauseinweisung gemacht hatte. Sein rechter Arm entfernte sich unwillkürlich vom Hals der Medizinstudentin. Ich sah auf einmal eine reelle Chance, dass Ronald die Situation nur durch seinen sprachlichen Einsatz erfolgreich entschärfte.

„Frau Duarte Garcia ist keine Gefahr für Sie", setzte Ronald nach. „Das garantiere ich Ihnen."

Mantkowski ließ den rechten Arm sinken, schaute in die Runde, wobei sein Blick offenbar an einem kleinen Mann mit einer Knollennase hängenblieb, den er anstarrte.

„Papst guckt ... böse", äußerte der Patient zögerlich, wirkte auf einmal wieder zunehmend ängstlich. Ganz langsam führte er den Arm erneut in Richtung Emilias Körper. In diesem Moment sprang Kirchhoff nach vorne, erwischte Mantkowskis rechten Arm und riss diesen mit gewaltigem Schwung zur Seite.

Sofort stürzte ich ebenfalls vor, direkt hinter mir folgten die übrigen Stationsmitarbeiter. Kirchhoff schaffte es, mit beiden Händen den Messerarm des Patienten zu umfassen. Ich befreite Emilia aus Mantkowskis Umklammerung, während sich der Mitarbeiterpulk auf Mantkowski stürzte, ihm das Messer entwand und ihn anschließend zu Boden drückte.

Der Patient wehrte sich mit aller ihm zur Verfügung stehenden Kraft. Mühsam schafften Ärzte und Pfleger es, den tobenden Mann zu bändigen.

„Kirchhoff, du Schwein! Ein mieser Trick! Hilfe, ich will kein Zombie werden!", brüllte Mantkowski verzweifelt. „Helfen Sie mir, Dr. Dannenberg!"

Ronald als ambulante Vertrauensperson des Patienten hielt sich bei dessen Überwältigung bewusst im Hintergrund.

„Fixierbett und Spritze!", ertönte Kirchhoffs Kommando. Aus einem Zimmer schoben zwei Krankenschwestern ein Bett mit Fixierguten auf den Flur.

Mantkowski schrie wie am Spieß, als er realisierte, dass ein Entkommen aus der Situation unmöglich war. Es war offensichtlich, dass er für seine Überwältigung hauptsächlich Kirchhoff verantwortlich machte, den er durch immer neue wüste Beschimpfungen zu verletzen versuchte. Schließlich gipfelte seine Hasstirade in einem Satz, der mich überraschte: „Leonore Voigt bekommst du nicht wirklich, Kirchhoff, die vögelt lieber mit Dannenberg!"

Der Gesichtsausdruck des Leitenden Oberarztes verriet, dass Mantkowskis Behauptung bei ihm die beabsichtigte Wirkung zeigte.

13

Nach außen hatte Dr. Fabian Kirchhoff die Lage im Griff.

Olaf Mantkowski wurde mit Gurten um Arme, Beine und den Bauch auf einem Krankenbett festgeschnallt, anschließend mit Psychopharmaka, die in den Muskel injiziert wurden, zur Ruhe gebracht. Die Mitarbeiter fuhren den fixierten Mantkowski in ein spezielles Intensivzimmer, in dem sich ein Mitarbeiter als permanente Sitzwache aufhielt. Die Zwangsmaßnahmen wurden durch einen per Fax übermittelten Unterbringungsbeschluss vom verständigten Betreuungsgericht im Nachhinein genehmigt, die persönliche richterliche Anhörung des Patienten auf der Station war für morgen angesetzt.

Noch vor der medikamentösen Ruhigstellung hatte Mantkowski Fabian mehrfach damit verhöhnt, dass Patrick Berger über Leonores Verhältnis mit Dannenberg genauestens Bescheid wüsste. Es kostete den Leitenden Oberarzt große Überwindung, seine bohrenden Fragen an Leonore vorerst zurückzustellen.

Mit Pahland stimmte sich Fabian über das weitere Vorgehen ab. Sollten sie versuchen, Mantkowski wegen seines Agierens mit dem Messer und der Geiselnahme in eine forensische Klinik zu verlegen? Letztendlich entschieden sie sich dafür, den Patienten in ihrer Obhut zu belassen. Er war seit einem Jahr Patient der Ludendorff-Klinik, dabei bisher problemlos mit dem hiesigen Personal zurechtgekommen. Sein gefährliches Verhalten ließ sich augenscheinlich auf einen zeitlich begrenzten psychotischen Ausnahmezustand zurückführen. Wenn die Klinik die Behandlung eines Patienten mit einer derart schwierigen Verhaltensweise gewährleisten konnte, war das ein deutliches Ausrufezeichen ihrer Leistungsfähigkeit. Pahland riet Fabian, sich bei der Lockerung der Fixierungsmaßnahmen des Patienten sehr zurückhaltend zu zeigen, um das Personal angesichts Mantkowskis momentaner Aggressivität nicht unnötig zu gefährden. Von einer Anzeige bei der Polizei nahmen die Ärzte Abstand, da sie beim Patienten von einer krankheitsbedingt aufgehobenen Einsichtsfähigkeit ausgingen. Das Niedersächsische Sozialministerium als zuständige Fachaufsicht wurde allerdings wie üblich über den außergewöhnlichen Vorfall informiert.

Gleichzeitig hatte Fabian veranlasst, dass sich Mitarbeiter um Emilia Duarte Garcia kümmerten. Die Medizinstudentin war von einem der Stationsärzte ins Haupthaus gebracht worden, wo zunächst ein Psychologe mit ihr sprach. Später erkundigten sich Pahland und Fabian persönlich bei Emilia, wie sie mit dem belastenden Vorfall zurechtgekommen war.

Fabian fiel auf, dass die junge Frau die Geiselnahme auf den ersten Blick recht gut weggesteckt hatte. Sie wirkte einige Stunden danach relativ gefasst und verkündete: „Ich bin froh, dass ich den Überfall heil überstanden habe. Mir geht es gut."

Natürlich wusste Fabian, dass es sich dabei lediglich um einen Verdrängungsversuch handeln konnte, Symptome als Reaktion auf die lebensgefährliche Situation, wie Albträume, Konzentrationsstörungen oder Ängste, manchmal erst nach Wochen oder Monaten auftraten.

Am Nachmittag fühlte sich Emilia so weit stabilisiert, dass sie in der Lage war, mit dem Auto nach Hause zu fahren. Fabian begleitete sie vom Haupthaus zu ihrem Wagen, der etwas abgelegen am Rand des Klinikgeländes parkte.

„Es ist in Ordnung, wenn Sie die nächsten Tage zu Hause bleiben möchten, um Abstand von den Geschehnissen zu bekommen", bot Fabian an, als sie Emilias Auto erreichten. „Wichtig ist, dass wir im Gespräch miteinander bleiben. Aber als angehender Ärztin brauche ich Ihnen das ja nicht zu erzählen."

„Lieb von Ihnen, dass Sie sich um mich sorgen", antwortete die Medizinstudentin, wobei ihr trotz eines Lächelns Tränen die Wangen herunterliefen. „Ich verdanke Ihnen mein Leben. Sie haben dem Mann das furchtbare Messer entrissen. Wenn Sie in meiner Nähe sind, fühl ich mich sicher."

„Der Dank gilt nicht mir allein. Alle haben mitgeholfen. Was ich für Sie tue, ist selbstverständlich."

Die Tränen in ihrem Gesicht verstärkten sich. Plötzlich schlang sie beide Arme um seinen Körper und schmiegte sich an ihn: „Ich hatte fürchterliche Angst. Aber ich wusste, dass Sie mich retten. Wenn Sie sich weiter um mich kümmern, ist alles gut. Vielen, vielen Dank."

Fabian war von Emilias Verhalten völlig überrascht. Zunächst war da der Impuls, sie abzuwehren. Ihr zarter Körper signalisierte ein starkes Anlehnungsbedürfnis, herausfordernd und angenehm. Dem durfte er nicht nachgeben, obwohl es verlockend war. Während ihm tausend Gedanken durch den Kopf gingen, handelte sein Körper. Als würde er neben sich stehen, registrierte er, wie er seine Arme um Emilia legte.

Was soll das? Bin ich jetzt komplett verrückt?, meldete sich Fabians Verstand. *Bring die Kleine auf Abstand!*

Aber es war zu spät. Emilia deutete Fabians Entgegenkommen als Zustimmung und küsste ihn, wenn auch ganz zurückhaltend, auf den Mund.

„Danke", murmelte sie. „Danke."

Fabian hoffte, dass ihn in diesem Moment niemand beobachtete.

♣

Auf verschiedene Weise hatte der Vormittag Katharina Seifert aufgewühlt. Da war die lebensbedrohliche Situation für Emilia, dann die Äußerungen von Olaf Mantkowski, dass ihr Stiefvater angeblich mit Leonore Voigt ins Bett ging.

Nachdem Olaf Mantkowski überwältigt worden war, hatte Ronald Dannenberg die Station verlassen. Ein Austausch zwischen ihm und Katharina über Mantkowskis Behauptung kam nicht zustande. Hatte sich der Patient das alles nur ausgedacht, um Kirchhoff zu verletzen?

Ihr Vater hatte Katharina bei der Verabschiedung geraten, das Thema mit Ronald umsichtig und zurückhaltend in einem angemessenen Rahmen zu besprechen.

Direkt nach Dienstschluss erreichte Katharina auf dem Handy ein Anruf von Daniel Stelter. Er wollte seine Schwester um siebzehn Uhr in der Klinik besuchen und fragte, ob Katharina anschließend Zeit für ein kurzes Gespräch mit ihm hätte.

„Tut mir leid. Da bin ich schon zu Hause. Diese Woche habe ich Frühschicht", sagte sie mit leisem Bedauern. Daniel gefiel ihr, besonders seine Ernsthaftigkeit und sein Verantwortungsgefühl für Schwächere wie seine Schwester, was sich in seinen gemalten Bildern treffend widerspiegelte.

„Schade", antwortete Daniel. „Hast du Zeit und Lust, dass wir uns mal am späten Nachmittag sehen, oder abends zusammen Fahrrad fahren ...?"

Er hatte Katharina auf der Vernissage erzählt, dass er fast jeden Abend zwei Stunden mit dem Fahrrad unterwegs war. Sie vermutete, dass er unter anderem über die belastende Situation mit seiner Schwester gerne mit jemandem reden wollte. Und vielleicht hatte Katharina bald ebenfalls ein vergleichbares Redebedürfnis, wenn sie an ihre Mutter und ihren Stiefvater dachte.

„Morgen würde mir passen", schlug sie vor.

Sie verabredeten sich für Dienstag um achtzehn Uhr.

Nach dem Telefonat überkam Katharina der Wunsch, endlich Gewissheit zu bekommen. Mantkowski hatte wiederholt geäußert, seine Informationen über Leonore und Ronald von Patrick Berger zu haben. Sie traf Berger im Aufenthaltsraum und bat ihn um ein kurzes Gespräch. Bereitwillig ging er mit Katharina in sein Zimmer, welches er momentan allein belegte.

Nachdem sich die beiden an den kleinen Tisch gesetzt hatten, fragte Katharina behutsam: „Stimmt es, was Herr Mantkowski behauptet ... dass Sie meinen Stiefvater, Herrn Dr. Dannenberg, beobachtet haben? Und dass mein Stiefvater seit Längerem ein Verhältnis mit Frau Voigt hat?"

Berger rutschte nervös auf seinem Stuhl hin und her.

„Ja, das stimmt. Aber ich wollte nicht, dass Olaf ... Herr Mantkowski ... das überall herumerzählt." Dem

Patienten war die Angelegenheit sichtlich unangenehm. „Ich dachte, Herr Mantkowski behält das für sich. Ich will Dr. Dannenberg auf keinen Fall schaden. Er ist ein guter Arzt."

Katharina überlegte, ob sie tiefer in die Materie einsteigen sollte. Ob ihre Recherche überhaupt irgendjemandem nutzte. Aber wenn sie schon damit angefangen hatte, konnte sie es auch zu Ende bringen. Die Enttäuschung über ihren Stiefvater war groß. Nie hätte sie erwartet, dass er neben ihrer Mutter eine Geliebte hatte.

„Wie lange liegt Ihre letzte Beobachtung von meinem Stiefvater und Frau Voigt schon zurück?"

„Anfang Mai dieses Jahres."

Katharina wunderte sich: „War danach die Beziehung der beiden beendet?"

„Nein, warum? Ich hab nur meine Beobachtungen eingestellt."

Auf Katharinas Nachfrage erklärte ihr Berger, dass er ihren Stiefvater im Auftrag eines „Brewster vom DCPD" beobachtet hätte, wobei ihr schnell klar wurde, dass es sich dabei um eine fiktive Person aus der amerikanischen Serie „Zombie Crime" handelte.

„Weshalb haben Sie meinen Stiefvater ab Juni nicht mehr beobachtet?"

„Da hatte ich anderes zu tun", antwortete er ausweichend.

„Und werden Sie meinen Stiefvater erneut verfolgen."

„Nein, nach den Ereignissen heute Vormittag hat mir Brewster ausdrücklich verboten, die Beobachtung von Dr. Dannenberg jemals wieder aufzunehmen."

♣

Nachdem sich Katharina Seifert von ihm verabschiedet und das Zimmer verlassen hatte, hockte Patrick Berger wie ein Häufchen Unglück auf seinem Stuhl und sah aus dem Fenster, ohne bewusst wahrzunehmen, was im Klinikpark vor sich ging. Nach dem Gespräch eben wurde ihm zunehmend deutlich, dass er Dr. Dannenberg und Leonore Voigt Schaden zugefügt hatte, wenn auch unbeabsichtigt. Das hatte Brewster nicht gewollt. Mantkowski war der Hauptschuldige.

Patrick horchte intensiv in sich hinein. Zum Glück war ihm der Inspector vom DCPD nicht mehr böse. Im Gegenteil. Brewster erteilte ihm einen neuen Auftrag. Patrick sollte, sobald er von der Station entlassen war, eine andere Person beschatten.

Aber diesmal verordnete ihm der Inspector absolutes Stillschweigen.

14

Dem abendlichen Besuch von Fabian Kirchhoff hatte Leonore Voigt mit gemischten Gefühlen entgegengesehen. Auf der Station war es den beiden unmöglich gewesen, sich über eine derart wichtige Privatangelegenheit auszusprechen. Leonore hatte sich während und nach dem Ende der dramatischen Auseinandersetzung mit Mantkowski in erster Linie um verunsicherte Patienten auf Station gekümmert.

Jetzt saß Fabian neben ihr auf dem Sofa in ihrer Wohnung in Ahlten.

„Was ist wahr von dem, was Mantkowski über dich und Ronald auf der ganzen Station herumposaunt hat?", wollte er wissen.

„Es ist wahr, dass ich bis ungefähr vor einem halben Jahr eine Beziehung mit Ronald hatte. Aber seit Mai ist das vorbei."

„Wie lange lief das zwischen euch?"

„So zwei Jahre."

„Warum hast du mir denn nie ein Wort davon erzählt?"

„Ronald wollte es unbedingt geheimhalten. Er hatte große Angst, dass seine Frau davon erfuhr. Zwar hat er mir damals erzählt, dass er sich scheiden lassen will, aber der Zeitpunkt, mit seiner Frau darüber zu sprechen, war immer ungünstig."

„Was hat die Geheimhaltung gegenüber seiner Frau mit mir zu tun?"

Leonore lehnte sich zurück und ließ ihren Blick über Fabians Gesichtszüge gleiten, die sie noch nie so hart erlebt hatte.

„Du fragst mich in einer Weise, als ob du mich verhörst“, entgegnete sie.

„Das ist ja wohl nicht ganz unverständlich. Bis heute Morgen bin ich noch davon ausgegangen, dass du die Frau bist, die mit mir eine gemeinsame Zukunft plant. Und dann höre ich zum ersten Mal, dass du seit Jahren mit Ronald Dannenberg ins Bett gehst. Also ist es doch nicht zu viel verlangt, wenn ich wissen möchte, warum du mir eine Beziehung, die angeblich seit Mai beendet ist, verheimlicht hast!“

„Gut. Ich kann verstehen, dass dir das ungereimt vorkommt“, lenkte Leonore ein. „Ronalds Frau war früher öfters zu offiziellen Anlässen hier in der Klinik. Deshalb habe ich ihm versprochen, gegenüber Mitarbeitern nie ein Wort darüber zu verlieren. Auch nach unserer Trennung habe ich mich daran gebunden gefühlt.“

Fabian brauste auf: „Hab ich richtig gehört?! *Gegenüber Mitarbeitern!* Stellst du mich ernsthaft den anderen Klinikmitarbeitern gleich?!“

Leonore bemühte sich, ruhig zu bleiben: „So hab ich das nicht gemeint. Es war sicherlich dumm von mir. Aber nachdem ich einmal den Zeitpunkt verpasst hatte, es dir zu sagen, dachte ich, dass es vielleicht sowieso besser ist, wenn du es nie erfährst. Tut mir leid.“

„Und eure Beziehung ist wirklich vorbei?“, erwiderte Fabian mit sarkastischem Unterton. „Gerade letzte Woche hab ich dich zufällig mit Ronald im Park stehen sehen. Ich hab noch gehört, dass er sich zufrieden über deine blonden Haare geäußert hat.“

Leonore fand Fabians Verdächtigungen absurd. Mit Ronald war hundertprozentig Schluss. Da lief seit Monaten nichts mehr zwischen ihnen. Und letzte Woche im Park hatte sie das Gespräch mit Ronald auf das Notwendigste beschränkt.

„Du bist komplett auf dem Holzweg", versuchte sie es auf den Punkt zu bringen.

„Dass Ronald offenbar darauf steht, war also kein Grund, sich die Haare wieder blond zu färben?", bohrte Fabian weiter.

„Sag mal, spinnst du?!" Leonore riss der Geduldsfaden. „Extra wegen dir hatte ich mir die Haare vor Kurzem rot gefärbt. Die blonde Farbe hat ausschließlich etwas mit Patrick Bergers unerträglichen Ängsten zu tun. Du musst doch wohl die letzten Wochen gefühlt haben, dass ich dich liebe, oder nicht?!"

„Ja, bisher dachte ich schon, dass wir uns sehr lieben."

Leonore war enttäuscht. Schon die erste Hürde brachte ihre Beziehung ins Wanken. Am meisten erschreckte sie, dass Fabian ihre Erklärungen anzweifelte.

„Und da ist noch was", setzte er mit finsterer Miene nach. „Ronald hat mir vor einigen Tagen Fragen zur geplanten Umstrukturierung der allgemeinpsychiatrischen Stationen und der Institutsambulanz gestellt. Wobei er über Informationen verfügte, die er eigentlich überhaupt nicht haben darf. Dabei ging es um Einzelheiten, die ich zuvor dir unter dem Siegel der Verschwiegenheit mitgeteilt hatte. Wirkt doch wie die Informationsweitergabe zwischen zwei Menschen, die sich sehr nahe sind, oder?"

Leonore war von Fabians Eröffnung überrascht: „Keine Ahnung, wie Ronald an diese Infos gekommen ist. Na gut, leuchtet mir ein, dass du hellhörig geworden bist. Aber ich schwöre dir: Ich habe mit niemandem über das gesprochen, was du mir anvertraut hast.

So weit solltest du mich kennen, dass ich die Wahrheit sage."

Für kurze Zeit herrschte ein Schweigen, das Leonore nur schwer aushalten konnte. Sie sah, dass Fabian angestrengt überlegte. Er schien das Für und Wider ihrer Beziehung abzuwägen. Plötzlich nahm er sie in den Arm und küsste sie auf den Mund.

„Entschuldige, dass ich mich hab gehen lassen", sagte er mit leiser Stimme. „Ich stand so unter Dampf, weil du mir alles andere als gleichgültig bist. Ich liebe dich. Und ich weiß auch, dass du mich nie betrügen würdest."

Leonore zwang sich zu lächeln. Fabians Kuss fühlte sich anders an als sonst. Womit sie anscheinend richtig lag.

„Sei mir nicht böse", meinte er und machte Anstalten, sich vom Sofa zu erheben. „Der Tag heute war anstrengender als gedacht. Ich fahr nach Hause."

♣

Olaf Mantkowski lag seit Stunden festgeschnallt im Intensivzimmer der Station. Mehrfach hatte er an den Gurten gezerrt, mit aller ihm noch zur Verfügung stehender Kraft. Aber es war sinnlos. Die Gurte um Bauch und Extremitäten hielten ihn erbarmungslos fest. Zusätzlich schwächten ihn die Drogen, die ihm der Stationsarzt auf Veranlassung von Kirchhoff gespritzt hatte. Zwischendurch hatte er geschlafen. Die Aufpasser, von Kirchhoff neben sein Bett beordert, wechselten immer nach einigen Stunden. Sie weideten sich an seiner Niederlage. Er hatte sie angefleht, ihn loszumachen, aber sie hatten seine Bitten strikt zurückgewiesen. Dabei beriefen sie sich auf Kirchhoff, der streng verboten hatte, die Fesselung zu lockern.

Für Olaf war es eine unerträgliche Demütigung, dass sie ihn nicht einmal zur Erledigung seiner menschlichen Bedürfnisse losmachten. Ihm wurde von einem der Wächter die Hose heruntergezogen und, trotz Bauchgurt, eine Bettpfanne untergeschoben. Nach der Entleerung von Darm und Blase wurde Olaf auf unwürdige Weise wie ein bettlägeriger alter Mann abgeputzt. Eine Prozedur, um ihn zu erniedrigen. Jetzt büßte er für Madeleine und Romina. Kirchhoff und seine Helfershelfer hatten es geschafft, hatten *ihn* geschafft.

Olaf konnte sich nicht vorstellen, wie lange er in der Lage sein würde, diese Gefangenschaft auszuhalten, ohne innerlich vollständig zu zerbrechen.

Ein schmerzlicher Gedanke nahm zunehmend von ihm Besitz. Um noch eine winzige Chance zu haben, hier jemals wieder rauszukommen, würde er sich anpassen müssen.

15

Mittwoch, 15. Oktober.

Es war für ihn Erschrecken und Erleichterung zugleich. Aber auf einmal war der Gedanke da: *Ich muss sie töten.*

Jetzt war es doch so weit gekommen. Er hatte sich entschieden. Noch musste er ausharren, Geduld beweisen. Die sofortige Umsetzung der Tötung war nicht möglich, aber bereits der Entschluss dazu richtete ihn innerlich auf. Dabei war ihm klar, dass der direkte Bezug seines Opfers zur Ludendorff-Klinik später für die Polizei den Kreis der Tatverdächtigen verkleinern würde. Was er in Kauf nahm.

Bei Madeleine hatte sich das Wohnmobil als Ort für das Auslöschungsritual geradezu angeboten. Beim nächsten Opfer musste er sich einen geeigneten Ort noch überlegen.

♣

Dr. Fabian Kirchhoff registrierte mit Bewunderung, dass Emilia Duarte Garcia heute wieder zum Dienst erschienen war, als wäre am Montag nichts Außergewöhnliches passiert. Sie erledigte engagiert ihre Arbeiten auf der Station 2, nahm Blut ab, untersuchte Patienten, hatte allerdings die Nachbarstation noch nicht wieder betreten.

Als Fabian auf ihre Station kam, um sich nach Sandra Stelter zu erkundigen, die vermutlich Anfang nächster Woche wieder auf die offene Station zurückverlegt werden konnte, bat er Emilia, vor Dienstschluss noch einmal zu einem Gespräch in seinem Büro im Haupthaus vorbeizukommen. Am Funkeln ihrer Augen merkte er sofort, dass sie dieser Bitte gerne Folge leistete.

Die Zeichen waren im Nachhinein unübersehbar. Sie hatte ihn in den vergangenen Wochen sehr *interessiert* angeschaut, durch kleine Gesten ihre körperliche Bereitschaft signalisiert. Es gefiel ihr, wenn er „versehentlich" ihre Hand berührte. Natürlich hielt seine berufliche Stellung sie noch in respektvoller Distanz. Aber am Montag, nach den aufwühlenden Ereignissen, bei der Verabschiedung vor ihrem Auto, hatte Emilia eine Schwelle überschritten. Er hatte es zugelassen und damit die Weichen in eine bestimmte Richtung gestellt. Wenn er wollte, konnte er die gutaussehende Medizinstudentin jederzeit haben. Es lag in seiner Hand. Der gestrige Abend mit Leonore erleichterte ihm die Entscheidung. Emilia war eine erwachsene Frau, die eigenverantwortlich über die Erfüllung ihrer Wünsche entschied. Ihr kleines Zwischenspiel im Praktischen Jahr hier in der Klinik dauerte ohnehin nur sechzehn Wochen. Wenn sie sich anbot, warum sollte er es ablehnen? Er durfte es nur nicht an die große Glocke hängen.

Vor Dienstschluss klopfte es an seiner Bürotür. Die letzten Stunden hatte er sich mehrfach die kommende Szene ausgemalt, mit Mühe seine zunehmende Erregung unterdrückt. Er öffnete die Tür. Emilia trat erwartungsvoll ein und blieb lächelnd in der Raummitte stehen.

„Sie wollten mich sprechen ...?", sagte sie leise.

„Ja, und dabei sollten wir ungestört sein ... auch von der Putzfrau."

Er hängte draußen ein Schild über die Klinke – „Nicht stören – Therapiegespräch". Dann schloss er die Tür.

Emilia hatte vorgestern versprochen, Fabian ihre Dankbarkeit zu zeigen.

Das Versprechen löste sie an diesem Nachmittag bedingungslos ein. Er hatte die Kleine richtig eingeschätzt.

16

Donnerstag, 16. Oktober.

Langsam nahm sein Plan Gestalt an. Er war alles im Kopf durchgegangen. Der Ort, an dem er sie töten würde, stand fest.

♣

„Gestern Vormittag saß ich noch als Wache neben dem festgeschnallten Herrn Mantkowski", erzählte mir Katharina am Telefon. „Wegen meines Nachnamens hat er gefragt, ob ich deine Tochter bin. Ich glaube, für ihn stehst du auf seiner Seite. Heute ging es ihm bereits so gut, dass ihn Dr. Kirchhoff hat losbinden lassen."

Sie war froh, dass sich die Lage auf der Station momentan wieder entspannte. Ich hatte noch ein ganz anderes Anliegen.

„Hältst du das wirklich für eine gute Idee, wenn ich heute Abend zum Essen komme?", fragte ich meine Tochter. „Die Stimmung bei euch zu Hause scheint ja auf dem Nullpunkt zu sein ...?!"

„Gerade jetzt ist es für Mama wichtig, wenn sie mal an was anderes denkt", versuchte Katharina meine Bedenken zu zerstreuen. „Und ich auch. Außerdem hab ich mich schon die letzten zwei Wochen darauf gefreut, für euch zu kochen."

Ich ließ mich also überreden, heute Abend in Waldhausen zu erscheinen. Manchmal wunderte ich mich über mich selbst. Als erfahrener Psychiater hatte ich einen Blick für problemfördernde Verhaltensmuster meiner Umwelt. Aber wenn es um mich selbst ging, schaffte ich es immer wieder, mich in schwierige Situationen zu manövrieren. Mit dem heutigen Abend würde ich wahrscheinlich erneut den Ärger von Ronald und Anna auf mich ziehen. Auf der anderen Seite wollte ich Katharina und Ulrike nicht enttäuschen.

Schon gestern hatte mich Katharina telefonisch auf den neuesten Stand gebracht. Durch ein Gespräch mit Patrick Berger war sie über das Ausmaß der Beziehung zwischen Ronald und Leonore Voigt informiert. Bevor sie ihren Stiefvater damit konfrontieren konnte, hatte dieser bereits am Montagnachmittag die Flucht nach vorn angetreten und Ulrike sein Verhältnis mit Leonore in vollem Umfang gebeichtet. Was Ulrike offenbar sehr verletzt hatte, auch wenn das Ganze wohl inzwischen seit Monaten beendet war. Ich hoffte, dass es Ronald und Ulrike in absehbarer Zeit schafften, aus dieser Krise wieder herauszukommen, zumal meine Rolle gegenüber den beiden ansonsten nicht einfacher wurde.

Der Abend in Waldhausen verlief peinlicher als gedacht. Ich hätte wahrscheinlich tatsächlich nicht kommen sollen. Aber pünktlich um neunzehn Uhr war ich da.

Schon bei meinem Mitbringsel hatte ich mich schwergetan und mich bewusst gegen einen Blumenstrauß entschieden. Nur keine Anspielung auf den fünfundzwanzigsten Jahrestag unseres Kennenlernens. Die von mir Ulrike und Katharina stattdessen überreichte Schachtel mit Pralinen genügte zugegebenermaßen nicht dem Mindeststandard an Originalität.

Katharina hatte sich wirklich bemüht und den Tisch im Wohnzimmer festlich gedeckt.

Gleich bei meiner Ankunft spürte ich die frostige Atmosphäre zwischen Ronald und Ulrike. Für meine Ex-Frau war sicherlich eine Welt zusammengebrochen. Zwei Jahre hatte Ronald sie heimlich mit einer Geliebten betrogen. Nicht ganz einfach, das zu verkraften.

Wir saßen zu viert um den Wohnzimmertisch und löffelten als Vorspeise die etwas wässrig schmeckende Tomatensuppe. Ronald und Ulrike schwiegen sich an.

Katharina versuchte die Situation dadurch aufzulockern, dass sie uns stolz ihre Esperanto-Grundkenntnisse präsentierte. Zu meinem Erstaunen warf auch Ulrike einige Brocken Esperanto ein. Das war von meiner Tochter originell gedacht, förderte aber leider nicht die Kommunikation mit Ronald. Ich wechselte ins Deutsche zurück und sprach ihn auf den bevorstehenden Kurzurlaub an, den Ulrike in einem Nebensatz erwähnt hatte. Erneut war ich ins Fettnäpfchen getreten.

„Mama und ich fahren allein nach Usedom", antwortete Katharina anstelle von Ronald, der säuerlich guckte. „Meine Idee. Mir war seit Langem wieder einmal nach einem Mutter-Tochter-Trip."

Katharina hatte ihre Mutter vorgestern spontan dazu überredet, ab Samstag gemeinsam vier Tage an der Ostsee zu verbringen.

Und bewusst ohne Ronald, von dem beide sehr enttäuscht waren, fügte ich in Gedanken hinzu.

„Für mich wäre so ein Spontanurlaub ohnehin dienstlich nicht machbar gewesen", war Ronalds Kommentar, um die Peinlichkeit abzumildern.

Ich wechselte das Thema in eine für Ronald vermeintlich erfreulichere Richtung: „Steht schon der Termin fest, an dem du dein neues Auto bekommst?"

Bei unserer gemeinsamen Fahrt nach Ilten hatte er mir erzählt, dass er demnächst seinen neuen Mercedes aus Bremen abholen würde.

„Anfang November ... fahr *ich* nach Bremen."

Ich schloss aus Ronalds Betonung des Wortes „ich", dass er ursprünglich mit Ulrike zusammen dorthin fahren wollte. Also auch kein gutes Thema.

Nachdem Ronald die erste Frustwelle dieses Abends abbekommen hatte, traf die zweite mit voller Wucht Katharina.

Meine Tochter servierte uns als Hauptgericht zum Federweißen eine Quiche lorraine. Bedauerlicherweise hielt der Geschmack der Quiche nicht, was der appetitliche Duft versprach. Der Mürbeteig war äußerst krümelig und schmeckte wie fettiger Sand.

Ulrike, Ronald und ich verzichteten auf jeglichen kritischen Kommentar. Katharina tat mir sehr leid. Sie merkte natürlich selbst, dass ihr das Ganze misslungen war.

„Schmeckt echt fürchterlich", schimpfte sie unter Tränen. „Als wenn die Backform vorher im Sand gelegen hätte. Ich hab alles falsch gemacht!"

Während wir nach den richtigen Worten suchten, um sie wieder aufzurichten („Nicht so schlimm, das kann doch jedem mal passieren ..."), klingelte es an der Haustür.

Ronald sprang auf und verschwand für einige Minuten.

„Frau von Hessert ... wollte sich erneut einen Liter Milch ausborgen", war seine Erklärung, als er wieder ins Wohnzimmer zurückkehrte.

Wie ich erfuhr, handelte es sich um eine 85-jährige alleinlebende Frau aus der Nachbarschaft, die in den letzten Wochen schon mehrfach abends bei Ulrike und

Ronald geklingelt hatte, um sich eine Tüte Milch auszuleihen.

„Ich glaube, die entwickelt langsam eine Demenz", teilte mir Ronald vorwurfsvoll mit. „Ich hab bereits vor vier Wochen deine zuständige Beratungsstelle informiert, damit die den Hilfebedarf abklärt. Ist aber wohl seitdem nichts passiert."

Jetzt bekam ich Ronalds Unmut zu spüren.

„Was meine Mitarbeiter tagsüber unternommen haben, kannst du doch gar nicht wissen", raunte ich ihm zu. Natürlich würde ich in unserer Patientendatei nachschauen, ob über Frau von Hessert bereits ein Vorgang existierte.

Immerhin entschädigte Katharinas gelungener Nachtisch („Tiramisu aux framboises") ein wenig für den missglückten Abend.

Später erhielt ich noch eine Nachricht über WhatsApp. Von Anna, wie mir mein neugieriger Blick aufs Smartphone verriet.

„Was Wichtiges?", fragte mich Ulrike.

„Eine Bitte aus der Nachbarschaft", sagte ich schulterzuckend, „ob ich morgen wegen einer kleinen Reparatur vorbeikommen kann."

Ich konnte nur hoffen, dass der nächste Abend harmonischer verlief.

17

Montag, 20. Oktober.

Gegen Mittag rief mich Dr. Fabian Kirchhoff im Timon Carré an.

„Ich wollte Ihnen mitteilen, dass heute Vormittag die erneute richterliche Anhörung von Herrn Mantkowski in der Klinik stattgefunden hat“, nannte er den Grund seines Anrufs. „Der Richter hat den Unterbringungsbeschluss nicht verlängert und Herr Mantkowski hat die Klinik bereits verlassen.“

Die Benachrichtigung des Sozialpsychiatrischen Dienstes von der Entlassung eines zuvor zwangsuntergebrachten Patienten war gesetzlich vorgeschrieben. In diesem außergewöhnlichen Fall unterrichtete mich der Leitende Oberarzt persönlich.

„Das kommt für mich überraschend“, war mein Kommentar.

„Kann ich verstehen. Die paranoide Symptomatik ist nach konsequenter Medikamentengabe im Lauf der letzten Woche vollständig abgeklungen. Der Unterbringungsbeschluss war auf eine Woche befristet.“

„Und der Richter hat keine Notwendigkeit für eine Beschlussverlängerung gesehen ...?“

„Herr Mantkowski hatte einen gewieften Rechtsanwalt hinzugezogen. Auf dessen Anraten hatte er sich vor der Anhörung bei allen Beteiligten, insbesondere bei Frau Duarte Garcia, entschuldigt. Der Anwalt hat dem Richter verdeutlicht, dass es keinen Hinweis mehr darauf gibt, dass von seinem Mandanten eine gegenwärtige erhebliche Gefahr für sich oder andere ausgeht. Herr Mantkowski hat sofort die Erklärung abgegeben, sich nach Entlassung in die weitere Behandlung unserer Institutsambulanz zu begeben."

„Da blieb dem Richter keine andere Wahl, als ihn gehen zu lassen ...?!"

„Genau. So sind leider die gesetzlichen Spielregeln." Kirchhoff seufzte. „Was Sie auch noch interessieren wird: Frau Stelter hat sich so weit stabilisiert, dass sie sich seit heute wieder im offenen Bereich unserer Klinik befindet."

♣

Ein inneres Feuer ergriff von ihm Besitz, vernichtete seine restlichen Skrupel, bündelte sämtliche Energie für ein einziges Vorhaben. Es gab für ihn kein Zurück mehr. Ihre Tötung stand unmittelbar bevor. Morgen, am 21. Oktober ...

18

Dienstag, 21. Oktober.

Dr. Fabian Kirchhoff war letzte Woche aufgefallen, dass Emilia Duarte Garcia und Katharina Seifert einige Worte in einer ihm fremden Sprache gewechselt hatten. Das bedeutete, dass die beiden möglicherweise so vertraut miteinander waren, dass sie untereinander auch sehr persönliche Sachen austauschten. Er musste auf jeden Fall verhindern, dass Emilia etwas über ihre Affäre mit ihm ausplauderte.

Inzwischen wusste er, dass die chilenische Medizinstudentin perfekt Esperanto sprach. Im Internet hatte er sich über die Plansprache informiert. Besonders beeindruckt war er vom „Pasporta Servo“, einem Netzwerk von Esperantisten, welche bereit waren, andere Esperanto-Sprecher kostenlos bei sich übernachten zu lassen. Die einzige Vokabel, die er behalten hatte, war die Begrüßung „Saluton“.

Die junge Chilenin füllte die Lücke, die Leonore bei ihm hinterließ, gut aus, zumindest vorübergehend. Nachmittags traf er sich mit Emilia in seinem Büro.

Leidenschaftlich erwiderte sie seine fordernden Küsse. Dann schob sie ihn sanft von sich.

„Ich muss dich was fragen ... dienstlich“, sagte sie. Inzwischen duzten sie sich, wenn sie sich unbeobachtet glaubten. Für alle anderen Situationen hatten sie sich darauf geeinigt, beim förmlichen „Sie“ zu bleiben. Niemand sollte Verdacht schöpfen, was zwischen ihnen lief.

„Um was geht's?", fragte er schmunzelnd. Dass die Kleine jetzt wirklich ans Dienstliche dachte ...

„Ich hab bei Herrn Berger beobachtet, dass er ganz starr im Raum stand. Das Gleiche ist mir auch bei einem anderen Patienten aufgefallen, der Normox erhält. Könnte das eine unerwünschte Nebenwirkung sein?"

„Nein, mit dem Normox hat das sicher nichts zu tun. Solche vorübergehenden Phänomene können typischerweise Ausdruck der schizophrenen Erkrankung sein."

Als Emilia nachsetzen wollte, legte er ihr seinen rechten Zeigefinger auf den Mund.

„Über angebliche Nebenwirkungen solltest du dir jetzt keine Sorgen machen", verkündete er grinsend. „Ich muss mit dir etwas viel Wichtigeres besprechen. Über die Normox-Studie reden wir später ausführlich. Kannst du heute Abend zu mir kommen? Ich brauch dich ganz dringend."

Ihre Art, wie sie unschuldig lächelnd den Kopf zur Seite legte, empfand er als verlockende Provokation.

„In dem Fall kann ich nicht nein sagen", erklärte sie leise.

„Das gefällt mir." Dann nahm er ihr das Versprechen ab, sich gegenüber Katharina Seifert nichts von der Beziehung zu ihm anmerken zu lassen – mit der Begründung: „Das macht sonst unserer Liebe nur Stress."

„Das sehe ich genauso. Ich versprech es dir."

„Braves Mädchen. Sag mal", er verzog belustigt den Mund, „beteiligst du dich auch am *Pasporta Servo*?"

„Ja, früher zu Hause in Chile. Hier in Hannover ist es bei mir zu eng."

„Enge kann ganz reizvoll sein. Bedeutet Pasporta Servo wirklich, dass du jeden bei dir aufnimmst?"

„Nur wenn er Esperanto spricht.“
„Saluton.“

♣

Von seinem Versteck aus sah er in der Dunkelheit den abnehmenden Mond. Er hatte alles parat ... hatte Kabelbinder, Grablicht und Spielkarte auf das Opfer abgestimmt.

Die Örtlichkeit war ideal. Neben dem dreistöckigen Mietshaus befand sich der kleine Garagenhof, auf dem sich jeweils vier nebeneinander gelegene Garagen gegenüberstanden, wovon die letzte, am weitesten vom Haus entfernte Garage, der Frau gehörte. Hier würde er sie auslöschen.

Ein schmaler gepflasterter Privatweg am Ende des Garagenhofes führte hinten herum zum Haus. Von hier aus beobachtete er ungesehen die Garage der Frau. Sobald sein Opfer eintraf, würde er sich der Frau von hinten nähern.

Selbst die Bewohner der oberen Stockwerke konnten nicht erkennen, was sich auf dem Garagenhof abspielte, weil ihnen das bunte Herbstlaub der Kastanien zwischen Haus und Garagenzeile die Sicht darauf verwehrte.

Wie immer, wenn er aufgeregt war, spürte er einen unangenehmen Druck im Unterbauch, als würde er Durchfall bekommen. Zusätzlich begannen seine Hände leicht zu zittern. Kein Wunder, gleich war es so weit.

Wichtig war das Überraschungsmoment. Sobald die Frau ihren Wagen in die Garage fuhr, musste er blitzartig handeln und sie beim Aussteigen betäuben. Auf keinen Fall durfte sie dazu kommen, ihn abzuwehren.

19

Seit Samstag verbrachten Dr. Ulrike Dannenberg und ihre Tochter Katharina einen Kurzurlaub im Ostseebad Heringsdorf im südöstlichen Teil der Insel Usedom.

Die gemeinsamen Unternehmungen, wie lange Spaziergänge am weißen Sandstrand oder Ausflüge quer über die Insel, besserten Ulrikes Stimmung nur mäßig. Sie wirkte durchgängig müde und erschöpft. Abends zog sie sich früh ins Bett zurück.

Am späten Nachmittag hatte Ronald seine Frau auf dem Handy angerufen.

„Ja, ja, auf der Insel ist es ganz schön", war ihre Antwort, mit der sie ihn abwimmelte. „Dann bis morgen."

Katharina hatte gehofft, dass ihrer Mutter die Reise guttun würde durch den räumlichen Abstand von zu Hause. Aber davon war wenig zu spüren.

Die beiden Frauen saßen auch diesen Abend in ihrem Pensionszimmer. Der Fernseher lief, aber Katharina war mit ihren Gedanken ganz woanders – bei Daniel Stelter, mit dem sie sich vor einer Woche in Hannover getroffen hatte. Obwohl sie sich noch nicht lange kannten, hatte sie mit ihm über alles Mögliche gesprochen, was sie derzeit bewegte. Auch über die Belastung ihrer Familie durch die Beziehung von Leonore Voigt mit ihrem Stiefvater. Daniel war ein guter Zuhörer, der ihre Probleme ernst nahm.

„Entschuldige, aber ich gehe jetzt ins Bett", sagte Ulrike und verschwand im Badezimmer. Katharina hatte spontan das Bedürfnis, mit jemand Vertrautem zu telefonieren.

Als Erstes wählte sie die Nummer ihres Vaters. Aber der ging nicht an sein Smartphone. Heute war Dienstag, da war er wahrscheinlich beim Badminton.

Als Nächstes versuchte sie Daniel zu erreichen. Da hatte sie ebenfalls kein Glück. Vermutlich machte er wieder eine seiner abendlichen Fahrradtouren, auf denen er grundsätzlich sein Handy zu Hause ließ.

Ihr letzter Versuch galt Emilia Duarte Garcia. Aber auch die chilenische Medizinstudentin hatte ihr Handy heute Abend ausgeschaltet. Von Emilias momentanem Aufenthaltsort ahnte Katharina in diesem Augenblick nichts.

20

Die Spätschicht auf der Station 1 war für Leonore Voigt anstrengend gewesen. Das lag hauptsächlich an der Patientin Blanka Kollhorst, die sich nur schwer an Regeln halten konnte und auf Frustrationen mit selbstverletzendem Verhalten reagierte. Patrick Berger, der Leonore über längere Zeit gestresst hatte, war bereits am Freitag wieder in die Tagesklinik entlassen worden.

Die Übergabe an die Nachtwachen war kurz nach einundzwanzig Uhr beendet. Einige Minuten später verließ Leonore mit den anderen Kolleginnen von der Spätschicht die Station. Gemeinsam gingen sie über das Klinikgelände bis zu ihren geparkten Autos.

„Dann bis morgen in alter Frische", verabschiedete sich Leonore von den anderen, die ihr kurz zuwinkten. Es war genau 21:15 Uhr.

Leonore stieg in ihren Smart Fortwo und fuhr über die B65 nach Ahlten. An der linken Straßenseite stand das Lovemobil, dessen Lichterkette unmissverständlich anzeigte, dass die leicht bekleidete Frau in der Fahrerkabine auf Kunden wartete.

Der letzte Abend mit Fabian, genau vor einer Woche, ging Leonore durch den Kopf. Sie wollte nicht mehr daran denken, die Erinnerung einfach wegschieben. Aber es gelang ihr nicht. Die schlauchende Arbeit auf Station war eine angenehme Ablenkung gewesen.

In Ahlten waren um diese Zeit nicht mehr viele Menschen unterwegs. Ein ruhiger beschaulicher Ort, bei dem sich Leonore selbst spätabends immer problemlos auf die Straße gewagt hatte.

Es wurde Zeit, dass sie nach Hause kam, um sich noch ein Gläschen Wein zu gönnen. Sie bog von der Hauptstraße ab, erreichte nach zweihundert Metern das rot verklinkerte Mietshaus, in dem sie im zweiten Obergeschoss wohnte. Ihr Haus lag rechts, davor eine Straßenlaterne. Im Anschluss folgte der Garagenhof, der nur im vorderen Bereich von der Laterne ausgeleuchtet wurde.

Leonore fuhr auf den Hof ganz durch bis vor ihre Garage hinten links. Während der Motor lief, stieg sie aus und schloss das Garagentor auf. Plötzlich stockte sie. Hatte sie eben, beim Aussteigen, im rechten Augenwinkel eine Bewegung wahrgenommen? Sie blickte sich um, konnte aber nichts erkennen.

Quatsch, du siehst schon Gespenster, sagte sie sich. *Zeit, heute früh ins Bett zu gehen.*

Kopfschüttelnd schob sie das Garagentor nach oben und stieg wieder in ihren Wagen, den sie anschließend in die Garage fuhr. Sie stellte den Motor ab, griff sich ihre Handtasche vom Beifahrersitz und öffnete die Tür. Das Licht im Innenraum ging an. Als sie den Wagen verließ, hörte sie hinter sich ein leises Geräusch.

Da ist doch wer!

Augenblicklich fühlte sie einen gewaltigen Druck im Magen. Ihr Herzschlag schien für einen Moment auszusetzen.

Sie drehte den Kopf, sah den Umriss eines Mannes, direkt vor sich in der Garage.

Ein Überfall!

Die Krankenschwester riss den Mund auf, um zu schreien. Aber dazu kam sie nicht mehr.

♣

Der Mann erkannte an ihrer Körperhaltung, dass Leonore Voigt ihn bemerkt hatte. Er stürzte auf sie zu, presste mit der linken Hand ihren Körper gegen die geöffnete Wagentür, während er ihr mit rechts das Tuch mit dem Chloroform ins Gesicht drückte. Sie schaffte es nicht, die Arme hochzureißen und sich zu verteidigen. Das Betäubungsmittel zeigte Wirkung. Die Frau sackte in sich zusammen. Der Mann hielt ihr weiterhin das Tuch vor die Nase. Die Krankenschwester lag bewegungslos am Boden. Für seine nächsten Handlungen brauchte er nur wenige Sekunden. Er stieß die Fahrertür ihres Wagens zu, verschloss von innen das Garagentor. Im Strahl seiner Taschenlampe entdeckte er den Schalter an der Wand und knipste das Garagenlicht an. Durch seine Einmalhandschuhe würde er nirgendwo Fingerabdrücke hinterlassen.

Zwischen der hinteren Wand und dem kleinen Smart war mehr als ausreichend Platz. Dorthin schleifte er die betäubte Frau. Alles musste rasend schnell gehen. Mit vor Aufregung zitternden Händen zog er ihr die Jacke aus, riss ihr anschließend mit roher Gewalt die gelbe langärmelige Bluse und den weißen BH vom Leib. Aus seiner Umhängetasche holte er die Kabelbinder, fesselte die Frau an Händen und Füßen. Das braune Klebeband, das er ihr über den Mund zog, würde sie am Schreien hindern.

Jetzt lag ihm die blonde schöne Frau hilflos zu Füßen.

Leonore kam langsam zu sich, starrte ihn ängstlich, aber gleichzeitig ungläubig an.

Der Mann griff in ihre Handtasche und fand auf Anhieb, was er suchte – Leonores Smartphone. Er warf es auf den Boden und stampfte mehrmals darauf herum.

Danach wendete er sich wieder seinem Opfer zu.

21

Der Tatort war mit rot-weißen Bändern abgesichert. In und vor der Garage beschäftigten sich Mitarbeiter des Kriminaldauerdienstes in weißen Ganzkörperoveralls mit der Spurensicherung.

23:35 Uhr. Vor ungefähr einer Stunde war die Leiche der jungen Frau entdeckt worden.

„Verdammter Mist, das hat uns gerade noch gefehlt", fluchte Kriminalhauptkommissar Thomas Stelter vor sich hin. Er hätte um diese Zeit lieber im Bett gelegen. Aber der Leichenfund war klar ein Fall für die „Mordkommission Madeleine". Noch vor Kurzem hatte Stelter herumgetönt, über jede wichtige Neuigkeit im Mordfall Dana Bosilek sofort und rund um die Uhr informiert zu werden. Jetzt war eine derartige Situation leider eingetreten.

Kriminaloberkommissarin Andrea Renner stand am Rand des Garagenhofes, unterhielt sich mit einem sichtlich betroffen wirkenden Mann um die fünfzig.

„Gegen 22:30 Uhr bin ich mit meinem Auto hier angekommen", erklärte der Mann. „Ich hatte einen Freund in Hannover besucht. Frau Voigt wohnt in der Wohnung über mir."

„Dass Sie Ihre Nachbarin tot aufgefunden haben, war also ein Zufall?"

„Ja. Mir fiel auf, dass das Garagentor nicht vollständig heruntergezogen war. Nach unten stand es so zehn Zentimeter offen. Frau Voigt ist sehr zuverlässig und genau. Sie würde nie über Nacht das Tor unverschlossen lassen." Er hielt für einen Moment inne, hatte vermutlich wieder die schrecklichen Bilder vor Augen. „Ich bin auch sehr pingelig, deswegen hat mich das gleich beschäftigt. Außerdem überkam mich eine Ahnung, als würd da irgendetwas nicht stimmen. Ich hab das Tor etwas hochgeschoben und im hinteren Teil der Garage einen minimalen Lichtschein gesehen."

Wieder machte er eine Pause, wischte sich mit der Hand einige Tränen aus dem Gesicht.

Andrea Renner legte dem Mann tröstend eine Hand auf die Schulter. Sicherlich hatte er zum ersten Mal in seinem Leben mit einem Mordopfer zu tun. Und dann noch seine Nachbarin. Die Oberkommissarin konnte sich bei ihrer rhetorischen Frage gut vorstellen, was in dem Mann vorging: „Daraufhin sind Sie in die Garage gegangen ...?"

„Richtig. Der Lichtschein kam von einer Grabkerze. Hinter ihrem Auto habe ich die tote Frau Voigt gefunden. Mir war klar, dass ich ihr nicht mehr helfen kann. Ich hab nichts angefasst, hab sofort die Polizei angerufen."

Stelter betrat die Garage, in deren hinterem Teil die ermordete Frau lag.

„Alles genau wie bei Dana Bosilek", äußerte Max Quast. Überflüssigerweise, wie Stelter fand, denn die Gleichartigkeit der Fälle sprang auf den ersten Blick ins Auge: eine gut aussehende, schlanke Frau, nackter Oberkörper, braunes Klebeband über dem Mund, das Opfer höchstwahrscheinlich erdrosselt, die Hände auf dem Rücken gefesselt, die Füße ebenfalls zusammengeschnürt. Zum Erdrosseln und für die Fesselung der Krankenschwester hatte der Täter wieder Kabelbinder verwendet. Das Garagentor war wie damals die Tür des Wohnmobils ein Stück offengelassen.

Ein weiteres makabres Muster wurde Stelter deutlich. Passend zur blonden Haarfarbe des Opfers waren die Kabelbinder dieses Mal gelb – wie die Grabkerze, die der Mörder wieder neben der Frau auf Höhe ihres Herzens platziert hatte.

Und die Spielkarte, symmetrisch zum Grablicht auf der anderen Seite des Oberkörpers angeordnet, fehlte ebenso wenig wie das zertrampelte Smartphone am Boden.

„Es handelt sich auch in diesem Fall um eine Spielkarte aus der DFB-Sonderedition", bemerkte Max Quast. „Nur mit dem Unterschied, dass es nicht die *Herz*zehn ist, wie bei Dana Bosilek, sondern die *Kreuz*zehn."

Dr. Ulrich Lindhoff, Rechtsmediziner aus der Medizinischen Hochschule Hannover, hatte bisher neben dem Opfer gekniet. Er stand auf und begrüßte Stelter, der sich nach dem Tatzeitraum erkundigte.

„Ist noch nicht lange her", entgegnete Lindhoff. „Genauer kann ich es nach den üblichen Untersuchungen sagen."

Sollte Leonore Voigt gerade von der Spätschicht im Krankenhaus nach Hause gekommen sein, ließe sich der Todeszeit auf einen engen Bereich eingrenzen.

„Vergewaltigt hat er sie offensichtlich nicht", äußerte der Hauptkommissar mit Blick auf die lange blaue Jeans, die das Opfer trug.

Der Rechtsmediziner nickte. Die Details würde die Obduktion zeigen.

„Hat dieses gestörte Arschloch schon nach drei Wochen erneut zugeschlagen!", brummte der Hauptkommissar. Er hatte Leonore Voigt im lebenden Zustand sehr gut vor Augen, konnte sich noch genau daran erinnern, wie sie ihm gegenüber Dr. Kirchhoffs Alibi bestätigt hatte.

Jetzt würde er erneut mit dem Leitenden Oberarzt sprechen müssen.

22

Mittwoch, 22. Oktober.

Bei ihrer ersten Vernehmung von Dr. Fabian Kirchhoff hatten sich Hauptkommissar Stelter und Oberkommissarin Renner Privatadresse und Telefonnummer des Leitenden Oberarztes geben lassen. Gleich frühmorgens meldete Stelter sich und Andrea telefonisch bei Kirchhoff an, bevor dieser zur Arbeit fahren konnte. Sie suchten den Psychiater in seiner Privatwohnung im Hannoverschen Stadtteil List auf.

„Ich kann es nicht fassen", stammelte Kirchhoff, zusammengesunken auf der Couch in seinem geschmackvoll eingerichteten Wohnzimmer, das Gesicht in den Händen vergraben. „Das ist einfach nicht wahr ..."

„Leider doch", bekundete Stelter, der wie Andrea dem Arzt in einem Sessel gegenübersaß.

„Nach unserem jetzigen Kenntnisstand ist Frau Voigt vermutlich zwischen 21:20 Uhr und 22:30 Uhr ermordet worden", erläuterte Andrea. „Aber gestern Abend hatten Sie nicht geplant, sie in Ahlten zu besuchen?"

Kirchhoff blickte irritiert auf: „Nein, sonst wär ich ja dort gewesen. Ich war um diese Zeit zu Hause ... also hier in meiner Wohnung."

„Dafür gibt es vermutlich keine Zeugen?", fragte Andrea weiter.

Kirchhoff stockte, dann zögerlich: „Doch ..."

„Nämlich ...?"

„Eine Medizinstudentin, die einen Abschnitt ihres Praktischen Jahres auf einer meiner Stationen ableistet, war gestern Abend bei mir zu Besuch."

Stelter kannte den Hintergrund von Andreas Frage. Seine Kollegin hatte schon vor drei Wochen Zweifel gehabt und vermutet, dass Leonore Voigt bei der Bestätigung von Kirchhoffs Alibi nicht die Wahrheit gesagt haben könnte.

Der Hauptkommissar übernahm im Folgenden die Gesprächsführung: „Während Frau Voigt ermordet wurde, war eine Studentin abends bei Ihnen in der Wohnung?!"

„Sagen Sie mal, was ist das für ein Unterton?! Ich erfahre gerade, dass die Frau, die ich liebe, auf grausame Weise zu Tode gekommen ist, und Sie scheinen mir da etwas unterschieben zu wollen ..."

„Tut mir leid, wenn mein Tonfall unangemessen klang", entgegnete Stelter beschwichtigend. „Aber es ging mir lediglich um eine Verständnisfrage."

„Um es gleich klar auszudrücken: Der Besuch dieser Studentin hatte überhaupt nichts Ungewöhnliches. Das hab ich schon in meiner früheren Klinik in Hamburg so gehalten, dass ich Medizinstudenten im Praktischen Jahr, die gute Arbeit machen, einmal als Dankeschön bei mir zu Hause einlade."

„Und Ihre aktuelle Medizinstudentin hat gute Arbeit geleistet?"

„Mehr als das. Sie unterstützt mich gleichzeitig tatkräftig bei einer wissenschaftlichen Studie, weil sie zusätzlich eine dazu passende Doktorarbeit an der MHH macht."

„Ah, so. Von wann bis wann war Ihr Besuch denn gestern hier? Und wie heißt die Betreffende?"

„Emilia Duarte Garcia, eine Chilenin. Um zwanzig Uhr ist sie gekommen, um 22.15 Uhr oder kurz danach hat sie meine Wohnung wieder verlassen. Für mich ein absolut schrecklicher Gedanke: Während wir gestern bei einem Glas Wein und Knabbereien locker über berufliche und private Dinge sprechen, wird Leonore gerade ermordet."

Stelter rechnete im Kopf nach. Wenn die Studentin tatsächlich mit Kirchhoff mindestens bis 22:15 Uhr hier gewesen war, konnte der Arzt unmöglich vor 22:30 Uhr am Tatort in Ahlten gewesen sein. Da kam der Aussage der jungen Frau eine entscheidende Bedeutung zu.

„Wann haben Sie Frau Voigt zuletzt lebend gesehen?"

„Gestern Nachmittag, bei der Arbeit auf der geschlossenen Station 1."

„Wissen Sie von Personen, die Streit oder Konflikte mit Frau Voigt hatten? Privat oder am Arbeitsplatz?"

„Nein."

„Oder irgendwelche außergewöhnlichen Vorfälle, von denen Ihnen Frau Voigt berichtet hat?"

Stelter fiel auf, dass sich Kirchhoff mit der Antwort Zeit ließ, dabei intensiv überlegte. Offenbar gab es etwas, was der Befragte in Erwägung zog.

„Angesichts der besonderen Bedeutung, die die ärztliche Schweigepflicht gerade in einer psychiatrischen Klinik hat, tue ich mich mit einer Antwort schwer", erklärte der Oberarzt seine Denkpause.

„Bitte denken Sie daran, dass wir es hier bereits mit dem zweiten Mord eines zielgerichtet vorgehenden Täters zu tun haben. Fasst die Polizei den Mörder nicht rechtzeitig, wird er die nächste Frau töten. Wägen Sie also bezüglich Ihrer Schweigepflicht genau ab, welchem Rechtsgut hier die größere Bedeutung zukommt. Außerdem gehe ich davon aus, dass Sie selbst ein fundamentales Interesse daran haben, dass wir den Mörder Ihrer Freundin finden."

„Sie haben recht", stimmte Kirchhoff Stelters Ausführungen zu. „Einige Tage nach der Ermordung von Dana Bosikek wurde ein chronisch kranker Patient auf die Station 1 verlegt. Leonore war während des zweieinhalb Wochen dauernden Aufenthalts seine Bezugsschwester. Er hatte große Angst, dass sie das nächste Mordopfer wird. Das hat er ihr öfters erzählt."

Stelter und Andrea ruckten zeitgleich auf ihrem Sessel nach vorne.

„Was sagen Sie da?!", äußerte der Hauptkommissar überrascht. „Wie heißt dieser Patient?"

„Patrick Berger. Ein Mann um die vierzig."

„Hat Herr Berger seine Befürchtungen in Bezug auf Frau Voigt begründet?"

„Nach meiner Einschätzung handelte es sich um eine allgemeine Verunsicherung des Patienten durch den Mord an Dana Bosilek, der sich direkt in seinem Wohnort Ilten abgespielt hatte. Der Patient war darüber psychisch dekompensiert und projizierte anschließend seine Ängste auf Leonore als seiner Bezugsschwester, die der Ermordeten vom Alter und insbesondere wegen ihrer damals rot gefärbten Haare ähnlich sah. Auch heute halte ich es für wahrscheinlich, dass seine Befürchtungen rein wahnhafter Natur waren, ohne irgendwelche speziellen Informationen im Hintergrund. Aber hundertprozentig sicher bin ich mir natürlich nicht."

„Zum Zeitpunkt ihrer Ermordung hatte Frau Voigt blonde Haare ...?"

„Vor zwei Wochen hat sie ihre roten Haare wieder blond gefärbt – mit genau der Begründung, damit aus dem Fokus von Bergers Ängsten zu kommen."

„Hat das geklappt?"

„Weitgehend ja. Der Patient ist danach merklich ruhiger geworden."

„Gab es Spannungen zwischen Herrn Berger und Frau Voigt?"

„Überhaupt nicht."

„Trauen Sie ihm dennoch zu, dass er sie selbst getötet haben könnte?"

„Das glaube ich nicht. Er mochte sie. Ich sehe bei ihm kein Motiv für einen Mord."

„Wo finden wir Herrn Berger?"

„Er ist jetzt wieder Patient in unserer allgemeinpsychiatrischen Tagesklinik in Ilten."

„Das sind wichtige Hinweise, denen wir nachgehen werden. Sind Ihnen noch weitere außergewöhnliche Vorgänge bekannt, die Frau Voigt betroffen haben?"

Stelter registrierte erneut bei seinem Gegenüber ein innerliches Abwägen. Da war also noch etwas, von dem Kirchhoff überlegte, ob er es preisgeben sollte.

„Je schneller wir möglichen Spuren nachgehen können, umso eher können wir potenzielle Opfer schützen", versuchte der Hauptkommissar den Psychiater zu einer Aussage zu ermuntern.

„Ja, gut. Wahrscheinlich würden Sie es über kurz oder lang sowieso erfahren. Vor gut einer Woche hat ein Patient auf der Station 1 in einem psychotischen Ausnahmezustand Frau Duarte Garcia mit einem Messer bedroht. Ich habe wesentlich dazu beigetragen, dass er überwältigt werden konnte und niemand zu Schaden kam. In dieser Situation hat er herumgeschrien, dass Frau Voigt eine sexuelle Beziehung zu Herrn Dr. Dannenberg hat."

„Warum hat der Patient das gemacht?"

„Er wusste, dass mir Frau Voigt viel bedeutet. Das hatte er sogar ausdrücklich erwähnt. Er wollte mich damit treffen."

„Woher hatte er die Information über Herrn Dr. Dannenberg und Frau Voigt?"

„Da spielt wieder Herr Berger eine Rolle. Der klebte manchmal geradezu an Herrn Dr. Dannenberg, der eine Art Vaterersatz für ihn ist. Dabei hat Herr Berger anscheinend mitbekommen, dass sich Herr Dr. Dannenberg mit Leonore privat getroffen hat. Diese Information hat Herr Berger unbedacht an seinen Zimmernachbarn auf Station weitergegeben. Bei dem handelte es sich wiederum um den Patienten, an dessen Überwältigung ich beteiligt war."

„Wer ist dieser Patient? Befindet er sich noch auf Ihrer Station?"

„Sein Name ist Olaf Mantkowski. Er wurde vorgestern entlassen, nachdem seine psychischen Symptome vollständig abgeklungen waren. Er hat sich bei allen Beteiligten entschuldigt, auch bei mir. Die ambulante Nachsorge macht unsere Institutsambulanz."

Stelter staunte nicht schlecht. Schon wieder ein bekannter Name. Aber Kirchhoffs Aussage enthielt noch einen ganz anderen Aspekt, auf den der Hauptkommissar sogleich zu sprechen kam: „Hat das Ihre Beziehung zu Frau Voigt nicht entscheidend belastet, wenn Sie erfahren, dass die Frau, die Sie lieben, gleichzeitig eine Affäre mit einem anderen Mann hat?"

„Nein, das war überhaupt kein Problem. Leonores Beziehung zu Ronald Dannenberg war bereits im Mai dieses Jahres beendet, schon bevor Leonore und ich uns kennenlernten. Das wusste ich längst seit Monaten von ihr. Leonore hat von Anfang an mit offenen Karten gespielt. So muss es auch sein, sonst ist es ein Kreuz für jede Beziehung."

„Wie hat Herr Dr. Dannenberg die ‚Enthüllung' von Herrn Mantkowski aufgenommen?"

Kirchhoff wirkte erleichtert, dass sich der Fokus von Stelters Befragung von ihm weg bewegte, als er antwortete: „Ich will jetzt nichts Falsches über meinen Kollegen sagen. Aber im Gegensatz zu mir war das Ganze für Ronald Dannenberg wohl nicht ganz unproblematisch. Leonore hat mir erzählt, dass er mit allen Mitteln verhindern wollte, dass seine Frau von der langjährigen Beziehung zwischen ihm und Leonore erfährt."

„Wollen Sie damit etwas andeuten?"

„Nein, in keiner Weise. Ich hab nur Ihre Frage beantwortet."

♣

Thomas Stelter und Andrea Renner fuhren über den Südschnellweg Richtung Ilten. Ihr Ziel war die Klinik Dr. Ludendorff. Zwei ihrer Kollegen, Arif Kimil und Jan Schuster, befanden sich derzeit in Ahlten, um Menschen in unmittelbarer Nachbarschaft des Tatorts zu befragen, ob ihnen gestern Abend oder an den Tagen zuvor etwas Verdächtiges aufgefallen war. Danach würden die beiden Kriminaloberkommissare eventuell Stelter und Andrea bei ihren Recherchen in der Ludendorff-Klinik unterstützen.

„Ich weiß nicht, warum ich bei Kirchhoff so ein komisches Gefühl habe", wunderte sich Andrea, die neben Stelter auf dem Beifahrersitz saß. „Leonore Voigt hat ihm damals ein Alibi gegeben, mit dieser

Medizinstudentin wird es wahrscheinlich nicht anders sein."

„Ob seine Trauer gerade echt war, könnte sicherlich Dr. Seifert besser beurteilen ..."

„Objektiv gesehen haben wir nichts, was ihn auch nur im Ansatz belastet. Das Bewegungsprofil von Dana Bosileks Smartphone oder auch die Auswertung ihres PCs haben keinen Hinweis darauf ergeben, dass die Bosilek weiteren Kontakt zu Kirchhoff hatte. Warum hätte er sie dann töten sollen? Das Gleiche gilt für Leonore Voigt. Er hat die Frau geliebt. Mantkowskis Enthüllung war offenbar eher ein Problem für Dannenberg."

23

Die letzten anderthalb Wochen waren für Thomas Stelter nicht einfach gewesen. Gegenüber den Kollegen hatte er verheimlicht, dass seine Tochter in der Ludendorff-Klinik stationär behandelt wurde. Das ging, weil die Ermittlungen im Fall Dana Bosilek dort weitgehend abgeschlossen waren. Jetzt, nach der Ermordung von Leonore Voigt, stellte sich die Situation anders dar. Stelter musste die Oberärzte vernehmen, die Sandra auf ihren Stationen betreuten. Und seine Tochter lebte zudem noch im selben Haushalt wie der ermittelnde Kommissar. Eine persönliche Verwicklung, die dazu führen könnte, dass der Hauptkommissar von dem Fall abgezogen wurde. Was er um jeden Preis vermeiden musste. Den Gedanken, nicht mehr persönlich an der Jagd auf Dana Bosileks und Leonore Voigts Mörder beteiligt zu sein, empfand er als unerträglich. Seifert hatte ihm das Ganze eingebrockt. Niemals hätte dieser sich Sandras Wunsch, unbedingt in die Iltener Klinik eingewiesen zu werden, beugen dürfen.

Stelter musste zusehen, wie er bei seinen Recherchen in der Ludendorff-Klinik damit umging. Was Leonore Voigt, Patrick Berger und Olaf Mantkowski betraf, so war Sandra bis vor zwei Tagen lediglich auf der geschlossenen Nachbarstation behandelt worden. Seitdem hielt sich seine Tochter auf einer offenen Station im Hauptgebäude auf, räumlich entfernt von der Tagesklinik. Für beide war Dr. Dannenberg oberärztlich zuständig.

Stelter fühlte sich der ermordeten Dana Bosilek nahe, selbst wenn sie nicht die Halbschwester seiner Kinder war. Seine Gedankenspiele über diese Jahrzehnte zurückliegenden Privatangelegenheiten hatte er niemandem bei der Polizeidirektion mitgeteilt. Warum auch? Der Aufklärung des Falles diente es auf keinen Fall, wenn er darüber mit Andrea, Arif oder Jan sprach.

♣

Die Vernehmung von Dr. Ronald Dannenberg fand in dessen Büro in der allgemeinpsychiatrischen Tagesklinik statt.

„Ausgerechnet Frau Voigt ...", äußerte der Oberarzt mit leiser Stimme, sah dabei Thomas Stelter und Andrea Renner fragend an. „Unfassbar ... Gerade sie war bei Mitarbeitern und Patienten immer beliebt. Haben Ihre bisherigen Ermittlungen schon irgendeinen Hinweis ergeben, wer das getan haben könnte?"

„Wir gehen ersten Spuren nach", antwortete Stelter ganz allgemein. „Das Einzige, was wir schon sagen können, ist, dass wir davon ausgehen, dass es sich bei dem Mörder von Frau Voigt um denselben Täter handelt, der auch die Prostituierte in dem Lovemobil getötet hat."

„Die Spuren führen also in unsere Klinik ...?"

„Zumindest einige. Befragen wollen wir zwei Ihrer Patienten: Patrick Berger und Olaf Mantkowski. Aber vorher geht es noch um Sie."

„Um mich?" Ronald Dannenberg sah den Hauptkommissar erstaunt an. „Bin ich auch verdächtig?"

„Wir haben gehört, dass Sie eine Affäre mit der Ermordeten hatten. Stimmt das?"

Der Oberarzt nickte: „Ja, bis Mai dieses Jahres."

„Nach unserem jetzigen Kenntnisstand wollten Sie die Affäre streng geheim halten, insbesondere gegenüber Ihrer Frau?"

„Ich bin überrascht, was Sie alles wissen ..."
„Und entspricht das der Wahrheit?"
„Ja. Ich liebe meine Frau und wollte sie nicht verletzen."
„Haben Sie auch Frau Voigt geliebt?"
„Ja. Zumindest bis kurz vor unserer Trennung. Auch sie wollte ich nicht verletzen. Es war ein echtes Dilemma."
„Wer von Ihnen hat die Affäre beendet – und warum?"
„Ich hatte zunehmend Schuldgefühle, zu einer Geliebten zu gehen, während es meiner Ehefrau psychisch schlecht geht. Das hat mich unzufrieden gemacht. Ich konnte nicht mehr unbefangen mit Leonore zusammen sein. Leonore hat meine Unzufriedenheit gespürt. Schließlich waren wir uns einig, dass es für beide das Beste ist, Schluss zu machen."
„Auch nach dem Ende Ihrer Beziehung zu Frau Voigt wollten Sie nicht, dass Ihre Ehefrau davon erfährt?"
„Das ist richtig. Aber nachdem es durch Herrn Mantkowski in der Klinik bekannt war, habe ich das noch am selben Tag zum Anlass genommen, meiner Frau alles über Leonore und mich zu erzählen."
„Wie hat Ihre Frau das aufgenommen?"
„Ich wusste schon, warum ich es vor ihr geheimhalten wollte. Meine Frau war genauso verletzt, wie ich befürchtet hatte. Das Ganze hat unsere Ehe wirklich belastet, aber nicht infrage gestellt."
„Tut mir leid, aber ich muss Sie das fragen: Wo waren Sie gestern zwischen 21.20 Uhr und 22.30 Uhr?"
„Schon gut." Dannenberg zuckte resigniert mit den Schultern. „Ich war zu Hause."
„Allein?"

„Ja. Meine Frau und meine Stieftochter sind auf Usedom. Erst heute Nachmittag kommen sie zurück. Ein Top-Alibi kann ich Ihnen also nicht präsentieren."

Stelter überlegte, dann setzte er nach: „Wo haben Sie sich am 30. September zwischen zwanzig und zweiundzwanzig Uhr aufgehalten?"

„Der Tatzeit für den Mord an der Prostituierten?"

„Genau."

„Da war ich mit einem Kollegen im Schauspielhaus. Wir haben uns, was makaber klingt, ‚Die ehrbare Dirne' von Sartre angesehen. Mein Kollege saß die ganze Zeit neben mir und kann das zum Glück bezeugen."

Dannenberg nannte Name und Adresse des Kollegen.

Die weitere Befragung des Oberarztes förderte keine neuen Erkenntnisse zutage. Der Nächste auf Stelters Vernehmungsliste war Patrick Berger.

♣

Ein pummelig wirkender Mann in einem schwarzen Sweatshirt, das ein Button mit der Aufschrift „Zombie Crime" zierte, saß vor Stelter und Andrea mit schaukelndem Oberkörper. Ort der Vernehmung war ein kleines Gesprächszimmer in der Tagesklinik. Dannenberg hatte Patrick Berger in den Raum begleitet und anschließend die beiden Polizeibeamten mit dem Patienten allein gelassen.

„Das ist schrecklich, ganz schrecklich ...", murmelte Berger vor sich hin, ohne seine Gesprächspartner anzusehen. „Es ist also doch passiert."

„Wir haben gehört, dass Sie schon vor einiger Zeit befürchtet haben, Frau Voigt könnte das nächste

Mordopfer werden", leitete Andrea vorsichtig die folgenden Fragen ein. Mit Stelter hatte sie sich darauf geeinigt, dass sie die Vernehmung in erster Linie durchführte. „Wie sind Sie darauf gekommen?"

„Wegen ihrer roten Haare. Sie ist ein guter Mensch ... wie Dr. Dannenberg." Berger verstärkte die Schaukelbewegung seines Oberkörpers. „Ganz traurig. Ich bin ganz traurig."

„Welche Bedeutung haben die roten Haare?"

„Wie bei der ermordeten Frau im Wohnmobil. Frau Voigt ist schön, aber in Gefahr, wenn ihre Haare rot sind. Der Mörder tötet Frauen mit roten Haaren."

„Woher wissen Sie das?"

„Von Brewster."

„Wer ist Brewster?"

„Ein Polizist. Vom DCPD."

Andreas Blick blieb an Bergers Button hängen: „Ach, meinen Sie den aus ‚Zombie Crime'?"

Während Stelter verständnislos guckte, erklärte Berger Andrea, dass er mittels Telepathie mit dem Dallas City Police Department kommuniziere.

„Was genau hat Ihnen Brewster über den Mörder mitgeteilt?"

„Er liebt rote Haare."

„Woher weiß er das? Er lebt doch in den USA."

„Brewster hat seine Informanten überall. Seit letztem Monat hat er Verbündete in Deutschland. In Berlin."

Andrea war überrascht: „Berlin? Wie heißen denn seine dortigen Verbündeten?"

„Karl Görlitz und Hans Schiffer, die Nazijäger."

Langsam fing es an, verwirrend zu werden.

„Kennen Sie Görlitz und Schiffer persönlich?", fragte Andrea.

„Nein, nur aus dem Fernsehen.“

„Hat Ihnen Brewster einen Auftrag in Bezug auf Frau Voigt erteilt?“

„Ja, ich sollte sie vor der Gefahr warnen.“

„Wissen Sie, wer der Mörder ist?“

„Nein.“

„Oder weiß Brewster es?“

„Bestimmt kennt er den Mörder. Er weiß alles.“

Andrea und Stelter schauten Berger verblüfft an, dann setzte die Oberkommissarin nach: „Könnten Sie Brewster fragen, wer es ist?“

„Das hab ich schon ein paarmal probiert. Aber er sagt es nicht.“

„Könnten Sie es noch einmal versuchen ... bitte?“

Berger erstarrte auf seinem Sitzplatz und schien sich zu konzentrieren. Nur seine Augäpfel bewegten sich hin und her. Offenbar stand er in telepathischem Kontakt mit Dallas - oder glaubte zumindest es zu sein.

Wenn ich Jan und Arif erzähle, dass ich einen Zeugen um die telepathische Befragung eines fiktiven Serienhelden aus den USA gebeten habe, machen die sich vor Lachen in die Hose, schoss Andrea kurzzeitig durch den Kopf.

Nach einer Weile des Schweigens schüttelte Berger seinen Oberkörper: „Brewster will auf keinen Fall darüber reden. Es ist noch zu früh. Er ist fürchterlich wütend, dass ich ihn mit dieser Frage bedränge.“

So kamen sie nicht weiter. Andrea erschien ihre Frage im Nachhinein sowieso schwachsinnig. Woher sollte Berger eine ernstzunehmende Information über die Identität des Täters abrufen? Es sei denn, er war selbst der Mörder.

„Wie fanden Sie es, dass Frau Voigt ihre roten Haare blond gefärbt hat?“, wollte Andrea wissen.

„Ich war so froh. Endlich hatte sie meine Warnung ernst genommen. Ich dachte, jetzt passiert ihr nichts mehr."

„Aber sie ist trotzdem ermordet worden. Haben Sie eine Vermutung, warum?"

„Nein."

Nach einer entsprechenden Aufforderung von Andrea berichtete Berger etwas konfus, wie er Dannenberg über Monate in unregelmäßigen Abständen bis zum Mai dieses Jahres an einigen Abenden gefolgt war. Danach hatte Brewster dem Patienten offenbar keinen derartigen Observierungsauftrag mehr erteilt.

Als Alibi zur Tatzeit für den Mord an der Krankenschwester gab Berger an, den Abend in der Tabledance-Bar „Lido" im Hannoverschen Rotlichtviertel verbracht zu haben.

„Cher hat für mich getanzt und sogar mit mir gesprochen. Nur getanzt und gesprochen, wirklich. Aber meine Mutter darf nichts davon erfahren."

Andrea würde seine Angaben überprüfen. Der Patient war eine auffällige Gestalt, an die man sich erinnerte.

„Wie sind Sie von Ilten nach Hannover gekommen?"

„Mit dem Auto meiner Mutter."

„Trotz Einnahme von Medikamenten?"

„Das bin ich gewohnt."

„Hatten Sie persönlichen Kontakt zu Dana Bosilek, dem ersten Mordopfer?"

Der Patient begann wieder mit dem Oberkörper zu schaukeln: „Nein, auf keinen Fall."

Am Abend des 30. September, während Dana Bosilek in ihrem Lovemobil erdrosselt wurde, sei er – so seine Aussage – ebenfalls in Hannover allein unterwegs gewesen. Um, allerdings ohne Erfolg, „nach Zombies Ausschau zu halten".

„Weil Brewster es so wollte ...?", war Andreas Vermutung.

Berger nickte.

Die Oberkommissarin teilte die Auffassung von Kirchhoff und Dannenberg, dass Bergers Aussagen aufgrund seiner schweren psychischen Erkrankung momentan kaum verwertbar waren. Vielleicht war es sinnvoll, den Patienten zu einem späteren Zeitpunkt noch einmal zu befragen.

Als sich Stelter und Andrea von ihm verabschiedeten, weinte Berger: „Ich bin traurig, ganz ... ganz traurig."

24

Es fühlte sich an, als habe er die Schwelle überschritten, von der es kein Zurück mehr gab. Da war dieses Bild. Die Schwelle lag auf einem kleinen Hügel, den er mit Mühe erklommen hatte. Danach ging es langsam, aber stetig bergab. Nur noch in eine Richtung, und das von ganz allein. Die Schwelle hatte er in der Garage erreicht, als er Leonore Voigt den Kabelbinder um den Hals geschlungen und ihr Leben beendet hatte. Die Krankenschwester war die zweite Frau, die durch seine Hände starb. Den Tod der ersten Frau hatte er noch als einmaliges Ereignis, als eine Art Missgeschick gesehen. Die Tötung gestern Abend brachte die Wendung ... endgültig.

Er würde wieder eine Frau auslöschen. Eine junge und schöne Frau. Bald ...

♣

Für Thomas Stelter und Andrea Renner standen an diesem Tag noch diverse andere Vernehmungen in der Klinik Dr. Ludendorff auf dem Programm. Dr. Kirchhoff hatte heute Morgen von einer chilenischen Medizinstudentin gesprochen, die bei ihm zu Besuch gewesen sein soll. Stelter wusste sofort, um wen es sich dabei handelte. Als er seine Tochter Sandra auf der geschlossenen Station 2 besucht hatte, war ihm gleich die junge schwarzhaarige Frau in dem weißen Arztkittel aufgefallen.

Unter einem Vorwand ließ Stelter seine Kollegin Renner die Befragung von Emilia Duarte Garcia allein durchführen. Wie er später erfuhr, bestätigte die Medizinstudentin Kirchhoffs Alibi.

Währenddessen suchte der Hauptkommissar noch einmal Dr. Dannenberg auf. Er fragte den Oberarzt, ob kurzfristig die Verlegung seiner Tochter in ein anderes psychiatrisches Krankenhaus möglich wäre. Dannenberg signalisierte Verständnis für die schwierige Situation des Hauptkommissars und erklärte: „Wenn nichts Ungewöhnliches mehr passiert, gehe ich davon aus, dass wir Ihre Tochter übermorgen ganz aus der stationären Behandlung nach Hause entlassen können."

Stelter war mit dieser Aussicht zufrieden: „Prima. Dann hat meine Tochter ja das Gröbste hinter sich."

♣

Der Stationsarzt der Tagesklinik hatte Dr. Ronald Dannenberg gebeten, noch einmal mit Patrick Berger zu sprechen. Es ging darum, ob der Patient stabil genug war, die Nacht außerhalb der Klinik zu verbringen. Die Nachricht vom Tod seiner ehemaligen Bezugsschwester war nicht ganz spurlos an ihm vorübergegangen.

Ronald unterhielt sich mit Berger in Anwesenheit des Stationsarztes im Gesprächszimmer der Tagesklinik.

„Uns ist aufgefallen, dass Sie sich zurückgezogen und öfters geweint haben", fasste Dannenberg ihre Beobachtungen zusammen. „Können Sie mir sagen, wie es Ihnen gerade geht?"

„Meine Mutter hat vorgestern mein Smartphone an sich genommen. Das ist blöd."

„Ich vermute, dass Ihr Smartphone nicht der Hauptgrund ist, warum Sie auf mich so niedergeschlagen wirken ...?"

„Die Gegenseite kann es manipulieren. Um den Befehl zu geben ... für den Mord. Wenn ich Brewsters Verbündete treffe ... die können mir weiterhelfen."

Der Schreck über die Ermordung der Krankenschwester verstärkte offenbar wieder Bergers psychotische Symptome.

Er flüchtet sich in seine Fantasiewelt, die ihm scheinbar Erklärungen liefert für das Unfassbare, interpretierte Ronald die Äußerungen des Patienten. *Für ihn ist der Mörder wahrscheinlich ein von Zombies telepathisch gesteuertes Werkzeug.*

„Gehen Ihnen lebensmüde Gedanken durch den Kopf, wenn Sie an Frau Voigt denken, Herr Berger?"

„Nein. Ich muss weiter aufpassen und Brewster unterstützen. Und meine Mutter braucht auch meine Hilfe."

Ronald schlug dem Patienten vor, zumindest eine Nacht zur Krisenintervention in der Klinik zu schlafen.

„Ich will nicht in den Bungalow", entgegnete Berger, wobei er seinen Oberkörper aufgeregt hin und her bewegte. „Das sind Dr. Kirchhoffs Stationen. Da will ich nicht mehr hin!"

Ronald ging davon aus, dass Berger die geschlossenen Stationen schmerzhaft mit der toten Leonore in Zusammenhang brachte.

„Herr Berger, ich halte es für notwendig, dass Sie die nächste Nacht in der Klinik bleiben."

„Aber nur auf Ihrer Station, Dr. Dannenberg. Dann bin ich einverstanden."

Ronald war erleichtert, dass Berger sich auf der offenen Station im Haupthaus aufnehmen ließ. In diesem Moment hatten sie beide keine Vorstellung von dem, was noch auf sie zukommen würde.

25

„Mir ist nicht verborgen geblieben, dass Ihnen Frau Voigt sehr nahe stand", äußerte Dr. Martin Pahland einfühlsam. „Insofern hätte ich vollstes Verständnis, wenn Sie sich zurückziehen möchten und morgen die Moderation nicht übernehmen."

Der Chefarzt hatte nach seinem Gespräch mit Stelter und Renner seinen Leitenden Oberarzt Dr. Fabian Kirchhoff zu einer vertraulichen Aussprache in sein Büro gebeten.

„Ich spiele zudem mit dem Gedanken, die Fortbildung wegen des Mordfalls ganz abzusagen", führte Pahland weiter aus. Für morgen ab siebzehn Uhr war hier im Haus eine Fortbildungsveranstaltung mit einem externen Referenten geplant, die sich sowohl an das eigene Personal als auch an niedergelassene Nervenärzte, Angehörige psychisch Kranker und Mitarbeiter der anderen psychiatrischen Kliniken und des Sozialpsychiatrischen Dienstes richtete. Kirchhoff war als Moderator der Veranstaltung vorgesehen.

„Ich weiß Ihre Fürsorge sehr zu schätzen", entgegnete Fabian, dessen Sachlichkeit wie eine Strategie wirkte, um sich zusammenzureißen: „Aber es hilft mir momentan am meisten, über die schwierige Zeit zu kommen, wenn ich weiterhin meine Arbeit mache. Außerdem glaube ich, dass wir der Verunsicherung von Patienten, Angehörigen und Mitarbeitern am besten dadurch entgegenwirken, wenn wir ein größtmögliches Maß an Normalität aufrechterhalten."

„Was schlagen Sie vor?"

„Die Veranstaltung morgen stattfinden zu lassen. Ich werde auch die Moderation übernehmen."

„Dem stehe ich etwas skeptisch gegenüber. Der schreckliche Mord hat sich zwar nicht auf dem Krankenhausgelände, sondern in Ahlten ereignet. Aber viele Mitarbeiter wissen, dass Sie eine Beziehung zu der Ermordeten hatten. Könnte sein, dass es diesen Mitarbeitern pietätlos erscheint, wenn Sie die Veranstaltung moderieren, als wenn nichts gewesen wäre."

Fabian hielt inne. Bis eben hatte er keinen Zweifel gehabt, dass er es schaffen würde, die Veranstaltung durchzuziehen, die Gefühle und Gedanken einfach weg von dem Mord auf seine Arbeit zu richten. Auf diese Weise war er bisher mit Problemen erfolgreich umgegangen. Tagesstruktur und Arbeit. Aber sein Verstand sagte ihm, dass Pahland richtig lag. Wenn Fabian die Fortbildung souverän moderierte, könnte er einen kaltherzigen und unsympathischen Eindruck hinterlassen.

„Sie haben recht", stimmte er Pahland schweren Herzens zu.

„Gut. Dann übernehme *ich* morgen die Moderation", erkläre der Chefarzt. „Um die Erwartung der Zuhörer zu erfüllen, werde ich bei meiner Begrüßung das fürchterliche Ereignis angemessen knapp mit allgemeinen Formulierungen erwähnen. Übrigens bewundere ich Sie, wie tapfer Sie mit dem schweren Verlust umgehen."

Fabian war selbst verblüfft, wie wenig er von dem zu erwartenden Gefühlssturm an sich herangelassen hatte.

♣

„Wie sollen wir gegenüber den anderen damit umgehen?", fragte Emilia Duarte Garcia. „Ich möchte nichts falsch machen."

Ganz unauffällig, mit mehreren ausgefüllten Anamnesebögen in der Hand, hatte die Medizinstudentin Fabian Kirchhoff in dessen Büro aufgesucht.

„Keiner darf jetzt merken, dass wir zusammen sind", sagte er klar und deutlich. „Das bringt alle nur auf dumme Gedanken."

„Ich verstehe", erklärte Emilia, in deren Gesichtszügen Fabian einen Anflug von Traurigkeit wahrnahm. „Ist es besser, wenn wir uns die nächsten Tage nicht privat sehen?"

Er schüttelte energisch den Kopf. Dann umfasste er mit beiden Armen ihren schlanken Oberkörper und zog sie zärtlich an sich heran.

„In dieser Situation brauch ich dich mehr denn je", murmelte er, bevor er sie leidenschaftlich mit der Zunge küsste. „Morgen ... wie besprochen ... da will ich auf keinen Fall allein sein."

Teil 3
Pikzehn – das schwarzhaarige Opfer

Freitag, 24. Oktober.

An diesem Tag lief ich, kriminalistisch gesehen, zu großer Form auf. Wobei es zunächst gar nicht danach aussah.

„Ich freue mich sehr, Herr Kollege Seifert, dass dieser Folgetermin problemlos zustande gekommen ist", begrüßte mich der Chefarzt freundlich.

Das Verhandlungsgespräch nahm konkrete Formen an. Ich saß am Vormittag bei Schnittchen und Getränken mit Dr. Pahland und seinem Leitenden Oberarzt Dr. Kirchhoff im Chefarztbüro der Iltener Privatklinik zusammen. Pahland unterbreitete mir das Angebot, einige der Tageskliniken und Institutsambulanzen mit meinen Sozialpsychiatrischen Beratungsstellen zu sogenannten „Gemeindepsychiatrischen Zentren" zusammenzulegen. Wie mir Kirchhoff im Detail erläuterte, könnten dadurch Mitarbeiter der Institutsambulanz anteilig Aufgaben des Sozialpsychiatrischen Dienstes übernehmen. Ronald hatten meine Gesprächspartner bei ihren Planungen offenbar immer noch außen vor gelassen.

Natürlich wusste ich inzwischen durch Erzählungen von Katharina und Ronald, dass Kirchhoff mit der ermordeten Leonore Voigt ein Verhältnis gehabt hatte. Schließlich war Mantkowskis Äußerung während der spektakulären Notfallsituation auf der Station 1 schon ein deutlicher Hinweis in diese Richtung gewesen.

Ganz automatisch richtete sich meine Aufmerksamkeit heute auf Mimik und Gestik des Leitenden Oberarztes. Einige Male bemühte er sich, ein Gähnen zu unterdrücken, was ich darauf zurückführte, dass er die letzten Nächte (verständlicherweise) schlecht geschlafen hatte. Kirchhoff riss sich ansonsten total zusammen, ließ nach außen kaum Trauer über den Verlust seiner Geliebten erkennen. Diese Verhaltensweise, ein schmerzhaftes Erlebnis einfach nicht wahrhaben zu wollen, kannte ich aus vergleichbaren Situationen nur zu gut. Kirchhoff funktionierte, erläuterte mir, methodisch hervorragend gemacht, mit wohlüberlegten Worten das vorgeschlagene Kooperationsmodell. Dabei wirkte er ernst, aber nicht emotional betroffen. Ich fand es immer wieder erstaunlich, auf welche Überlebensstrategien das menschliche Gehirn zurückgriff. Aber ganz unberührt von dem schrecklichen Ereignis war Kirchhoff dennoch nicht. Gestern hatte ich eine Fortbildungsveranstaltung in der Ludendorff-Klinik besucht, die er ursprünglich moderieren sollte. Die Moderation hatte er an seinen Chef abgegeben – laut Pahlands Einführungsrede „aus persönlichen Gründen“. Präsent war Kirchhoff trotzdem gewesen. Mir war nicht entgangen, dass er sich pflichtbewusst um die Betreuung des auswärtigen Referenten gekümmert hatte. Unter den zahlreichen Besuchern hatte ich gestern zudem Daniel Stelter gesehen, im Gespräch mit Ronald Dannenberg. Vermutlich war es um die weitere Behandlung von Daniels Schwester gegangen.

Ich vereinbarte heute mit Pahland und Kirchhoff für nächsten Monat einen Folgetermin in meinen Räumlichkeiten im Timon Carré. Über das Angebot der Iltener Klinik würde ich mich zunächst mit dem zuständigen Dezernenten der Region Hannover abstimmen. Ich verabschiedete mich von meinen Gesprächspartnern, wobei mich Pahland zum Ausgang seines Büros geleitete. Im Vorzimmer blickte mich hinter dem Schreibtisch eine dunkelhaarige Frau Mitte dreißig erwartungsvoll an: „Herr Dr. Seifert, Ihre Sekretärin Frau Mock hat mich vor einer halben Stunde angerufen ... mit der Bitte, dass ich Ihnen ausrichte, Sie mögen sie in einer dringenden vertraulichen Angelegenheit zurückrufen, sobald Ihr hiesiger Termin beendet ist."

Ich bedankte mich und verließ Pahlands Vorzimmer. „Vertraulich" bedeutete, dass ich das Telefonat weder in Anwesenheit der Chefarztsekretärin noch in der Wartehalle des Hauptgebäudes führen wollte. Ich ging nach draußen zu den reservierten Parkplätzen, von wo aus ich momentan ohne ungebetene Zuhörer telefonieren konnte.

„Hallo Mockie, was gibt's so Dringendes?", fragte ich meine Sekretärin gespannt.

„Gut, dass Sie sich melden, Chef. Frau Berger von der ‚Arbeitsgemeinschaft der Angehörigen psychisch Kranker' hat heute Vormittag angerufen und wollte Sie sofort sprechen. Ihr Sohn Patrick, derzeit Patient in der allgemeinpsychiatrischen Tagesklinik in Ilten, ist plötzlich über Nacht verschwunden."

„Wie sind Sie mit ihr verblieben?"

„Ich hab ihr gesagt, dass Sie gerade in einem sehr wichtigen Termin sind, ich aber davon ausgehe, dass Sie sie gleich danach anrufen werden."

Mockie nannte mir die Telefonnummer von Ruth Berger, mit der ich seit Jahren durch ihr Engagement in der Angehörigenselbsthilfe wiederholt beruflich zu tun hatte.

„Berger", meldete sie sich. Ihre Stimme klang beunruhigt. Gleich bei der Begrüßung teilte ich ihr mit, was ich bereits durch Sonja Mock erfahren hatte.

„Hat Ihr Sohn kein Handy dabei, auf dem Sie ihn anrufen könnten?“, ging ich die Angelegenheit pragmatisch an.

„Nein, sein Smartphone hab ich seit vier Tagen in Verwahrung. Das liegt bei mir.“

„Wann haben Sie Patrick zuletzt gesehen?“

„Gestern kurz vor achtzehn Uhr bei uns zu Hause. Wir wohnen ja beide zusammen. Danach bin ich mit dem Auto von Ilten nach Hannover gefahren. Zum Sinfoniekonzert im NDR-Funkhaus am Maschsee.“

„Wann waren Sie wieder zu Hause?“

„Gegen 22:30 Uhr. Da lag ein Zettel im Flur, auf dem mir Patrick handschriftlich eine Nachricht hinterlassen hatte: ‚Kann heute später werden‘. Na ja, einen Zettel mit ähnlichem Inhalt hatte er mir schon vor drei Tagen hingelegt. Da war er, ohne mich vorher zu fragen, um neunzehn Uhr mit meinem Auto weggefahren ... und erst mitten in der Nacht wiedergekommen.“

„Vor drei Tagen ... meinen Sie damit die Nacht von Dienstag auf Mittwoch?“

„Genau.“

Wie ich aus der Zeitung wusste, war Dienstagabend Leonore Voigt ermordet worden. Zusätzlich hatte mir Katharina nach ihrer Rückkehr von Usedom am Telefon berichtet, dass Patrick Berger die Krankenschwester in den vergangenen Wochen öfters auf Station vor einer drohenden Gefahr gewarnt haben soll.

„Haben Sie Ihren Sohn gefragt, wohin er vor drei Tagen gefahren ist?“

„Ja. Nach Hannover. Angeblich hat er den Abend mit einem Bekannten in einer Gaststätte verbracht. Aber ob das wirklich stimmt?! Die Polizei hat ihn auch schon dazu befragt. Ich hab immer Angst, dass er wieder irgendwelche Verrücktheiten macht, die ihm gerade durch den Kopf gehen."

„Wie haben Sie reagiert, als Sie gestern vom Konzert nach Hause kamen und seine Nachricht vorfanden?"

„Ich hab gesehen, dass sein Fahrrad weg war. Also bin ich davon ausgegangen, dass er damit vielleicht zu seinem Bekannten gefahren ist, diesem Wilfried. Vor drei Tagen ist Patrick zwar spät, aber heil nach Hause gekommen. Ich bin gestern einfach ins Bett gegangen und schließlich eingeschlafen. Mitten in der Nacht wurde ich wach, als das große Unwetter anfing. Da hab ich noch gedacht, hoffentlich ist Patrick jetzt nicht draußen unterwegs und wird klitschnass."

In der ganzen Region Hannover hatte ab zwei Uhr morgens für mehrere Stunden ein starker Dauerregen eingesetzt.

„Kann es sein, Frau Berger, dass er zwischenzeitlich zu Hause war, aber schon ganz frühmorgens wieder gegangen ist?"

„Nein, das hätte ich mitbekommen. Wir frühstücken auch jeden Morgen zusammen."

„Haben Sie die Tagesklinik verständigt?"

„Ja, ich hab mit dem Stationsarzt telefoniert. Der meinte, ich soll erst einmal abwarten. Es gäbe keinen Hinweis auf eine aktuelle Eigen- oder Fremdgefährdung. Patrick sei auch schon in der Klinik ein paarmal einige Stunden zu spät aus dem Ausgang zurückgekommen. Für eine polizeiliche Fahndung wäre es noch zu früh."

Derartige Situationen kannte ich zur Genüge. Wenn Patienten ohne Absprache ihre Behandlung in einer psychiatrischen Klinik abbrachen, kam es des Öfteren vor, dass die Krankenhausärzte den Sozialpsychiatrischen Dienst darum baten, den Patienten im ambulanten Kontext aufzuspüren und vor Ort den weiteren sozialpsychiatrischen Hilfebedarf zu ermitteln. Die Polizei wurde nur dann eingeschaltet, wenn der Verdacht auf eine akute Gefährdung bestand.

„Ist Ihr Sohn in der Vergangenheit schon einmal nicht nach Hause gekommen, ohne Ihnen vorher Bescheid zu sagen?"

„Ja. Vor zwei Jahren. Da hat er sich mehrere Tage in München herumgetrieben, obwohl er dort niemanden kannte."

„Haben Sie heute noch mit jemand anderem über Patricks Verschwinden gesprochen?"

„Ich hab mit dem nächsten Allgemeinkrankenhaus in Lehrte telefoniert, ob er dort eingeliefert wurde. Aber die kannten ihn nicht. Außerdem hab ich noch gesehen, dass Patrick gestern Abend von unserm Festnetzapparat eine Handynummer angerufen hat. Die Nummer gehört diesem Wilfried, mit dem er sich gelegentlich trifft. Übernachtet hat er bei dem noch nie. Ich hab heute Morgen die Nummer gewählt, aber das Handy ist ausgeschaltet. Keine Ahnung, wo genau der in Ilten wohnt."

„Haben Sie eine Vermutung, wo sich Ihr Sohn derzeit aufhalten könnte?"

„Nein. Manchmal, aber ganz selten, trifft er sich mit ehemaligen Mitpatienten."

Konkrete Namen hatte Frau Berger nicht parat.

„Hat Patrick privaten Kontakt zu Frauen?", wollte ich noch wissen.

„Nein." Ich hörte ein Seufzen. „Eine Freundin hatte er nie."

„Momentan stehe ich vorm Haupthaus der Ludendorff-Klinik. Ich sprech gleich mal in der Tagesklinik mit dem zuständigen Oberarzt Dr. Dannenberg, der

Ihren Sohn viel besser kennt als ich. Danach melde ich mich wieder bei Ihnen."

Nach dem Ende des Telefonats ging ich die schmale Allee, an deren rechte Seite der Klinikpark grenzte, entlang, immer geradeaus. Die kleine Straße war links in langer Reihe mit Autos zugeparkt. Für die zahlreichen Klinikmitarbeiter reichte der Parkplatz beim Hauptgebäude nicht annähernd aus. Irgendwann tauchte am linken Straßenrand die Auffahrt zur allgemeinpsychiatrischen Tagesklinik auf, deren Außengelände durch eine Hecke weitgehend vor ungebetenen Zuschauern geschützt war. Ich entdeckte auf einem reservierten Einstellplatz einen mir wohlbekannten schwarzen Mercedes. Ronald war also da.

Ich betrat das Gebäude, ging durch einen hellen Flur, von dem verschiedene Räume abgingen. Alles wirkte frisch renoviert, das Mobiliar erst kürzlich neu angeschafft. In dem Raum, aus dem ich bereits von weitem Stimmen vernommenen hatte, saßen Patienten um mehre Tische beim Essen. Es war Mittagspause.

„Herr Berger ist heute nicht erschienen, zumindest bis jetzt nicht", erklärte mir auf dem Flur bereitwillig Frau Rosina, eine junge brünette Krankenschwester, der ich mich als Leiter des Sozialpsychiatrischen Dienstes vorgestellt hatte. „Und Herr Dr. Dannenberg ist gerade in einem längeren Patientengespräch."

Mein Blick fiel in den Aufenthaltsraum, wo ich auf einem Tisch neben verschiedenen Brettspielen auch ein Etui mit der Aufschrift „Doppelkopf" entdeckte. Spontan dachte ich an meine Theorie zur Herzzehn neben der toten Prostituierten im Lovemobil. Ich erkundigte mich bei Frau Rosina, ob das Kartenspiel von den Patienten auch genutzt wurde.

„Ja“, sagte die Krankenschwester lächelnd. „Vonseiten der Beschäftigungstherapie wird Doppelkopf seit Langem sehr gern angeboten, weil das Spiel Merkfähigkeit, Kombinationsvermögen und die Zusammenarbeit mit unterschiedlichen Partnern fördert.“

„Welcher Mitarbeiter ist denn hier derzeit für die Beschäftigungstherapie zuständig?“, fragte ich Frau Rosina.

„Frau Lüdecke.“

Auf einmal wurde meine Aufmerksamkeit in eine andere Richtung gelenkt. Ein beleibter Mann, schätzungsweise Mitte vierzig, mit ungekämmten Haaren, mehr grau als dunkelblond, schlurfte den Flur entlang. Er trug ausgebeulte Jeans, eine offene Jacke, darunter ein schwarzes T-Shirt mit einem Button, auf den sich sofort mein Blick richtete. Genau so ein Teil hatte ich vor ein paar Tagen gesehen. Bei Patrick Berger, als er auf der geschlossenen Station 1 an mir vorbeigehuscht war.

„Mein Name ist Seifert, ich bin Arzt vom Sozialpsychiatrischen Dienst“, sprach ich ihn an. „Kennen Sie Herrn Patrick Berger?“

„Klar. Is'n Kumpel von mir. Den will ich besuchen. Ist doch grad Mittagspause.“

„Herr Berger ist leider nicht gekommen“, sagte Frau Rosina. „Haben Sie eine Ahnung, wo er sein könnte?“

„Nee.“

Die Krankenschwester verabschiedete sich höflich mit dem Hinweis, dass sie noch einiges zu erledigen hätte, und verschwand im Dienstzimmer.

„Gibt es einen besonderen Grund, dass Sie Herrn Berger in der Mittagspause besuchen wollten“, fragte ich vorsichtig, „statt bis nachmittags zu warten?“

„Hab mir ein bisschen Sorgen um ihn gemacht. Wollte wissen, wie er inzwischen drauf ist.“

„Warum waren Sie besorgt?"

Er schaute mich verunsichert an: „Ich weiß gar nicht, ob ich Ihnen das alles erzählen soll ...?"

„Sie können mir vertrauen. Patricks Mutter, die ich seit Jahren kenne, hat mich gerade gebeten, dass ich mich umhöre, wo ihr Sohn geblieben sein könnte. Als Facharzt für Psychiatrie und Psychotherapie ist es für mich selbstverständlich, mit Informationen meiner Patienten äußerst vertraulich umzugehen." Ich schob gleich Insiderwissen hinterher: „Frau Berger sprach davon, dass Patrick gestern Abend seinen Bekannten Wilfried angerufen hätte. Sind Sie das?"

Mein Gegenüber starrte mich mit großen Augen an: „Ja, das stimmt. Ich bin Wilfried Meyer. Patrick hat mich auf'm Handy angerufen, da war ich grade unterwegs zum Supermarkt. Er war voll hektisch, wollte von mir wissen, wo sein ehemaliger Mitpatient wohnt, mit dem er in einem Zimmer gelegen hatte."

„Meinen Sie Olaf Mantkowski?"

Wilfrieds Augen wurden noch größer: „Eh, Sie wissen ja Bescheid! Richtig, Olaf Mantkowski. Der wohnt bei mir in der Nachbarschaft, ist auch oft tagsüber zu Hause. Patrick kannte Olafs Adresse nicht, wusste aber, dass ich sie kenne."

„Und haben Sie Patrick gesagt, wo genau Herr Mantkowski wohnt?"

„Klar."

„Warum wollte Patrick das wissen?"

„Er wollte Olaf unbedingt besuchen, um dringend was zu klären."

„Was denn klären?"

„Hab ich nicht richtig kapiert. Es ging um Patricks Smartphone ... und 'ne tote Krankenschwester."

„Ist Patrick abends noch bei Herrn Mantkowski gewesen?"

„Wahrscheinlich schon ... weiß ich aber nicht genau."

„Haben Sie ihn nicht wieder angerufen?"

„Seit Montag kommt er nicht an sein Smartphone. Und auf seinem Festnetz ruf ich ihn nicht an. Da geht fast immer seine Mutter an den Apparat ... die kann mich nicht leiden. Deshalb bin ich ja heute Mittag hierhergekommen, um mit Patrick persönlich zu sprechen."

„Frau Berger hat heute Vormittag versucht, Sie auf Ihrem Handy zu erreichen ...?"

„Ich hab's abgestellt, hab auch länger geschlafen. Vormittags will ich meine Ruhe haben, da hab ich das Handy meistens nicht an."

Gleichzeitig teilte mir Wilfried mit, dass er seinen Festnetzanschluss vor Jahren gekündigt hätte.

„Patrick und Sie kennen sich schon länger?"

„Seit anderthalb Jahren. Wir haben uns in der Klinik kennengelernt, interessieren uns beide für ‚Zombie Crime'. Ich bin seit Längerem arbeitslos. Da hab ich jetzt Zeit, Patrick regelmäßig auf Station oder in der Tagesklinik zu besuchen."

„Wann haben Sie ihn zuletzt gesehen?"

„Vor vier Tagen. Am Montagabend, bei mir. Wir haben gequatscht und Fernsehen geguckt."

„Wie war er drauf?"

„Nervös. Da hat er mir erzählt, dass seine Mutter sein ausgeschaltetes Smartphone verwahrt ... und dass er am Sonntag bei Olaf in der Klinik war. Olaf hätte ihm gesagt, dass er bald entlassen wird. Aber sonst ist an dem Abend bei mir nichts passiert."

„Gehen Sie davon aus, dass sich Patrick bei Ihnen melden würde, wenn er in Schwierigkeiten ist?"

„Nicht unbedingt, manchmal ist er 'n Geheimniskrämer."

Aber meine Frage veranlasste Wilfried dazu, sein Handy einzuschalten, um zu gucken, ob ihn der verschwundene Patrick eventuell doch angerufen hatte. Aber der letzte vergebliche Anruf heute Vormittag war tatsächlich nur der von Patricks Mutter.

Ich hatte eine Idee: „Am hilfreichsten wäre es, Herrn Mantkowski zu fragen, ob er Patrick gestern Abend gesehen hat."

Wilfried zog die Mundwinkel nach unten: „Den besuch ich nicht, der war zuletzt so unfreundlich zu mir."

Aber ich war Feuer und Flamme, möglichst schnell Licht in das Geschehen um den verschwundenen Patrick Berger zu bringen.

„*Ich* spreche mit Herrn Mantkowski", teilte ich Wilfried mit. „Jetzt gleich."

♠

Ich nahm Wilfried Meyer, der zu Fuß zur Tagesklinik gekommen war, in meinem VW Golf mit und setzte ihn vor seiner Haustür ab. Er lebte in einer Mietwohnung im Nordosten von Ilten, in einem der zweistöckigen Reihenhäuser mit Balkon.

„Da wohnt Olaf", meinte Wilfried und zeigte auf eines der Mietshäuser schräg gegenüber. „Kann gut sein, dass er um diese Zeit zu Hause ist."

Ich bedankte mich und steuerte allein auf das besagte Haus zu. Wilfried Meyer schaute mir interessiert hinterher. Neben der Eingangstür war eine Klingelleiste mit sechs Namen, darunter „Mantkowski".

Machen Sie Hausbesuche bei Patienten, die Sie nicht kennen, immer zu zweit, um sich nicht unnötig in Gefahr zu bringen, hatte ich selbst meinen Mitarbeitern immer gepredigt. In diesem Fall setzte ich darauf, dass ich überaus vorsichtig war, Taekwondo beherrschte und ... mein Schutzengel seinen Job ernst nahm.

Auf mein Klingeln ertönte aus der Gegensprechanlage ein erwartungsvolles: „Ja ...?"

„Guten Tag, Herr Mantkowski. Seifert vom Sozialpsychiatrischen Dienst. Ich würde Sie gerne in einer wichtigen Angelegenheit sprechen."

Jetzt wurde es spannend. In meiner langjährigen Tätigkeit beim Sozialpsychiatrischen Dienst war ich es durchaus gewohnt, bei unangekündigten Hausbesuchen nicht in die Wohnung gelassen zu werden. Bei Mantkowski war ich mir nicht sicher, wo auf seiner Sympathieskala er mich einsortierte – immerhin war ich es gewesen, der ihm Emilia bei der Geiselnahme entrissen hatte, bevor er fixiert wurde. Zu meiner Überraschung verfiel Mantkowski in einen freundlichen Tonfall und sagte: „Herr Dr. Seifert ... welche Überraschung! Kommen Sie herein."

Der Türöffner summte, und ich betrat das Haus. Die weißen Wände, die Briefkästen und die Treppe im Hausflur machten auf mich einen sehr gepflegten Eindruck. Für einen kurzen Moment glaubte ich das Gesicht eines älteren Mannes zu sehen, im Türspalt der linken Erdgeschosswohnung. Dann schnappte die Tür zu. Ich tippte auf die Kategorie „neugieriger Nachbar", gelegentlich eine meiner wichtigsten Informationsquellen bei Hausbesuchen. Olaf Mantkowski wohnte im ersten Stock links, erwartete mich bereits im Türrahmen. Er war mit einem dunkelbauen Hemd und einer schwarzen Jeans bekleidet. Von sich aus reichte er mir die Hand zur Begrüßung.

„Ich bin dienstlich hier", erklärte ich ihm, „und suche Herrn Patrick Berger. Ich gehe davon aus, dass Sie mir weiterhelfen können."

Er lächelte mich an: „Inwiefern weiterhelfen ...?"

„Von den mir bekannten Personen könnten Sie momentan derjenige sein, der ihn gestern Abend zuletzt gesehen hat."

Seinem Gesichtsausdruck zu urteilen war Mantkowski erstaunt. Dann trat er im Türrahmen zur Seite und machte mit der linken Hand eine einladende Bewegung.

„Treten Sie bitte ein, Herr Dr. Seifert, hier im Hausflur lässt sich so was nicht gut besprechen."

Er bat mich in sein modern eingerichtetes Wohnzimmer, in dem er sich offenbar bis eben mit einer Spielekonsole, angeschlossen an einen riesengroßen Flachbildfernseher, vergnügt hatte.

Gerade wollte ich mit einer Frage bezüglich Berger ansetzen, als Mantkowski verkündete: „Ich bin ein kooperativer Mensch, der die Behörden gerne unterstützt, wenn ich dadurch anderen Menschen helfen kann."

„Das freut mich ..."

Wir setzten uns in seine futuristisch anmutenden silbernen Schalensessel.

Nachdem ich ihn in der Klinik auf höchst unangenehme Art erlebt hatte, wirkte er jetzt wie jemand, der in einen Kessel mit Weichspüler gefallen war.

„Wissen Sie, ich bemühe nicht einmal einen Anwalt, obwohl die Klinik in meinem Fall ihre Schweigepflicht gebrochen hat", führte er weiter aus. „Da geh ich ganz gelassen mit um."

„Die Klinik hat ihre Schweigepflicht gebrochen ...?"

„Gegenüber der Polizei. Aber ich weiß ja, dass Menschen wie Dr. Dannenberg oder dessen gute Freunde

…", er guckte mich an, „… aus ehrenwerten Motiven heraus handeln. Ich vergesse nie, wenn jemand etwas für mich tut."

Was um alles in der Welt zog Mantkowski hier für eine Show ab?! Er schien zu glauben, bei mir mit seinem schleimigen Gerede punkten zu können. Andererseits sah ich darin eine Chance, Dinge zu erfahren, die er mir sonst vielleicht nicht mitteilen würde: „Ich nehme an, die Polizei hat Sie befragt …?"

„Ich konnte die Polizei vorgestern davon überzeugen, dass ich mit dem Mord an der Krankenschwester nichts zu tun habe. Zur Tatzeit war ich bei 'nem Kumpel."

Mantkowski zeigte sich momentan gegenüber offiziellen Behörden und seinen behandelnden Ärzten recht angepasst. Hatte ihm sein Anwalt dazu geraten?

Ich kam zum Grund meines Besuches: „Was ist gestern Abend passiert? Hat Herr Berger Sie hier angetroffen?"

„Ja, kurz bevor ich meine Wohnung verlassen wollte, tauchte er plötzlich auf."

„Um wie viel Uhr?"

„So 19:15 Uhr."

„Was wollte er von Ihnen?"

„Das frag ich mich auch. Er klingelte bei mir Sturm, redete dummes Zeug. Ich hab nur an der Wohnungstür mit ihm gesprochen."

„Was heißt ‚dummes Zeug'?"

„Er fragte – und das ziemlich laut – ob ich mein Smartphone wiederbekommen hätte. Und wiederholte immer wieder etwas von einem Mordbefehl im Zusammenhang mit Leonore Voigt."

„War Ihr Smartphone abhandengekommen?"

Mantkowski berichtete, dass er es vor seiner Krankenhauseinweisung bei einem Bekannten vergessen und ihm Berger seins auf Station für ein Telefonat ausgeliehen hätte: „Berger hat mich damals gewarnt, dass ich durch das Smartphone von Zombies manipuliert werden könnte. Am vergangenen Sonntag hat er mich noch mal auf Station besucht, hat wieder nach meinem Smartphone gefragt ... und ob ich glaube, dass Kirchhoff ... Dr. Kirchhoff ... Leonore Voigt ins Verderben stürzt."

„Hat Herr Berger seine Befürchtung in Bezug auf Dr. Kirchhoff begründet?"

„Es hat alles mit dieser Zombie-Serie zu tun. Ich hab's nicht verstanden."

Ich sprach ein Thema an, das Mantkowski vermutlich unangenehm war: „Letzte Woche wollten Sie ... während des gefährlichen Zwischenfalls auf Station ... Frau Duarte Garcia gegen Frau Voigt austauschen, um einen ‚wertvolleren Pfand' gegenüber Dr. Kirchhoff in der Hand zu haben ..."

„Ja, ja. Krankheitsbedingt hatte ich völlig irre Gedanken im Kopf", unterbrach er mich, anscheinend peinlich berührt. „Aber damit bin ich zum Glück durch. Gegen Frau Voigt hab ich nun wirklich nichts."

„Wie ging das hier gestern Abend weiter?"

„Ein vernünftiges Gespräch war mit Berger nicht möglich. Er hat noch was Verrücktes von sich gegeben: ‚Die haben mich vom Fahrrad geholt ... mit Telekinese ... das benutz ich nicht mehr.' Seine Jeans hatte unter dem rechten Knie ein Loch. Ich glaube, er hatte zusätzlich an der rechten Hand eine kleine Schürfwunde. War wohl gefallen, aber nicht ernsthaft verletzt. Ich hab ihm gesagt, er solle den ganzen Kram morgen in der Klinik mit seinen Therapeuten besprechen. Danach ist er abgehauen."

„Wann war das?"

„Kurz vor halb acht."
„Haben Sie ihn seitdem wiedergesehen?"
„Nein."
Auf die Idee mit der Telekinese, also Bewegung von Gegenständen mittels Geisteskraft, war Berger sicherlich durch „Zombie Crime" gekommen. Für mich klang das so, als wäre er in der Hektik mit dem Fahrrad gestürzt und hätte sich für die Ursache eine wahnhafte Erklärung gesucht. Aber wohin war er nach dem Zusammentreffen mit Mantkowski verschwunden? Und warum?

Ich verabschiedete mich von meinem Gastgeber.

„Und grüßen Sie Ihre Tochter von mir", meinte er lächelnd. „Ich hab sie gut in Erinnerung. Mein Kompliment, sie ist wirklich eine wunderschöne Frau."

♠

Ich überlegte. Irgendetwas hatte Patrick Berger in Aufregung versetzt, weshalb er gestern Abend unbedingt mit Olaf Mantkowski sprechen wollte. Immer wieder spielte ein Smartphone eine große Rolle. Das zog sich wie ein roter Faden durch die Äußerungen meiner Gesprächspartner. Zunehmend hatte ich das Gefühl, dass Bergers Verschwinden eine wichtige Bedeutung für die Aufklärung der Frauenmorde haben könnte. Mantkowskis Darstellung der gestrigen Ereignisse passte zu dem, was Ruth Berger und Wilfried Meyer erzählt hatten. Trotzdem konnte Mantkowski sein Zusammentreffen mit Berger falsch wiedergegeben haben.

Von meinen Hausbesuchen als Arzt vom Sozialpsychiatrischen Dienst war ich es gewohnt, Informationen von Nachbarn einzuholen. In diesem Fall bot sich der ältere Mann aus der Wohnung direkt unter Mant-

kowski an. Schon aus seinem Verhalten bei meiner Ankunft schloss ich, dass er über die Geschehnisse im Haus überdurchschnittlich gut informiert war. Ich sollte recht behalten. Der redselige ältere Herr, dem ich mich ganz allgemein als „Seifert von der Region Hannover“ vorstellte, bestätigte, dass Berger in der besagten Zeit lautstark mit Mantkowski vor dessen Wohnungstür gesprochen hatte. Anschließend war Berger allein wieder gegangen. In Richtung der Hauptstraße, die Lehrte mit der B65 in Ilten verband.

Es wurde Zeit, dass ich über Patrick Berger mit seiner Mutter persönlich sprach.

2

Fast wäre alles zu Ende gewesen. Gestern Abend hatte er Blut und Wasser geschwitzt, aber zuletzt hatte alles geklappt. Der starke Regen in der Nacht war sein Verbündeter. Jetzt musste der Mann zur Ruhe kommen, um keine Fehler zu machen. Die jüngsten Ereignisse hatten ihn bei der Auswahl des nächsten Opfers bestätigt.

Er war selbst erstaunt über seine Fähigkeit, die Menschen um sich herum zu täuschen. Auf diese Weise konnte er seinen Weg konsequent zu Ende gehen, Schritt für Schritt. Niemand würde ihn aufhalten.

Den übereifrigen Hauptkommissar musste er im Blick behalten. Der Polizist kam ihm ganz nah, dennoch ahnte dieser nicht, was wirklich ablief.

♠

Ich hatte kurz mit Ruth Berger telefoniert und mich von meinem Navigationssystem vor ihre Haustür leiten lassen. In all den Jahren, die wir uns kannten, war ich nie bei ihr zu Hause gewesen. Sie wohnte mit ihrem einzigen Sohn in einem Reiheneinfamilienhaus in Ilten.

Ruth Berger war eine kleine, dezent übergewichtige, geistig vitale Frau mit grauen Haaren, deren körperliche Beweglichkeit aufgrund einer beidseitigen Hüftgelenkarthrose eingeschränkt war. Die notwendigen Operationen hatte sie mehrfach wegen der Krankheit ihres Sohnes verschoben. Bei jedem ihrer langsamen Schritte schien sie Schmerzen zu haben. Wobei ich den

Eindruck hatte, dass die Sorge um ihren verschwundenen Sohn ihr Übriges dazu beitrug.

Sie bat mich in ihr Wohnzimmer, das mit massiven Eichenmöbeln ausgestattet war. Die ausladenden, mit Stoff bezogenen Sessel wirkten - wie die gesamte Einrichtung - altmodisch.

„Warum haben Sie Patricks Smartphone an sich genommen?“, fragte ich Frau Berger, nachdem ich ihr die wichtigsten Ergebnisse meiner heutigen Recherchen mitgeteilt hatte.

„Um ihm zu helfen. Ich hatte das Gefühl, dass ihn das Ding zuletzt total verrückt machte. Er beschäftigte sich mit nichts anderem mehr, befürchtete Manipulationen, war ängstlich, stellte das Smartphone immer wieder an und aus. Da hab ich es einkassiert und ausgeschaltet. Ich bin sogar mit seinem Smartphone ins Sinfoniekonzert gefahren.“

„Wollte er das Smartphone nicht wiederhaben?“

„Manchmal schon. Aber darauf hab ich mich nicht eingelassen. Und letztendlich war er froh darüber, dass er insgesamt etwas mehr zur Ruhe kam. Trotzdem redete er pausenlos darüber, dass er Brewsters Verbündete in Deutschland aufsuchen wolle ... Görlitz und Klum ... oder Schiffer.“

Gab es hier einen ersten Hinweis auf den Ort, wohin Patrick sich abgesetzt hatte?

Ich googelte die entsprechenden Begriffe in meinem Smartphone und wurde sofort fündig. Vermutlich um die Attraktivität der Serie für europäische Zuschauer zu erhöhen, war Brewster auf einen Europa-Trip geschickt worden, wo er sich in einer Episode mit Karl Görlitz und Hans Schiffer verbündete, die in Berlin nach tiefgefrorenen Alt-Nazis suchten. Wenn Patrick nicht mehr zwischen Fiktion und Realität unterscheiden konnte, war er möglicherweise auf dem Weg nach Berlin.

Ich hielt es für gut investierte Zeit, mich genauer mit Patricks Krankheitsgeschichte zu beschäftigen.

Im Folgenden erfuhr ich von Ruth Berger interessante Einzelheiten aus der Biografie ihres Sohnes.

Patrick war ein Wunschkind gewesen, das seine Mutter, Angestellte in einem Reisebüro, mit dreißig zur Welt brachte. Schon als Jugendlicher hing er sehr an seinen Eltern, ohne den Schritt in die räumliche Selbstständigkeit zu vollziehen.

Seine Mutter beschrieb ihn als perfektionistisch, wenn es darum ging, Regeln einzuhalten, Gegenstände zu ordnen oder den Garten zu pflegen. Demgegenüber zeigte er sich eher nachlässig, wenn es um Kleidung, körperliche Hygiene oder Fitness ging („darum wird er auch nur schwer eine Frau finden"). Die Genauigkeit hatte er wohl von seinem Vater übernommen, der Beamter in der Gemeindeverwaltung gewesen war.

Patrick lernte Kfz-Mechaniker und arbeitete einige Jahre erfolgreich in diesem Beruf, bis ihn die chronisch verlaufende Schizophrenie zunehmend beeinträchtigte. Obwohl er – nach Einschätzung seiner Mutter – ein „sanftmütiger Mensch" war, hatte er sich früher einmal mit einem Kollegen am Arbeitsplatz geprügelt.

„Nachdem sein Vater vor anderthalb Jahren starb, fing er an, sich ganz intensiv mit ‚Zombie Crime' und diesem Inspector Brewster zu beschäftigen. Da war ich ganz froh, dass er parallel dazu eine gute Beziehung zu Oberarzt Dr. Dannenberg aufbaute."

Patrick bewohnte im oberen Stockwerk ein eigenes Zimmer. Die hausinternen Spielregeln wirkten skurril. Patrick hatte mit seiner Mutter genaue Absprachen getroffen über gemeinsame Mahlzeiten, morgendliche Nutzung des Badezimmers und Zeiten für Gartenpflege und Einkäufe. Außerdem hatte sich Ruth Berger mit Patrick darauf geeinigt, sein Zimmer nur im Ausnahmefall zu betreten, damit er selbstständig seine Ordnung nach seinen Regeln aufrechterhalten konnte. Lediglich am ersten Freitag im Monat durfte die Putzfrau, die ansonsten jede Woche am Freitagmittag zur Säuberung der übrigen Räume kam, Patricks Zimmer reinigen.

„Wie war das vor zwei Jahren, als sich Ihr Sohn ohne Vorankündigung einige Tage in München aufhielt?"

„Er hatte es heimlich geplant. Mein Mann und ich wussten von nichts. Er hat sich vorher Geld abgehoben, einen Städteführer über München gekauft, seine Reisetasche gepackt und ist per Anhalter gefahren. Die Autobahn ist ja in unmittelbarer Nähe."

„Was hat er damals in München gemacht?"

„Er hat sich die Allianz Arena angesehen ... ist ein großer Fußball-Fan. Dann hat er sich mit Prostituierten eingelassen, die ihm fast sein ganzes Geld abgenommen haben. Und seine EC-Karte ist in München auch noch verlorengegangen."

„Wie ging die Geschichte damals aus?"

„Er rief uns an, kam geknickt nach Hause. Wegen der Sache mit den Prostituierten hab ich ihn gehörig ins Gebet genommen, damit er so etwas nicht wieder macht."

Falls Patrick aktuell geplant haben sollte, tatsächlich nach Berlin zu fahren, könnte es sein, dass er wieder Geld abgehoben und einige Sachen zusammengepackt hatte.

„Wäre es Ihnen recht, wenn wir einmal einen Blick in sein Zimmer werfen ...? Diese Situation ist doch ein

Ausnahmefall, sodass wir nicht gegen die Regeln verstoßen ..."

Ruth Berger nickte: „Einverstanden. Ich begleite Sie hinauf."

Langsam ging sie Stufe um Stufe vor mir die Treppe nach oben ins erste Stockwerk. Von einem kleinen Flur gingen vier Räume ab, darunter das Zimmer von Patrick, ein Bad und ein Schlafzimmer.

Patricks Zimmertür, die ein Schild mit der Aufschrift „For Patrick only" zierte, war geschlossen. Zögernd, als täte sie etwas Verbotenes, ergriff Frau Berger die Klinke und öffnete die Tür. Schon der erste Eindruck war sehr aussagekräftig.

Der ganze Raum war einer zwanghaften Ordnung unterworfen. An den Wänden hingen Poster, offenbar mit Wasserwaage ausgemessen, die Motive von „Zombie Crime" und der Fußball-WM zeigten. Papiere lagen, sortiert nach Größe, deckungsgleich übereinander auf der Schreibtischplatte, die einzelnen Stapel in identischen Abständen. Das Gleiche galt in den Regalen für die Anordnung von Fernsehzeitschriften, Comic-Heften und Büchern. Die Sortierung der Kugelschreiber folgte farblichen Gesichtspunkten.

In der Mitte des Raumes stand ein Tisch, deren Stühle symmetrisch zueinander gruppiert waren. Die Verteilung der Kissen auf der Bettcouch war ebenfalls einer Symmetrie unterworfen. Ich vermutete, dass sich das Ordnungssystem im Kleiderschrank fortsetzte.

Frau Berger schien meine Gedanken zu erraten, als sie sagte: „Das mit der Ordnung ist über die Jahre immer schlimmer geworden. Aber mein Mann und ich konnten uns gegenüber Patrick durchsetzen, dass sich seine Ordnungsliebe weitgehend auf sein Zimmer beschränkt. Außerhalb seiner vier Wände – und auch im

Krankenhaus - hat er akzeptiert, dass andere Regeln gelten."

Wie ich erfuhr, war mit der hiesigen Putzfrau vereinbart, dass sie nichts, was sich auf dem Schreibtisch und in den Regalen befand, berühren durfte. Ihre Tätigkeit erstreckte sich auf Teppich saugen, Fenster putzen, Fernseher und Lampen entstauben und gelegentlich Gardinen waschen. Um die Sauberkeit in den „Tabuzonen" kümmerte sich Patrick selbst.

Ich betrat den Raum, der leicht muffig roch. Nach Reisevorbereitungen sah es hier nicht aus. Mein Blick überflog den Schreibtisch (der Bildschirm für den PC selbstredend mittig), auf dem ich einen Stapel mit Kontoauszugsheftern entdeckte.

„Sein Geld verwaltet Ihr Sohn selbstständig?"

„Was Geld angeht, ist Patrick wie sein Vater. Für meinen verstorbenen Mann kamen riskante Geldanlagen nicht infrage, unser Geld wurde in Sparbriefen und später auf Tagesgeldkonten angelegt. Das Geld, das mein Mann ihm vererbt hat, wird von Patrick sorgsam gehütet. Jede Kontobewegung druckt er sich gleich aus und heftet sie ordentlich ab."

„Wollen Sie mal die letzten Kontoauszüge anschauen, ob er wie vor der München-Reise Geld abgehoben hat?"

Ruth Berger zierte sich: „Bitte machen Sie das. Ich hab ihm versprochen, hier nichts anzufassen."

„Wenn Sie meinen ..."

Der erste Hefter enthielt Auszüge von seinem Girokonto. Viele Kontobewegungen gab es nicht im Oktober. Vergangenen Dienstag, am Todestag von Leonore Voigt, hatte er vom Geldautomaten vierhundert Euro abgehoben. Danach war er angeblich mit dem Wagen nach Hannover gefahren. Ich blätterte weiter und staunte nicht schlecht. Was war das denn?! Offenbar hatte er ab Juni dieses Jahres regelmäßig Beträge von einem Tagesgeldkonto auf sein Girokonto überweisen lassen und anschließend abgehoben. Zwischen Juni und September kam eine Summe von mehreren Tausend Euro zusammen. Die jeweiligen Auszahlungen über den Geldautomaten, teilweise im wöchentlichen Abstand, betrugen in der Regel fünfhundert, aber auch schon mal tausend Euro.

„Haben Sie eine Ahnung, was Ihr Sohn mit dem Geld gemacht hat?"

„Das haut mich um", bekundete Frau Berger, die ganz bleich im Gesicht wurde. „Das passt überhaupt nicht zu Patrick. Ich wüsste nicht, wofür er so viel Geld braucht. Das ist das Erbe seines Vaters. Ich müsste doch wissen, wenn er sich fortwährend was gekauft hat ..."

Plötzlich kam mir ein Gedanke, der mich selbst total erschreckte. War es möglich, dass es sich bei Patrick um den geheimnisvollen Kunden handelte, den Dana Bosilek über Monate finanziell ausgenommen hatte? Indem sie ihm Liebe vorgaukelte, verbunden mit Geldforderungen, um sich angeblich aus dem Milieu freizukaufen ...? Patrick hatte nie eine Freundin und war sicherlich für falsche Liebesbekundungen empfänglich. War es möglich, dass er ihr leichtgläubig nach und nach das geerbte Geld seines Vaters geschenkt hatte? Der Zeitraum würde hinkommen. Das könnte auch erklären, warum er ab Juni die Beobachtung von Ronald eingestellt hatte. Vielleicht galt seine volle Aufmerksamkeit ab dann nur noch dieser Prostituierten, von der seine Mutter aber auf keinen Fall etwas erfahren durfte.

„Können Sie sich erinnern, ob Patrick ab Juni häufiger am späten Nachmittag oder abends außer Haus war?"

„Kann sein, da war ja die Fußball-WM, die er mit diesem Wilfried und anderen Mitpatienten geguckt hat."

Aber mein Gedanke ging noch weiter. Wenn Patrick durch Dana Bosilek maßlos enttäuscht und gekränkt wurde, hatte er eindeutig ein Motiv, sie aus Rache zu ermorden. Und je länger ich mich damit beschäftigte, desto mehr wurde mir klar, dass womöglich alles zusammenpasste.

Wie Ruth Berger angedeutet hatte, standen Patricks Alibis auf sehr wackeligen Füßen. Da imponierte am Tatort eine gewisse Symmetrie, die eine Ambivalenz ausdrückte. Hatte Patrick die Frau erst geliebt und später gehasst? Die innere Zerrissenheit seines Tuns könnte sich in den zurückgelassenen Gegenständen Spielkarte und Grablicht ausdrücken – mit der symbolischen Entlastung durch die offengelassene Tür: *Seht her, ich tue nichts, was man verbergen muss.*

Für Patrick hatte ein Smartphone eine wahnhaft besetzte Bedeutung, weshalb er es unter Umständen zerstören musste.

Und es gab noch mehr Indizien. Eine zentrale Bedeutung hatte möglicherweise das absolute Eintauchen in die Welt von „Zombie Crime", in der es immer wieder um die Durchführung vermeintlich perfekter Verbrechen ging – als Anregung für die gezielte Planung eines Mordes.

Patrick interessierte sich für die Fußball-WM. Nicht unwahrscheinlich, dass er sich im Fan-Shop von Hannover 96, den es im Nachbarort Köthenwald gab, die DFB-Sonderedition des Kartenspiels besorgt hatte. Wie mir Ruth Berger eben bestätigte, hatte Patrick in der Tagesklinik gelernt, wie man Doppelkopf spielte. Mit der angenommenen Symbolik der Herzzehn könnte er demnach vertraut gewesen sein.

„Wie war das psychische Befinden Ihres Sohnes in den zurückliegenden Monaten? Ist Ihnen etwas Besonderes aufgefallen?"

„Im Sommer war er recht stabil, wirkte glücklich und zufrieden. Ich hab das auf den deutschen Erfolg bei der Fußballweltmeisterschaft zurückgeführt. Im letzten Monat kippte das. Deshalb musste er ab Mitte September wieder in tagesklinische Behandlung."

Der zeitliche Ablauf würde meine Hypothese stützen. Patricks Enttäuschung über Dana Bosilek könnte der Grund für die Aufnahme in der Tagesklinik gewesen sein. Sollte er die Prostituierte wirklich am 30. September getötet haben, waren vielleicht schwere Schuldgefühle der Grund für seine zunehmende psychotische Dekompensation, weshalb er auf die geschlossene Station verlegt werden musste.

Sofort überlegte ich weiter. Was war mit Leonore Voigt? Warum sollte er die Krankenschwester erst warnen und später ermorden?

Es war denkbar, dass die ausgeprägte psychotische Symptomatik einen unbewussten Abwehrmechanismus darstellte, der Patrick von eigener Schuld entlasten sollte: Nicht er hatte Dana Bosilek aus freien Stücken getötet, sondern Zombies waren die Verantwortlichen, die ihn nach Belieben telepathisch manipulieren konnten. Bei der rothaarigen Leonore Voigt, die er gleichfalls mochte, zog er Parallelen zum Mordopfer – verbunden mit der Angst, dass der Kontakt zu dieser attraktiven Frau ähnlich tödlich enden könnte. Aber durch den vermeintlichen Kontakt zu Inspector Brewster wechselte er endgültig zurück ins Lager der Guten, wurde von einer potenziellen Gefahr für die

Frau zu ihrem Beschützer. Leonore Voigt gehörte unantastbar zu Ronald Dannenberg, den er verehrte. Aber auf einmal wurde Patrick klar, dass Leonore sich von Ronald losgesagt und eine Beziehung mit Fabian Kirchhoff begonnen hatte. Den wiederum schien Patrick nicht zu mögen, wie Mantkowskis Worten zu entnehmen war. Konnte es sein, dass Patrick Leonore tötete, weil sie Ronald für Kirchhoff verlassen hatte?

Während mir die Gedanken durch den Kopf schossen, schaute ich mit Ruth Berger in Patricks Kleiderschrank. Wir fanden keinen Hinweis auf fehlende Kleidungsstücke, die er eingepackt haben könnte. Aber dafür war vielleicht auch keine Zeit mehr gewesen.

In meinem Kopf ratterte es weiter. Wie passte Patricks letzter Besuch bei Mantkowski zu meiner Hypothese? Es war möglich, dass Patrick den Mord an Leonore komplett verdrängt hatte und zu seiner eigenen Entlastung von Mantkowski wissen wollte, ob dieser durch sein wiedergefundenes Smartphone einen Mordbefehl erhalten hatte. Als Mantkowski nicht das Erhoffte antwortete, blieb Patrick nur die Flucht ... vor sich selbst ... vielleicht zu seinen vermeintlichen Verbündeten in Berlin.

„Haben Sie eigentlich Kabelbinder im Haus?“, wollte ich von seiner Mutter wissen.

„Mein Mann hatte immer welche im Keller liegen.“

„Wissen Sie, welche Farbe die haben?“

„Wenn ich mich richtig erinnere: weiß. Warum fragen Sie? Hat das was mit Patricks Verschwinden zu tun?“

„Nur indirekt“, antwortete ich ausweichend, ohne weiter darauf einzugehen.

Ich wurde von meinen Gedankenspielen überwältigt. Andererseits durfte ich Frau Berger durch eine vorschnelle Verdächtigung ihres Sohnes nicht unnötig zusätzlich belasten.

Es klingelte an der Haustür.

„Das wird Frau Cordes, unsere Putzfrau, sein, die jeden Freitag um diese Zeit kommt."

Bevor wir wieder nach unten gingen, fragte ich vorsichtig: „Halten Sie es für möglich, dass Ihr Sohn das Geld einer Frau gegeben hat?"

„Einer Prostituierten?", antwortete sie überraschend schnell. „In diesem Wohnmobil am Ortsrand?"

Ich nickte.

„Wenn ich genau darüber nachdenke ... könnte sein."

Wir gingen nach unten, und ich ließ Frau Cordes ins Haus. Ruth Berger hatte die Bedeutung der Kontoauszüge verstanden, zumindest teilweise.

„Ich hoffe, dass sich alles aufklärt und er nicht noch mehr Dummheiten gemacht hat", sagte sie gefasst. „Geld kann man ersetzen."

Wir vereinbarten, die Polizei zu verständigen, um eine Fahndung zu veranlassen. Frau Berger bat mich, dass ich diesen Schritt übernahm, weil ich über die gesammelten Fakten am besten informiert war. Ich sagte ihr fest zu, mich darum zu kümmern. Die spätere genaue Untersuchung von Patricks Zimmer war jetzt Sache der Polizei.

„Ich spreche auf jeden Fall gleich noch persönlich mit Herrn Dr. Dannenberg, ob er Hinweise zum Aufenthaltsort Ihres Sohnes geben kann."

„Ja, machen Sie das. Ich komm hier schon klar und bin einiges gewohnt." Sie hatte Tränen in den Augen. „Außerdem hab ich noch Frau Cordes, wenn ich im Haus Unterstützung brauche."

Ich verabschiedete mich. Erst als ich wieder im Auto saß, rief ich Kriminalhauptkommissar Thomas Stelter an, mit dem ich zuletzt am Einweisungstag seiner Tochter gesprochen hatte. Stelter gab sich am Telefon distanziert, hörte jedoch mit großem Interesse zu, was ich über Patrick Berger berichtete.

3

Ich traf Ronald Dannenberg in der Tagesklinik. Dieses Mal war er bei meiner Ankunft nicht im Patientengespräch. Sein Gesichtsausdruck, als er mich sah, sprach Bände.

„Was willst du denn hier?!", maulte er mich an. „Möchtest du mir wieder bei der Erfüllung meiner Dienstaufgaben helfen? Oder geht es um die Vereinbarung eines erneuten Familientreffens in Waldhausen?"

Er hatte eindeutig schlechte Laune.

„Weder noch. Ich muss dich dringend wegen Patrick Berger sprechen."

Ronald war alles andere als begeistert, aber er bat mich sofort in sein Büro.

Kaum hatten wir uns gesetzt, platzte ich mit meinen gesammelten Informationen über den verschwundenen Patienten heraus.

Ronalds Gesichtszüge drückten eine Mischung aus Skepsis und Besorgnis aus. Zuletzt schüttelte er den Kopf.

„Das meiste deiner Schlussfolgerungen halte ich für Quatsch", war sein Kommentar.

„Wieso das denn?" Gönnte er mir nicht, dass meine Recherchen möglicherweise zur Aufklärung der beiden Frauenmorde beitrugen?

„Mit deiner Interpretation von Bergers Kontoauszügen könntest du recht haben", gestand er mir gnädigerweise zu. „Es wäre denkbar, dass er in seiner naiven und gutmütigen Art der Frau tatsächlich das Geld geschenkt hat. Eine schöne und liebenswerte Partnerin ist immer sein Lebenstraum gewesen."

„Und der Rest könnte auch passen ...“

„Du bist doch total übergeschnappt!“, regte sich Ronald auf. „Nie und nimmer hat Patrick Berger die Frauen ermordet. Ich kenne ihn seit Jahren – und zwar besser als du! Mit deiner Deutung von Spielkarten, Grablichtern und Abwehrmechanismen liegst du völlig falsch. Aber ein grandioser Fallanalytiker wie du kann ja schon mal übers Ziel hinausschießen ...“

„Gut, es ist dein Patient und du bist deswegen parteiisch. Aber guck einfach genau hin. Es ist tragisch, aber es spricht einiges dafür, dass er die Frauen umgebracht haben könnte.“

„Deine Doppelkopf-Hypothese ist äußerst weit hergeholt. Es gibt zig andere Gründe, warum der Täter gerade diese Spielkarte am Tatort zurückgelassen hat. Und selbst wenn es stimmt: Doppelkopf beherrschen in Norddeutschland Tausende von Menschen. Du stellst einen Zusammenhang her zwischen Bergers zwanghafter Ordnungsliebe und den angeblich symmetrisch angeordneten Gegenständen am Tatort. Aber die ganze Symmetrie beruht lediglich auf zwei Gegenständen, einer Spielkarte und einer Grabkerze. Und ob das Ambivalenz ausdrücken soll, ist ebenfalls fraglich.“

„Schon gut ...“ Zusätzlich war mir natürlich klar, dass Patrick Berger nicht der einzige Fußball-Fan in Deutschland war, der als potenzieller Käufer des DFB-Kartenspiels infrage kam.

Ronald wurde beim Zerrupfen meiner Hypothesen auch noch sarkastisch: „Könntest du dir vorstellen, dass ein Täter das Smartphone seines Opfers aus Wut zertritt, ohne diesem Gerät gleich eine wahnhafte Bedeutung zuzuschreiben?“

„Es reicht ...“

„Nein, tut es nicht. Patrick Berger ist harmlos. Er hat Leonore gemocht und sich um sie gesorgt. Dass er sie plötzlich hasst, nur weil sie mit Fabian Kirchhoff zusammen ist, hätte ich gespürt. Ich hab noch am Tag, als Leonore ermordet wurde, ausführlich mit ihm in der Tagesklinik gesprochen."

Ronalds Einwände gaben mir zu denken.

„Ich gebe dir recht", musste ich anerkennen, auch wenn es mir schwerfiel. „Es gibt begründete Verdachtsmomente, aber vieles ist momentan rein spekulativ."

„Na also ..."

Ich überlegte kurz, formulierte dann eine alternative Hypothese, die Ronald merklich besser gefiel: „Vielleicht hat Patrick Berger Dana Bosilek tatsächlich weiterhin geliebt, und seine Aufnahme in der Tagesklinik Mitte September hatte mit der Frau nichts zu tun. In diesem Fall wäre die akute Verschlechterung seiner psychotischen Symptome Anfang Oktober die nachvollziehbare Reaktion auf die belastende Nachricht von Danas Ermordung."

„Das klingt plausibel."

„Wegen Leonores vermeintlicher Ähnlichkeit zum Mordopfer macht er sich große Sorgen, die er in wahnhaft überlagerter Manier äußert", spann ich den Faden weiter. „Und als Leonore tatsächlich ermordet wird, sucht er verzweifelt nach Erklärungen ... und sehnt sich schließlich nach Unterstützung bei Brewsters Freunden in Berlin oder sonst wo. Wobei ihn sein Fahrradunfall, den er wahnhaft als gezielten Angriff erlebt, noch in seinem Wunsch nach Hilfe bestätigt haben könnte."

„Was hast du jetzt unternommen?"

„Ich habe Hauptkommissar Stelter informiert."

Über das Stichwort „Stelter" kamen wir auf Sandra zu sprechen, nach deren Befinden ich mich erkundigte.

„Sie ist heute nach Hause entlassen worden", erklärte Ronald. „Die ambulante Nachbehandlung läuft in unserer Institutsambulanz in Hannover-Döhren. Auf Drängen von ihrem Bruder übernehme ich das persönlich. Er hatte mich gestern am Rande der Fortbildungsveranstaltung darauf angesprochen."

Daniel hatte offenbar große Angst, Sandra könnte die laufende Behandlung unterbrechen. Ronald war ihr vertraut, die Institutsambulanz in Döhren lag fast vor ihrer Haustür. Termine bei niedergelassenen Nervenärzten waren in der Regel nicht von heute auf morgen zu bekommen.

„Für den Hauptkommissar sicherlich entlastend, seiner Tochter nicht mehr auf dem Iltener Klinikgelände über den Weg zu laufen", sagte ich beim Verlassen von Ronalds Büro. „Hoffentlich stärkt ihm das den Rücken bei seiner Suche nach dem Frauenmörder."

4

Dienstag, 28. Oktober.

„Verdammter Mist! Der kann sich doch nicht in Luft aufgelöst haben!“, fluchte Hauptkommissar Thomas Stelter.

An seinem Schreibtisch in der Polizeidirektion Hannover saß er Oberkommissarin Andrea Renner gegenüber, die mit den Händen eine beschwichtigende Geste machte.

„Die bundesweite Fahndung läuft, die Kollegen machen ihren Job“, erklärte sie ruhig.

Die Auswertung des Bewegungsprofils von Patrick Bergers Smartphone belegte eindeutig, dass er sich in den letzten Monaten regelmäßig am Standort von Dana Bosileks Lovemobil aufgehalten hatte. Während der beiden Morde lag sein Smartphone jeweils im Haus seiner Mutter, was nicht verwunderte.

Dazu kam, dass er für beide Tatzeiträume praktisch kein Alibi hatte. Seine Angabe, am 30. September allein in Hannover unterwegs gewesen zu sein, taugte von vornherein nichts. Aber auch seine Behauptung, sich am 21. Oktober zur Tatzeit in der Tabledance-Bar „Lido“ aufgehalten zu haben, war nicht durch Zeugen zu belegen. Es hatte etwas gedauert, bis Andrea Renner die Tänzerin Cher, die Berger als Zeugin benannt hatte, zu seinem Alibi befragen konnte. Zwar konnten sich Cher und andere vom Personal des „Lido“ daran erinnern, dass er die Bar am 21. Oktober besucht hatte, aber das nach und nach zusammengesetzte Aussagenpuzzle deutete darauf hin, dass er dort frühestens gegen 22:45 Uhr aufgetaucht war – wobei die Tatzeit zwischen 21:20 und 22:30 Uhr lag.

Von Oberkommissar Jan Schuster, der sich mit „Zombie Crime“ auskannte, war der Hinweis gekommen, dass in einer Folge der Serie im Sommer gezeigt wurde, wie sich der Täter Chloroform besorgt hatte. Mit Sicherheit kannte Berger diese Folge.

Auf Bergers PC hatte die Polizei kein belastendes Material entdeckt. Und auch die Suche im ganzen Haus seiner Mutter nach einem DFB-Kartenspiel, Chloroform, Grablichtern oder Kabelbinder in Rot oder Gelb war erfolglos verlaufen. Was alles oder nichts bedeutete. War er der Täter, so konnte er darauf geachtet haben, verräterische Gegenstände nicht im eigenen Haus zu verwahren.

Immer wieder kreisten Stelters Gedanken um die bisher ermittelten Fakten. Patrick Berger war vor fünf Tagen verschwunden und nicht wieder aufgetaucht. Noch am Freitag, an dem Dr. Mark Seifert die Polizei verständigt hatte, war Bergers Fahrrad mit verzogener Lenkstange in einem Gebüsch am Straßenrand gefunden worden, einige Hundert Meter entfernt von Mantkowskis Wohnung.

In der Klinik Dr. Ludendorff war Berger zuletzt am Donnerstagnachmittag beim Verlassen der Tagesklinik gesehen worden. An diesem Tag fand abends im Hauptgebäude eine Fortbildungsveranstaltung mit zahlreichen externen Gästen statt. Der Dienstarzt, der bis Mitternacht von der Medizinstudentin Frau Duarte Garcia begleitet worden war, sagte später aus, Berger hätte sich die ganze Nacht über nicht in der Notfallaufnahme der Klinik vorgestellt. Hintergrundoberarzt war in dieser Nacht Dr. Fabian Kirchhoff, der wegen eines zeitintensiven, schweren Notfalls in der

Alterspsychiatrie gleich in der Klinik übernachtet hatte.

Zwei Zeugen hatten Berger am Donnerstag gegen 19:30 Uhr in der Nähe von Mantkowskis Wohnung gesehen, auf dem Gehweg einer Straße, die durch Ilten von Lehrte zur B65 führte. Berger hätte unruhig und unentschlossen gewirkt. Die Zeugen waren sich nicht ganz sicher, ob er vorhatte, per Anhalter mitgenommen zu werden. Theoretisch resultierten daraus mehrere Möglichkeiten. Ein Auto konnte ihn tatsächlich mitgenommen haben, zum Beispiel über die B65 nach Hannover oder über die Iltener Straße und die B443 zur Autobahnauffahrt Lehrte. Gleichzeitig war es denkbar, dass er anderthalb Stunden zu Fuß zu einer der nächstgelegenen Autobahnraststätten gelaufen war, um von dort als Anhalter weiterzureisen. Sollte er nach Berlin wollen, käme er über die A2 schnell dorthin. In Hannover könnte er in einen ICE eingestiegen und von dort aus schwarz quasi in alle Himmelsrichtungen gefahren sein.

Aufgrund ihrer öffentlichen Fahndung hatte die Polizei verschiedene Hinweise von Mitbürgern erhalten, die den Gesuchten an ganz unterschiedlichen Orten gesehen haben wollten, wobei sich diese Hinweise bisher als vage oder unzutreffend herausstellten. Darüber hinaus hatte sich bisher niemand gemeldet, der ihn möglicherweise mit dem Auto mitgenommen hatte. Oder hielt er sich einfach in der Region Hannover versteckt? Die Suche nach ihm in Ilten war zumindest erfolglos geblieben.

„Der Einsatz eines Fährtenhundes gleich am Freitagnachmittag wäre nicht schlecht gewesen“, sinnierte Andrea. „Aber wegen des massiven Dauerregens in der Nacht zuvor hätte das eh nichts gebracht ...“

„Wenn wir wüssten, was wirklich in Bergers Kopf abgeht", sagte Stelter kopfschüttelnd, „kämen wir vielleicht eher darauf, wo er untergetaucht ist."

Selbst Bergers Begeisterung für „Zombie Crime" hatten sie berücksichtigt und gezielt Berliner Kollegen zu einer speziellen Adresse in der Kantstraße im Stadtteil Charlottenburg geschickt, an der sich die (mehrfach in der Fernsehfolge erwähnte) fiktive Dienststelle von Görlitz und Schiffer befand.

„Ich an seiner Stelle würde mir, falls ich untertauchen will, erst mal 'ne neue Jeans kaufen", brummte Stelter. „Aufgerissene Jeans sind doch in seinem Alter nicht mehr in Mode."

Auf den Gebrauch seiner EC-Karte, der Rückschlüsse auf seinen Aufenthaltsort erlaubte, hatte Berger seit seinem Verschwinden verzichtet. Wie viel von den vierhundert Euro, die er zuletzt abgehoben hatte, trug er überhaupt noch bei sich? Wie weit würde der psychisch gestörte Mann auf seiner Flucht gehen, um sich Geld zu besorgen? Am 23. Oktober, zwei Stunden nachdem Berger zuletzt in der Nähe von Mantkowskis Wohnung gesehen worden war, hatte sich in Hannover ein Überfall ereignet: Ein Mann, der sich gerade dreihundert Euro aus einem Geldautomaten geholt hatte, war von hinten niedergeschlagen und beraubt worden, ohne dass er den Täter erkennen konnte. Stelter fragte sich inzwischen ernsthaft, ob Berger etwas damit zu tun hatte.

„Auf der einen Seite wirkt Bergers Verschwinden wie das Abtauchen eines Doppelmörders", äußerte Andrea nachdenklich, „und auf der anderen Seite könnte er auch selbst Opfer eines Verbrechens geworden sein."

5

Der Mann war voll innerer Anspannung, als er aus dem Fenster blickte. Nach außen strahlte er Ruhe aus, in ihm tobte ein Sturm. Langsam gewöhnte er sich daran, ein regelrechtes Doppelleben zu führen. Er musste jedes Wort auf die Goldwaage legen, um sich nicht plötzlich zu verraten. Die Polizei tappte trotz ihrer Erkenntnisse im Dunkeln, sah die Hand vor Augen nicht. Aber ein unbedachtes Wort konnte seine Situation von einer Sekunde zur anderen verändern.

Ihm ging der Film mit diesem Werwolf durch den Kopf. Tagsüber ein unauffälliger Mann, in speziellen Nächten eine gewaltiges, todbringendes Geschöpf ... das niemand aufzuhalten vermag.

Warum der Werwolf in dem Film tötete, hatte er vergessen. Der Mann tötete, weil ihm Frauen Schmerzen zufügten. Und das ließ er sich nicht mehr gefallen.

♠

Katharina Seifert fühlte sich an diesem Abend rundum wohl, und das hatte ausschließlich mit Daniel Stelter zu tun. Sie waren zwei Stunden mit dem Fahrrad unterwegs gewesen, quer durch Hannover, hatten die Eilenriede, den Tiergarten und die Ricklinger Kiesteiche passiert. Jetzt saßen sie auf einer Bank am Maschsee und schauten aufs Wasser. Katharina wusste, dass Daniel fast jeden Abend mit dem Fahrrad auf Tour war, in und um Hannover.

„Ich brauch das", hatte er ihr vor zwei Wochen erklärt. „Nach all der Herumsitzerei am Tag muss ich mich abends einfach auspowern, sonst platze ich."

Katharina registrierte mit Wohlwollen, dass sie Daniel auf seiner Fahrradtour begleiten durfte. Das war nicht selbstverständlich. In der Regel fuhr er allein, weil er die Zeit nur für sich haben wollte („komplett abschalten, mal nichts für andere tun müssen"), beschäftigte sich danach manchmal noch zu Hause mit seiner Malerei.

„Und dein Handy nimmst du nie mit?", fragte Katharina, um ein Gespräch in Gang zu setzen.

„Wenn ich abends Fahrrad fahr, will ich meine Ruhe haben", sagte er forsch. „Ich bin schon den übrigen Tag für andere immer erreichbar."

Da spielt wohl Ideologie eine große Rolle, dachte sich Katharina. *Besser, ich wechsel das Thema.*

„War ein schöner Abend", sagte sie leise. „Können wir gerne wiederholen. Oder bin ich dir zu langsam ...?"

Sie spielte darauf an, dass er ihr zuliebe sein Fahrtempo gedrosselt hatte.

„Nein, dein Tempo gefällt mir ... also, wie du Fahrrad fährst." Er schien leicht rot zu werden, obwohl Katharina das bei den dunklen Lichtverhältnissen nicht genau erkennen konnte. Dann fügte er zögernd hinzu: „Ich würde mich auch freuen, wenn wir uns wieder treffen ... zum Fahrradfahren."

Katharina spürte bei jedem seiner Sätze und Gesten, dass er mit Frauen nicht viel Erfahrung hatte. Aber gerade das machte für sie seinen Reiz aus. Mit Typen, die glaubten, sich bestens mit Frauen auszukennen, hatte sie in ihrem Leben schon genug zu tun gehabt. Sie schloss – nur mit sich selbst – eine Wette ab, ob er sie am Ende des heutigen Abends zum ersten Mal küssen würde. Ihre Gewinnchance schätzte sie auf fifty-fifty.

„Bist du als Jugendlicher auch schon so viel Fahrrad gefahren?", vertiefte Katharina das Thema.

„Nein, dazu hatte ich keine Zeit. Da musste ich mich um Sandra kümmern." Und als Reaktion auf Katharinas fragenden Blick ergänzte er: „Meine Mutter ist früh verstoben. Mein Vater war arbeiten und meine Oma hat ausgeholfen. Also lag automatisch viel Verantwortung bei mir."

„Jetzt kümmerst du dich immer noch um deine Schwester ...?!"

„Wenn ich sie nicht zu deinem Vater ins Timon Carré geschleppt hätte, wäre sie weiterhin unbehandelt ... oder schon tot."

Womit er wohl den vereitelten Suizidversuch meinte.

„Und euer Vater ...?"

„Den kannst du, wenn es um psychologische Hilfe für seine Familie geht, vergessen."

„Stimmt es, dass die ermordete Frau aus dem Lovemobil eure Halbschwester ist?"

„Weiß ich nicht. Mein Vater sagt nein, Sandra glaubt fest daran. Dass sie Danas Halbschwester ist, hat Sandra sogar diesem verschwundenen Patienten erzählt, der jetzt von der Polizei gesucht wird."

„Patrick Berger?! Wann war das denn?"

„An dem Tag, als er die Nachricht von der Ermordung der Krankenschwester erhielt, war er zur Krisenintervention für eine Nacht auf derselben offenen Station wie Sandra. Nach ihrer Entlassung am Freitag hat sie mir von dem Gespräch mit Berger erzählt."

„Wie hat er reagiert?"

„Er soll so etwas wie ‚Dann sind Sie ja auch betroffen' gesagt haben."

„Weiß dein Vater davon?"

„Ja. Er meinte zu Sandra, sie solle sich deswegen keine Gedanken machen."

„Die Polizei wird ihn bestimmt bald finden."

„Ich bin total erleichtert, dass dein Stiefvater die ambulante Nachbehandlung für meine Schwester geregelt hat. Hoffentlich geht es deinem Stiefvater wieder besser ...?! Du hattest vor zwei Wochen erzählt, dass eure Familie sehr belastet war ... dadurch, dass Leonore Voigt eine Beziehung mit ihm hatte ..."

„Ehrlich gesagt, bei uns herrscht deswegen noch Eiseskälte."

„Das tut mir leid."

Katharina war überrascht, wie sehr Daniel die schlechte Stimmung im Hause Dannenberg berührte. Die Erfahrungen mit seiner eigenen Familie hatten ihn für dieses Thema offenbar besonders sensibilisiert.

„Kannst du deinen Stiefvater nicht unterstützen?" Seine Stimme verriet echte Anteilnahme.

„Momentan ist mir nicht danach."

Katharina verzichtete darauf, Daniel im Detail mitzuteilen, wie fies sie es von Ronald fand, dass dieser ihre Mutter und sie zweieinhalb Jahre lang belogen hatte. Jeden seiner liebevollen Sätze, die ihr Stiefvater in den letzten Jahren zu Hause von sich gegeben hatte, stellte Katharina inzwischen infrage.

Katharina merkte, dass der wundervolle Abend mit Daniel eine zunehmende Schwere entwickelte.

Daniel hatte wohl ihre Gedanken erraten, als er sagte: „Ich find's okay, darüber zu reden. Ich kenne mich mit schwierigen Familienthemen aus. Bei uns gab's immer ein Ritual, das ich total angenehm fand, selbst wenn die Woche über Chaos war. Falls mein Vater keinen Dienst hatte, haben wir, also mein Vater und ich, immer am Samstag zusammen ‚Sportschau' geguckt. Da haben uns weder meine Mutter, meine Oma noch Sandra gestört. Zusammen Fußball gucken, das war uns heilig."

„So ein Ritual haben sowohl meine Mutter als auch ich jetzt auch für uns entdeckt, aber erst seit einigen Wochen", griff Katharina den Ball auf. „Jeden Mittwoch ist mein ‚Wellness-Abend'. Weil ich am Mittwochnachmittag auf Station fest für eine therapeutische Gruppe eingeteilt bin, hab ich mittwochs immer eine Art Zwischendienst, sodass ich gegen 18:30 Uhr zu Hause bin. Und dann hab ich das ganze Haus nur für mich."

„Wieso, wo sind denn deine Mutter und dein Stiefvater?"

„Immer mittwochs wird meine Mutter um siebzehn Uhr von ihrer langjährigen Freundin Corinna hier abgeholt, und die beiden machen sich dann einen schönen Abend in der Stadt. Wobei Corinna darauf besteht, dass diese Treffen nicht bei uns stattfinden, damit meine Mutter zumindest an einem Abend in der Woche aus ihren vier Wänden herauskommt. Und mein Stiefvater spielt am Mittwoch im Iltener Sportverein Tischtennis. Da fährt er direkt von der Arbeit aus hin und trudelt meist erst spätabends wieder in Waldhausen ein."

„Ein ‚Wellness-Abend', das klingt vielversprechend." Daniel lächelte sie an. „Was machst du denn an diesen Abenden?"

„Na ja ..." Katharina überlegte, ob sie ihm wirklich erzählen sollte, wie sie ihren Mittwochabend verbrachte. „Aber bitte nicht lachen!"

„Kein Problem, ich bin humorlos", sagte er trocken, konnte sich anschließend aber ein sympathisches Grinsen nicht verkneifen. „Na los, sag schon."

„Also ... ich geh in aller Ruhe in die Badewanne, anschließend mach ich mir was zu essen und dann ... dann guck ich ab 20:15 Uhr die Castingshow mit den Sängern, ohne dass mich jemand dabei stört."

Sofort meldete sich in Daniel die Fürsorglichkeit: „Hast du keine Angst, wenn du abends ganz allein in dem großen Haus in der Badewanne liegst?"

„Vor den Fenstern haben wir seit letztem Jahr überall Rollläden, die bei Dunkelheit automatisch runterfahren. Außerdem lassen wir abends immer im Wohnzimmer das Licht brennen, das durch die Glasleiste neben der Haustür schimmert. Das schützt vor Einbrechern."

„Klingt gut, dann kann dir ja nichts passieren."

Der Zufall wollte es, dass sie auf Esperanto zu sprechen kamen, als Daniel Katharina nach ihren sonstigen Interessen fragte.

„Früher hab ich beim Hochschulsport Volleyball gespielt – übrigens mit Emilia, der Medizinstudentin, die jetzt auf der Station 2 arbeitet und mir hilft, Esperanto zu lernen."

„Dein Vater hat Esperanto erwähnt, klingt spannend, erzähl doch mal ..."

Esperanto war der Aufhänger, über weitere angenehme Themen zu plaudern, was Katharina nur recht war. Sie saßen noch eine Weile auf der Bank, ehe sie ihre Räder nahmen und am Maschsee entlang Richtung Waldhausen fuhren. Während sie nebeneinanderher radelten, beschäftigte sich Katharina gespannt mit dem Ausgang ihrer Wette.

Mittwoch, 29. Oktober.

„Wenn dieser Berger Leonore getötet hat, das wär der Hammer“, äußerte die junge Krankenschwester Merle Nowak, die gerade im Dienstzimmer der Station 1 die Mittagsmedikation für die Patienten zusammenstellte. „Dann könnt es in der Klinik auch jede andere junge Frau treffen. Kann doch sein, dass er sich irgendwo in der Nähe versteckt hält, während ihn die Polizei deutschlandweit sucht.“

Im Dienstzimmer hielt sich momentan nur noch die angesprochene Emilia Duarte Garcia auf. Die chilenische Medizinstudentin hatte vor einer Viertelstunde im Rahmen der Normox-Studie einen Patienten auf Station untersucht, saß jetzt am Schreibtisch und dokumentierte die Ergebnisse.

„Herr Berger machte einen lieben, aber völlig verrückten Eindruck“, sagte Emilia. „Ich hab mit ihm mehrmals wegen der Studie gesprochen.“

„Die vordergründig Liebsten sind meistens die Schlimmsten. Und wenn der jetzt überhaupt keine Medikamente mehr nimmt, wird der noch gefährlicher.“

Emilia schüttelte den Kopf: „Ich kann gar nicht glauben, dass jemand aus unserer Klinik Frau Voigt getötet hat. Herr Berger hat sie sogar vor dem Mörder gewarnt.“

„Sei nicht zu leichtgläubig. Männer erzählen dir alles Mögliche, um an ihr Ziel zu kommen. Außerdem hab ich gestern den ehemaligen Patienten von der Nachbarstation gesehen, wegen dem vor zwei Wochen

Alarm war. Der dich als Geisel genommen hat. Hast du keine Angst, dem wieder zu begegnen?"

Merle war damals, wenn auch Minuten später als ihre männlichen Kollegen, ebenfalls zu der bedrohlichen Situation dazugestoßen und hatte den dramatischen Ausgang immer noch vor Augen.

„Nein, das war ein krankhafter Ausnahmezustand. Eigentlich wollte er mir nichts tun." Emilia gab sich zuversichtlich. „Das hat er mir vor seiner Entlassung gesagt und sich entschuldigt. Er geht jetzt in die Institutsambulanz."

Danach widmete die Krankenschwester ihre Aufmerksamkeit wieder ausschließlich dem Medikamentenschrank.

Ein kleiner Mann mit Stirnglatze und Knollennase betrat den Raum. Henrik Papst, der Beschäftigungstherapeut, wollte die Ergebnisse seiner letzten therapeutischen Gruppe dokumentieren.

Er machte ein nachdenkliches Gesicht, als er sich an Emilia wandte: „Du arbeitest doch eng mit Dr. Kirchhoff zusammen. Wie steckt er den Tod von Leonore weg? Die waren schließlich eng befreundet."

Sie zuckte stumm mit den Schultern.

„Warum fragst du das, Henrik?", mischte sich Merle ein.

„Ich mach mir um unseren Oberarzt echt Sorgen", antwortete er leise. „Du weißt vielleicht, dass ich mit Verlusten so meine Erfahrungen habe. Meine Frau hatte zwei Fehlgeburten."

„Tut mir leid", äußerte Emilia.

„Schon gut, ich bin fast drüber weg", sagte er mit einem schwachen Lächeln. „Dr. Kirchhoff ist auch so ein Mensch, der sich nichts anmerken lässt. Aber das macht's nicht besser."

Die strikte Einhaltung der Schweigepflicht hatte im Sozialpsychiatrischen Dienst der Region Hannover oberste Priorität. Daniel Stelter war bekannt, dass Dr. Mark Seifert diese Spielregel gegenüber seinen Mitarbeitern mehrfach betont hatte. Selbst der Ehepartner und die Kinder eines Patienten erhielten ohne vorliegende Schweigepflichtentbindung keinerlei Auskunft. Die Schweigepflicht erstreckte sich zudem auf die eigenen Mitarbeiter, die ebenfalls ohne ausdrückliche Legitimierung keinen Einblick in Krankenunterlagen von Nachbarn, Bekannten oder Angehörigen nehmen durften. Insofern war Daniel äußerst nervös, als die Umsetzung seines Vorhabens unmittelbar bevorstand. Wenn er dabei erwischt wurde, wie er unautorisiert in Patientenakten herumschnüffelte, bekam er gewaltigen Ärger und riskierte, seine Praktikumsstelle zu verlieren.

Die gewünschte Akte, wenn sie überhaupt existierte, konnte sich nur im Archivraum der Sozialpsychiatrischen Beratungsstelle Mitte befinden. Er musste unbeobachtet ins Archiv kommen, die Akte suchen und sie unbemerkt herausschaffen. Ein schwieriges Unterfangen, aber eines, das die letzten Tage zunehmend von seinen Gedanken Besitz ergriffen hatte. Er brauchte Gewissheit, vielleicht bekam er sie an dieser Stelle.

Über das Ablagesystem alter Papierakten war er inzwischen bestens informiert. Als vermeintlich wissbegieriger Praktikant hatte er dazu Frau Kreuz, die Sekretärin seiner Beratungsstelle in der Südstadt, detailliert befragt. Vor neun Jahren hatte der Sozialpsychiatrische Dienst ein elektronisches Patientendokumentationssystem eingeführt, in welchem seitdem alle neuen Befundberichte digital unter hohem Sicherheitsstandard abgespeichert wurden. Ihre Patientenakten aus der Zeit davor bewahrten die Beratungsstellen bei sich in Papierform auf, wobei man darauf verzichtet hatte, die Existenz abgeschlossener Alt-Akten im elektronischen Dokumentationssystem zu katalogisieren.

Der Vorfall, um den es ihm ging, hatte sich vor neuneinhalb Jahren ereignet. Eine damals eventuell angelegte Akte müsste es insofern noch geben. Zu der Zeit hatte er mit seinen Eltern in der Nordstadt von Hannover gewohnt, im Zuständigkeitsbereich der Sozialpsychiatrischen Beratungsstelle Mitte. In seiner Erinnerung spielte ein Kollege seines Vaters von der Schutzpolizei eine Rolle ... den Rest hatte sich Daniel zusammengereimt.

Der Vorwand, unter dem Daniel heute die Sozialpsychiatrische Beratungsstelle Mitte in der Hannoverschen Innenstadt besuchte, war völlig unverfänglich. Einmal für einen Tag in der Beratungsstelle hinter dem Hauptbahnhof hospitieren, dort als Berufspraktikant das spezielle Klientel wohnungsloser und drogenabhängiger Menschen kennenlernen – das hatte seiner Praktikumsanleiterin eingeleuchtet, die ihm gleich bei der Organisation des Hospitationstages behilflich gewesen war.

Wie er herausgefunden hatte, lag der Archivraum neben dem Sekretariat. Außer ganz alten Vorgängen, die ihn interessierten, wurden im Archiv fast sämtliche analogen Schriftstücke der letzen neun Jahre in Form von Handakten aufbewahrt.

Im Flur und im Warteraum der Beratungsstelle, einem Altbau mit typisch hohen Wänden, hielten sich den ganzen Tag einzelne Patienten auf, die zu psychiatrischen Untersuchungen, Therapie- und Beratungsgesprächen und zur Verabreichung von Depotinjektionen kamen. Um zu verhindern, dass sich unbefugte Personen an den streng vertraulichen Krankenakten zu schaffen machten, war der Archivraum durchgängig verschlossen. Das Schließsystem war so gewählt, dass sich mit einem Schlüssel alle Räume in der Beratungsstelle öffnen ließen. Jeder reguläre Mitarbeiter der Beratungsstelle besaß einen solchen Schlüssel. In Daniels Beratungsstelle Südstadt funktionierte es nach dem gleichen Prinzip. Wobei jede Beratungsstelle ein eigenes Schließsystem hatte.

Am Vormittag begleitete Daniel einen Sozialarbeiter auf einen Einsatz in eine Einrichtung der Wohnungslosenhilfe. Fachlich interessant, aber für sein Vorhaben vertane Zeit. Er war froh, gegen Mittag wieder in der Beratungsstelle zu sein.

Eine günstige Gelegenheit zeichnete sich ab. Um 12:30 Uhr fand im Besprechungsraum die wöchentliche Teamsitzung statt, in der sich die fünf Mitarbeiter der Beratungsstelle, Arzt, Sozialarbeiter, Krankenschwester, Sekretärin und Jahrespraktikantin, hauptsächlich über administrative Angelegenheiten austauschten. Anrufe fürs Sekretariat wurden für eine halbe Stunde auf den Apparat im Besprechungsraum umgeleitet. In dieser halben Stunde wollte Daniel es wagen.

Die Mitarbeitertoilette, nicht weit entfernt vom Archivraum, war ebenfalls durchgängig abgeschlossen und wie die anderen Räume mit demselben Schlüssel zu öffnen.

Daniel hatte sich zu den Mitarbeitern der Beratungsstelle gesetzt, wartete ab, bis sie mit ihrer Besprechung anfingen. Auch wenn es einen dämlichen

Eindruck machte, fünf Minuten nach Beginn einer halbstündigen Teamsitzung zur Toilette zu gehen, zog er seinen Plan durch.

„Ist dringend", murmelte er und schaute Bianca, die Sozialpädagogik-Praktikantin der Beratungsstelle, möglichst verkniffen an. „Kann du mir bitte kurz deinen Schlüssel geben ... fürs Klo?"

Daniel ertrug Biancas hochgezogene Augenbraue und nahm den Schlüssel an sich.

Der Besprechungsraum befand sich im hinteren Teil der Beratungsstelle. Daniel zog die Tür hinter sich zu und atmete tief durch. Sekretariat und Archiv lagen im Eingangsbereich. Der Flur im mittleren Teil führte zu den Mitarbeiterbüros, der Teeküche und den Toiletten. Jetzt musste er rasch und überlegt handeln. Ein paar schnelle Schritte, dann stand er vorm Archiv. Er schloss die Tür auf und betrat den fensterlosen Raum.

Deckenbeleuchtung einschalten, Tür schließen, mit dem Ablagesystem vertraut machen.

Eine Situation wie bei „Mission Impossible", schoss ihm durch den Kopf. *Na ja ... fast.*

Wobei Daniels momentaner Adrenalinkick merklich höher war als beim Gucken dieses Agententhrillers.

Die Akten befanden sich, alphabetisch geordnet, in drei großen Wandschränken mit Rollladentüren, die alle offen standen. Vorgänge von geringem Umfang waren in Büroordnern zusammengefasst.

Relativ schnell hatte er die Ordner mit der Buchstabenverbindung „St" entdeckt. Als Nächstes suchte er nach „Stark" ... „Stellmann" ... „Stelter, Bernd" ... „Stelter, Julia".

Der ganze Vorgang wurde von einem Heftstreifen zusammengehalten, wobei das Deckblatt der Aufnahmebogen mit den üblichen Personendaten war.

Geburtsdatum, Geburtsname, Adresse, alles stimmte überein. Tatsächlich existierte beim Sozialpsychiatrischen Dienst eine Akte über seine Mutter. Daniel glaubte, sein Herz bliebe stehen. Mit zittrigen Händen blätterte er den Aufnahmebogen um, war erleichtert und enttäuscht zugleich. Die ganze Akte bestand – neben dem Deckblatt – aus einer einzigen DIN-A4-Seite.

Er hatte sich bewusst ein weites Sweatshirt angezogen, unter dem er problemlos eine dünne Papierakte verstecken konnte. Jetzt musste er sehen, dass er zügig in den Besprechungsraum zurückkehrte.

Gerade legte er die Hand auf die Türklinke, als er draußen die Stimme von Jeanette Büker, der Sekretärin, vernahm.

„Was man nicht im Kopf hat ...", stöhnte sie. In der Teamsitzung sollte es um die interne Terminplanung der nächsten Wochen gehen. Wahrscheinlich hatte Jeanette den Terminkalender im Sekretariat liegengelassen. Zum Glück hatte er sie im letzten Moment gehört und war ihr nicht direkt in die Arme gelaufen. Dann wäre es aus gewesen.

Die Tür in diesem alten Gebäude bot gerade noch einen Sicht-, aber keinen guten Schallschutz.

Er horchte angestrengt, um mitzubekommen, wann die Sekretärin wieder Richtung Besprechungsraum ging. Daneben zählte er die Sekunden.

Auf dem Linoleumboden waren Schritte kaum zu hören. Er war sich nicht sicher, ob sie schon vorbeigegangen war oder nicht. Jetzt musste er es wagen. Er öffnete langsam die Tür und spähte hinaus. Die Luft war rein. Er schloss leise hinter sich ab und kehrte in den Besprechungsraum zurück. In einem geeigneten Moment würde er die beiden Aktenblätter in seiner mitgebrachten Umhängetasche verschwinden lassen.

Hätte jemand seine Mutter fragen können, ob sie damit einverstanden wäre, dass ihr Mann oder ihre Kinder Einsicht in ihre psychiatrische Krankenakte bekämen, hätte sie es abgelehnt.

Daniel ging davon aus, dass niemand den Verlust der alten Akte bemerken würde. Zumindest gab es im Sekretariat keinen schriftlichen Hinweis mehr, dass sie jemals existiert hatte.

8

„Deine Mitarbeiter beobachten genau, wie du dich verhältst“, erklärte Emilia Duarte Garcia dem Leitenden Oberarzt. „Die wollen wissen, ob du genug trauerst.“

Die Medizinstudentin war zu Dr. Fabian Kirchhoff in dessen Büro gekommen, um ihm mitzuteilen, was sie aus Mitarbeitergesprächen aufgeschnappt hatte.

„Da müssen wir durch, das geht vorbei“, winkte er ab. „Die Zeit arbeitet für uns.“

„Denkst du oft an sie, an ihren Tod?“

„Das kann ich kaum vergessen ...“

Emilia stand vor ihm im Raum. Er legte seine Hände um ihre Taille.

„Lass uns an was Angenehmeres denken“, meinte er lächelnd und wollte sie an sich ziehen.

Aber die junge Frau bog sanft ihren Oberkörper zurück: „Ich hab immer Angst, dass ich etwas sage, was uns schadet.“

„Das hast du schon ein paarmal geäußert. Hör auf, dich unter Stress zu setzen, sonst passiert es allein dadurch.“

Sie schaute ihn nachdenklich an: „Unsere Beziehung ist nicht von Dauer, oder?“

Er lächelte: „Was ist schon für die Ewigkeit?! Lass uns den Moment genießen.“

Als er Anstalten machte, sie zu küssen, gab sie ihren diskreten Widerstand auf.

„Ich bin so durcheinander“, murmelte sie. „Alles ist anders, als ich es mir vorgestellt hab.“

„Hast du morgen Abend Zeit, dass wir uns sehen? Außerhalb der Klinik?“

„Morgen ist Donnerstag. Da geh ich zum Hochschulsport."

„Letzten Donnerstag hast du den Sport sausen lassen und bist in der Klinik geblieben ... die ganze Nacht."

„Das war eine Ausnahme. Die nächsten Male geh ich wieder hin."

Fabian ließ nicht locker: „Und die Abende danach?"

„Ich muss einige Artikel für meine Doktorarbeit lesen und will schon mal die Einleitung schreiben."

„Schon okay." Er machte ein enttäuschtes Gesicht. „Kann ich die nächsten Tage etwas für dich tun?"

„Ja. Aber das können wir in der Klinik besprechen. Ich würde gerne mit dir über die Normox-Studie reden. Mir ist erneut etwas Außergewöhnliches bei einem Patienten aufgefallen ... dieses Erstarren. Eine ähnliche Reaktion auf das Medikament wie bei Herrn Berger. Ich glaub doch, dass es sich um eine Nebenwirkung handelt."

„Bei Herrn Berger war es auch keine Nebenwirkung, sondern Ausdruck seiner Erkrankung." Fabian klang genervt. „Bitte hör auf damit. Ich hab mich mit den einzelnen Fällen ausgiebig beschäftigt und werde die ersten Zwischenergebnisse der Studie zusammen mit Professor Reich nächsten Monat auf dem großen Psychiatrie-Kongress in Berlin vorstellen."

„Ich bin anderer Meinung ...", versuchte sie sich zu behaupten. „Kann ich dir morgen die Einzelheiten vortragen?"

„Meine Güte." Er nahm seine Hände von ihrem Körper. „Zweifelst du meine fachliche Kompetenz an?"

Sein Blick drückte eine Mischung aus Belustigung und Verärgerung aus.

„Ich versteh gar nicht, was du hast. Wegen deiner fachlichen Kompetenz möchte ich doch mit dir darüber sprechen.“ Sie guckte ihn verschmitzt an. „Was ist los? Du hast gesagt, du wünschst dir eine starke Frau, die ihre Meinung verteidigt ...“

Donnerstag, 30. Oktober.

Er suchte nach einem geeigneten Ort, an dem er die Frau ohne große Probleme töten konnte ... auf die bewährte Art, nach dem gleichen Muster.

Es gab Momente, in denen er in den Spiegel sah und sein Verhalten als krank einstufte, fürchterlich krank. Dann hasste er sich für das, was er anderen Menschen angetan hatte, nicht nur dem Opfer, sondern auch dessen Freunden und Angehörigen. Er war eines dieser menschlichen Ungeheuer, die er früher verabscheut hatte. Aber einen kurzen Augenblick später verstand er, warum er es tat. Er war ebenfalls ein Opfer, dem übel mitgespielt wurde.

Die Würfel waren ohnehin gefallen. Was seine Alibis betraf, so hatte er den Hauptkommissar bisher erfolgreich getäuscht. Die nächste Frau, die er töten würde, von vergleichbarer Schönheit wie die ersten beiden, war Emilia Duarte Garcia.

♠

Die chilenische Medizinstudentin verließ ärgerlich das Zentrum für Hochschulsport in Hannover-Nord. Es war kurz nach 21:30 Uhr. Rasch stieg sie in ihren silbernen Renault Twingo. Lennard war ihr heute Abend echt auf den Wecker gefallen. Mehrfach hatte er sie bedrängt, sie möge sich wieder mit ihm treffen. Emilia hatte den Jurastudenten vor einem Jahr beim Volleyball kennengelernt und einige Male mit ihm geschlafen. Aber seine steife Art gefiel ihr nicht. *Das muss er endlich einmal akzeptieren!*

Auf der Fahrt in den östlichen Teil Hannovers versuchte sie die Gedanken an Lennard abzustreifen. Sie wohnte seit einigen Jahren im Stadtteil Groß-Buchholz, nicht weit entfernt von der Medizinischen Hochschule, ebenfalls günstig gelegen zur Klinik Dr. Ludendorff. Die kleine Einliegerwohnung, die sie gemietet hatte, gehörte Friedrich Kolster, einem freundlichen 77-jährigen Witwer, mit dem Emilia sehr gut zurecht kam.

Der Bungalow lag in einem vor Jahrzehnten entstandenen Wohnviertel mit schmalen verkehrsberuhigten Straßen, an denen sich ein Einfamilienhaus an das nächste reihte. Die Grundstücke waren teilweise durch hohe Hecken, Sträucher und Bäume zugewachsen.

Der leicht schwerhörige Vermieter hatte ihr mehrfach die Geschichte seines Hauses erzählt. Als Familie mit zwei Kindern hatten sich seine Frau und er den Bungalow in den siebziger Jahren gekauft. Nach Auszug der erwachsenen Kinder war der Umbau erfolgt. Das Ehepaar hatte im Haus eine Mauer einziehen lassen und die ehemaligen Kinderzimmer zu einem Wohnraum mit einer Küche umgestaltet, ein separates Bad hatte sich von vornherein im Bungalow befunden. Daraus war eine Einliegerwohnung entstanden, die das Ehepaar an Medizinstudenten vermietete. Vor drei Jahren war die Ehefrau des Vermieters gestorben. Emilia fühlte sich von dem alleinlebenden Friedrich Kolster wie eine Tochter behandelt, manchmal hatte sie bei ihm im Wohnzimmer gesessen und von ihren Eltern und Geschwistern in Chile erzählt.

Die Medizinstudentin war froh, hier in Hannover zu wohnen, weitab von den Orten, an denen der Frauenmörder seinen Opfern aufgelauert hatte.

Kolsters Grundstück war durch einen verwitterten Jägerzaun und eine Hecke begrenzt. Emilia fuhr auf das Grundstück vor die Garage. Der Vermieter hatte ihr erlaubt, dort zu parken, da er sein Auto nur noch höchst selten benutzte. Sofort reagierte ein Bewegungsmelder. Eine Lampe tauchte den vorderen Bereich des Grundstücks von der Garage bis jeweils zum Haupt- und Nebeneingang in Helligkeit.

Sie stieg aus und verriegelte den Wagen. Um diese Zeit war Friedrich Kolster meistens schon im Bett. Die Garage stand an der Grenze zum rechten Nachbargrundstück. Emilia ging, eine Sporttasche in der rechten Hand, über einen mit Natursteinen gepflasterten Weg, der zwischen Bungalow und Garage zum Nebeneingang führte.

Auf einmal hatte die Frau das Gefühl, beobachtet zu werden. Sie stand vor der Tür ihrer Einliegerwohnung und drehte sich um. Direkt hinter der Garage begann der Garten, eine große Rasenfläche, deren größter Teil sich auf der Rückseite des Bungalows ersteckte. Langsam bewegte sich die Medizinstudentin einige Meter in Richtung des hinteren Gartens. Damit löste sie einen weiteren Bewegungsmelder aus. Aber Emilia entdeckte niemanden. Wer sollte sich um diese Zeit auf dem Grundstück herumtreiben?

„Hallo, ist da jemand?“, rief sie, wobei ihr im gleichen Moment die Absurdität ihres Tuns bewusst wurde. Wenn sich ein Einbrecher hier im Garten versteckt hielt, würde er ihr kaum antworten. Das Grundstück war weitgehend ausgeleuchtet. Im hinteren Bereich stand auf dem Rasen ein verschlossenes

Gartenhaus. In dessen Schatten konnte sich ein ungebetener Besucher verbergen.

♠

Der Mann spannte die Muskeln an. An der Rückseite des Gartenhauses verharrte er bewegungslos. Die Frau war ziemlich genau zu der Uhrzeit eingetroffen, die er vorher errechnet hatte. Auf keinen Fall durfte sie ihn jetzt im Garten entdecken. Das konnte alle Pläne über den Haufen werfen. Es war ihm darum gegangen, das unbekannte Terrain unter realen Bedingungen auszukundschaften. Aber heute wollte er sie nicht töten. Die dafür notwendigen Utensilien hatte er nicht dabei. Erst in einer Woche war es so weit.

Emilia stand offenbar immer noch im Garten und schaute sich um. Er spürte einen Druck im Bauch, wie immer, wenn er aufgeregt war. Die Frau würde doch nicht so blöd sein, einem vermeintlichen Einbrecher direkt in die Arme zu laufen?

Sie bewegte sich. Jetzt kam es drauf an. Ging sie zum Gartenhaus oder zum Eingang ihrer Wohnung?

Für den Worst Case musste er in Sekundenschnelle eine Strategie entwickeln. Sollte er sie angreifen – oder versuchen, unerkannt zu flüchten?

Sekunden vergingen wie eine Ewigkeit. Die Frau hatte sich dazu entschlossen, den hinteren Teil des Gartens zu verlassen. Eine Tür wurde aufgeschlossen, schnappte wieder zu. Er wartete zur Sicherheit noch eine Weile ab, hörte, wie die Frau die Rollläden herunterließ. Insofern würde ihr nicht mehr auffallen, wenn draußen der Bewegungsmelder erneut das Licht einschaltete.

Das Glück war auf seiner Seite. Was er heute Abend herausgefunden hatte, reichte zur Umsetzung seines

Plans. Die Entscheidung, sich mit dem Radius der Bewegungsmelder und den im Vorfeld schwer kalkulierbaren Lichtverhältnissen vertraut zu machen, war goldrichtig gewesen.

Der Seiteneingang war vom Nachbar-Bungalow nicht einsehbar, zur Straße bestand ebenfalls weitgehender Sitzschutz durch die Hecke.

In einer Woche würde er sich an der Hinterwand der Garage postieren, dabei auf dem Rasen kaum verräterische Spuren hinterlassen. Emilia würde den Weg zwischen Garage und Hauswand entlanggehen, um zum Eingang ihrer Wohnung zu gelangen. Die Lichtstrahler waren am Haus montiert. Dadurch würde der Mann keinen Schatten auf den Weg werfen.

Sobald die Frau das Garagenende passierte, würde er sie von der Seite angreifen und mit dem Chloroform zu Fall bringen. Alles Weitere war schon Routine.

In genau einer Woche ...

10

Sonntag, 2. November.

Als Thomas Stelter an diesem Abend die Haustür öffnete, schaute er in das angespannte Gesicht seines Sohnes Daniel. Der Kriminalhauptkommissar bewohnte mit seiner Lebensgefährtin und seiner Tochter eine Doppelhaushälfte im Hannoverschen Stadtteil Döhren.

„Was gibt's?", fragte Stelter, der dem angekündigten Besuch von Daniel mit Skepsis entgegensah.

„Ich möchte mit dir über Mama reden ... allein."

Daniel nahm sich kurz Zeit, Johanna und Sandra zu begrüßen, dann zog er sich mit seinem Vater in das Gästezimmer zurück, in dem er bis vor zwei Jahren selbst gewohnt hatte. Das Zimmer hatte sich seitdem nicht wesentlich verändert. Eine Schrankwand mit Schreibtisch und Bettcouch aus Buchefurnier, dazu passend ein Tisch und zwei Stühle. In den Regalen standen noch die alten Bücher, die er nicht in seine Studentenwohnung mitnehmen wollte, wie „Harry Potter", „Artemis Fowl" oder „Berts Katastrophen".

„Es geht also um Dinge, die Sandra und Johanna nicht hören sollen ...?", eröffnete Stelter das Gespräch, nachdem sich beide gesetzt hatten.

„Was in deinem Interesse sein müsste, um Sandra nicht aufzuregen", konterte Daniel. „Und Johanna geht das Ganze nichts an."

„Johanna kümmert sich um Sandra wie eine Mutter ..."

„Schon gut. Ich sag nichts gegen Johanna." Daniel machte eine beschwichtigende Handbewegung, verfiel anschließend in einen Tonfall, der große Berührung ausdrückte. „Papa, war dir klar, dass die von einem Suizid bei Mama ausgegangen sind?"

„Wie kommst du jetzt darauf? Und wer sind *die*?"

„*Die* sind ein Kollege von dir und ein Psychiater. Nach dem Suizidversuch von Sandra sind mir wieder ganz alte Sachen eingefallen, die ich plötzlich mit anderen Augen gesehen hab."

„Was für alte Sachen?" Stelter klang beunruhigt.

„Vierzehn Tage bevor Mama starb, hast du zu Oma am Telefon gesagt: ‚Ein Kollege von der Schutzpolizei hat sie in die zuständige Beratungsstelle gebracht.' Damals war ich zwölf und konnte damit nichts anfangen, war mir nicht einmal sicher, ob du überhaupt Mama gemeint hattest."

„An das Telefonat mit Oma kann ich mich gar nicht mehr erinnern."

„Aber jetzt hab ich kombiniert ... weiß, was eine Sozialpsychiatrische Beratungsstelle ist und wann sie tätig wird."

„Was hast du herausgefunden? Und wie?"

„Über das Wie möchte ich, dass du es für dich behältst. Ich hab mir eine Akte besorgt, die ich eigentlich nicht haben dürfte."

Stelter nickte. Um Klarheit in den Fall Dana Bosilek zu bringen ... und in die ungeklärte Beziehung seiner verstorbenen Frau zum Vater der Ermordeten, hatte er selbst mit verdeckten Karten gespielt und übliche Spielregen umgangen.

„Ich hab die Akte gelesen, eine Seite, handschriftlich. Damals im April hatte ein Kollege von dir Mama aufgegriffen ... grübelnd, verzweifelt ... und sie direkt in die zuständige Sozialpsychiatrische Beratungsstelle gebracht. Der Arzt, der inzwischen wohl im Ruhestand ist, hatte mit Mama gesprochen und ein Zitat von ihr festgehalten: ‚Ich habe manchmal keine liebevollen Gefühle mehr für meinen Mann und meine Kinder.' Er stellte keine endgültige Diagnose, sondern schrieb lediglich ‚Verdacht auf affektive Störung'."

„Und dann?"

„Mutter wirkte wohl nicht akut suizidal. Der Arzt empfahl, dass sich Mama über den Hausarzt einen Termin beim niedergelassenen Nervenarzt sucht."

„Ich hab Mama damals gefragt, was ihr der Arzt in der Beratungsstelle geraten hätte. ‚Er hat keine psychiatrische Diagnose gestellt ... und ich soll zum Hausarzt gehen', hat sie mir erzählt. Das hat mich bestätigt, dass ihr launisches Verhalten nichts mit einer psychischen Erkrankung zu tun hatte."

„Gut vierzehn Tage später hat dein Kollege den Arzt in der Beratungsstelle telefonisch darüber informiert, dass Mama von einer Straßenbahn überfahren worden ist. Der Arzt hat ‚Fraglicher Suizid' vermerkt und die Akte abgeschlossen."

„Es war ein tragischer Unfall. Das hab ich damals zu Sandra und dir gesagt ... und das sag ich auch heute."

„Seit letzter Woche sehe ich das anders. Mama hat damals den Entschluss gefasst, uns endgültig zu verlassen, indem sie sich umbrachte."

„Worauf willst du hinaus? Willst du mir wegen Mamas Tod einen Vorwurf machen, ich hätte schon früher irgendwelche Psychiater einschalten sollen?"

„Nein, ich mach dir keine Vorwürfe – egal, aus welchem Grund sich Mama so verhalten hat. Du bist medizinischer Laie. Aber Mama war vom Fach. Wenn sie Hilfe wegen einer psychischen Erkrankung benötigt hätte", äußerte Daniel vollständig überzeugt, „hätte sie es selbst erkennen müssen."

„Ob das alles so einfach ist ..." Stelter schüttelte den Kopf. „Früher in der Schule und im Studium bist du noch über die Psychiatrie hergezogen und hast dem ganzen ‚Psycho-Kram' nichts zugetraut."

„Kann es sein, dass du mir das immer vermittelt hast?!" Daniel hielt einen Moment inne. „Vielleicht hab ich mir für mein Jahrespraktikum nur deswegen die Psychiatrie ausgesucht, um zu überprüfen, was sie wirklich taugt. Keine Ahnung."

„Und jetzt hast du für Sandra die Psychiatrie um Hilfe gerufen ...?!"

„Ja. Ich will nicht, dass es bei Sandra wie bei Mama läuft."

„Das wird es schon nicht." Der Hauptkommissar sah seinen Sohn besorgt an. „Denkst du denn auch mal an dich?! Wie verbringst du so deine Abende nach Dienstschluss?"

„Das hast du mich schon einmal gefragt. Ich mache etwas, von dem ich weiß, dass du es schwer verstehen kannst. Ich powere mich fast jeden Abend ganz allein auf dem Fahrrad aus ... und ich male."

Das Familienleben des Hauptkommissars war seit Wochen heftigen Erschütterungen ausgesetzt, mit fließenden Übergängen zu seinen Belastungen am Arbeitsplatz. Stelter kämpfte gleichzeitig an mehreren Fronten. Neben der Auseinandersetzung mit seinen Kindern, die dabei waren, sein Bild von Julia infrage zu stellen, hielt ihn der dienstliche Stress auf Trab. Der Druck von außen auf die „Mordkommission Madeleine" nahm wöchentlich zu. Zwei tote Frauen und noch kein Fahndungserfolg. Der gesuchte Patrick Berger war weiterhin verschwunden.

Stelters Wunsch nach Ruhe, zumindest an einer der beiden Fronten, blieb leider in den nächsten Wochen unerfüllt.

11

Donnerstag, 6. November.

Es war bereits seit Stunden dunkel. Heute war der Mann bestens vorbereitet. Er hatte seine Warteposition hinter der Garage eingenommen. In seiner Umhängetasche lag alles bereit. Die Temperatur war für Anfang November angenehm mild. Emilia Duarte Garcia musste bereits auf dem Weg hierher sein. An diesem Abend hatte sie noch einmal Volleyball gespielt, das letzte Mal in ihrem Leben.

Er wusste, dass außer der Medizinstudentin nur ein alter schwerhöriger Mann in dem Bungalow lebte, der seine Rollläden heruntergelassen hatte und vielleicht schon ins Bett gegangen war. Von ihm ging keine Gefahr mehr aus. Der letzte Donnerstag hatte sich vermutlich ungewollt als psychologisch günstig erwiesen. Emilia war damals kurz vor dem Eingang zu ihrer Wohnung durch irgendetwas irritiert worden, hatte sich deshalb im rückwärtigen Teil des Gartens nach einem Eindringling umgesehen – mit dem vermeintlichen Ergebnis, sich lediglich etwas eingebildet zu haben. Für den Mann sicherlich von Vorteil! Emilias Erfahrung von letzter Woche konnte bewirken, dass sie diesmal ihre Alarmbereitschaft herunterfuhr und sich unbedarfter auf dem Grundstück bewegte als vor sieben Tagen.

Sein absolutes Plus war wie immer der Überraschungseffekt.

Die Nachbarn guckten Fernsehen und würden von allem nichts mitbekommen, selbst wenn sein Überfall auf die Frau nicht vollständig lautlos über die Bühne ging.

Der Mann hörte den Motor eines sich nähernden Autos. Die Zeit passte. Das konnte nur Emilia sein. Obwohl der Mann wusste, dass sämtliche Trümpfe bei ihm lagen, blieb ein gewisser Rest an Ungewissheit. Er bereitete das Chloroform für den Einsatz vor. Erst wenn die Frau betäubt zusammensackte, hatte er das Spiel gewonnen. Der Wagen fuhr vor die Garage, der Bewegungsmelder sprang an, der Motor wurde abgestellt. Deutlich vernahm er das Öffnen und Zuschlagen der Tür, anschließend näherten sich Schritte. Es war so weit! Die Beine in Schrittstellung, ging er leicht in die Knie, den Oberkörper nach vorne geneigt. Gleich würde die Frau auf dem Weg neben ihm auftauchen. Noch zwei, drei Sekunden ...

Ehe sie erfasste, was der Schatten in ihrem Augenwinkel bedeutete, musste er angreifen.

Plötzlich war sie vor ihm. Er stieß sich mit aller Kraft vom Boden ab und schoss auf sie zu.

12

Freitag, 7. November.

Die Nachricht erreichte Oberkommissarin Andrea Renner morgens in ihrem Büro. Unmittelbar danach machte sie sich mit Hauptkommissar Thomas Stelter auf den Weg.

Schon beim Betreten der Wohnung wurde Andrea und Stelter klar, dass Fund- und Tatort identisch waren.

„Verdammte Scheiße", brachte Stelter es auf den Punkt, als er die junge Frau mit den aufgerissenen starren Augen halbnackt auf dem Boden liegen sah, gefesselt und geknebelt. Alle Befürchtungen hatten sich bewahrheitet. Die Frau war genauso zielgerichtet und mit derselben Tötungsart wie die anderen Frauen ermordet worden. Wie immer hatte der Mörder seine rätselhaften Visitenkarten am Tatort zurückgelassen.

Die Mitteilung von Max Quast, Mitarbeiter der Spurensicherung vom Kriminaldauerdienst, überraschte weder Andrea noch Stelter: „Wieder hat das Opfer etwas mit dem Gesundheitswesen beziehungsweise der Psychiatrie zu tun. Und wieder gibt es eine Beziehung zur Klinik Dr. Ludendorff."

„Wir haben schon so viel rumgewirbelt", schüttelte Stelter den Kopf, „aber wir haben nicht verhindern können, dass dieses abartige Schwein erneut zuschlägt. Der Druck auf uns, endlich den Kerl zu erwischen, steigt noch mal erheblich."

Der Hauptkommissar war seit Wochen nicht mehr der Alte, zeigte sich angespannt und gereizt. Da steckte mehr dahinter als diese schreckliche Mordserie. Mehrfach hatte Andrea ihn darauf angesprochen. Aber er mauerte und ließ niemanden an sich heran. Ein einziges Mal hatte er durchblicken lassen, dass es Stress mit seiner Tochter gab, hatte davon jedoch später nie wieder etwas erzählt.

„Wenn wir einen kühlen Kopf bewahren, Thomas“, äußerte Andrea mit gedämpfter Zuversicht, „kriegen wir den Kerl.“

Der Rechtsmediziner von der Medizinischen Hochschule, Dr. Ulrich Lindhoff, hatte diesmal den kürzesten Anfahrtsweg. Er kniete im Flur der kleinen Einliegerwohnung neben der Leiche und blickte Andrea und Stelter an.

Die Tote mit den langen schwarzen Haaren trug eine weinrote Jeans und schwarze Turnschuhe. Andrea erkannte sie auf Anhieb wieder. Es handelte sich um die chilenische Medizinstudentin, mit der sie am Tag nach der Ermordung von Leonore Voigt gesprochen hatte.

„Vermutlich irgendwann gestern Abend“, beantwortete Dr. Lindhoff die stumme Frage des Hauptkommissars nach dem Todeszeitpunkt. „Genauere Angaben wie immer erst nach Abschluss meiner Untersuchungen.“

Andrea war bekannt, dass Lindhoff zur Todeszeitschätzung neben der Feststellung der Leichenabkühlung durch Rektaltemperaturmessung unter anderem auf eine Methode zurückgriff, bei der die verbliebene Reaktionsfähigkeit der mimischen Muskulatur des Opfers auf elektrische Reizung überprüft wurde.

„Der Drecksack hat vorher sämtliche Utensilien auf das Opfer abgestimmt ... pervers“, murmelte Stelter.

Die schwarzen Kabelbinder, mit denen der Täter Emilia die Hände auf den Rücken gefesselt und die Füße zusammengebunden hatte, passten wieder zur Haarfarbe des Opfers. Ebenso farblich abgestimmt waren das schwarze Grablicht und die DFB-Spielkarte, eine Pikzehn, die jeweils auf gleicher Höhe neben dem entblößten Oberkörper postiert waren. Wie erwartet, lag auf dem Fußboden ein zerstörtes Smartphone.

„Im Garten haben wir Kleidungsstücke des Opfers gefunden", erklärte Max Quast. „Eine Jacke, ein Sweatshirt, einen BH. Daneben lag eine Sporttasche. Der Täter muss ihr draußen aufgelauert haben. Wahrscheinlich stand er hinter der Rückwand der Garage. Ein anderer Ort, um nicht vorzeitig gesehen zu werden, kommt kaum in Betracht."

„Also wieder alles exakt durchdacht ...", brummte Stelter.

„Genau", stimmte Quast ihm zu. „Der Täter wird die Frau überrascht haben. Mit der Sporttasche in der Hand fiel es ihr vermutlich noch schwerer, den Angreifer abzuwehren."

Der Rechtsmediziner mischte sich ein: „Den Schürfwunden des Opfers nach zu urteilen, hat er die betäubte Frau noch im Garten teilweise entkleidet und sofort gefesselt und geknebelt. Nachdem er ihren Haustürschlüssel an sich genommen hatte, wird er die Wohnung aufgeschlossen und sie in den Flur geschleift haben."

„Das Smartphone könnte das Opfer in der Hosentasche gehabt haben", führte Max Quast weiter aus. „Der Täter hat es ihr abgenommen und anschließend darauf herumgetrampelt. So wie es aussieht, hat er die Frau erdrosselt ... mit dem Kabelbinder, jedoch nicht vergewaltigt. Beim Verlassen des Tatorts hat er die Haustür einen Spalt offenstehen lassen."

„Wer hat die Frau gefunden?", wollte Andrea wissen.

„Der Vermieter der Einliegerwohnung, ein Herr Kolster. Morgens ist ihm aufgefallen, dass der Renault Twingo der Studentin immer noch vor der Garage steht, obwohl die Frau sonst schon längst zur Klinik Dr. Ludendorff gefahren ist. Irgendwann hat er dann bemerkt, dass die Wohnungstür seiner Mieterin nicht zu ist."

Andrea und Stelter sahen sich in der Wohnung der Toten um. Es gab keinen Hinweis darauf, dass der Täter einen der Räume durchsucht hätte.

„Anscheinend kein Interesse an den Privatsachen des Opfers", sagte Andrea. „Der Kerl bringt sie um und geht wieder."

♠

Der Regen draußen hatte inzwischen merklich nachgelassen. „In den letzten zwei Wochen war sie manchmal richtig aufgeregt ... und hektisch", beschrieb Friedrich Kolster seine Mieterin. „Sie hat sich versprochen und wieder verbessert. Das kannte ich gar nicht von ihr."

Der kleine, hagere Mann mit den schneeweißen Haaren saß im Wohnzimmer seines Bungalows Andrea Renner und Thomas Stelter gegenüber.

„Wissen Sie, was Frau Duarte Garcia so aufgeregt hat?", fragte die Oberkommissarin.

„Ich dachte, es hängt mit einem Mann zusammen. Sie hat mir vor zwei Wochen von einem Freund erzählt, Lennard. Der hat auch schon bei ihr übernachtet."

Ungefähr vor zwei Wochen, überlegte Andrea, *ist Leonore Voigt ermordet worden. Gibt es da einen Zusammenhang?*

13

Beruflich ging es stetig bergauf, aber sein Privatleben war nicht nach Plan verlaufen. Es gab diese Vorstellung, mit einer Frau, die er liebte, eine Familie zu gründen. Eine Frau, auf die er sich verlassen konnte, für die er alles zu tun bereit war. Ein Haus mit Garten, in einem freundlichen Wohngebiet am Stadtrand. Zwei Kinder, am besten ein Junge und ein Mädchen, in denen er weiterlebte. Vielleicht kitschig, aber erstrebenswert.

Dr. Fabian Kirchhoff hatte keine Probleme, Frauen kennenzulernen und mit ihnen eine Beziehung zu beginnen. Sein attraktives Aussehen und sein beruflicher Status übten auf sie genug Anziehungskraft aus. Das Problem bestand darin, die Beziehung zu einer Frau über längere Zeit aufrechtzuerhalten. An jedem Anfang überwältigten ihn die Gefühle, die er für Liebe hielt. Jede Frau, mit der er zusammen war, sah gut aus und hatte etwas Besonderes an sich. Aber schließlich versiegte sein Begehren, mal schneller und mal langsamer. Manchmal waren es die Frauen, die einen Schlussstrich zogen, die womöglich spürten, dass Fabians Gefühle für sie erloschen waren. Das war die Konstellation, die er am wenigsten ertragen konnte.

Bei Leonore hatte er sich gewünscht, dass diesmal alles anders lief. Aber es war wie immer gewesen. Ihr Tod hatte ihn berührt, ja verunsichert, aber keine tiefe Trauer ausgelöst. Natürlich war ihm klar, dass sein Umfeld entsprechende Gefühle über den Verlust erwartete.

Am Nachmittag suchten Stelter und Renner den Psychiater in der Iltener Klinik auf.

Während der Vernehmung, die in seinem Büro stattfand, musste sich Fabian zur Konzentration zwingen. Der Hauptkommissar stellte die Fragen, während die Oberkommissarin den Leitenden Oberarzt schweigend beobachtete.

„Frau Duarte Garcia soll die letzten zwei Wochen ungewöhnlich aufgeregt gewesen sein. Haben Sie das auch bemerkt, Herr Dr. Kirchhoff?"

„Ja ... schon. Aber ich fand es nicht ungewöhnlich. Erst hatte sie auf der Station mit Herrn Mantkowski ein traumatisierendes Erlebnis. Eine Woche später wurde Leonore ermordet, was bei Frau Duarte Garcia möglicherweise verdrängte Ängste reaktiviert hat."

„Hat sie mal davon gesprochen, sich beobachtet zu fühlen?"

„Stimmt. Sie hat vor zwei Wochen einen Studenten erwähnt, der sie bedrängt haben soll. Ja, klar! Vielleicht hat das auch zu ihrer Aufregung beigetragen."

„Haben Sie in letzter Zeit häufig mit ihr gesprochen?"

Verdammt, worauf wollte der Hauptkommissar mit seiner Frage hinaus?

„Sie hat mich ein paarmal angerufen, weil sie Fragen zu ihrer Doktorarbeit hatte, an der sie zu Hause saß."

„Haben Sie Frau Duarte Garcia mal in ihrer Wohnung besucht?"

„Nein. Warum sollte ich eine Studentin besuchen?!"

Fabian war über sich selbst erschrocken. Emilias Tod ließ ihn weitgehend kalt. Dabei war noch letzte Woche einiges zwischen ihnen gelaufen.

Ein ansehnlicher Appetithappen für den Heißhunger zwischendurch, schoss ihm durch den Kopf. *Die Kleine hat mich gewaltig auf Touren gebracht.*

Gleichzeitig hasste er sich für diese Gedanken, die er nicht abschalten konnte.

Der Gesichtsausdruck des Hauptkommissars nahm provokante Züge an: „Erst wird Dana Bosilek ermordet, und Frau Voigt gibt Ihnen ein Alibi. Dann wird Frau Voigt ermordet, und Ihr Alibi bestätigt Frau Duarte Garcia. Und jetzt wird auch Frau Duarte Garcia ermordet. Das sind doch irre Zufälle?!"

„Ja, es sind ... wie Sie richtig sagen ... irre Zufälle." Fabian stockte. „Ich kann mir das auch nicht erklären."

„Wo ... oder bei wem ... waren Sie gestern Abend? So ab 21:30 Uhr?"

„Ich war bei niemandem. Ich war zu Hause ... allein."

14

Montag, 10. November.

Hauptkommissar Thomas Stelter überflog am Schreibtisch seines Büros die neueste Ausgabe vom „TAGESBLATT“, die ihm sein Kollege Arif Kimil in die Hand gedrückt hatte.

„Na super!“, schimpfte Stelter. „Da kriegen wir noch mehr Druck!“

Auf der Titelseite prangte in großen Buchstaben: „Hannover in Angst“. Dazu Bilder, wenn auch mit Augenbalken, von den drei getöteten Frauen, deren Schönheit im Text ausdrücklich erwähnt wurde. Gezielt spielte der Artikel damit, dass der Mörder sein Betätigungsfeld vom Umland der Region Hannover auf die Landeshauptstadt ausgedehnt hatte.

Die Zeitung zitierte eine junge Krankenschwester aus Hannover, die von ihrer Angst sprach, sich im Dunkeln allein auf der Straße zu bewegen, weil sie „von der Polizei keinerlei Schutz zu erwarten“ hätte.

Die Ermittlungen der „Mordkommission Madeleine“ liefen auf vollen Touren. Der Jurastudent Lennard konnte Emilia nicht getötet haben, er war nach dem Volleyball-Training mit zwei Kommilitonen in einer Kneipe versackt.

Immer wieder gab es Berührungspunkte mit Dr. Fabian Kirchhoff, der aber kein erkennbares Motiv hatte, die drei Frauen zu töten, zusätzlich in zwei Fällen ein Alibi aufweisen konnte. Auffällig war, dass er und Leonore Voigt in der Woche vor ihrem Tod nur noch einmal telefoniert hatten, signifikant weniger als sonst.

Kirchhoff hatte das damit erklärt, dass sie beide wegen der Turbulenzen auf Station abends ziemlich erschöpft gewesen wären und ansonsten alles Wesentliche in der Klinik miteinander besprochen hätten. Außerdem war Stelter ein Anruf auf Leonores Smartphone aufgefallen – ungefähr zu der Zeit, als Andrea und er mit Kirchhoff über dessen Alibi im Mordfall Dana Bosilek gesprochen hatten. Der Anruf kam von einer Festnetznummer aus der Klinik, einem Bereitschaftszimmer im ersten Stock des Hauptgebäudes. Stelter hatte den Verdacht, Kirchhoff könnte Leonore Voigt über die bevorstehende Vernehmung durch die Polizei informiert haben. Und wenn ja, warum? Aber der Leitende Oberarzt hatte schon vor zwei Wochen bestritten, dieses Telefonat geführt zu haben. Grundsätzlich konnte das Bereitschaftszimmer von fast jedem Mitarbeiter aufgeschlossen werden. Der damalige Anrufer war bis heute unbekannt. Für Stelter hatte das Ganze einen faden Beigeschmack.

Die Zahl der Personen, die als potenzielle Täter infrage kamen, war groß. Dabei konnte Stelter nicht einmal davon ausgehen, dass die Polizei mit dem Serienmörder überhaupt schon ein Wort gewechselt hatte. Das Gelände der Iltener Klinik war frei zugänglich, jedermann konnte sich dort völlig unerkannt nach einem bestimmten Frauentyp umsehen und die Frauen anschließend in ihr häusliches Umfeld verfolgen.

Dann ging Stelter Olaf Mantkowski durch den Sinn. Der Mann wohnte in Ilten, hatte Kontakt mit allen drei Opfern gehabt. Er war psychisch gestört, aber jetzt – nach Einschätzung der Ärzte – ausreichend behandelt. Durch seine Kollegen von der Sitte hatte Stelter inzwischen erfahren, dass die Prostituierte Romina vor einigen Wochen offenbar massiv geschlagen worden war. Da die Frau selbst dazu keine Angaben machte, blieb offen, ob Mantkowski etwas damit zu tun hatte.

Ein unbekannter Faktor blieb Patrick Berger. Stelter hielt es nicht für möglich, dass sich der akut wahnhafte Patient zwei Wochen in der Region Hannover verstecken konnte, ohne aufzufallen. Aber wo war er geblieben? Selbst wenn ihm etwas zugestoßen wäre, hätte man ihn finden müssen.

15

„Es freut mich, Sie nach längerer Zeit hier wieder begrüßen zu können, Herr Hauptkommissar", hörte ich die Stimme meiner Sekretärin Sonja Mock, die leise anschließend noch irgendetwas von „zuverlässig" und „Stier" hinterherschob.

Die Tür meines Büros zum Vorzimmer war nur angelehnt. Der Hauptkommissar hatte sich telefonisch angemeldet. Es war genau fünf Wochen her, dass Stelter und ich zuletzt persönlich miteinander gesprochen hatten.

Ich holte ihn im Vorzimmer ab und bat ihn, in meinem Büro Platz zu nehmen. Er wirkte ziemlich angegriffen, rang sich aber ein Grinsen ab: „Ich möchte mich dafür entschuldigen, dass ich Sie am Telefon nach der Einweisung von Sandra so angegiftet habe. Es war wohl richtig, dass meine Tochter in der Psychiatrie überwacht wurde. Sandras Suizidversuch hat mir richtig Angst gemacht."

„Auch wenn ich damals keine andere Möglichkeit gesehen hab, war die Ludendorff-Klinik wegen der polizeilichen Ermittlungsarbeit sicher eine problematische Wahl", gestand ich zu. „Ich kann Ihre Aufregung gut nachvollziehen."

Wie es schien, hatten wir damit unseren Konflikt aus der Welt geschafft. Zum Glück.

Stelters zweites Anliegen für unser heutiges Treffen galt der Suche nach dem Serienmörder. Er hatte mir Fotos von den Tatorten in Ahlten und Hannover mitgebracht, die er vor mir auf dem Besprechungstisch ausbreitete.

„Ich werde aus dem Täter nicht schlau", äußerte der Hauptkommissar. „Ich hab schon öfters mit Fällen zu tun gehabt, in denen der Mörder sein Opfer vergewaltigt, bevor oder nachdem er es getötet hat. Oder in denen ein selbstwertgestörter Typ seine Befriedigung daraus zieht, eine gefangene Frau über Stunden und Tage zu quälen und in Angst zu versetzen. Aber in unseren Fällen scheint der Täter die Frauen kurz nach ihrer Überwältigung zu töten, wobei er sie teilweise entblößt, aber ansonsten keine weiteren erkennbaren sexuellen Handlungen an ihnen vollzieht."

„Der Täter holt sich seine Befriedigung vermutlich im Vorfeld der Tat. Könnte sein, dass er es genießt, sein Opfer schon über Wochen zuvor zu beobachten. Er fühlt sich übermächtig, weil nur er weiß, was die ahnungslose Frau erwartet. Auf jeden Fall spricht die genaue Auswahl des Tatorts und der Tatzeit dafür, dass der Täter viel Zeit darauf verwendet, alles detailliert auszukundschaften."

Ich hielt es inzwischen sogar für möglich, dass der Täter mehrere Opfer parallel beobachtet haben könnte.

„Wo sehen Sie die Ursache für das perverse Verhalten?", wollte Stelter wissen.

„Ich gehe von einer tiefgreifenden psychischen Störung aus, deren Ursachen lange zurückliegen. Da ist eine Wut auf Frauen spürbar, wobei die Opfer vermutlich stellvertretend für etwas herhalten müssen, was der Täter früher im Zusammenhang mit Frauen erlitten hat."

„Und die Bedeutung seines unmittelbaren Umgangs mit dem Opfer?"

„Das Entblößen des Oberkörpers bei Verzicht auf eine Penetration könnte Angst vor Nähe oder eine gestörte Sexualität ausdrücken. Oder ..." – mir fiel noch eine alternative Deutung ein – „der Mörder will den Frauen dadurch, dass er ihr primäres Geschlechtsorgan verhüllt lässt, zumindest einen Rest von Ehrerbietung erweisen."

„In der Familie dieses abartigen Kerls muss ja einiges schiefgelaufen sein ...", war der Kommentar des Hauptkommissars, der verständlicherweise Mühe hatte, sich in derartige psychologische Vorgänge einzufühlen.

„Den Täter fasziniert Symbolik, wie die verschiedenen Spielkarten, die Grabkerze und womöglich das zertretene Smartphone zeigen. Dazu kommt ein zwanghafter Ordnungssinn. Er mordet nicht unter freiem Himmel. Der Ablauf der Tötungen erinnert an ein festgelegtes Ritual, von dem auf keinen Fall abgewichen werden darf. Was darauf hindeutet, dass eine unvorhergesehene Abweichung vom Ritual den Täter massiv irritieren müsste."

Stelter sah mich erwartungsvoll an: „Wir haben es demnach mit einem durch und durch ordentlichen Menschen zu tun ...?"

„Ordnung und Unordnung sind zwei Seiten derselben Medaille", dämpfte ich die Erwartung des Hauptkommissars nach einer gut erkennbaren Eigenschaft des Täters. „Der Betreffende will Ordnung in sein Leben bringen, gerade weil es unordentlich ist ... innen wie außen. Auf den ersten Blick wirken solche Patienten manchmal genauso unordentlich wie etliche Menschen ihrer Umgebung."

„Wär auch zu einfach gewesen ...", Stelter zuckte resigniert mit den Schultern. „Ich frage mich, ob der Täter einen besonderen Bezug zur Psychiatrie hat. Bei den letzten beiden Opfern war selbst für jeden Außenstehenden klar, dass die Frauen in einer psychiatrischen Klinik arbeiten. Aber bei Dana Bosilek wird der Täter kaum gewusst haben, dass sie vorübergehend in der Wunstorfer Psychiatrie angestellt war. In dem Fall könnte lediglich der Standort des Lovemobils in unmittelbarer Kliniknähe eine Rolle gespielt haben."

„Das sind Gedanken, die mir ebenfalls schon durch den Kopf gegangen sind. War der Täter Patient der Iltener Klinik - oder schleicht er nur um sie herum?"

Stelter verzog das Gesicht: „Kommt bei diesem schweren Störungsbild für Sie auch das Klinikpersonal als Täter in Betracht? Also insbesondere Krankenpfleger oder Ärzte?"

„Würde ich nicht ausschließen. Es gibt immer wieder Menschen, die sich gezielt einen Beruf in der Psychiatrie auswählen, um zu erlernen, mit ihren psychischen Problemen besser umgehen zu können."

„Was gelegentlich misslingt, wenn man an Hannibal Lecter denkt", brummte Stelter, der ohne Umschweife nachsetzte: „Könnten Sie sich vorstellen, dass Dr. Kirchhoff zu einer solchen Tat fähig ist?"

Der Hauptkommissar warf anschließend jegliche Verschwiegenheitspflicht über Bord und weihte mich in seinen Ermittlungsstand über den Leitenden Oberarzt ein. Da ging es um Kirchhoffs Bekanntschaft mit Dana Bosilek und die Bestätigung der Alibis durch die späteren Mordopfer Leonore Voigt und Emilia Duarte Garcia. Stelters Frage war schwierig zu beantworten. Ich hatte bisher keinen direkten Hinweis auf eine psychische Beeinträchtigung Kirchhoffs. Und ansonsten? Er war in seinem Alter noch ledig (was ich nicht unbedingt als Krankheit werten würde) und hatte beim Tod seiner Freundin wenig Trauer gezeigt (möglicherweise ein Verdrängungsprozess). Langer Rede kurzer Sinn: Ich hielt Kirchhoff bislang für unverdächtig, konnte ihn aber als Täter auch nicht grundsätzlich ausschließen.

„Wie verarbeitet Ihre Tochter die Mordserie?", erkundigte ich mich. „Geht sie immer noch davon aus, die Halbschwester des ersten Opfers zu sein?"

„Der Tod dieser drei Frauen macht Sandra zu schaffen, zumal sie Frau Duarte Garcia persönlich von Station 2 kannte. Aber am meisten belastet sie der Verlust ihrer angeblichen Halbschwester."

„Ihnen geht der Mord an Dana Bosilek ebenfalls sehr nah", sagte ich Stelter auf den Kopf zu.

„Stimmt. Vielleicht liegt es daran, dass die Ermordete meiner verstorbenen Frau äußerlich so ähnlich sieht. Das weckt Erinnerungen und Gefühle ..." Er schaute betroffen nach unten. „Aber Dana Bosilek ist nicht die Tochter meiner Frau. Das weiß ich inzwischen hundertprozentig."

Ich ahnte etwas: „Ein DNA-Test ...?"

Er nickte: „Ich hab inoffiziell in unserm Labor die DNA von Dana Bosilek mit der von Sandra vergleichen lassen."

Das Haar der angeblich „unbekannten Person" für den DNA-Abgleich hatte sich Stelter zu Hause im Bad von einer Bürste seiner Tochter besorgt.

„Und wie hat Sandra auf das Ergebnis reagiert?"

„Sie hält es für eine Fälschung. Ich hab schließlich nichts in der Hand, wo ihr Name draufsteht." Stelter wirkte resigniert. „Der Test hat die Situation überhaupt nicht verändert. Sandra erzählt weiterhin jedem in ihrer Umgebung, dass sie Dana Bosileks Halbschwester ist."

♠

„Was um alles in der Welt haben Sie vorhin bei der Begrüßung des Hauptkommissars mit ‚zuverlässig' und ‚Stier' gemeint?", fragte ich meine Sekretärin, nachdem Stelter gegangen war.

Mockie guckte wie eine Schülerin, die ihr Lehrer gerade beim unerlaubten Schwatzen ertappt hatte.

„Der Hauptkommissar und ich haben vor Monaten zufällig herausgefunden, dass wir beide gerne Horoskope lesen. Und sein Sternzeichen ist Stier, der sich unter anderem durch Zuverlässigkeit auszeichnet."

Merkwürdig, mit mir hatte sich meine Sekretärin noch nie über Sternzeichen unterhalten. Wobei mir plötzlich ein Gedanke kam: „Kennen Sie sich etwa auch mit Kartenlegen aus?"

Na ja, auf das Wort „etwa" hätte ich besser verzichtet. Mockies Gesichtsausdruck und ihre verschämte Antwort sprachen Bände: „Ich weiß, Sie halten davon nichts, Chef."

Okay, sie kannte sich also aus!

„In diesem Fall habe ich daran enormes Interesse", bekräftigte ich und erklärte ihr, dass es mir um die aufgefundenen Zehner-Spielkarten neben den Frauenleichen ging.

Wie sich herausstellte, hatte Mockie mehrere Lehrbücher über die Deutung von Spielkarten gelesen (so etwas gab es offenbar wirklich!) und diese Kenntnisse dazu genutzt – wie sie sich ausdrückte – „um vorsichtig Freundinnen einige Tipps für die nähere Zukunft zu geben".

„Natürlich nehme ich das Ganze nicht zu ernst", war ihr wichtig zu betonen. „Nicht, dass Sie jetzt ein falsches Bild von mir bekommen, Chef. Deswegen habe ich das Kartenlegen im Dienst auch nicht erwähnt."

„Ich nehme an, dass sich der Täter nicht erst wochenlang mit der einschlägigen ‚Fachliteratur' beschäftigen muss, um die Symbolik der verschiedenen Zehnerkarten zu kennen ...?"

„Da liegen Sie richtig, Chef. Eine schnelle Internetrecherche reicht völlig aus."

Mockie wies mich darauf hin, dass eine Deutung immer auf eine Kombination verschiedener Karten Bezug nahm. Es war komplizierter als gedacht. Allerdings konnte Mockie den einzelnen Spielkarten eine grundsätzliche Bedeutung zuordnen: „Die Herzkarten symbolisieren Liebe, Familie oder Gefühl, wobei speziell die Zehn für Partnerschaft steht."

„Vielleicht hat die Herzzehn doch nichts mit Doppelkopf, sondern mit einer enttäuschten Beziehung zu tun", murmelte ich. „Und die Kreuzzehn?"

„Ist die Karte der Kommunikation, steht für Streit oder den Wunsch nach Aussprache."

„Bei Leonore Voigt war bekannt, dass sie als Krankenschwester auf einer geschlossenen psychiatrischen Station mit Aussprachen und Konflikten zu tun hatte. Aber ist schon ein bisschen an den Haaren herbeigezogen."

Trotzdem wollte ich noch mehr erfahren.

„Die Pikzehn deutet Umbruch, eine weite Reise oder Ausland an. Passt das, Chef?"

„Na ja, mit Fantasie könnte das auf Emilia Duarte Garcia zutreffen, die als Chilenin aus dem Ausland kommt und demnächst nach Ende ihres Studiums eine weite Heimreise dorthin vor sich hat." Ich überlegte einen Schritt weiter: „Welches Thema behandelt die Karozehn?"

„Da geht's um die finanzielle Situation, eventuell um gewonnenes Geld."

„Ein wohlhabendes Opfer, oder eines, das eventuell einen finanziellen Gewinn erwartet."

„Eine Ärztin oder die Frau eines Arztes?", griff Mockie den Faden auf. „Oder eine Frau, die regelmäßig Lotto spielt?"

Ich musste zugeben, dass die vermuteten Zusammenhänge teilweise recht vage erschienen. Aber eines wurde mir in diesem Moment mit Schrecken deutlich. Der Mörder liebte Regelmäßigkeit und Symmetrie. Auf jeden Fall war davon auszugehen, dass er zumindest noch einem Opfer die Karozehn zugedacht hatte.

Teil 4
Karozehn – ...

1

Donnerstag, 13. November.

Egal wo ich bin, ich fall auf, waren Sandra Stelters Gedanken. *Auf einmal nervt's.*

Sie saß in der Stadtbahn Richtung Innenstadt. Ihre außergewöhnliche Frisur, blond-schwarz, halb lang, halb kurz, zog die Blicke der anderen Fahrgäste auf sich – wenn auch nur für Sekunden, natürlich diskret ... und eher von Frauen als von Männern.

Heute Abend hatte sie sich mit Daniel verabredet, im „Café Extrablatt" hinterm Hauptbahnhof. Der Vorschlag für den Treffpunkt kam von ihr. Sandra war bewusst früher zu Hause losgefahren. Sie hatte noch ein weiteres Ziel. Dieser Club, ganz in der Nähe vom „Extrablatt", zog sie magisch an.

Sie stieg unterm Hauptbahnhof aus, verließ die U-Bahn-Station über den Aufgang am Bredero-Hochhaus.

Es war bereits seit einer Stunde dunkel. Auf der Lister Meile, gut ausgeleuchtet von Straßenlaternen, kam ihr eine Gruppe lärmender Jugendlicher entgegen. Das italienische Restaurant gegenüber vom Raschplatz-Pavillon war wie immer gut besucht. Aber Sandra nahm die Umgebung um sich herum kaum wahr. Einige Minuten zu Fuß, dann stand die junge Frau vor dem Sex-Club, der – „jetzt unter neuer Leitung" – seinen Besuchern „internationale Damen mit Niveau" versprach. Aus dem Internet wusste sie, dass Dana unter dem Namen Madeleine früher regelmäßig im „Lovestory" gearbeitet hatte.

Sandra interessierte sich für alles, was zum Club gehörte. Die Bilder und die Texte in den Schaufenstern, die Besucher ... Es reizte sie, den Club von innen zu sehen, die Räume, in denen Madeleine ihre Kunden empfangen hatte. Wobei sie natürlich wusste, dass sie dort unerwünscht war und das Bordell niemals betreten würde.

Ein Mann Ende zwanzig, schmaler Schnurrbart, bekleidet mit einer Lederjacke, verließ den Club. Sandra registrierte, dass der Mann sie anstarrte, deutlich länger, als sie es gewohnt war. Dann ging er langsam auf sie zu.

„Ist was?“, fragte sie zögernd.

Seine Mimik drückte Missfallen aus.

„Was willst du hier?“, zischte er unwillig. „Spionierst du mir nach?“

„Wie kommst du darauf?“, antwortete sie mit einer Gegenfrage, wobei sie sein „Du“ aufgriff.

Er trat dicht an sie heran: „Ich hab dich doch mit Stelter in der Klinik gesehen, wo er wegen des Mordes an Madeleine ermittelt hat.“

„Madeleine?“ Sandra schüttelte eine aufkommende Ängstlichkeit ab: „Kanntest du sie?“

„Warum willst du das wissen?!“, erwiderte er unfreundlich. „Was soll das Ganze?“

„Sie ist meine Halbschwester.“ Sandra schaute ihn auffordernd an. „Kannst du mir etwas über sie erzählen? Warst du ihr Kunde?“

„Ich war nicht ihr Kunde.“ Er machte eine wegwerfende Handbewegung. „Aber jetzt mal zu dir. Wie heißt du?“

„Das geht dich nichts an“, sagte sie mutig, sah sich aber dennoch genötigt, ihre Anwesenheit zu erklären: „Ich möchte herausfinden, wie meine Halbschwester wirklich war.“

„Ich würd dir raten, vorsichtig zu sein. Eine junge gutaussehende Frau wie du sollte hier nicht ohne männlichen Schutz herumschnüffeln. Sonst passiert dir nachher noch etwas."

Der Kerl war ihr nicht geheuer.

„Ich muss jetzt eh verschwinden. Hab noch 'ne Verabredung."

Sandra drehte sich um und ging. Sie hoffte, dass er ihr nicht folgen würde.

♦ ♦

Sandra und Daniel hatten sich im „Café Extrablatt", einer gut besuchten Kneipe mit zweihundert Sitzplätzen, einen Ecktisch ausgesucht. Durch die große Fensterfront konnten sie die Spaziergänger auf der Lister Meile beobachten.

„Dana ist öfters hier gewesen", äußerte Sandra, während sie den Rest ihrer Lasagne al forno aß. Den Mann vom „Lovestory" hatte sie nicht mehr zu Gesicht bekommen.

„Woher weißt du das mit Dana denn schon wieder?" Daniel klang genervt.

„Papa hat's bei seinen Ermittlungen rausgefunden. Ich hab aufgeschnappt, wie er zu Hause darüber mit Johanna gesprochen hat."

„Hör auf, dich mit dieser toten Nutte zu beschäftigen! Damit machst du die ganze Familie nur verrückt."

Daniel legte das Besteck zur Seite. Das Thema ihrer angeblichen Halbschwester verdarb ihm augenblicklich den Appetit auf seine Gemüsepizza.

„Daniel, wir müssen uns dem Thema stellen."

„Verschwende nicht deine Zeit!"

„Zeit hab ich genug. Ich hab mir schon überlegt, demnächst meine Therapie bei Dr. Dannenberg zu beenden."

„Sag mal, spinnst du?!" Daniel hatte lauter und heftiger reagiert, als es für diesen Ort angemessen war. „Das darfst du auf keinen Fall tun!"

„Reg dich nicht auf. Das ist meine Sache. Ich bin jetzt erwachsen!"

„Anscheinend nicht." Er fuhr die Lautstärke seiner Stimme nach unten, um kein unnötiges Aufsehen zu erregen. „Du weißt, dass du ärztliche Hilfe brauchst. Nicht, dass es genauso läuft wie bei Mutter. Das belastet die ganze Familie. Du hast echt Verantwortung."

„Mach dir keine Sorgen." Sandra ergriff die Hand ihres Bruders. „Ich hab schon das Wohl unserer Familie im Kopf."

Dienstag, 18. November.

„Wenn Ihnen Ihr Bruder rät, die ambulante Behandlung fortzusetzen, so kann ich mich dem nur anschließen", erklärte Dr. Ronald Dannenberg seiner jungen Patientin, die ihm im Gesprächszimmer der allgemeinpsychiatrischen Institutsambulanz gegenübersaß. Die Räumlichkeiten, schlicht aber modern eingerichtet, lagen in einem Wohngebiet in Hannover-Döhren, nicht weit entfernt von dessen Hauptverkehrsader, der Hildesheimer Straße. Ronald war für diesen Termin von der Klinik in Ilten eine knappe Viertelstunde mit dem Auto hierhergefahren.

„Manchmal hab ich das Gefühl, dass mir die Zeit wegläuft", entgegnete Sandra Stelter. „Dass ich es nicht mehr schaffe, ein vollständiges Bild von meiner Familie zu bekommen ... von meiner Mutter ... und von Dana."

„Um was genau geht es Ihnen dabei?"

„Ich möchte endlich verstehen, warum sich Mama so verhalten hat."

Ronald zeigte auf das rote Notizbuch, das Sandra vor sich auf den Tisch gelegt hatte: „Ich durfte ja lesen, was Sie in den letzten Wochen über sich und Ihre Familie zu Papier gebracht haben. Glauben Sie, dass Ihre Mutter psychisch krank war?"

Die junge Frau rutschte auf ihrem Stuhl unruhig hin und her.

„Mein Vater hat immer gesagt, sie wäre launisch, aber nicht krank. Und dann sehe ich die Parallelen zu meinem eigenen Verhalten."

„In Ihren Notizen deuten Sie nur an, was Ihre Mutter gemacht hat ...?"

„Alles hat sich immer nur um sie gedreht. Sie war sprunghaft, hat Sachen voller Begeisterung angefangen, aber nicht zu Ende geführt. Ich kann mich entsinnen, dass sie zum Beispiel permanent ihre Haarfarbe gewechselt hat. Es gab Zeiten, da war sie häufig weg von zu Hause, ist zu allen möglichen Veranstaltungen gerannt und hat sich mit anderen Männern getroffen. Total flippig. Dann plötzlich das genaue Gegenteil. Sie saß untätig herum und hat das Haus nicht verlassen."

„Und niemand hat das Verhalten als krank gewertet?"

„Mein Vater muss meine Mutter sehr geliebt haben, zumindest am Anfang. In seinen festgefahrenen Vorstellungen hatte psychische Krankheit wohl keinen Platz."

„Und wie haben andere Menschen reagiert, die mit Ihrer Mutter zu tun hatten?"

„Sie sah toll aus und konnte sich deshalb offenbar alles erlauben."

„Hatte Ihre Mutter Probleme am Arbeitsplatz?"

„Sie hat nach Daniels Geburt nicht mehr gearbeitet. In der DDR hatte sie ein Fachschulstudium zur Sprechstundenschwester abgeschlossen und später eine Nachqualifikation zur Krankenschwester erworben. Mein Vater war die meiste Zeit Alleinverdiener."

„Wie ist denn Ihr Vater mit der schwierigen Situation zu Hause umgegangen?"

„Er war oft erschöpft und hat geschimpft, dass Frauen wie meine Mutter nur Ärger machen. Zum Glück hat meine Oma väterlicherseits uns geholfen. Und ohne die Unterstützung von Daniel wäre Papa wohl zusammengebrochen. Daniel hat schon früh

Mamas Rolle übernommen und sich um alles im Haushalt gekümmert, auch um mich."

„Daniel ist das Rückgrat der Familie?"

Sandra lächelte: „Das können Sie laut sagen. Seine eigenen Bedürfnisse hat er immer zurückgestellt, damit es Papa und mir gutgeht. Das ist noch heute so. Stets übernimmt er Verantwortung für andere."

Ronald schaute gelegentlich unbewusst aus dem Fenster. Da der Gesprächsraum im Erdgeschoss lag, konnte der Psychiater die Passanten sehen, die draußen an der Institutsambulanz vorbeigingen. Ein Mann hantierte seit zehn Minuten an seinem Fahrrad auf dem Gehweg der anderen Straßenseite herum.

Als Sandra auf die Vergangenheit von Dana und ihrer Mutter zu sprechen kam, ging Ronald mit kritischen Nachfragen auf das Thema ein: „Sie haben mir erzählt, Ihre Mutter hätte mehrfach Urlaub am Goldstrand in Bulgarien gemacht. Nach meiner Kenntnis konnten sich das damals nur wenige DDR-Bürger leisten ...?"

„Der Vater meiner Mutter hatte in der DDR eine gute Position als Parteifunktionär, sodass für die Familie regelmäßige Besuche in Bulgarien kein Problem waren. Das hat Mama später Daniel erzählt."

„Sollte Dana Bosilek wirklich die uneheliche Tochter Ihrer Mutter Julia sein, müssten doch Julias Eltern in Ostdeutschland davon wissen. Können Sie Ihre Großeltern mütterlicherseits nicht einfach fragen?"

„Die sind beide leider verstorben."

Sandra erzählte außerdem, dass sie von ihrem Vater gehört habe, dass Danas Leichnam inzwischen nach Bulgarien überführt worden sei. Der Vater und die angebliche Mutter der Ermordeten hätten für eine Bestattung in Sofia gesorgt.

„Am Anfang unseres Gespräches haben Sie den Eindruck vermittelt, dass Sie sich bedrängt fühlen", sagte Ronald. „Was hat es damit auf sich?"

„Manchmal glaube ich, dass ich nicht mehr lange zu leben habe. Dass ich wie meine Mutter ende ... oder das nächste Opfer des Frauenmörders werde."

Ronald machte ein besorgtes Gesicht: „Wie kommen Sie denn darauf?"

„Kurz bevor Patrick Berger verschwunden ist, hatte ich auf der offenen Station ein kurzes Gespräch mit ihm über die ermordete Dana. Er prophezeite mir: ‚Dann sind Sie ja auch betroffen.'"

„Vielleicht wollte er lediglich ausdrücken, dass er bei Ihnen von einer *emotionalen* Betroffenheit ausgeht", bot Ronald eine harmlose Interpretation von Bergers Äußerung an.

„So hab ich das noch nicht gesehen ...", meinte Sandra, allerdings nicht wirklich überzeugt. Anschließend berichtete sie von der Warnung des Mannes, den sie vor dem „Lovestory" getroffen hatte. Nach Sandras Beschreibung handelte es sich dabei wahrscheinlich um Ronalds Patienten Olaf Mantkowski.

„Ich würde die Worte des Mannes tatsächlich eher als gutgemeinten Rat verstehen", sagte Ronald beruhigend. „Es ist bestimmt nicht ganz ungefährlich, wenn Sie als Frau allein im Rotlichtmilieu Recherchen anstellen."

Auf die Frage des Psychiaters, was sie demnächst vorhabe, antwortete Sandra: „Ich weiß von meinem Vater, dass Dana eine weitere Halbschwester hat, die in Hannover lebt. Die könnte mir genau erzählen, was für ein Mensch Dana gewesen ist. Mit ihr würde ich gerne sprechen ... Aber mein Vater sagt mir nicht, wer sie ist und wo sie wohnt. Und unter ‚Bosilek' ist sie nirgends zu finden."

Das Thema Familie hatte für Sandra einen hohen Stellenwert. Ronald konnte das nur zu gut nachvollziehen. Er dachte an seinen Sohn Alexander, der sich selten meldete und den Kontakt zu seinem Vater auf Sparflamme hielt. Ronald hatte sich ein normales Vater-Sohn-Verhältnis zu ihm wie in anderen Familien immer gewünscht. Er unterbrach diese Gedanken und widmete sich wieder seiner Patientin: „Egal, ob Dana Bosilek wirklich Ihre Halbschwester ist oder nicht. Auf jeden Fall geht es in naher Zukunft darum, dass Sie sich mit Ihrem Vater und Ihrem Bruder zusammensetzen und darüber sprechen, wie Sie alle drei Ihre gemeinsame Vergangenheit erlebt haben."

„Wie lange ich die ambulante Therapie fortführe und Medikamente einnehme, überlege ich mir noch." Sandra lächelte. „Ihre Idee mit dem Familiengespräch gefällt mir. Wenn wir das möchten ... würden Sie uns dafür als Moderator zur Verfügung stehen?"

Ronald schüttelte den Kopf: „Das geht leider nicht, da Ihr Vater mit mir beruflich zu tun hat."

♦♦

Der Mann hatte Sandra Stelter im Blick, wie sie die Straße vor der Institutsambulanz überquerte. Er lächelte. Sandra hatte nicht den Hauch einer Ahnung, was geschehen würde.

Nach Dana, Leonore und Emilia ging das Töten weiter ...

Montag, 24. November.

„Überlegen Sie sich mein Angebot", meinte Dr. Fabian Kirchhoff betont freundlich. „Wir können uns gerne zusammensetzen und uns über Ihre beruflichen Möglichkeiten unterhalten."

„Nein danke", entgegnete Katharina Seifert kühl. „Über Psychiatrie kann ich mich jederzeit mit meinem Vater austauschen ... oder mit meinem Stiefvater." Obwohl sie mit Letzterem momentan weniger gern über ihre persönlichen Angelegenheiten sprach.

Kirchhoff hatte Katharina auf der Station 1 ins Arztzimmer gebeten, um alleine mit ihr sprechen zu können. Er wusste, dass Katharina ihr Praktikum im Pflegedienst zum 30. November beenden würde. Ausschlaggebend für das vorzeitige Ende waren nicht zuletzt die belastenden Vorfälle im Umfeld der Klinik gewesen. Kirchhoff hatte sich Katharina großzügig als eine Art „Berufsberater" angeboten. Mit einem ähnlichen Tenor war er bereits vor Tagen an sie herangetreten und abgeblitzt. Katharina empfand das gönnerhafte Getue lediglich als geschickt verpackten Vorwand für die Vereinbarung eines Treffens, das kaum einem anderen Zweck dienen konnte als einer Anmache. Aber Katharina hatte mit Typen vom Schlag Kirchhoffs in der Vergangenheit genug schlechte Erfahrungen gemacht. Außerdem war er ein Kollege ihres Stiefvaters.

„Oh, kein Problem", sagte er mit einem bemühten Lächeln. „Dann wünsche ich Ihnen, dass Sie etwas finden, das Ihren Neigungen und Fähigkeiten entspricht."

„Vielen Dank", sagte Katharina, schüttelte kurz die entgegengestreckte Hand und verließ das Arztzimmer.

So nicht, schoss ihr durch den Kopf. *Wobei ich hoffe, dass er meine Abneigung eindeutig kapiert hat.*

Sie ging über den Flur Richtung Dienstzimmer. Die Tür zur Beschäftigungstherapie stand offen.

„Hallo Katharina, was für eine Laus ist dir denn über die Leber gelaufen?!", hörte sie die Stimme von Henrik Papst.

Zu dem Beschäftigungstherapeuten, mit dem sie sich duzte, hatte sie einen guten Draht. Sie blieb stehen. Schon öfters hatte sie sich mit Henrik über schwierige Situationen auf Station ausgetauscht. Bei ihm spürte sie, dass ihm der Tod von Leonore Voigt und Emilia Duarte Garcia nahegegangen war.

„Können wir später mal drüber reden, Henrik. Es gibt halt Menschen, die glauben, dass sie mir was vorspielen können, ohne dass ich's merke. Aber nicht mit mir!"

Er merkte ein Kribbeln, das sich in seinem ganzen Körper ausbreitete. Sein Vorhaben war eine große Herausforderung und stand unmittelbar bevor. In zwei Tagen würde er Katharina Seifert töten. Sie war sein vorletztes Opfer. Ort und Zeit waren gut gewählt.

♦ ♦

Katharina hatte mir am frühen Nachmittag über WhatsApp eine Nachricht aufs Smartphone geschickt: „Möchte gerne persönlich mit dir sprechen. Kannst du nach Dienstschluss in Waldhausen vorbeikommen?“

„Mach ich“, war meine kurze Antwort.

Heute Abend würde ich zusammen mit Anna die *Lunda Rondo* besuchen. In dieser ansonsten fröhlichen Runde herrschte weiterhin große Betroffenheit über den Mord an Emilia, die bis vor einigen Monaten regelmäßig am Montagstreffen der Esperanto-Sprecher teilgenommen hatte.

Gegen siebzehn Uhr verließ ich das Timon Carré und klingelte eine Viertelstunde später an der Haustür meiner Ex-Frau in Waldhausen. Katharina öffnete mir. Ihre braunen Augen guckten besorgt.

„Schön, dass du da bist. Komm rein“, sagte sie.

Ulrike stand hinter ihr. Ich nahm zur Begrüßung erst meine Tochter, dann meine Ex-Frau in den Arm. Anschließend setzten wir uns gemeinsam ins Wohnzimmer.

Bevor Katharina loslegen konnte, hörte ich, wie eine Tür aufgeschlossen wurde. Offenbar kam Ronald nach Hause.

„Bei dem, was Katharina dir zu erzählen hat, muss ich nicht unbedingt dabei sein", murmelte Ulrike und verließ das Zimmer. Wollte sie vermeiden, dass Ronald wieder den Eindruck hatte, ich wäre hauptsächlich wegen ihr zu Besuch?

„Mark ist gekommen, weil Katharina sich gerne kurzfristig mit ihm unterhalten wollte", erklärte sie Ronald im Flur meine Anwesenheit.

Gleich darauf erschien er im Türrahmen, begrüßte uns (nicht einmal unfreundlich) und fragte durchaus gelassen mit Blick auf Katharina: „Stör ich?"

„Nein, vielleicht ist es sogar ganz okay, wenn ich auch deine Einschätzung höre", äußerte Katharina. „Schließlich betrifft es deinen Oberarztkollegen."

Ronald setzte sich zu uns und wirkte ebenso gespannt wie ich.

„Ich bin mir unsicher, ob ich etwas falsch interpretiert und deswegen überreagiert habe", begann Katharina. Dann erzählte sie uns, dass Fabian Kirchhoff heute Vormittag zum zweiten Mal auf sie zugekommen war, um ihr - zumindest vordergründig - auf ihrem weiteren beruflichen Weg behilflich zu sein. „Aber mein Gefühl sagte mir, dass er mich in Wirklichkeit anbaggern will."

„Hat er irgendetwas in dieser Richtung gesagt?", warf ich ein.

„Nicht direkt. Es war sein Tonfall ... und die Art, wie er mich angeguckt hat."

„Er ist der Stellvertreter des Chefarztes und wird sich sehr genau überlegen, ob er eine Praktikantin anmacht", gab Ronald zu bedenken.

„Das hab ich mir auf der Fahrt nach Hause auch gesagt“, gestand Katharina zu. „Vielleicht hab ich Kirchhoff mit meiner abweisenden schroffen Reaktion völlig Unrecht getan.“

„Dein Bauchgefühl, das du bei der Begegnung mit Kirchhoff hattest, solltest du nicht unterschätzen“, steuerte ich eine Binsenweisheit bei, die Katharina gleich wohlwollend als Bestätigung ihres Verhaltens aufgriff.

„Wenn es doch stimmt, dass er mich anmachen wollte, rückt das einige meiner Beobachtungen in ein ganz neues Licht!“

Katharinas Andeutungen interessierten Ronald und mich gleichermaßen. Und auf einmal nahm unsere Unterhaltung einen Verlauf, der uns alle zunehmend überraschte.

„Emilia hat für Kirchhoff geschwärmt und mir vor Wochen erzählt, dass er in der Kantine angeblich bewusst ihre Hand berührt hätte. So, als wäre das eine erste körperliche Annäherung. Ich hielt Emilias Interpretation immer für Quatsch. Außerdem hab ich an dem Tag, als Patrick Berger spurlos verschwand, Emilia und Kirchhoff abends zusammen in der Klinik gesehen. Damals hatte ich gedacht, ich würde mir nur einbilden, dass zwischen den beiden etwas läuft. Zumal Kirchhoffs Freundin Leonore gerade erst zwei Tage vorher ums Leben gekommen war.“

„Um wie viel Uhr hast du Emilia und Kirchhoff an dem Abend gesehen?“, hakte ich nach.

„Ich hatte Spätschicht. Das muss kurz vor 20:30 Uhr gewesen sein. Ich wollte gerade zur Übergabe mit der Nachtschicht. Emilia hatte an diesem Abend bis Mitternacht den Dienstarzt bei dessen Einsätzen auf dem Klinikgelände begleitet. Als der Dienstarzt gerade zur

Toilette war, hab ich zufällig Emilia und Kirchhoff allein auf dem Flur der Station 1 beobachtet. Kirchhoff wiederum hatte Hintergrunddienst."

Für den Rest der Nacht ab null Uhr war Emilia in der Klinik geblieben und hatte in einem Reservezimmer für den Bereitschaftsdienst geschlafen.

Ronald fiel ein: „Kirchhoff ist in dieser Nacht ebenfalls nicht mehr nach Hause gefahren. In der Frühbesprechung am nächsten Morgen hat er das damit begründet, dass er sich mit dem Dienstarzt um einen zeitlich aufwendigen Notfall in der Alterspsychiatrie kümmern musste. Da hätte sich die Fahrt nach Hause nicht mehr gelohnt."

Mir war bekannt, dass diverse ärztliche Kollegen im Krankenhaus für so einen Fall vorsorglich Kulturtasche und Ersatzkleidung in ihrem Büro deponiert hatten.

Ich ergänzte: „An dem Vormittag danach wirkte Kirchhoff sehr müde und erschöpft. Ich hatte mit ihm und Pahland ein Gespräch in der Klinik."

„Da könnte er die zweite Hälfte der Nacht gemeinsam mit Emilia verbracht haben, um bis zur Erschöpfung mit ihr rumzumachen", vermutete Katharina, wobei ihre Stimme Abscheu ausdrückte.

„Dazu passt, dass er die Woche zuvor seinen Hintergrunddienst genau auf diese Nacht getauscht hat", steuerte Ronald bei. „Ich weiß das, weil ich den Dienstplan mache."

„An dem Abend sollte er eigentlich die Moderation der Fortbildungsveranstaltung übernehmen", erinnerte ich mich.

„Diesen Aspekt hatte ich damals gar nicht vor Augen", sagte Ronald. „Für die Zeit der Fortbildungsveranstaltung hat er sich später ganz selbstverständlich von einem anderen Oberarztkollegen im Hintergrunddienst vertreten lassen."

Es war schon ungewöhnlich, dass Kirchhoff seinen Hintergrunddienst gerade auf einen Termin verschoben hatte, an dem er selbst teilweise verhindert war. Insofern lag die Schlussfolgerung nahe, dass sein Tausch lediglich dazu gedient hatte, weitgehend unverdächtig eine Nacht mit Emilia zu verbringen.

„Meine Vermutung, dass er was mit mir anfangen will, war also nicht aus der Luft gegriffen." Katharina machte einen zufriedenen Eindruck. Die Angelegenheit war damit für sie erst einmal erledigt. Sie bedankte sich bei uns und ließ Ronald und mich allein im Wohnzimmer zurück.

„Dann haben wir jetzt wohl genug über Kirchhoffs Verhältnis zu Frauen abgelästert", meinte Ronald, der damit offenbar meine Verabschiedung einleiten wollte.

Aber die neuen Informationen brachten mich auf eine verwegene Idee, die ich unbedingt mit Ronald besprechen musste.

„Es geht nicht nur darum, ob Kirchhoff eine Vorliebe für Praktikantinnen hat", erklärte ich Ronald. „Ich frage mich gerade, ob es darüber hinaus einen Zusammenhang gibt zwischen Kirchhoffs Schäferstündchen mit Emilia in der Klinik und dem fast zeitgleichen Verschwinden von Patrick Berger. Womit wir unter Umständen dem Frauenmörder auf der Spur sind."

„Jetzt versteh ich gar nichts mehr!"

„Ich weiß inzwischen, dass Kirchhoff unbedingt ein Alibi für den Mord an Dana Bosilek benötigte. Dieses Alibi hat ihm Leonore Voigt gegeben. Angenommen, es handelte sich um ein falsches Alibi und Kirchhoff hat während seiner Beziehung zu Leonore tatsächlich eine Affäre mit Emilia angefangen. Das hätte gewaltiges Sprengstoffpotenzial."

„Was willst du damit andeuten?"

„Ich möchte einige theoretische Überlegungen einfach mal bis zu Ende durchspielen. Wenn Leonore plötzlich herausbekommt, dass der Mann, für den sie die Polizei belogen hat, sie mit einer anderen Frau betrügt, wäre es wahrscheinlich, dass es zu einem Zerwürfnis zwischen den beiden kommt. Kirchhoff müsste befürchten, dass Leonore über kurz oder lang das falsche Alibi widerruft."

„Und deswegen tötet er sie, oder was?"

„Genau. Er bringt Emilia dazu, ihm ebenfalls ein Alibi zu verschaffen. Sie verbringt den Abend allein in seiner Wohnung, in der er sein Handy zurücklässt, während er nach Ahlten fährt und dort Leonore ermordet. Über deren Tagesablauf ist er ja bestens informiert."

Ronald schüttelte den Kopf: „Warum sollte Emilia einem Mörder ein Alibi geben?"

„Kirchhoff ist ein überaus attraktiver Mann, der es möglicherweise schafft, Frauen innerhalb kürzester Zeit um den Finger zu wickeln. Leonore und Emilia glaubten in ihm die große Liebe gefunden zu haben und waren bereit, alles für ihn zu tun."

„Und du meinst, Kirchhoff ist ein psychopathischer Serienmörder? Der seine Befriedigung darin findet, Frauen zu töten, mit denen er eine sexuelle Beziehung hatte?"

„Mir ist schon klar, dass meine Hypothese gewagt ist. Aber auszuschließen ist es nicht."

„Deine Verdächtigungen sind völlig daneben." Ronald schlug sich mehrfach mit der flachen Hand an die Stirn. „Ich glaube du bist da oben ein bisschen krank und leidest unter einem Profilierungswahn!"

„Okay, okay. Es ist ein schmaler Grat. Aber lass mich den Faden weiterspinnen. Das Verhältnis zu seinen Opfern ist ambivalent. Sobald die Frauen für ihn zu einer Belastung oder Bedrohung werden, fallen sie bei ihm in Ungnade. In seinen ‚Grabbeigaben' spiegelt sich wider, was ihm zu den Opfern einfällt."

Ronald wirkte ungeduldig: „Wo siehst du jetzt den angeblichen Zusammenhang mit Patrick Berger?"

„Patrick Berger könnte herausbekommen haben, wer Leonores Mörder ist."

„Der hat doch immer mir hinterherspioniert ...?"

„Wie ich von Katharina weiß, hat ihm sein Inspector Brewster nach dem Zwischenfall mit Mantkowski verboten, dich jemals wieder zu verfolgen. Aber er hat sich große Sorgen um Leonore gemacht. Möglicherweise hat er angefangen, sie zu beobachten."

„Wenn er in der Nähe war, als Leonore überfallen und ermordet wurde, hätte er ihr auf jeden Fall geholfen. Aber das ist offenbar nicht passiert."

„Vielleicht kam Patrick Berger zu spät und hat Kirchhoff nur beim Verlassen des Tatorts gesehen. Oder er hat lediglich dessen Auto in Tatortnähe bemerkt. Wobei ihm das Gesehene unter Umständen unfassbar erschien. Er hat keine Vorstellung, wie er damit umgehen soll, verarbeitet es wahnhaft und macht gegenüber der Polizei nur wirr klingende Angaben. Hast du Informationen, wie er sich am Tag nach Leonores Tod in Bezug auf Kirchhoff verhalten hat?"

„Nein. Ich hab lediglich in Erinnerung, dass Berger auf keinen Fall auf eine Station verlegt werden wollte, die von Kirchhoff oberärztlich geleitet wird."

„Spricht doch für meine Hypothese. Berger könnte sich Kirchhoffs Verhalten dadurch erklären, dass der Arzt einen übersinnlichen Mordbefehl erhalten hat.

Möglicherweise von Olaf Mantkowski, der dazu wiederum von irgendwelchen Zombies über sein Smartphone manipuliert worden ist. Mir ist bekannt, dass Berger zwei Tage nach dem Mord an Leonore ganz durcheinander war und Olaf Mantkowski aufsuchte. Er will von Mantkowski wissen, ob dieser sein Smartphone wiederbekommen und den Mordbefehl gegeben hat. Aber der kann mit Bergers Fragen nichts anfangen."

„Ja, und?"

„In seiner Not unternimmt Berger etwas anderes, als was wir bisher vermutet haben. Er macht sich nämlich nicht auf den Weg nach Hannover, Berlin oder sonst wohin in Deutschland, sondern geht innerhalb von Ilten zur Ludendorff-Klinik."

„Wo er aber nachweislich nicht angekommen ist. Das hat der Dienstarzt bestätigt."

„Damit kommen wir zum Ausgangspunkt meiner Überlegungen. Bevor Berger einen Fuß in ein Klinikgebäude setzt, trifft er auf dem Krankenhausgelände Kirchhoff, der an diesem Abend Hintergrunddienst hat. Er konfrontiert den Arzt mit seinem Wissen, und dieser tötet den lästigen Zeugen."

„Kirchhoff ist wahrhaftig kein guter Freund von mir. Aber deine abstrusen Verdächtigungen gehen jetzt wirklich zu weit."

„Es sind lediglich Gedankenspiele ... Lass mich weiter fantasieren. Dafür, dass Berger tot sein könnte, spricht, dass es keinen zuverlässigen Hinweis darauf gibt, dass ihn nach diesem Abend noch einmal jemand lebend gesehen hat."

„Aber seine Leiche ist nie gefunden worden."

„Diese Infos über Emilia und Kirchhoff, die bis eben noch keiner hatte, erlauben eine völlig neue Sichtweise. Kirchhoff hat also ein Problem. Er ist gezwungen, Bergers Leiche zu entsorgen. Leider hat er Hintergrunddienst und muss jederzeit über sein Handy erreichbar sein, wobei gleichzeitig in der Klinik viel los ist. Das Bewegungsprofil seines Handys könnte ihn zudem im Nachhinein verraten, wenn er während seines Dienstes ausgerechnet zum späteren Fundort der Leiche fährt. Um nicht geortet zu werden, müsste er schon sein Handy komplett ausschalten. Das wiederum ist wegen des zeitaufwendigen Notfalls an diesem Abend fast unmöglich. Kirchhoff würde sich höchst verdächtig machen, wenn er ausgerechnet in dieser angespannten Situation sein Handy deaktiviert und vorübergehend abtaucht."

„Und welche Rolle spielt Emilia dabei?"

„Schwer zu sagen. Kirchhoff muss davon ausgehen, dass sie bei der Vertuschung eines weiteren Mordes kalte Füße bekommen könnte und nicht mehr dichthält. Am sinnvollsten verheimlicht er ihr daher, dass er auch noch Berger getötet hat. Aber vielleicht war sie darüber auch informiert oder hat es später herausgefunden."

„Weswegen Emilia für ihn ebenfalls unbequem wird und er sie abmurkst", griff Ronald meine Überlegungen mit sarkastischem Unterton auf. „Und wo ist jetzt Bergers Leiche?"

„Irgendwo auf dem Klinikgelände oder in unmittelbarer Nähe davon."

„Du spinnst doch!"

„Gibt es dort im Umfeld irgendwelche Schächte, nicht genutzte Garagen oder sonstige verlassene Gebäude?"

Ronald unterbrach unvermittelt sein Kopfschütteln.

„Das alte Tagesklinik-Gebäude", äußerte er, offenbar selbst überrascht. „Liegt am Rand des Krankenhausparks. Vor vier Monaten bin ich von dort mit meinen Mitarbeitern in die jetzigen Räumlichkeiten umgezogen."

Ronald berichtete, dass das alte Gebäude seitdem leerstehen würde. Der Umbau hatte sich verzögert und war aufs kommende Frühjahr verschoben worden.

„Hat das Haus einen Keller?", war meine nächste Frage.

„Ja."

„Ist das Gebäude frei zugänglich?"

„Nein. Damit dort kein Unfug passiert, ist in die Außentüren ein neues Schloss eingebaut worden."

„Wer hat einen Schlüssel?"

„Lediglich die Geschäftsführung, der Chefarzt, sein Stellvertreter und der Leitende Hausmeister."

„Also ist Kirchhoff einer der wenigen, die jederzeit Zugang haben."

„Und du denkst ..."

„Ich habe den Verdacht, dass sich in dem leerstehenden Gebäude die Leiche von Patrick Berger befindet."

„Ich ahne schlimme Peinlichkeiten, die auf uns zukommen."

„Wie meinst du das?"

„Ich sehe schon die von dir informierte Polizei-Einheit bei uns aufkreuzen." Ronald verfiel zunehmend in einen süßlichen, vor Widerwillen strotzenden Tonfall. „Relativ schnell wird durchsickern, dass das Insiderwissen über das verlassene Gebäude und die abwegigen Verdächtigungen gegenüber dem angesehenen Stellvertreter des Chefarztes nur von dessen nettem zukünftigem Kooperationspartner Herrn Dr. Seifert und dem eingeschränkt loyalen Kollegen Herrn Dr. Dannenberg an die Polizei herangetragen worden sind. Zwar bestätigte sich keines der geäußerten Verdachtsmomente, aber das bereits zerschlagene Porzellan war leider nicht mehr zu kitten."

Ronalds Skepsis konnte ich gut teilen. Mein Enthusiasmus geriet ins Stocken, was Ronald zu merken schien, als er nachlegte: „Deine ganze Gedankenkette hat ihren Ursprung darin, dass Katharina sich von Kirchhoff angemacht fühlte und die fragliche Vermutung hatte, zwischen ihm und Emilia könnte es gefunkt haben. Und selbst, wenn – na und?!"

„Du bist nicht überzeugt?"

„Nein."

Ich fasste den Entschluss, die Angelegenheit tiefer aufzuhängen. Also zunächst diskret und ohne unnötiges Tamtam.

„Könntest du dir vorstellen, dass du dir morgen ganz inoffiziell beim Hausmeister den Schlüssel für die leerstehende Tagesklinik besorgen könntest?", fragte ich vorsichtig. „Und anschließend werfen nur wir beide einen Blick in das verlassene Gebäude ...?"

„Deine gesamte Theorie ist lediglich eine Aneinanderreihung wilder Spekulationen. Aber ich will mir nicht nachsagen lassen, ich hätte nicht alles getan, um bei der Aufklärung dieser schrecklichen Morde zu helfen. Ich mache mit."

Dienstag, 25. November.

Trotz der Entfernung erkannte er sie sofort. Katharina Seifert hatte ihm den Rücken zugewandt, als sie den Bungalow mit den geschlossenen Stationen verließ. Die junge Frau begleitete einen Patienten ihrer Station durch den Park in Richtung Hauptgebäude. Er sah, wie Katharina mit beiden Händen ihre langen braunen Haare nach hinten strich. Ihr Gang wirkte selbstbewusst und geschmeidig. In diesem Moment fragte er sich, nach welchen Kriterien er die Frauen als Schönheit empfand. Vermutlich waren es die vollen Lippen und die großen runden Augen, die das schmale symmetrische Gesicht benötigte, um überdurchschnittlich attraktiv zu erscheinen, dazu straffe Brüste, ein ideales Taille-Hüft-Verhältnis und lange schlanke Beine - alles Merkmale, die Katharina genauso auszeichneten wie die Frauen, die er davor getötet hatte.

Bald war es wieder so weit. Die nächsten beiden Opfer zu töten, würde ihm am schwersten fallen. Aber er musste es zu Ende bringen. Katharina konnte nicht wissen, was ihr bevorstand. Und auch ihren potenziellen Beschützern war der Mann immer einen Schritt voraus.

♦ ♦

Ich stand mit Ronald vor einem einstöckigen roten Backsteinhaus, das zweifellos sanierungsbedürftig wirkte. Der Charme der in die Jahre gekommenen Fassade ging von den zahlreichen Fensterläden aus, die allerdings einen Anstrich dringend nötig hatten. Bis vor vier Monaten waren hier auf dem Iltener Krankenhausgelände die allgemeinpsychiatrische Tagesklinik sowie die Institutsambulanz untergebracht. Drei Stufen und eine Rampe für Rollstuhlfahrer führten zum Haupteingang, den eine grüne Tür aus Massivholz versperrte. Ronald hatte es geschafft, den Schlüssel zu besorgen.

Um nicht ungewollt mögliche Spuren eines Verbrechens zu verwischen, hatte ich uns heute Morgen vom Team Hygiene des Gesundheitsamtes noch zwei Ganzkörper-Overalls inklusive Schuhüberziehern und Einmalhandschuhen organisiert.

„Hoffentlich sieht mich jetzt niemand", jammerte Ronald, als wir unsere weiße Schutzkleidung anlegten. In einiger Entfernung entdeckte ich zwei Personen im Klinikpark, die uns aber offensichtlich keine Beachtung schenkten.

Ronald schloss die Tür auf, und wir huschten in den Eingangsbereich. Dort stand eine große Empfangstheke.

Jetzt würde sich zeigen, ob an meinen Vermutungen etwas dran war!

Langsam gingen wir von Raum zu Raum. Einige alte abgestoßene Möbel, wie Schränke, Regale, Tische oder Stühle, waren im Gebäude zurückgelassen worden.

Verlassen, staubig und muffig, war mein erster Eindruck. *Sieht auf den ersten Blick so aus, als wäre schon länger niemand mehr hier gewesen.*

Nach dem Erdgeschoss nahmen wir uns den Keller vor. Ich war äußerst gespannt. Dort befand sich erwartungsgemäß die Heizungsanlage, ansonsten war der Keller weitgehend als Lagerraum genutzt worden. Ich entdeckte Farbeimer, diverse Kisten, Bilderrahmen, einige Stehlampen und sogar ein altes Fahrrad. Aber nirgendwo eine Leiche.

„Das war wohl nichts, oder?", brummte Ronald. Ich hörte Triumph und Verärgerung.

„Wir sind noch nicht im ersten Stock gewesen", gab ich zu bedenken.

Auch im Obergeschoss lag alles Mögliche herum, aber wieder keine Leiche.

Um nicht sofort klein beizugeben, sagte ich, wenn auch ohne innere Überzeugung: „Vielleicht hat er die Leiche hier nur vorübergehend untergebracht, sie inzwischen abgeholt und woanders versteckt."

Ronald ging gar nicht darauf ein, sondern feixte: „Ich find's beruhigend, dass mein Patient Patrick Berger hier nicht tot rumliegt. Vermutlich hält er sich momentan wieder quietschlebendig in München auf und schaut sich dort mit Begeisterung eine neue Folge von ‚Zombie Crime' an."

Unter Ronalds Häme brachen meine Erwartungen wie ein Kartenhaus zusammen.

Verdammt, war ich auf der falschen Fährte?! Hat Kirchhoff überhaupt Katharina anbaggern wollen? Ist er wirklich mit Emilia ins Bett gestiegen? Zumal er deswegen nicht zwingend Leonore töten müsste. Ronald hatte mit seinen Einwänden gestern Abend schon recht gehabt. Vielleicht war das Alibi, das Leonore bestätigt hatte, gar nicht falsch, und Kirchhoff hat die Krankenschwester bis zum Schluss aufrichtig geliebt. Und mein Gedankenblitz, dass Patrick Berger den Mörder kannte, ist durch nichts belegt.

Ich war froh, dass ich dank Ronald aus unserer heutigen Unternehmung keine große Polizei-Aktion gemacht hatte.

Andererseits kam langsam ein Panikgefühl in mir hoch. Gemessen an den bisherigen zeitlichen Abständen zwischen den einzelnen Frauenmorden, mussten wir davon ausgehen, dass der Täter an einem der nächsten Tage wieder zuschlagen würde. Die krampfhafte Spurensuche nach dem psychopathischen Serienmörder wurde zu einem Wettlauf gegen die Zeit.

„Etwas Gutes hat unsere Hausbesichtigung immerhin", meinte Ronald trocken, der aus einem der staubigen Regale eine längliche Pappschachtel an sich nahm. „Hab ich doch zufällig unsere DVDs wiedergefunden. Und wir haben uns schon gefragt, wo die Dinger nach dem Umzug geblieben sind."

Wie er mir erklärte, enthielt die Schachtel einen kleinen Teil der Filmesammlung für die Tagesklinikpatienten. Betont interessiert kramte er darin herum, indem er die Cover der einzelnen Filme durchguckte (als ob das im Augenblick so wichtig wäre!). Widerwillig schaute ich ihm über die Schulter. Die üblichen Filmklassiker wie „Zurück in die Zukunft", „Das Leben des Brian", „Casablanca", „Rocky", „Frühstück bei Tiffany", „Der rosarote Panther", „Victor/Victoria" und ...

„Halt, was war das denn?!", ging ich dazwischen. „Zeig mir noch mal die Hülle, die du eben in der Hand gehabt hast."

Ronald kam meinem Wunsch nach. Auf der DVD-Hülle war eine schöne Blondine mit Rastazöpfen abgebildet, die, bekleidet mit einem einteiligen Badeanzug, alleine an einem Sandstrand am Meer entlanglief. Links neben der Frau prangte der Titel des Films: „10 – Die Traumfrau".

„Würde auch passen", murmelte ich.

„Zu was?"

„Zu den Zehner-Spielkarten am Tatort."

„Wovon redest du eigentlich?"

„‚10 – Die Traumfrau‘ ist doch ein bekannter Film, der um 1980 herum weltweit erfolgreich gelaufen ist. Ich kann mich dunkel entsinnen, dass ich ihn früher mal im Fernsehen gesehen hab. Darin ging es um die Zehn als Höchstwert auf einer Zehnerskala für die Attraktivität von Frauen. Jedes unserer ermordeten Opfer könnte man vom äußerlichen Aspekt her als ‚Traumfrau‘ bezeichnen."

Ronald zuckte mit den Schultern: „Natürlich ist ein Zusammenhang nicht ausgeschlossen. Aber warum sollte sich der Täter ausgerechnet auf diesen alten Film beziehen? Das erinnert an deine Geistesblitze von gestern Abend."

„Ja, es ist nur eine Möglichkeit von vielen. Bemerkenswert finde ich allerdings, dass wir diesen Film ausgerechnet auf dem Gelände der Ludendorff-Klinik entdecken. Und unabhängig vom Film ist so eine Zehnerskala, insbesondere in der Psychoszene, inzwischen weit verbreitet."

„Welchen Schluss ziehst du daraus?"

„Noch keinen. Kannst du ungefähr sagen, wie lange ihr den Film schon besitzt und wer ihn hier gesehen hat?"

„Der Film wurde vor vielen Jahren für die Tagesklinik angeschafft ... und damals auch an andere Stationen ausgeliehen, wie zum Beispiel meine offene Akutstation. Wann er zuletzt gezeigt wurde, weiß ich gar nicht. Ist aber sicher schon länger her."

„Gibt es jemanden, der für die Verwaltung der Filme in der Tagesklinik verantwortlich ist?"

„Ja, darum kümmert sich die Beschäftigungstherapie. Über die Jahre, die er hier in der Tagesklinik gearbeitet hat, war das Henrik Papst. Er hat die Filme ausgesucht, gekauft und vorgeführt. Alle vierzehn Tage findet in der Tagesklinik ab sechzehn Uhr ein spezieller Filmnachmittag mit anschließender Diskussion statt. Dazu sind auch die Patienten der offenen Stationen eingeladen."

„Wer ist eigentlich der Regisseur von ‚10 – Die Traumfrau'?"

„Blake Edwards. Von dem hat Henrik Papst auch weitere seiner bekanntesten Filme im Programm. ‚Frühstück bei Tiffany' oder ‚Der rosarote Panther', wie du vielleicht gerade gesehen hast. Glaubst du im Ernst, dass uns die Beschäftigung mit den Spielkarten bei der Suche nach dem Mörder weiterhilft?"

Ich erklärte Ronald, dass ich davon ausging, dass für den Täter Symbole von großer Wichtigkeit waren. Anschließend führte ich kurz aus, welche Bedeutung Mockie den einzelnen Zehnerkarten zugeordnet hatte.

„Die Herzzehn bei Dana Bosilek würde sicherlich jeder mit Liebe und Lovemobil in Zusammenhang bringen. Das lässt wenig Rückschlüsse auf den Täter zu", meinte Ronald. „Du hast gestern die Hypothese von einem Zerwürfnis zwischen Kirchhoff und Leonore aufgestellt. Wenn die Kreuzzehn bei ihr genau diesen Streit symbolisieren soll, dann wäre Kirchhoff der Einzige, der von diesem Streit weiß. Aber er wird sich wohl kaum damit selbst verraten."

„Aktuell interessiert mich natürlich besonders, was es mit der Karozehn auf sich hat."

„Dazu habe ich keine Idee. Aber mit den verschiedenen Farben der Spielkarten hätte ich eher die verschiedenen Haarfarben der Opfer assoziiert."

„Auch eine Möglichkeit. Oder für den Täter ist es von Reiz, jeder Karte gleich mehrere Bedeutungen auf unterschiedlichen Ebenen zuzuordnen."

Wir beendeten unsere Durchsuchungsaktion und verließen das Gebäude. Ronald hatte zugestimmt, dass ich mir die DVD von „10" vorübergehend ausleihen durfte.

„Morgen fahre ich übrigens vormittags zum Psychiatriekongress nach Berlin", teilte er mir bei unserer Verabschiedung mit. „Ich übernachte von Mittwoch auf Donnerstag in Berlin und bin Donnerstagabend wieder in Hannover."

Von Mittwoch, dem 26. November, bis Samstag, dem 29. November, fand in Berlin der alljährliche große Kongress der DGPPN, also der „Deutschen Gesellschaft für Psychiatrie und Psychotherapie, Psychosomatik und Nervenheilkunde", statt. Wie ich erfuhr, waren Kirchhoff und Pahland von Freitag bis Samstag ebenfalls auf dem Berliner Kongress, wo sie unter anderem zusammen mit Prof. Reich von der MHH ihre Zwischenergebnisse der Normox-Studie präsentieren würden.

Ich ging allein zurück zu meinem Auto, das ich in der Nähe des Klinikgeländes abgestellt hatte. Sollte ich Stelter anrufen oder nicht? Mit spektakulären Ergebnissen konnte ich nicht aufwarten. Dennoch fasste ich den Entschluss, mich spontan mit dem Hauptkommissar auszutauschen. Ich erreichte ihn auf dem Handy und teilte ihm meinen Kenntnisstand über die leerstehende Tagesklinik sowie meine Überlegungen zu Kirchhoff und Emilia mit. Außerdem erwähnte ich den Film „10", mit dem Stelter sofort etwas anfangen konnte („Großartig gemacht, hab ich früher sogar als VHS-Kassette besessen!"), und ganz vorsichtig den Namen „Henrik Papst" („Haben wir auch schon vernommen, hat 'nen Alibi"). Zu meiner Beruhigung teilte mir Stelter im Vertrauen mit, dass seine Leute „Kirchhoff ganz besonders im Blick" haben würden.

Auf der Rückfahrt nach Hannover überfiel mich plötzlich der Gedanke, irgendetwas sehr Wichtiges übersehen zu haben. Aber ich kam nicht darauf, was es war.

♦ ♦

Er ballte die Faust, als Katharina Seifert vor seinem geistigen Auge auftauchte. Sein Opfer hatte in der Vergangenheit auf verschiedene Weise durchblicken lassen, dass sie aus wohlhabenden Verhältnissen stammte. Das war eine mögliche Erklärung für die Karozehn. Morgen, am Mittwochabend, würde er zuschlagen. Es war ein offenes Geheimnis, das sich um diese Zeit weder Mutter noch Stiefvater im Haus aufhielten.

Bis dahin waren es nicht einmal mehr vierundzwanzig Stunden. Der Mann würde Katharina problemlos im Garten vor der Villa abfangen und den vorletzten Teil seines Plans beenden.

6

Mittwoch, 26. November.

Katharina Seifert traf nach der Dienstübergabe am Mittag Daniel Stelter auf dem Flur der Station 1. Wie er sagte, war er mit seiner Praktikumsanleiterin zu einem fachlichen Austausch über gemeinsam betreute Patienten in der Klinik. Patienten aus dem Einzugsgebiet der Sozialpsychiatrischen Beratungsstelle Südstadt wurden in der Regel auf der Nachbarstation 2 aufgenommen.

„Ich bin kurz zu dir rüber, um noch ein paar Worte mit dir zu wechseln", sagte er. „Es ist das letzte Mal, dass wir uns hier in der Klinik sehen. Dein Pflegepraktikum endet ja diese Woche."

„Stimmt, an dieser Stelle sehen wir uns nicht wieder. Heute ist auch mein letzter Tag in der lebenspraktischen Gruppe."

Jeden Mittwochnachmittag machten die geschlossenen Stationen ihren Patienten ein therapeutisches Gruppenangebot zur Alltagsbewältigung und Freizeitgestaltung. Eine der festen Co-Leiterinnen dieser Gruppe war Katharina Seifert gewesen, die deshalb mittwochs immer Mitteldienst hatte.

Auf Vorschlag von Daniel setzten sie sich kurz in das leerstehende Besprechungszimmer.

„Machen wir mal wieder was zusammen?", fragte Katharina rundheraus. Zu Daniel bestand weiterhin ein gewisser Abstand. Bisher hatte er keinerlei Anstalten gemacht, ihr einen Kuss zu geben.

Was er zu wenig hat, hat Kirchhoff zu viel.

„Kann ich momentan noch nicht sagen. Ich muss mich um meine Schwester kümmern. Ich geh davon aus, dass sie bald die Therapie bei deinem Stiefvater vorzeitig beendet."

„Das ist doch nicht vorrangig dein Problem ..."

Daniel schaute nach unten, und Katharina merkte ihm an, dass er mit sich zu kämpfen hatte.

„Mir ist einiges durch den Kopf gegangen ... und ich hab lange überlegt, ob ich dir das sage ..." Es fiel ihm nicht leicht, weiterzureden. „Dr. Dannenberg ist ein Mann, dem Sandra und meine Familie einiges zu verdanken haben. Er bietet meiner Schwester Ambulanztermine an, für die er extra nach Döhren fährt. Er hat sich für Gespräche mit Sandra viel Zeit genommen. Schon bei ihrer Aufnahme in der Klinik und nachdem sie den Suizidversuch auf Station unternommen hat."

„Was meinst du damit?"

„Es tut mir weh, wenn dieser Mann selbst nicht den nötigen Rückhalt in seiner Familie bekommt. Ich weiß, wie wichtig eine gut funktionierende Familie ist."

Katharina war wirklich überrascht: „Was soll das denn heißen?!"

Daniel blickte sie an: „Ich hab darüber nachgedacht, was du mir erzählt hast. Deinem Stiefvater ist es offenbar sehr wichtig gewesen, die Gefühle deiner Mutter nie zu verletzten. Und die Verantwortung für die Affäre mit dieser Krankenschwester liegt auch nicht bei ihm allein. Leonore Voigt hat sich ganz bewusst auf eine Beziehung zu einem verheirateten Mann eingelassen."

„Ich weiß nicht, ob ich deinem Gedankengang folgen kann ...?!"

„Auch dass du zu meiner Vernissage deine Mutter mitbringst – ohne deinen Stiefvater, der sich im Nachhinein ausgeschlossen gefühlt haben muss. Oder dass du häufiger dafür gesorgt hast, dass dein Vater bei euch zu Besuch ist, was die Beziehung zwischen deiner Mutter und deinem Stiefvater wohl nicht gerade gestärkt hat."

Katharina nahm auf ihrem Stuhl eine aufrechte Haltung an: „Ich hätte dir diese vertraulichen Details aus meiner Familie besser gar nicht erzählt!"

Daniel rutschte auf seinem Stuhl nach vorne: „Versteh mich bitte nicht falsch. Ich sehe, dass du dich um deine Mutter bemühst. Du hast es sicher gut gemeint. Aber ich finde, es treibt einen Keil zwischen deine Mutter und deinen Stiefvater."

„Ich glaube, dein Praktikum in der Beratungsstelle hat schon gewaltig auf dein Privatleben abgefärbt", äußerte Katharina perplex. „Aber deine therapeutischen Ratschläge brauche ich nicht."

Sie spürte eine deutliche Distanz zu Daniel, was sie gleichzeitig bedauerte.

Er versuchte anscheinend der schlechten Stimmung entgegenzuwirken, indem er meinte: „Da du in der dunklen Jahreszeit nicht so gern Fahrrad fährst, wird unsere nächste gemeinsame Fahrradtour noch auf sich warten lassen. Dafür sehen wir uns ... bestimmt schneller, als du denkst ... an anderer Stelle wieder. Ich würde mich freuen."

Draußen, auf dem Stationsflur, kurz nachdem sich Daniel verabschiedet hatte, war Katharinas Ärger schon fast wieder verflogen.

Ziemlich mutig von ihm, mir ganz offen seine Gedanken mitzuteilen.

Ihr wurde deutlich, wie wichtig es ihm war, dass es ihrer Familie und insbesondere ihrem Stiefvater besser ging.

Der Nächste, der sich freundlich auf dem Flur von ihr verabschiedete, war Henrik Papst: „Ich hab ab morgen ein paar Tage frei. Du wirst mir fehlen, Katharina."

Die sorgfältige Auswahl von Ort und Zeit war der Garant dafür, dass er sein Vorhaben wie bisher ungestört durchführen konnte.

Der Vorgarten der Villa in Waldhausen bot ähnlich günstige Verhältnisse wie der von Friedrich Kolster vor drei Wochen.

Die Villa lag in einer ruhigen, wenig befahrenen Wohngegend. Die den Häusern gegenüberliegende Straßenseite grenzte direkt an den Stadtwald Eilenriede. Eine immergrüne Thuja-Hecke zur Straße versperrte weitgehend die Sicht auf den vorderen Bereich des Gartens und die Eingangstür des Gebäudes. Von einer Pforte im linken Teil der Hecke führte ein gepflasterter Weg im Bogen nach rechts zum Haupteingang der Villa. Die Doppelgarage, die einen Mercedes und ein BMW Cabrio beherbergte, hatte eine separate Zufahrt.

Katharina würde ihr Auto an der Straße vor dem Haus parken. Der Mann konnte sich problemlos hinter der Thuja-Hecke neben der Pforte verbergen, einem idealen Standort für den Überraschungsangriff auf die junge Frau.

Ein Bewegungsmelder an der vorderen Hauswand war so montiert, dass sein Passiv-Infrarot-Sensor auf Personen reagierte, die durch die Pforte das Grundstück betraten oder sich innerhalb des Vorgartens hin und her bewegten. Der Mann würde den Bewegungsmelder kurz vor Katharinas Ankunft mit Klarlack besprühen und damit außer Gefecht setzen.

Auf der Rasenfläche des Vorgartens standen mehrere große Eiben, jeweils in Kegelform geschnitten.

Eine davon, in unmittelbarer Nähe der Eingangspforte, würde ihm als zusätzlicher Sichtschutz dienen, wenn Katharina das dunkle Grundstück betrat. Auf den Beeten lag Rindenmulch, auf dem später die Spurensicherung keine deutlichen Fußabdrücke entdecken könnte.

Katharina hatte nur noch ein paar Stunden zu leben. Gegen 18:30 Uhr würde sie in Waldhausen eintreffen. Wenn er mit ihr fertig war, würde er sich seinem letzten Opfer zuwenden.

„Ĝis revido!“, verabschiedete ich mich auf Esperanto und beendete mein privates Telefonat auf dem Smartphone.

Der Nachttisch aus Echtholz bedurfte noch heute Abend einer dringenden Reparatur. Eine abgefallene Schubladenblende musste wieder fachmännisch angeleimt werden, außerdem klemmte angeblich eine Schubladenschiene. Ein Auftrag für den versierten Handwerker, den ich gerne angenommen hatte.

Ich saß an meinem Schreibtisch im Timon Carré und erstellte mühselig eine Informationsdrucksache für den Regions-Gesundheitsausschuss. Eine nervige Tätigkeit, bei der ein Abschweifen der Gedanken geradezu vorprogrammiert war.

Gestern hatte ich mir zu Hause die DVD mit dem Spielfilm „10 - Die Traumfrau“ angesehen. Die US-amerikanische Schauspielerin Bo Derek war durch diesen Film über Nacht zum weltweiten Sexsymbol und zum Inbegriff der Traumfrau schlechthin geworden.

Bo Derek spielte die frisch vermählte junge Braut Jenny, eine wunderschöne Frau, die weder die Ehe noch die eheliche Treue besonders ernst nahm. Symbolträchtig war eine Szene, in der Braut und Bräutigam auf ihrer Hochzeitsreise getrennt über längere Zeit einschlafen, sie allein auf einer Matte am Strand, er allein auf einem Surfbrett im Meer, womit er sich gleich einer tödlichen Gefahr aussetzt. In einer weiteren Szene hat Jenny, während sie mit ihrem Bräutigam telefoniert, Sex mit George, dem Lebensretter ihres

Mannes, was bedeuten könnte, wie wenig ihr George oder ihr Bräutigam bedeuten.

Mein Telefon klingelte.

Der Anruf der „Kreuz Apotheke" aus Döhren, den Mockie zu mir durchstellte, war eine weitere willkommene Unterbrechung für mich. Der Apotheker hatte eine Nachfrage zu einem von mir letzten Freitag ausgestellten Kassenrezept. Er ging davon aus, dass ich über die erst vor Kurzem bekannt gewordenen Wechselwirkungen zweier Medikamente eventuell noch nicht informiert sein könnte. In diesem Fall waren mir allerdings die Risiken bekannt. Als ich den Hörer auflegte, stellte mein Gehirn eine merkwürdige Verknüpfung her.

Noch nicht informiert sein ... „Kreuz Apotheke" ... Kreuz ... Kreuzzehn ... Leonore Voigt ...

Vor dem Telefonat hatte ich mich mit den Symbolen auf den Spielkarten neben den Frauenleichen beschäftigt. Schlagartig wurde mir bewusst, was mich gestern bei unserer Durchsuchung des alten Tagesklinik-Gebäudes irritiert hatte, ohne dass ich es damals konkret benennen konnte.

Ronald war bei unserem Gespräch auf Anhieb in der Lage gewesen, die Kreuzzehn der ermordeten Leonore zuzuordnen. Woher wusste er, dass gerade diese Zehnerkarte neben dem Leichnam der Krankenschwester gefunden worden war? Ich war der Meinung, ihm nie erzählt zu haben, welche Karte neben welchem Opfer gelegen hatte. Es stand auch nicht in der Zeitung. Das konnte außer der Polizei und mir nur der Täter wissen. Na gut, mit Mockie hatte ich nach Stelters letztem Besuch im Timon Carré ebenfalls über die genaue Zuordnung der Karten gesprochen. Hatte ich es Ronald gegenüber doch erwähnt? Oder hatte Stelter es ihm erzählt, als er Ronald nach Leonores Tod vernommen hatte? Nach meinen wilden Spekulationen bezüglich Kirchhoff, die sich bisher in keiner Weise bestätigt hatten, sollte ich vorsichtig mit neuen voreiligen Verdächtigungen sein - und insbesondere, wenn es um Ronald ging, der in der jüngsten Vergangenheit auf vermeintliche Angriffe recht empfindlich reagiert hatte.

Ich entschloss mich, ihn auf dem Handy anzurufen, um ihn - natürlich versteckt hintenherum - nach der Quelle seiner Information zu befragen. Aber er ging nicht an sein Handy. Kein Wunder, er saß momentan in irgendeinem wissenschaftlichen Symposium oder Workshop auf dem DGPPN-Kongress in Berlin.

Na gut, in Berlin wird heute eh nichts anbrennen.

Ich besuchte erst Freitag und Samstag den DGPPN-Kongress. Insofern konnte ich Ronald Donnerstagabend persönlich in Hannover darauf ansprechen, was sicherlich angemessen und am besten dazu geeignet war, die Sache aufzuklären.

Ich brachte die trockene Arbeit an der Informationsdrucksache zu Ende und freute mich richtig auf meinen handwerklichen Einsatz nach Dienstschluss.

Zu dem Zeitpunkt war ich noch davon überzeugt, dass mich ein netter Abend erwartete.

9

Dr. Ronald Dannenberg war bereits um 7:31 Uhr am Hauptbahnhof Hannover in den ICE nach Berlin-Spandau gestiegen. Die Fahrtzeit betrug genau eine Stunde und dreiundzwanzig Minuten. Dann noch fünf S-Bahnstationen bis Messe-Süd – zum CityCube Berlin, der im Mai 2014 eröffneten riesigen Messehalle mit einer Fläche von zwölftausend Quadratmetern auf zwei Ebenen. Auf dem Messegelände in Berlin fand jedes Jahr Ende November der DGPPN-Kongress statt. Die Veranstaltung war *das* wissenschaftliche Ereignis der deutschsprachigen Psychiatrie und gleichzeitig der größte Psychiatrie-Kongress Europas. Sechshundert Einzelveranstaltungen mit tausendsechshundert renommierten Referenten warteten dieses Jahr auf mehr als neuntausend Fachbesucher.

In der Eingangshalle des CityCubes checkte Ronald an einem der zahlreichen Empfangsschalter ein und erhielt ein orangefarbenes Namensschild, welches ihm freien Zugang zu den wissenschaftlichen Veranstaltungen erlaubte, wie Symposien, Plenarvorträgen, Diskussionsforen oder Workshops, von denen ungefähr jeweils fünfundzwanzig zur selben Zeit in unterschiedlichen Hörsälen und Seminarräumen angeboten wurden. Aus den Jahren zuvor wusste er nur zu gut, dass es in dem Gewimmel von Menschen möglich war, dass sich Besucher aus derselben Klinik während des viertägigen Kongresses nicht einmal persönlich über den Weg liefen. Niemandem fiel auf, wenn ein Besucher nach dem Einchecken gleich wieder ging und nicht auf den Kongress zurückkehrte. Die Anwesenheit der Teilnehmer bei den einzelnen Veranstaltungen wurde an keiner Stelle überprüft oder registriert. Um neunzehn Uhr würde die übliche Kongress-Willkommens-Party beginnen, an der Ronald wie viele andere Besucher schon seit Jahren nicht mehr teilgenommen hatte. Stattdessen hatte er sich im Vorverkauf eine Eintrittskarte für ein Berliner Theater zusenden lassen – eine Eintrittskarte, die später zur Entwertung noch per Hand eingerissen, aber nicht mit einem Scanner erfasst wurde.

In der Mittagspause fuhr er, den Trolley in der Hand, vom CityCube mit der S-Bahn zum Bahnhof Zoo. An der Gedächtniskirche war bereits der Weihnachtsmarkt aufgebaut, dem Ronald jedoch keine Beachtung schenkte. Sein Hotel lag direkt am Kurfürstendamm.

Im Zimmer ging er den zeitlichen Ablauf noch einmal Schritt für Schritt durch. Der Plan war genial und bis ins kleinste Detail durchdacht.

Vor dem Spiegel im Bad klebte sich Ronald einen gut sichtbaren Oberlippenbart an, der das Aussehen des Psychiaters bereits merklich veränderte. Zusätzlich würde Ronald später noch seine markante Hornbrille absetzen. Das musste reichen! Auf die Idee mit dem falschen Bart hatte ihn Mark Seifert gebracht, der so etwas schon einmal im letzten Jahr erfolgreich praktiziert hatte. Mit dem verwendeten Hautkleber hielten die beiden Seiten des Schnurrbarts perfekt.

Vor Wochen hatte sich Ronald im Reisezentrum der Deutschen Bahn in Hannover eine zusätzliche Hin- und Rückfahrkarte für die Strecke Hannover-Berlin gekauft und in bar bezahlt.

In der Umhängetasche lagen alle Utensilien bereit. Einmalhandschuhe, Chloroform, brauner Kabelbinder, braunes Grablicht, Klarlackspray und eine einzelne Spielkarte ... die Karozehn.

Er zog sich einen schwarzen Parka an, schulterte seine Umhängetasche und verließ das Hotelzimmer. Sein Handy hatte er bewusst auf dem Nachttisch im Zimmer zurückgelassen. Es war ihm wichtig, dass es dort im Nachhinein geortet werden konnte.

♦ ♦

In Berlin-Spandau nahm Ronald Dannenberg um 15:33 Uhr den ICE nach Hannover, voraussichtliche Ankunft um 16:58 Uhr.

Er saß in einem Großraumwagen und vergrub sein Gesicht hinter einer Zeitung. Bei der randlosen Brille, die er jetzt trug, handelte es sich um ein altes Modell, das er sich vor Jahren zugelegt und schon lange nicht mehr aufgehabt hatte. Allerdings war es sehr unwahrscheinlich, hier auf einen Bekannten zu treffen. Seine ärztlichen Kollegen waren entweder schon in Berlin oder fuhren zumindest in die Gegenrichtung.

In den knapp anderthalb Stunden Bahnfahrt, die ihm bevorstanden, strömten sämtliche Gedanken erneut auf ihn ein.

Ronald hatte Ulrike wirklich geliebt. Sie war sportlich und attraktiv, im Bett leidenschaftlich und anschmiegsam zugleich. Als er sie kennenlernte, kehrte die Hoffnung zurück, dass sein Leben noch einmal eine positive Wendung nehmen könnte. Viele Jahre hatte der Alkohol seine Karriere ausgebremst, aber in der Ludendorff-Klinik war ihm ein Neuanfang geglückt. Ulrike, vor der er seine Spielsucht verheimlichen konnte, war anfangs eine große Unterstützung. Ihren Ideen verdankte er die Entwicklung des Anti-

Heroin-Projektes, mit dem er letztes Jahr bei der Vergabe des Chefarztpostens zu punkten glaubte.

Aber dann kam alles ganz anders. Ronald zitterte um Ulrikes Leben, als ein brutaler Verbrecher ihr Leben bedrohte. Ein schweres Schädelhirntrauma veränderte Ulrikes Wesen, mit der tragischen Folge, dass ihre Gefühle für Ronald erkalteten. Ronald bemühte sich dennoch um sie, aber von ihr kam nichts zurück. Er hatte keine Chance, denn Katharina fiel ihm zusätzlich in den Rücken und sorgte dafür, dass sich Mark wie ein Krebsgeschwür in Waldhausen breitmachte. Hilflos musste er zusehen, wie sich Ulrike zunehmend wieder Mark zuwandte, der offenbar Probleme mit seiner Esperanto-Schnepfe hatte. Brutal ausgedrückt, entwickelte sich Ulrike damit für Ronald zu einem nutzlosen Klotz am Bein.

Beruflich ging es parallel den Bach runter. Berlin würgte das Anti-Heroin-Projekt ab. Als neuer Chefarzt wurde ihm mit Martin Pahland ein jüngerer Kollege aus Hamburg vor die Nase gesetzt. Wenn Ronald wenigstens seine alte Position hätte behalten können ... Aber nicht einmal das war ihm vergönnt. Fabian Kirchhoff verdrängte ihn von seinem Platz, auch was die Attraktivität bei den weiblichen Mitarbeitern in der Klinik betraf. Als es um die Umstrukturierung der Allgemeinpsychiatrie ging, wurde Ronald schlichtweg übergangen und ausgebootet.

Den nächsten Erdrutsch, der Ronald endgültig zu verschütten drohte, löste Leonore aus. Sie machte Schluss mit ihm, nachdem er weder Chefarzt noch Leitender Oberarzt geworden war. Gleich nach der Trennung spürte er eine aufkommende Wut, die er jedoch unterdrückte. Aber ganz schlimm wurde es, als sich Leonore ausgerechnet mit Kirchhoff einließ.

Der entscheidende Auslöser für alles, was danach kam, war Olaf Mantkowski. Er schrie Ronalds streng gehütetes Geheimnis über die zweijährige Beziehung zu Leonore brutal heraus. Um seine Position gegenüber Ulrike zu verbessern, entschied sich Ronald für ein sofortiges Geständnis, bevor sie es von dritter Seite erfuhr. Aber als Dank für seine Ehrlichkeit wurde er schändlich abgekanzelt. Ulrike und Katharina behandelten ihn wie einen Aussätzigen. Die Atmosphäre zu Hause wurde noch kälter und unerträglicher.

Seine Gedanken wurden jäh unterbrochen, als ihn der Schaffner im ICE nach der Fahrkarte fragte. Ronald blickte anschließend aus dem Fenster und sah draußen die Landschaft vorbeirauschen.

Mit jeder Minute, die der Zug nach Hannover zurücklegt, komme ich der Beendigung meines Plans näher. Unaufhaltsam.

Die Schwelle, einen Menschen zu töten, war in seinem Fall gesenkt. Der Vorfall lag viele Jahre zurück. Ein heftiger Streit mit seiner ersten Frau, die ihn zum wiederholten Mal wegen seiner Trinkerei beschimpfte. Ronald war wütend, schubste sie. Seine Frau stürzte unglücklich die Treppe hinunter und war sofort tot. Die Polizei ging von einem Unfall ohne Fremdverschulden aus. Aber sein Sohn Alexander distanzierte sich nach dem Tod seiner Mutter von ihm. Das war der erste absolute Tiefpunkt in Ronalds Leben gewesen. Jetzt schien sich mit Ulrike, Katharina und Leonore alles zu wiederholen. Enttäuschung und Hass steigerten sich ins Unermessliche. Er würde reinen Tisch machen und sich an denen rächen, die ihm erneut Schmerzen zugefügt hatten – an den Frauen, die für das büßen würden, was sie ihm angetan hatten. Und damit würde er gleichzeitig diejenigen treffen, denen diese Frauen etwas bedeuteten ... Fabian Kirchhoff und Mark Seifert. Und zum Schluss würde sich sein Vernichtungsfeldzug sogar im wahrsten Sinne des Wortes für ihn rechnen. Eine angemessene Entschädigung, die er dringend nötig hatte.

Das Schicksal spielte ihm in die Hand. Ein unbekannter Täter erdrosselte die Hure Madeleine in ihrem Lovemobil. Zufällig war Ronald mit Mark am Fundort der Leiche. Während sich Mark um einen aufgeregten Jogger kümmerte, beschäftigte sich Ronald in aller Ruhe mit den Einzelheiten am Tatort. Die einzige Information, die ihm zum Vorgehen des Täters noch fehlte, war die Betäubung des Opfers durch Chloroform. Dieses letzte Puzzleteil erhielt Ronald einige Tage später durch ein Telefonat mit Mark. Der Hurenmord war möglicherweise eine Einzeltat, vielleicht würde der Täter auch erst Monate später erneut zuschlagen, und dann auf eine andere Weise.

Drei Wochen später, als Ulrike und Katharina ihn demütigten, griff Ronald genau auf dieses Wissen vom Tatort zurück. Er würde das Vorgehen des Täters exakt kopieren und damit auch die folgenden Tötungen Madeleines Mörder zuschieben. Eine einmalig günstige Konstellation. Für den Mord an Madeleine hatte Ronald ein bombensicheres Alibi. Wenn die Polizei davon ausgehen musste, es immer mit demselben Täter zu tun zu haben, war Ronald bei den anderen Tötungen praktisch von vornherein fein raus.

Ein Serienmörder brauchte ein schlüssiges Motiv, das Ronald erschaffen würde. Dazu bekam er von Sandra Stelter unwissentlich Hilfe. Die große Ähnlichkeit der ermordeten Prostituierten mit Sandras Mutter weckten bei der jungen Frau schlimme Kindheitserinnerungen, die wiederum eine schwere psychische

Krise auslösten. Mark Seifert hatte Ronald ausdrücklich Stelters Tochter bei der Einweisung in die Klinik ans Herz gelegt. Bei der Aufnahme hatte sie ein rotes Notizbuch dabei, in das sie detailliert ihre Erinnerungen an die Familie aufgeschrieben hatte, Gedanken über ihre Mutter, ihren Vater, ihren Bruder ... und deren Vorlieben und Gewohnheiten. Sandra war begeistert, dass Ronald für ihr Notizbuch Interesse zeigte. Er durfte es lesen und saugte alles geradezu in sich auf. Weiteres zur Familiengeschichte erfuhr er im Aufnahmegespräch und später bei der ausführlichen Unterhaltung nach Sandras Suizidversuch.

Ronald konstruierte für sich das Bild eines psychopathischen Frauenmörders, mit dessen Motiven sich die Tötung der einzelnen Opfer plausibel erklären ließ. Dabei orientierte er sich an Sandras Bruder Daniel.

Der fiktive Täter hatte in seiner Kindheit unter einer launischen Mutter zu leiden. Vom Aussehen war sie eine Traumfrau, die sich alles erlauben konnte. Sie vernachlässigte ihre Kinder, machte stattdessen mit anderen Männern rum, wobei sie sich häufig die Haare färbte. Der Vater ignorierte Mutters fragliche psychische Erkrankung, bläute aber seinen Kindern ein, dass schöne Frauen nur Unglück bringen. Der Täter versuchte als junger Erwachsener seine unterdrückte Wut in den Griff zu kriegen. Er malte problembehaftete Bilder und powerte seinen Frust abends auf dem Fahrrad aus. Letztendlich schaffte er es nicht, gut für sich zu sorgen. Eine erfüllende sexuelle Beziehung zu einer Frau blieb ihm verwehrt. Dafür entwickelte er einen Hass auf Frauen, die seiner Mutter ähnelten: überdurchschnittlich schöne Frauen, die wie seine Mutter einen Bezug zum Gesundheitswesen hatten und auf verschiedene Art mit Männern ihre Spielchen trieben. Die unterschiedlichen Haarfarben symbolisierten das unstete Verhalten der Mutter, die ihren Haaren immer wieder eine andere Farbe gegeben hatte.

Um seine gequälte Psyche zu erleichtern, plante der Täter ein mörderisches Gesamtwerk. Vier schöne Frauen, mit jeweils einer der natürlichen Haarfarben Schwarz, Blond, Rot und Braun, mussten in einer Behausung nach einem vorgegebenen Ritual geopfert werden. Der Täter würde erst innerlich frei sein, wenn das letzte Opfer den Tod gefunden hatte. Da die Frauen ein Symbol seiner Mutter darstellten, verbot sich jeglicher Geschlechtsakt mit ihnen.

Die Wut des Täters drückte sich im Zerstören des Smartphones aus.

Auch das Grablicht passte nahtlos ins Täterprofil: ein Mann mit Gewissen, der zweifelt und mit der angezündeten Kerze des Opfers gedenkt.

Durch den Vater, einen großen Fan der Blake-Edwards-Filme, kannte der Täter den Film „10" in- und auswendig. Eine schöne Frau war immer eine Zehn. Wegen ihrer unterschiedlichen Haarfarben bekamen alle Opfer bei den Spielkarten eine andere Farbe zugeordnet (auf andere mögliche Bedeutungen war Ronald erst später im Internet gestoßen, um sie dann zusätzlich zu berücksichtigen).

Ronald war „10" ebenfalls geläufig, dafür hatte schon Henrik Papst gesorgt. Dass er gerade gestern mit Mark die DVD in der alten Tagesklinik wiedergefunden hatte, war Zufall. Er hätte den Blake-Edwards-Film ansonsten an anderer Stelle diskret gegenüber Mark erwähnt, wobei er den Fokus der polizeilichen Ermittlungen nicht zu früh auf Daniel Stelter lenken wollte. Gestern konnte sich Ronald in seiner Unterhaltung mit Mark getrost auf die skeptische Seite schlagen, das machte ihn nur unverdächtig.

Ronalds Täter war ein Einzelgänger, der dadurch, dass er abends ohne Handy mit dem Rad durch die Gegend fuhr, leider kein Alibi hatte.

Musste Ronald ein schlechtes Gewissen haben, weil der Verdacht nach Katharinas Tod über kurz oder lang auf Daniel Stelter fallen würde? Daniels Vater hätte den Schlag ins Gesicht verdient, nach all den Vorwürfen, die er Ronald nach Sandras Suizidversuch gemacht hatte, obwohl auf der Station gerade ihr Leben gerettet worden war. Aber auf der anderen Seite würde Daniel nur aufgrund dieser Indizien niemals der Prozess gemacht werden. Da hatte Daniel nicht wirklich etwas zu befürchten. Die Polizei bekam lediglich einen infrage kommenden Täter angeboten.

Die mehrtägige Reise von Ulrike und Katharina nach Usedom, die dem zurückgelassenen Ronald erneut einige schmerzhafte Stiche versetzte, hatte auch etwas Gutes. Es war der ideale Zeitpunkt, um ungestört zu handeln.

In den Besitz von Chloroform zu kommen, war einfacher als gedacht. Ronald fuhr nach Ahlten und tötete Leonore, die ihn im Stich gelassen hatte.

Aber zwei Tage nach Leonores Tod, am 23. Oktober, wurden seine Pläne völlig überraschend gestört. Ronald dachte noch heute mit Schrecken daran zurück ...

10

Donnerstag, 23. Oktober. (Rückblende)

Die Fortbildungsveranstaltung in der Klinik Dr. Ludendorff war gut gelaufen. Die zahlreichen Besucher verließen den Tagungsraum und machten sich auf den Weg nach Hause. Daniel Stelter hatte Dr. Ronald Dannenberg in der Pause angesprochen und ihn gebeten, die ambulante Nachsorge seiner Schwester zu übernehmen. Ronald war bereitwillig auf Daniels Wunsch eingegangen. Eine willkommene Möglichkeit, bei Sandra und ihrer Familiengeschichte weiterhin am Ball zu bleiben.

Zusammen mit Dr. Fabian Kirchhoff kümmerte sich Ronald nach Tagungsende um den externen Referenten, der schließlich mit dem Taxi zum Hauptbahnhof Hannover gebracht wurde. Ronald warf zusätzlich einen Blick auf die Aufräumarbeiten der Hausmeistertruppe. Gegen 19:30 Uhr war so weit alles erledigt. Ronald ging zur Tagesklinik, um in seinem Büro noch eine E-Mail zu schreiben und dann Feierabend zu machen. Sein Handy hatte er wegen der Tagung schon heute Nachmittag abgeschaltet. Das gesamte Gebäude war wie gewohnt um diese Zeit bereits komplett verlassen. Nicht einmal mehr die Putzfrau hielt sich dort auf.

Schnell war die Mail formuliert, der PC runtergefahren. Ronald guckte auf seine Armbanduhr. 19:44 Uhr. Jetzt war Feierabend! Was erwartete ihn zu Hause? Nichts, worauf er sich freuen konnte.

Draußen war es dunkel. Sein schwarzer Mercedes parkte, wie üblich entgegen der Fahrtrichtung, auf dem Tagesklinikgelände, direkt vor dem Beet mit den Rhododendren. Ronald wollte gerade in seinen Wagen steigen, als er auf dem Gehweg neben der Straße eine einzelne Gestalt bemerkte. Der Mann hatte ihn offenbar erkannt und steuerte direkt auf ihn zu.

„Dr. Dannenberg, gut, dass ich Sie noch treffe. Es ist so schlimm, ich halt's nicht mehr aus!"

Jetzt wusste Ronald, wen er vor sich hatte: Patrick Berger. Der Mann wirkte gehetzt, seine Jeans war unter dem rechten Knie aufgerissen. Die Schürfwunden an Bergers rechter Hand deuteten an, dass er möglicherweise gestürzt war.

„Was ist passiert, Herr Berger?"

„Ich kann mein Wissen nicht mehr für mich behalten ... wegen der toten Frau. Ich muss alles sagen! Ich komm damit nicht mehr klar!"

Hat mich der Idiot eventuell wieder verfolgt?, zuckte Ronald innerlich zusammen. *Und dabei beobachtet, wie ich Leonore ins Jenseits beförderte?*

„Lassen Sie uns in meinem Büro weiterreden", schlug der Psychiater vor. „Diese persönlichen Sachen kann man schlecht auf der Straße besprechen."

Patrick Berger war erleichtert, dass Ronald sich noch Zeit für ihn nahm. Kaum hatten sie sich im Büro des Psychiaters gesetzt, als der Patient herausplatzte: „Ich muss das jetzt loswerden. Ihnen vertraue ich."

„Um welche Frau geht es? Frau Voigt?"

„Nein ... oder doch. Es ist Madeleine, ich hab sie geliebt. Sie hat so schöne rote Haare. Meine Mutter durfte nichts erfahren, sie schimpft sonst wieder, wie nach meiner München-Reise."

„Haben Sie Madeleine persönlich gekannt?"

„Ich hab ihr das gesamte Geld von Papa gegeben. Aber dann wollte sie nichts mehr von mir wissen. Ich hab einen Auftrag bekommen, sie zu bestrafen. Von einem der Zombies."

„Sie sind es gewesen, der ..."

„Ich kam aus der Tagesklinik und hab sie noch auf dem Gelände gesehen ... Ich hab sie getötet. Sie hat schon beim Doppelkopf immer betrogen. Ich hab ihr gesagt, wie gemein sie war. Im Wohnmobil wollte ich keinen weiteren Auftrag, ich hab das Smartphone zerstört. Dann hab ich eine Kerze für sie angezündet. Jeder sollte sehen, was ich gemacht hab. Sie war eine schlechte Frau."

„Sind Sie sicher, dass Sie das wirklich erlebt haben?", fragte Ronald vorsichtig nach.

„Ja. Die Herzzehn gehörte zu meinem WM-Kartenspiel. Ich hab alles entsorgt, die restlichen Karten und die Handschuhe, genauso wie bei ‚Zombie Crime'."

Kein Zweifel, Patrick Berger musste die Prostituierte ermordet haben.

„Nach ihrem Tod hatte ich ganz viele Gedanken im Kopf. Ich hatte Angst, ich könnte es wieder tun müssen. Frau Voigt hatte rote Haare wie Madeleine ... aber sie war so nett. Brewster wollte mir helfen, dass ich Frau Voigt beschütze. Es tut mir leid, dass Olaf das über Sie und Frau Voigt erzählt hat. Olaf meinte, Dr. Kirchhoff tut ihr nicht gut. Ich hab Dr. Kirchhoff vorgestern beobachtet. Das ist alles passiert, als Frau Voigt getötet wurde."

„Wo genau waren Sie vorgestern Abend?"

„Vor Dr. Kirchhoffs Wohnung in Hannover. Ich hab gesehen, wie Frau Duarte Garcia ihn über zwei Stunden zu Hause besucht hat. Das hat mich so aufgeputscht, dass er sich noch eine andere Frau nimmt. Ich musste mich abregen und bin gleich danach zu Cher gefahren. Aber dann war Leonore auch tot und ich konnte ihr nicht helfen. Ich bin so traurig."

„Wo kommen Sie denn jetzt her?"

„Ich war eben bei Olaf. Erst dachte ich, er hätte etwas mit dem Tod von Frau Voigt zu tun. Dass er über sein Smartphone einen Mordbefehl erhalten hat. Aber er sagt, das sei Quatsch, ich soll das in der Psychiatrie besprechen. Ich bin direkt hierher, um mich in der Klinik aufnehmen zu lassen. Ich muss darüber reden, was ich getan hab. Oder besser gleich mit der Polizei."

Ronalds Anspannung machte sich sofort wieder im Bauch bemerkbar.

Verdammt, wenn Berger auspackte, war Ronalds Plan zerstört. Stand erst einmal fest, dass es zwei verschiedene Täter gab, hätte das fatale Folgen. Für die Polizei kämen nur wenige Personen infrage, die aufgrund ihrer Kenntnisse vom Tatort den ersten Mord im Detail kopieren konnten. Jetzt war es wichtig, den Kreis möglicher Mitwisser zu kennen.

„Haben Sie Herrn Mantkowski auch davon erzählt, dass Sie Madeleine getötet haben?", erkundigte sich Ronald.

„Nein."

„Und weiß sonst noch jemand davon? Zum Beispiel Ihre Mutter?"

„Nur zwei wissen davon. Aber nicht meine Mutter. Der sag ich nichts von Madeleine."

Zwei Mitwisser?! Ach, du Scheiße!

„Wer ist denn informiert?", brachte Ronald mühsam hervor.

„Brewster, der ist weit weg. Und der Zombie, der mir den Auftrag gegeben hat."

„Sonst niemand?"

„Nein."

„Oder haben Sie es irgendwo aufgeschrieben?"

„Nein. Das wollte Brewster nicht."

Ronald zwang sich zur Ruhe. Er musste handeln, sonst war er verloren. Offenbar war er momentan noch die einzige reale Person, die Berger eingeweiht hatte. Auf keinen Fall durfte der Patient heute in der Klinik aufgenommen werden. Er würde alles über Madeleine ausplaudern. Ronald dachte an die gemeinsame Fahrt mit Mark zum Tatort, erinnerte sich an das Gespräch im Auto und hatte plötzlich die Lösung vor Augen.

„Ich weiß, was Sie tun müssen", erklärte der Psychiater. „Ihren Entschluss, sich der Polizei anzuvertrauen, finde ich überzeugend. Was Sie mitzuteilen haben, hilft der Polizei, die Suche nach dem Mörder von Frau Voigt in die richtige Richtung zu lenken. Und Sie möchten doch, dass der Täter, der Frau Voigt umgebracht hat, schnell gefunden wird ...?"

„Sie meinen ... als Erstes zur Polizei?" Berger schien wieder zu zweifeln.

„Auf keinen Fall lass ich Sie da allein. Ich fahr Sie zur Polizei und begleite Sie auf die Wache." Ronald versuchte zuversichtlich zu gucken. „Das ist schon der richtige Weg."

Berger nickte: „Danke, dass Sie mir helfen, Dr. Dannenberg. Ich wusste, dass es ein Segen ist, wenn wir miteinander sprechen."

Wie wahr, wie wahr, dachte sich Ronald. *Das Gespräch war tatsächlich ein Segen – aber mehr für mich.*

Sie verließen das Gebäude. Ronald ging voran zu seinem Auto, entriegelte es über die Fernbedienung und bat Berger schon einmal Platz zu nehmen. Danach öffnete der Psychiater den Kofferraum, um dort seine Aktentasche abzustellen.

„Oh Gott, meine Armbanduhr! Könnten Sie mir kurz helfen?", sagte Ronald mit gespielter Aufregung. „Da hat sich doch gerade der Federsteg von meinem Uhrenarmband verabschiedet. Möglicherweise ist das Ding dort ins Rhododendronbeet gefallen."

Berger stieg sofort bereitwillig aus, offenbar froh, dass sich die Fahrt zur Polizei noch um einige Minuten verzögerte. Während der Patient noch in gebückter Haltung das Beet absuchte, griff Ronald hinter Bergers Rücken in den Kofferraum und zog ein Wagenkreuz hervor.

„Noch hab ich es nicht gefunden", waren Bergers letzte Worte. Ronald holte aus und schlug mit maximaler Kraft zu. Das Wagenkreuz traf den ahnungslosen Patienten direkt am Hinterkopf. Ein erstickter Schrei, dann kippte Berger nach vorn und blieb reglos auf dem Beet liegen. Es gab kein Zurück mehr! Ronald schlug erneut mehrfach hintereinander auf den Schädel des Patienten ein. Berger lag auf dem Bauch, das Gesicht nach unten. Der ganze Hinterkopf war voller Blut. Ronald war in diesem Moment dankbar, nicht in das Gesicht des Mannes sehen zu müssen, der ihm vertraut hatte. Er überzeugte sich davon, dass Berger tot war. Dann atmete er tief durch. Für sein eigenes Leben hatte er das seines Patienten geopfert.

Im Kofferraum hatte er Einmalhandschuhe, die er sich überstreifte.

Ronald lief zum Tagesklinik-Gebäude. Wie gut, dass es die Beschäftigungstherapie und den Patientengarten gab!

Wieder so eine Situation, die Henrik Papst zum Zetern gebracht hätte, würde er noch hier arbeiten, ging Ronald durch den Kopf, als er sich Spaten, Plastikfolie und Klebeband besorgte. Damit hetzte er zum Wagen zurück. Spaten und Klebeband würde er gleich morgen wieder unauffällig zurückbringen.

Er wickelte den Leichnam in die Plastikfolie und wuchtete ihn anschließend in den Kofferraum. Zuvor hatte er Berger nach einem Handy durchsucht, was dieser aber nicht bei sich trug. Die verräterischen Blutspuren im Beet bedeckte Ronald mit Erde. Zum Glück war das Tagesklinikgelände abends menschenleer. Anschließend verpackte er das blutige Wagenkreuz ebenfalls in Folie, bevor er es in den Kofferraum warf. Später würde er das Teil gereinigt irgendwo unauffällig entsorgen.

Wohin mit der Leiche? In den nächsten Tagen würde die Polizei ganz Ilten nach dem verschwundenen Berger absuchen. Insofern konnte die Leiche auf keinen Fall hier im Ort bleiben. Ronald ging gedanklich die nähere Umgebung durch und wurde fündig. An der B443, die von Sehnde nach Laatzen führte, hatte er ein großes Wald- und Naturschutzgebiet vor Augen, direkt am südöstlichen Rand von Hannover. Das erschien ihm machbar.

Verkrampft saß Ronald hinter dem Lenkrad, als er seinen Wagen durch das abendliche Ilten Richtung Sehnde steuerte. Er durfte nicht zu viel Zeit verlieren. Auf der B443 folgte der kleine Ort Wassel, dann überquerte Ronald den Mittellandkanal und erreichte kurze Zeit später sein Ziel. Er fuhr einen einsamen Waldweg hinein, guckte aufmerksam nach links und rechts, suchte nach einer geeigneten Stelle.

Das müsste es sein!

Jetzt kam der Spaten zum Einsatz. Im Scheinwerferlicht seines Wagens, unter Mobilisierung sämtlicher verfügbarer Kraftreserven, vergrub er Bergers Leiche – in einem Wald, weitab von den Orten, wo man den

Mann mit dem „Zombie-Crime"-Button vermuten würde.

Jetzt musste Ronald schnellstmöglich nach Hause. Dem gut ausgebauten Straßennetz um das Messegelände herum verdankte er es, bereits nach einer Viertelstunde Fahrtzeit in Waldhausen zu sein. Noch rechtzeitig, bevor Katharina von ihrer Spätschicht dort eintraf. Ronald war durchgeschwitzt, seine Kleidung verdreckt. An diesem Abend war es von Vorteil, dass Ulrike ihn zu Hause nicht mehr beachtete und sich ohne ihn vor den Fernseher im Wohnzimmer zurückzog. Unbemerkt konnte er sich umziehen und seine beschmutzten Kleidungsstücke entsorgen.

In der Nacht verwischte ein starker Dauerregen die Spuren der Tat ... im Wald und auf dem Gelände der Tagesklinik in Ilten.

Wieder Mittwoch, 26. November. (Gegenwart)

Der ICE von Berlin nach Hannover passierte Wolfsburg. Dr. Ronald Dannenberg hatte die Bilder von dem Abend, an dem er Patrick Berger töten musste, immer noch vor Augen. Es war schon verrückt, dass Ronald gerade Berger, den wirklichen Mörder von Madeleine, einen Tag später vor Mark Seiferts entsprechenden Verdächtigungen vehement in Schutz nehmen musste. Aber Berger durfte um keinen Preis als Täter entlarvt werden.

Ronalds nächstes Opfer, und diesmal wieder geplant, war Emilia Duarte Garcia. Gleich mit Beginn ihres Praktikums in der Ludendorff-Klinik hatte sie Fabian Kirchhoff im Rahmen der Normox-Studie unterstützt, wo es nur ging. Den Kerl, der dafür sorgte, dass Ronald beruflich immer mehr der Boden unter den Füßen entzogen wurde. Derartige Medikamentenstudien im Krankenhaus wären in früheren Jahren vorrangig Ronald zugefallen. Emilia beschränkte sich in ihrer Beziehung zu Kirchhoff keineswegs auf die berufliche Schiene. An dem Tag, als sie aus der Gewalt von Mantkowski befreit wurde, sah Ronald sie zufällig mit Kirchhoff eng umschlungen auf dem Klinikgelände, wobei Emilia den Leitenden Oberarzt auf den Mund küsste. Die Medizinstudentin war eindeutig die neue Gespielin von Ronalds Konkurrent, mit dem sie sich auch in dessen Wohnung in Hannover amüsierte, wie Ronald von Patrick Berger erfuhr. Spätestens seitdem Ronald wusste, welche Rolle das kleine Luder bei

Kirchhoff spielte, war sie ihm ein stetiger Dorn im Auge. Das Miststück hatte Kirchhoff überschwänglich für seine Hilfe gegen Mantkowski gedankt. Aber Ronald, der durch seinen Einsatz ihre Befreiung erst ermöglicht hatte, wurde von ihr lediglich mit ein paar Worten abgespeist.

Das i-Tüpfelchen war die Plansprache Esperanto, aus Ronalds Sicht inzwischen ein Synonym für Mark Seifert. Für sich allein genommen eigentlich eine Lächerlichkeit. Als Ulrike anfing, zu Hause Satzbrocken in Esperanto von sich zu geben, hatte er das Gefühl, dass ihre Beziehung jetzt endgültig zu Ende war, während gleichzeitig Mark Seifert Einzug ins Haus hielt. Ein schlimmes Erlebnis war das gemeinsame Essen, zu dem Katharina nach Waldhausen eingeladen hatte. Ulrike, Katharina und Mark quasselten in seiner Gegenwart irgendetwas auf Esperanto, um ihn bewusst auszugrenzen. Eine wesentliche Schuld daran trug Emilia, die sich in seine Familie eingemischt und Katharina und Ulrike mit Marks Esperanto-Virus verseucht hatte.

Ronalds Abneigung gegen Emilia speiste sich letztendlich aus einem Gemisch unterschiedlicher Gründe. Bei der Konstruktion eines Tatmotivs hatte Ronald die unterschiedlichen Haarfarben seiner Opfer berücksichtigt. Das schwarze Haar der chilenischen Medizinstudentin passte wunderbar in das erdachte Muster.

Ronald hörte, wie Emilia in Waldhausen im Gespräch mit Katharina ihr regelmäßiges Volleyball-Training und den schwerhörigen Vermieter Friedrich Kolster erwähnte. Zwei wertvolle Hinweise, die Ronald bei seinen Vorbereitungen auf Emilias Tötung sehr nützlich waren. Alles lief nach Plan. Als vermeintliches

Alibi für den Mord an Emilia hatte er sich überlegt, bei einem kostenlosen Konzert einer Rolling-Stones-Coverband im Langenhagener Einkaufszentrum gewesen zu sein.

„Wir erreichen in wenigen Minuten Hannover Hauptbahnhof", riss eine Stimme aus dem Lautsprecher Ronald aus seinen Gedanken. Der Zug verlangsamte kurze Zeit später merklich seine Geschwindigkeit.

Ronald zog sich den Parka über, klappte die Kapuze hoch, nahm seine Umhängetasche und ging den Gang entlang zum Ausstieg. Mit vierminütiger Verspätung stoppte der ICE um 17:02 Uhr im Hauptbahnhof Hannover. Ronald hatte es eilig, den Bahnhof zu verlassen. Er nahm die Treppe vom Bahnsteig runter zur Ladenstraße. Was jetzt auf ihn wartete, hatte er den „Todesstreifen" genannt. Insgesamt war es nicht wahrscheinlich, dass er mit seiner Maskierung von jemandem aus der riesigen Menschenansammlung, die sich durch die Ladenstraße wühlte, erkannt und angesprochen wurde. Aber ganz ausgeschlossen war es nicht. In diesem Fall wäre alles vorbei. Keineswegs durfte er die U-Bahn benutzen. Dort bestand die größte Gefahr, Kollegen oder Bekannten, die nach Feierabend nach Hause fuhren, unmittelbar zu begegnen. Die Abgänge zu den U-Bahn-Stationen lagen auf der Rückseite des Hauptbahnhofs. Ronald ging zügig durch die Ladenstraße zum vorderen Ausgang. Als er den Bahnhof verließ, wurde es schon dunkel. Auf dem Ernst-August-Platz wartete eine Reihe weißer Taxis, von denen er gleich in das erste einstieg, erleichtert, dass dieser Abschnitt seines Plans problemlos und ohne nennenswerten Zeitverlust geklappt hatte. Ab jetzt wurde es ernst.

♦ ♦

Dr. Ronald Dannenberg ließ sich von dem Taxi in den Stadtteil Waldheim im Süden Hannovers fahren, zu irgendeiner Adresse, die er sich vorher überlegt hatte. Völlig unverdächtig. Niemand würde einen Zusammenhang zwischen diesem Fahrgast und dem Frauenmörder sehen, der gut eine Stunde später im benachbarten Stadtteil Waldhausen sein Unwesen trieb.

Es war 17:26 Uhr. Ronalds Haus lag nur wenige Straßen entfernt. Nach einigen Minuten stand er vor der frei zugänglichen Pforte der Villa. Es war bewölkt und weiterhin erstaunlich mild für diese Jahreszeit, beides günstig für sein Vorhaben. Er betrat das Grundstück, sofort reagierte der Bewegungsmelder. Vor allen Fenstern waren bereits die Rollläden heruntergefahren, gesteuert durch eine Zeitschaltuhr. Eine Konsequenz der Ereignisse im Sommer letzten Jahres. Ebenso hatte Ronald die Balkon- und Terrassentür sowie alle Fenster mit einem neuen mechanischen Verriegelungssystem ausstatten lassen.

Langsam näherte er sich dem Vordereingang. Durch die längliche Glasscheibe, links neben der Tür, sah er Licht im Wohnzimmer. Jeden Mittwoch wurde Ulrike gegen siebzehn Uhr von ihrer Freundin Corinna abgeholt. Zur Abschreckung von Einbrechern ließ seine Frau immer im Wohnzimmer eine Lampe brennen.

Aber wenn der Serienmörder, der das Haus und die Gewohnheiten seines Opfers über Wochen beobachtet, diesen Lichtschein wahrnimmt, wird ihn das in keiner Weise irritieren. Er wird glauben, dass sich in der Villa momentan niemand aufhält.

Heute war ausnahmsweise alles anders. Corinna war mit ihrem Mann für zwei Tage zu einem Rockkonzert nach München geflogen, was seit Monaten feststand. Damit hockte Ulrike zu Hause, wie sonst jeden Abend. Vor seiner Abfahrt nach Berlin hatte er seine Frau noch einmal gezielt danach gefragt. Sie würde das Haus heute Abend nicht verlassen, zumal sie gegen 18:30 Uhr Gesellschaft von Katharina bekam.

Er streifte sich die Einmalhandschuhe über. Ulrike war nicht zu sehen. Vermutlich saß sie im Wohnzimmer. Dann schloss er die Tür auf, das Chloroform griffbereit.

„Ich bin's, Ronald", rief er in den Flur hinein, um keine Panik bei seiner Frau aufkommen zu lassen. „Die haben mich von der Klinik vom Kongress zurückbeordert wegen eines personellen Engpasses morgen."

Ulrike antwortete etwas, das er wegen ihrer gedämpften Sprechweise nicht richtig verstehen konnte.

Er huschte sofort in ihr gemeinsames Arbeitszimmer, das sich gleich links neben der Eingangstür befand. Das Zimmer wurde in letzter Zeit hauptsächlich von Ronald allein genutzt. Dort schaltete er das Licht ein, stellte seine Tasche auf den Boden und durchtränkte das Tuch mit Chloroform.

„Was ist denn hier passiert?!", gab er seiner Stimme einen entsetzten Ausdruck. „Der Bildschirm ist runtergefallen. Das gibt's doch nicht! Kannst du mal kommen?"

Er hörte, wie sich Ulrike näherte.

„Der Bildschirm ist runtergefallen?!", äußerte sie ungläubig noch auf dem Flur. „Das kann doch nicht sein."

„Guck einfach selbst!"

Ronald hatte sich abgewendet und drehte ihr den Rücken zu, damit sie sich nicht vorzeitig an seinem falschen Schnurrbart störte.

„Ist doch alles in Ordnung!", vernahm er hinter sich ihre Stimme. „Willst du mich veralbern?"

Mit einer Drehbewegung stürzte er sich auf sie und drückte ihr das mit Chloroform durchtränkte Tuch ins Gesicht. Für einen kurzen Moment glaubte Ronald in ihren Augen Entsetzen und Verstehen zu erkennen. Dann sackte sie bewusstlos zu Boden.

Was für ein Wahnsinn! Ulrike erlebt an genau diesem Ort wie vor anderthalb Jahren auf die gleiche Weise den gleichen Schrecken.

Ronald schaute seine Frau an. Sie trug zu ihrer grauen Jeans die türkisfarbene Bluse, die sie im letzten Jahr noch mit ihm zusammen in einer kleinen Boutique in Hannover gekauft hatte. Ulrike war eine begehrenswerte Frau, die aber vom Alter eindeutig nicht in das fiktive Opferschema von Ronalds psychopathischem Serienmörder passte.

Aus dem Essbereich des Wohnzimmers holte Ronald einen stabilen Stuhl mit Rückenlehne, den er im Arbeitszimmer neben die betäubte Ulrike stellte.

Die Kabelbinder sind dem regulären Opfer vorbehalten.

Mit dem braunen Klebeband, das sich in seiner Umhängetasche befand, fesselte er seine Frau auf dem Stuhl. Dabei achtete er darauf, die Arme einzeln an den Längsstreben der Rückenlehne zu umwickeln. Auf die gleiche Weise fixierte er die Unterschenkel an den Stuhlbeinen. Dann zog er ihr einen Klebestreifen über den Mund. Um zu verhindern, dass sich Ulrike auf irgendeine Weise mit dem Stuhl im Raum bewegen konnte, verband er zusätzlich den Stuhl mit einem der Schreibtischbeine.

Beim Verlassen des Arbeitszimmers nahm er die Umhängetasche an sich und machte die Tür hinter sich zu.

Er guckte auf die Armbanduhr, 17:51 Uhr.

Ich bin wunderbar im Zeitplan. Jetzt kommt Katharina an die Reihe.

In aller Ruhe traf er draußen vor dem Haus alle Vorbereitungen. Sein Plan sah zwingend vor, dass er Katharina nicht im Haus, sondern im Vorgarten überwältigte. Das Restrisiko durch Spaziergänger war an diesem Ort um diese Zeit gering. Wobei er in dieser Phase seines Plans inzwischen so weit war, jegliches Risiko als unvermeidbar in Kauf zu nehmen.

Es war 18:20 Uhr.

12

Katharina Seifert wurde von den Patienten ihrer lebenspraktischen Gruppe herzlich verabschiedet. Sie hatte noch zwei Praktikumstage auf der geschlossenen Station vor sich. Es war eine turbulente Zeit mit vielen Eindrücken in menschliche Schicksale und außergewöhnliche psychiatrische Krankheitsbilder gewesen, wobei zuletzt die Todesfälle der beiden Mitarbeiterinnen alles überschattet hatten. Insofern war sie ganz froh, dem Ort Ilten, in dem sich der Frauenmörder seine Opfer ausgesucht hatte, ab Samstag endgültig den Rücken zu kehren.

Katharina machte pünktlich Feierabend und fuhr mit ihrem Ford Fiesta von der Klinik über den Südschnellweg direkt nach Hause. Nur vor der Abfahrt nach Döhren, wo sich ein Auffahrunfall ereignet hatte, geriet sie kurz in stockenden Verkehr, sodass sie um 18:35 Uhr das Haus ihrer Mutter in Waldhausen erreichte. Sie parkte den Wagen vor dem Grundstück mit der Thuja-Hecke und stieg aus. Jeweils vor den angrenzenden Häusern stand eine Straßenlaterne. Als sie zur Eingangspforte ging, fiel ihr wieder ein, was ihr Stiefvater heute Morgen zu ihr gesagt hatte. Ihm sei aufgefallen, dass zweimal hintereinander der linke vordere Bewegungsmelder nicht gleich auf Anhieb angesprungen wäre. Er würde sich das Ding nach seiner Rückkehr aus Berlin noch einmal genauer angucken. Katharina hatte das bisher nicht bemerkt.

Als sie die Pforte öffnete und einen Schritt in den Vorgarten setzte, stutzte sie. Es blieb dunkel. Ihr

Stiefvater hatte recht. Der Bewegungsmelder zickte tatsächlich rum. Ohne Ronalds Vorwarnung wäre ihr die Sache verdächtig vorgekommen. Sie schloss beruhigt die Pforte hinter sich und ging langsam im Halbdunkel auf das Haus zu. Plötzlich glaubte sie, hinter sich eine Bewegung wahrzunehmen. Sie blieb stehen, wollte den Kopf nach rechts drehen. Blitzartig schoss etwas von hinten auf sie zu, ein starker Arm umfasste von links ihren Körper, während ihr von rechts ein feuchtes Tuch ins Gesicht gepresst wurde.

♦♦

Ronald zerrte die bewusstlose Katharina in den rechten Teil des Vorgartens, wo ein zweiter Bewegungsmelder reagierte und ihm das notwendige Licht für sein weiteres Vorgehen spendete. Es war extrem wichtig, dass die Spurensicherung der Polizei zweifelsfrei davon ausgehen konnte, dass der Überfall auf Katharina im Garten und nicht erst im Haus stattgefunden hatte.

Schnell und inzwischen fast routiniert zog er Katharina Jacke und Bluse aus, zerrte ihr anschließend den BH vom Leib. Jeans und Schuhe musste sie anbehalten. Die Kleidungsstücke beförderte er unter einige Ziersträucher. Dann fesselte er mit dem braunen Kabelbinder ihre Hände auf dem Rücken und schnürte ihre Füße zusammen. Nachdem er sie mit einem Klebestreifen geknebelt hatte, lief er zur Pforte zurück, wo noch Handtasche und Autoschlüssel auf dem Boden lagen. Den Schlüssel steckte er sich in die Hosentasche. Aus der Handtasche, die er anschließend wie die Kleidungsstücke unter die Ziersträucher schob, nahm er Katharinas Haustürschlüssel und Smartphone an sich.

Geschafft!

Er schleifte seine Stieftochter zur Eingangstür, schloss auf, zog die junge Frau in den Hausflur. Zuletzt holte er seine Umhängetasche, die er im Garten abgestellt hatte, um freier agieren zu können, und drückte erleichtert die Haustür hinter sich zu.

Bisher war alles glatt gegangen, aber er durfte sich keine Pause gönnen.

Er öffnete die Tür zum Arbeitszimmer und warf einen prüfenden Blick auf die gefesselte Ulrike, die inzwischen zu sich gekommen war und ihn fassungslos anstarrte. Hier war noch alles in Ordnung.

Dann schaffte er Katharina ins Wohnzimmer. Das Tötungsritual musste auf jeden Fall in diesem Raum stattfinden. Er machte die Wohnzimmertür zu, durch deren dekorative Ornamentverglasung er vorhin vom Hauseingang den Lichtschein hatte erkennen können.

Katharina schlug die Augen auf. Genau wie ihre Mutter schien sie nicht glauben zu können, was sie sah.

Ronald warf ihr Smartphone auf den Boden und trampelte darauf herum.

Welche Schlüsse würden die Polizei und ihr superschlauer Fallanalytiker Mark Seifert ziehen, wenn sie den Tathergang des heutigen Abends zu rekonstruieren versuchten? Der psychopathische Frauenmörder hatte sich als letztes Opfer die schöne Katharina mit den langen braunen Haaren ausgesucht. Nach üblichem Schema überwältigte er sie vor ihrer Haustür und war gerade dabei, die bewusstlose Frau in die Villa zu bringen, als es zu einem unerwarteten Zwischenfall kam. Völlig überraschend hielt sich an diesem Abend die Mutter des Opfers still in ihrem Wohnzimmer auf. Ulrike Dannenberg stieß im Haus mit dem Täter zusammen, der keinen Grund hatte, sein Gesicht zu verbergen. Der Täter fesselte und knebelte die Mutter und sperrte sie ins Arbeitszimmer. Eigentlich wollte er ihr nichts antun, denn sie passte nicht in sein streng reglementiertes Tötungsszenario. Die Mutter sollte ihn nur nicht dabei stören, wenn er sein Opferritual zelebrierte, was er räumlich entfernt im Wohnzimmer vollzog. Er erdrosselte Katharina und ließ nach seiner Tat die Terrassentür geöffnet (von Ronald ganz bewusst so gewählt, damit nicht womöglich die verrückte Nachbarin Frau von Hessert die Leiche vorzeitig entdeckte). Aber danach geriet der Täter in Panik. Er tötete nur ausgesuchte Opfer nach einem vorgegebenen Muster. Was also sollte er mit Ulrike Dannenberg anstellen? Immerhin hatte sie ihn gesehen und könnte ihn später der Polizei beschreiben. Er entschloss sich, Ulrike zunächst einmal aus dem Haus zu schaffen, um Zeit zum Nachdenken zu gewinnen. Über die Terrasse schleppte er sie durch die Hintertür der Doppelgarage zum Mercedes ihres Ehemannes. Den Wagenschlüssel hatte der Täter auf einer Flurkommode entdeckt. Mit der gefesselten Ulrike im Kofferraum fuhr er in Hannover an einen abgelegenen Ort. Lange musste der äußerst zwanghafte und ambivalente Täter mit sich kämpfen, aber schließlich wusste er sich nicht anders zu helfen, als auch Ulrike zu ermorden – an einer Stelle, wo sie mit großer Wahrscheinlichkeit erst am nächsten Tag gefunden wurde. Ein unsäglicher Kollateralschaden!

Den Mercedes hatte der Mörder am Tatort zurückgelassen. Natürlich würde die Polizei den Kofferraum untersuchen. Zum Glück besaß Ronald seit Anfang

November einen Neuwagen und hatte seinen alten Mercedes, in dem sich womöglich noch feinste Spuren vom Transport von Bergers Leiche hätten finden lassen, in Zahlung gegeben.

Ich habe wirklich an alles gedacht!

In erster Linie würde die Polizei versuchen herauszubekommen, auf welche Weise und wohin sich der Mörder vom Tatort entfernt hatte. Hatte er ein Taxi genommen? War er zu Fuß zur nächstgelegenen Bus- oder Stadtbahnhaltestelle gelaufen? Die Polizei würde Taxi-Unternehmen befragen und vermutlich Videos aller möglichen Überwachungskameras auswerten, um darauf vielleicht potenziell verdächtige Personen wie Kirchhoff oder Mantkowski zu entdecken. Ronald hatte sich ohne Wissen von Ulrike und Katharina ein Faltrad besorgt und dieses in seinem Wagen versteckt, womit er den Tatort viel zügiger und weiträumiger verlassen konnte, als die Polizei jemals vermuten würde. Weit entfernt vom Tatort würde er in einen Bus oder eine Stadtbahn einsteigen und zum Hauptbahnhof fahren – und von dort aus mit dem ICE um 21:31 Uhr zurück nach Berlin.

Am nächsten Tag würde ihn die Polizei telefonisch darüber informieren, dass seine Frau und seine Stieftochter Opfer eines schrecklichen Verbrechens geworden waren, während er sich in Berlin ein Theaterstück angesehen hatte.

Die unartikulierten Laute, die Katharina unter dem Klebeband von sich gab, brachten Ronald unmittelbar ins Hier und Jetzt zurück. Vor sich auf dem Boden, gefesselt und mit entblößtem Oberkörper, lag seine Stieftochter, in deren Augen er Todesangst lesen konnte. Auf einmal empfand er es als unangenehm, ja unpassend, ihre nackten Brüste zu sehen. Er nahm die graue

Veloursdecke, die auf dem Sofa lag, verhüllte damit Katharinas Blöße vom Hals bis zur Hüfte.

Absurd. Passt aber zu meinem Täter, den die gleichzeitige Anwesenheit der Mutter irritiert. Sobald ich mit Katharina fertig bin, kann die Decke wieder weg.

Er ließ den Blick durch das Wohnzimmer schweifen, blieb an seiner Heimkinoanlage hängen.

Ist das Realität oder ein Albtraum?, fragte er sich selbst.

Gleichzeitig erschien die festgebundene Ulrike vor seinem geistigen Auge.

Was mache ich hier eigentlich?! Sie ist meine Frau. Und ich bin ein Schwein.

Er schüttelte den Kopf.

Aber sie verweigert mir ihren Körper, unterstützt mich in keiner Weise mehr. Ihr einziger Nutzen, der mir geblieben ist ... ist ihr Geld.

Stumm und bewegungslos sah Katharina ihrem Peiniger in die Augen.

„Ist dir klar, dass ihr mich kaputtgemacht habt?!", hielt er ihr vor, wobei in seiner Stimme fast so etwas wie Verzweiflung anklang. „Wenn es noch kleine Pflänzchen der Hoffnung zwischen deiner Mutter und mir gab, dann hast du darauf herumgetrampelt. Zuletzt war ich für euch doch nur noch ein Nichts!"

Katharina gab irgendetwas von sich und schien den Kopf zu schütteln.

„Aber mit deinem Tod kannst du einen kleinen Teil wiedergutmachen. Du hinterlässt eine nette Summe Geld, von der immerhin die Hälfte deine Mutter bekommt. Zwar kann die rechtsmedizinische Untersuchung nicht eindeutig belegen, dass deine Mutter nach dir verstorben ist. Aber die Rekonstruktion der Geschehnisse an diesem Abend wird mit an Sicherheit grenzender Wahrscheinlichkeit dafür sprechen, dass deine Mutter erst Stunden später nach deiner Ermordung ums Leben kam. Damit beerbt sie dich, und ich beerbe Ulrike."

Ronald profitierte davon, dass die Scheidung von Ulrike und Mark, trotz aller persönlichen Streitigkeiten, wohl ohne schmutzige Kämpfe um die Finanzen abgegangen war. Vermutlich deshalb hatte sich Ulrike erneut auf die Ehe mit Ronald im Güterstand der Zugewinngemeinschaft eingelassen. Ein Schritt, der sie jetzt das Leben kostete. Ulrikes sämtliches Vermögen, inklusive der Villa, die ihr alleine gehörte, fiel nach ihrem Tod zu drei Vierteln an Ronald, den Rest erbten jeweils zur Hälfte ihre Eltern in Frankfurt. Ein sofortiger Geldsegen, den Ronald durch eine langwierige Scheidung nie hätte bekommen können.

„Bringen wir es hinter uns", sagte er zu Katharina.

In diesem Moment klingelte es an der Haustür.

Verflucht, das muss Frau von Hessert sein, die sich wieder 'nen Liter Milch ausleihen will!

Jetzt hieß es ganz ruhig abzuwarten. Ronald presste Katharina, die angefangen hatte, mühevoll einige Laute von sich zu geben, reflexartig die Hand auf den Mund. Allerdings ging er davon aus, dass die alte Frau vor der geschlossenen Haustür weder etwas von Katharina noch von der ebenfalls geknebelten Ulrike hören würde.

Auf keinen Fall durfte die Alte Ronald entdecken. Denn wenn er sie ebenfalls überwältigen und als lästige Zeugin töten musste, brach sämtliche Plausibilität für die vermeintlich anfängliche Zurückhaltung des Täters gegenüber Ulrike und die daraus resultierende Todesfahrt mit dem Mercedes zusammen.

Es klingelte erneut!

Wenn keiner reagierte, würde die Alte hoffentlich bald von alleine wieder verschwinden. Gut, dass die Wohnzimmertür geschlossen war.

13

Manchmal empfand ich es schon als merkwürdig, wenn ich nicht nur mit Anna, sondern ebenso mit Katharina und Ulrike kleine Sätze auf Esperanto austauschte. Auf der anderen Seite machte es mir auch Spaß.

Ulrike hatte mir heute Nachmittag von ihrem Missgeschick am Telefon erzählt. Was immer sie auch in Ronalds Nachttischschublade gesucht und mit ihr angestellt haben mochte ... die Schubladenblende war abgefallen und das Ding ging nicht mehr richtig zu. Ulrike war die ganze Geschichte sehr unangenehm, und sie hatte mich um Hilfe gebeten, bevor Ronald aus Berlin wieder zurück war.

Ich packte zu Hause speziellen Holzkleber und vernünftiges Werkzeug ein und fuhr mit dem Auto nach Waldhausen.

Wie ich an dem Ford Fiesta erkannte, hinter dem ich meinen Wagen parkte, war Katharina schon zu Hause. Beim Betreten des Grundstücks fiel mir auf, dass der Bewegungsmelder nicht funktionierte. Vielleicht konnte ich den gleich mit reparieren.

Auf mein Klingeln erfolgte keine Reaktion.

Ulrike und Katharina sind doch da. Wieso macht denn keiner auf?

Ich versuchte es erneut.

Sitzen die beiden auf den Ohren? Erst war Ulrike die Reparatur so wichtig, und jetzt werde ich vollständig ignoriert.

Durch die Scheibe neben der Haustür erkannte ich, dass das Wohnzimmer erleuchtet war. Außerdem schien Licht im Arbeitszimmer zu brennen.

Irgendetwas stimmte da nicht. Auch dass der Bewegungsmelder nicht ansprang. Katharina hatte mir vor Monaten einen Haustürschlüssel gegeben, den ich bisher noch nie benutzt hatte. In diesem Moment hielt ich es für angebracht, es zum ersten Mal zu tun.

Ich schloss die Tür auf ... und erlebte die schlimmsten Momente meines Lebens.

♦♦

Ronald Dannenberg war sofort aufgesprungen, als er mitbekam, dass die Haustür geöffnet wurde. Gehetzt fiel sein Blick auf den Schürhaken neben dem Kamin.

„Ulrike?! Katharina?!“, hörte er Mark Seifert ins Haus rufen.

Er musste blitzartig handeln und alles auf eine Karte setzen, sonst war er verloren. Seine einzige Rettung bestand darin, Mark zu täuschen und ihn in eine Falle zu locken. Rasch ergriff er den Schürhaken und brachte sich in Position.

♦♦

Plötzlich vernahm ich einen unterdrückten Laut aus dem Arbeitszimmer. Dann lief alles in Sekundenschnelle ab. Ich lief darauf zu und entdeckte Ulrike, gefesselt und geknebelt.

Oh, mein Gott!

Mein Herz schien einen Moment still zu stehen. Ich ließ meine Tüte mit dem Werkzeug fallen und wollte bereits auf Ulrike zustürzen, als ich Ronalds gequälte Stimme hörte: „Hilfe, Mark ... Einbrecher! Sie haben mich niedergeschlagen. Schnell ins Wohnzimmer, hier liegt Katharina!“

Einbrecher im Haus? Meiner Katharina wird doch nichts passiert sein?! Wieso ist Ronald hier?

Für eine Sekunde war ich wie erstarrt. Vor mir sah ich das Bild der blutüberströmten Katharina, von Einbrechern niedergestreckt. Hoffentlich lebte sie noch! Ich konnte nicht mehr logisch denken und wollte nur noch zu Katharina.

Ich rannte den Flur entlang zum Wohnzimmer, stieß die Tür auf und sah als Erstes Ronald, der in gebückter Haltung im Raum stand. Er hielt sich die linke Hand vors Gesicht, während ich in seiner rechten einen Schürhaken sah, den er leicht hin und her bewegte. Sein gemurmeltes „Hiermit" deutete ich als Erklärung, dass die Einbrecher ihn mit diesem Werkzeug niedergestreckt hatten. Wobei mein zweiter Blick sofort nach rechts schweifte, wo sich Katharina, den Oberkörper von einer grauen Decke verhüllt, in Seitenlage auf dem Boden wälzte.

Sie lebt! Sie lebt! Sie lebt! Aber mein Anblick schien sie nicht zu erfreuen. Ihre Augen zeigten Entsetzen, und sie schüttelte heftig den Kopf.

Verschiedenste Eindrücke schossen mir in dieser Sekunde durch den Kopf.

Keine weiteren Personen im Raum. - Ein Klebeband über Katharinas Mund. - Die Füße gefesselt ... mit braunem Kabelbinder ... wie bei den Opfern des Frauenmörders. - Hatte Ronald nicht Einmalhandschuhe an? - Katharina immer noch in Todesangst.

Ronald hat Täterwissen! Ronald ist der Täter!

Ich nahm eine Bewegung hinter meinem Rücken wahr.

Der Schürhaken!

Augenblicklich ließ ich mich zur rechten Seite fallen. Ronalds Schlag, der meinem Kopf galt, erwischte mich an der linken Schulter. Zum Glück trug ich noch einen Anorak. Ich stürzte zu Boden, versuchte dabei, den starken Schmerz, den ich im linken Oberarm und Schulterbereich spürte, weitgehend auszublenden. Während ich mich auf den Rücken rollte, merkte ich die Bewegungseinschränkung meines linken Armes. Ronald setzte sofort nach. Mein Körper mobilisierte sämtliche Adrenalinreserven. Es gelang mir, Ronalds nächstem Schlag durch eine Drehbewegung meines Körpers über meine lädierte linke Schulter auszuweichen. Anschließend versetzte ich ihm mit dem rechten Fuß einen kräftigen Tritt, der ihn am rechten Unterschenkel erwischte. Ronald wich zurück.

Erst in diesem Moment bemerkte ich, dass er einen Schnurrbart und eine andere Brille trug.

„Bist du total wahnsinnig geworden?!", brüllte ich ihn an. „Das ist deine Familie!"

„Schon lange nicht mehr!", war die hasserfüllte Antwort.

Noch lag ich am Boden. Aber trotz meiner Bewegungseinschränkung und seiner Bewaffnung sollte ich ihn jetzt mit meiner Kampfsporterfahrung überwältigen können. Zu dieser Einschätzung war Ronald offenbar zeitgleich gekommen. Sein Gesicht zeigte Wut und Resignation, bevor er plötzlich, den Schürhaken weiterhin in der Hand, aus dem Wohnzimmer stürzte.

Nicht, dass er Ulrike noch etwas antat ...

Ich rappelte mich hoch. Meine linke Schulter war, bis auf die Schmerzen, vermutlich okay. Ronald lief am Arbeitszimmer vorbei - zur Haustür, die noch offenstand. Mein erster Impuls war, den Mörder zu verfolgen und zu überwältigen. Aber mitten im Flur stoppte ich. Das war Polizeiarbeit, nicht mein Job. Ich musste mich um Katharina und Ulrike kümmern. Das hatte absoluten Vorrang. Gleich danach würde ich Hauptkommissar Stelter informieren.

Ronald verschwand draußen in der Dunkelheit.

Ich stand im Türrahmen des Arbeitszimmers. Ulrike starrte mich fragend an. Mutter und Tochter quälte vermutlich die gleiche Ungewissheit, ob jeweils die andere noch am Leben war.

„Keine Angst, er wird euch nichts mehr tun", sagte ich erschöpft. „Katharina und du, ihr seid jetzt in Sicherheit."

14

Ronald Dannenberg raste in Katharinas Ford Fiesta über den Südschnellweg in östlicher Richtung. Den Schlüssel für den Wagen hatte er zum Glück noch in der Hosentasche gehabt. Es war klar, dass Mark Seifert inzwischen die Polizei alarmiert und eine Großfahndung ausgelöst hatte. Vermutlich ging die Polizei davon aus, dass Ronald mit dem Wagen am ehesten über eine der Autobahnen flüchten würde. Vom Südschnellweg gab es eine direkte Auffahrt zur A7, die Ronald ignorierte. Er fuhr weiter geradeaus, über Ahlten nach Lehrte, ungefähr fünf Kilometer von Ilten entfernt. In der Nähe des Bahnhofs stoppte er seinen Wagen.

Ich hab etwas Zeit gewonnen. Im Dunkeln ... und hier in Lehrte finden sie mich nicht gleich.

Er schaltete die Deckenbeleuchtung an, fand im Handschuhfach, wonach er suchte. Katharina hatte dort immer einen DIN-A5-Notizblock und einen Kugelschreiber deponiert.

Die drei Nachrichten, die er schrieb, legte er auf den Fahrersitz. Dann verriegelte er von außen den Wagen und ging zu dem Bahnhof, mit dem er eine wichtige Erinnerung verband.

Die Personen, die auf dem Bahnsteig warteten, blendete er komplett aus. Es hielten ausschließlich Züge für den Nahverkehr, der ICE der Stecke Hannover-Berlin fuhr hier nur durch.

Auf einem der Bahnsteige hab ich das erste Mal mit Leonore fröhlich gescherzt, vorletztes Jahr, als wir von hier zum Betriebsausflug gestartet sind. Das war der Anfang. Jetzt hab ich sie umgebracht ... und nicht nur sie. Heute hab ich alles verspielt.

Der lapidare Hinweis „Zugdurchfahrt" auf der Anzeige kündigte den Reisenden warnend die bevorstehende Durchfahrt des ICE an.

Eigentlich wollte ich heute mit dem ICE zurück nach Berlin.

Für Ronald war die Warnung ein Startsignal.

Als er den Zug kommen sah, sprang er auf die Gleise.

Montag, 1. Dezember.

„Um das für mich abschließen zu können, interessiert mich Ihre Einschätzung zu Dannenbergs Motiv", erklärte mir Kriminalhauptkommissar Thomas Stelter, der mich am späten Nachmittag in meinem Büro im Timon Carré besuchte. „Ging es vorrangig um Geld oder persönliche Kränkung?"

Wir saßen an meinem Besprechungstisch, wo er das Glas Wasser, das ich ihm angeboten hatte, von links nach rechts schob.

Ich dachte daran, wie berechnend Ronald alles bis ins kleinste Detail durchdacht haben musste.

„Habgier ... eine eiskalte Kosten-Nutzen-Abwägung. Die Aussicht auf ein lukratives Erbe spielte sicherlich ganz am Ende einer Kette von Entscheidungen eine wichtige Rolle", sagte ich zögerlich. „Aber in erster Linie erkläre ich mir sein zerstörendes Verhalten damit, dass er sich offenbar als zurückgesetzt, abgelehnt und gescheitert erlebt hat."

Ronald hatte kurz vor seinem Suizid drei handgeschriebene Nachrichten hinterlassen. Eine davon war an Ulrike gerichtet. Darin begründete er die Tötung von Leonore und Emilia, die er damit zugab, unter anderem mit dem doppeldeutigen Schlusssatz: „Für mich hast Du nicht mehr gelebt."

Seine zweite Nachricht war an Alexander gerichtet, in der er ihm mitteilte, wie sehr er die jahrelange Störung ihres Vater-Sohn-Verhältnisses bedauern würde.

Wie wenig ich über Ronalds Vergangenheit wusste! Ich spekulierte, dass er womöglich dieses Gefühl, ungeliebt zu sein, schon früher durchlitten hatte.

Vielleicht konnte ich mich zu einem späteren Zeitpunkt noch einmal mit Ulrike über Ronald austauschen – wenn sie dazu in der Lage und bereit war. Wegen der schweren Wiederbelebung ihres Traumas befand sie sich momentan stationär zur Krisenintervention in der Medizinischen Hochschule, in der sie bereits ambulant psychotherapeutisch betreut wurde. Katharina war bis auf Weiteres zu mir gezogen.

„Haben Sie aktuell mit Frau Berger gesprochen?", fragte Stelter besorgt.

„Ich hab sie heute Vormittag in ihrem Haus in Ilten besucht."

Mir war klar, worauf der Hauptkommissar anspielte. In seiner dritten Nachricht hatte sich Ronald bei Ruth Berger dafür entschuldigt, „als Kurzschlussreaktion" ihren Sohn getötet zu haben, nachdem ihm dieser zuvor anvertraut hätte, der Mörder der Prostituierten Madeleine zu sein. Aufgrund von Ronalds Beschreibung hatte die Polizei den Leichnam von Patrick Berger endlich gefunden.

„Frau Berger hat es erstaunlich gefasst aufgenommen", gab ich meinen Eindruck vom heutigen Besuch wieder. „Sie sagt, die letzten Wochen ist sie schon davon ausgegangen, dass ihr Sohn in den Mord verwickelt und wahrscheinlich nicht mehr am Leben ist. Aber jetzt habe sie wenigstens Gewissheit."

Stelter nickte. Etwas Ähnliches hatte er sicher von Angehörigen vermisster Opfer schon häufiger gehört.

„Einen Ratschlag, den Dannenberg meiner Tochter gegeben hat, werden wir übrigens umsetzen", wechselte der Hauptkommissar den Tonfall. „Wir, also Sandra, Daniel und ich, werden eine Lebensberatungsstelle aufsuchen, um dort gemeinsam unter professioneller Moderation über einige ... sagen wir mal ... schwierige Situationen aus unserer Vergangenheit zu reden. Das haben wir am letzten Wochenende vereinbart."

Ich bestärkte ihn in diesem Entschluss, der aus meiner Sicht am ehesten Aussicht auf Erfolg versprach, dass die Familie Stelter nachhaltig zur Ruhe kam.

Wir verabschiedeten uns.

Kurz darauf erreichte mich auf dem Smartphone eine Nachricht über WhatsApp. Anna fragte nach, ob wir heute Abend zusammen zur *Lunda Rondo* gingen. Andererseits hatte ich überlegt, mit Katharina zu Ulrike in die Medizinische Hochschule zu fahren. Irgendwie bezeichnend!

Vielleicht sollte ich mich demnächst einmal entscheiden, wie und mit wem ich mein Leben weiter gestalten wollte. Mein Hin und Her zwischen Anna, Katharina und Ulrike hatte schon einiges Porzellan zerschlagen.

Es gab viel zu reparieren, nicht nur Wasserhähne und Nachttischschubladen.

Ich bedanke mich bei Privatdozent Dr. Armin Fieguth, Oberarzt am Institut für Rechtsmedizin der Medizinischen Hochschule Hannover. Er hat mir - und damit der „Mordkommission Madeleine" - entscheidend bei der Ermittlung der Todeszeiträume geholfen und mir gleichzeitig die Methoden der Todeszeitbestimmung detailliert erläutert. Darüber hinaus hat er meine Fragen zu Wirkungsweise und Nachweisbarkeit von Chloroform beantwortet - wirklich nützlich für Hauptkommissar Stelter ... und den Täter.

Wie frau ihre roten Haare von jetzt auf gleich blond färbt (und was dabei herauskommt), spielt bei „Schöne Frau, tote Frau" eine nicht unwesentliche Rolle. Fachlich fundierte - und vor allem hilfreiche - diesbezügliche Informationen habe ich vom Haarstudio Antje Kunow in Hannover erhalten. Dafür möchte ich mich an dieser Stelle bedanken.

Im vorliegenden Kriminalroman geht es auch um Geld und Geldanlagen. Gut beraten haben mich in dieser Hinsicht Simone Janus, Leitung der Filiale Laatzen der Santander Consumer Bank, und Kundenberater Tim Gries. Vielen Dank dafür!

Mein Dank gilt erneut - wie in meinen beiden Vorgängerromanen - der Esperanto-Gruppe Hannover, die sämtliche von mir im Roman auf Esperanto verfassten Sätze auf ihre Richtigkeit überprüft hat: Koran dankon pro via helpo.

Thorsten Sueße
Hemmingen, im September 2016

Im Verlag CW Niemeyer bereits erschienen ...

Schloss Marienburg bei Hannover. Eine Person fällt kopfüber vom Schlossturm. Wer hatte Interesse, den Anwalt ins Jenseits zu befördern? Der unbekannte Schirm-Attentäter, der schon einmal in Hannover zugeschlagen hat? Hat etwa dieser merkwürdige Royalisten-Club etwas zu verbergen? Ein Mitglied des Clubs will auspacken. Doch bevor das erste Wort gefallen ist, liegt auch er tot zu Kalenbergers Füßen. Trau, schau, wem ...

Günter v. Lonski. Royal Flash
280 Seiten. Paperback. ISBN 978-3-8271-9461-9
E-Book 978-3-8271-9653-8 (Pdf)
978-3-8271-9853-2 (Epub)

Krimis finden Sie unter ...